RIEN NE VA PLUS CHEZ LES SPELLMAN !

Lisa Lutz

RIEN NE VA PLUS CHEZ LES SPELLMAN !

ROMAN

Traduit de l'américain
par Françoise du Sorbier

Albin Michel

Édition originale américaine parue sous le titre :
TRAIL OF THE SPELLMANS
Chez Simon & Schuster, New York.

À mes deux Morgan favoris,
Morgan Dox et Morgan Freeman

RAPPORT DE SURVEILLANCE : VIVIEN BLAKE

Je fais mon travail. Je prends des notes et des photos. J'enregistre des vidéos. J'établis des comptes rendus détaillés des activités des sujets à travers le filtre de vingt ans de pratique du détachement. Je ne juge pas. Je ne manipule pas les preuves. Je me borne à communiquer mes résultats demandés à mes clients. Qui peuvent utiliser les informations comme bon leur semble. C'est du moins la version officielle que je leur fais avaler. Mais la vérité est toujours beaucoup plus trouble.

2 novembre, 23 h 30

La cible – sexe féminin, 1m 65, 57 kilos, cheveux châtain foncé, vêtue d'un jean et d'un sweatshirt à capuche gris sur une veste militaire vert foncé – sort d'un appartement de San Francisco au coin de Twenty-Sixth Street et de Noe Street. Elle descend la rue vers l'est en regardant avec attention les voitures en stationnement ; sort une clé avec télécommande et cherche des phares qui s'allument. Une BMW se met à clignoter à quelque distance. La cible tourne sur elle-même pour vérifier les alentours immédiats ; elle s'approche de la voiture, y monte et met le moteur en route. Elle descend South Van Ness Avenue en direction de l'est, tourne à gauche et s'arrête au coin de South Van Ness et de Seventeenth Avenue, au garage Oscar's Auto. Elle y entre. Reste invisible pendant quinze minutes.

23 h 45

La cible et un inconnu (environ quarante-cinq ans, trapu, vêtu d'une combinaison de mécanicien portant le logo Oscar's Auto brodé sur la poche de poitrine) sortent du bureau de l'établissement. Ils s'approchent d'une dépanneuse dont le côté s'orne du même logo peint. La cible glisse dans sa poche un objet non identifiable et saute dans le camion avec l'inconnu. L'enquêtrice suit le véhicule du sujet jusqu'à un magasin de vins et spiritueux. L'inconnu entre dans le magasin et en ressort trois minutes plus tard avec un grand sac en papier kraft (de la taille d'un pack de six[1]).

La dépanneuse reconduit la cible à son domicile de Twenty-Sixth Street d'où on l'avait précédemment vue sortir. Elle appuie sur une sonnette. (Je n'ai pu établir le numéro de l'appartement.) Elle entre dans l'immeuble et le contact visuel est rompu.

Les événements précédents peuvent paraître tout à fait innocents à l'œil nu, mais permettez-moi de vous informer de ce que l'œil nu a raté quelques heures plus tôt ce même soir : le sujet a rencontré le propriétaire de la BMW dans un bar ; le sujet n'avait pas l'âge légal pour consommer de l'alcool ; le sujet n'était pas non plus propriétaire du véhicule conduit au garage. Enfin – et comment

1. J'ai l'œil pour ce genre de détail. (*Toutes les notes numérotées sont de l'auteur ; celles de la traductrice sont précédées d'un astérisque.*)

pourriez-vous le savoir ? – Oscar's Auto est un atelier connu de contrebande de voitures, qui se livre à des acrobaties improbables pour échapper au radar de la loi. Quant au sujet, à en croire mes trois semaines de surveillance, c'était un vrai danger public, sous son masque trompeur d'étudiante très performante.

Mon téléphone a sonné juste au moment où j'allais terminer ma surveillance et rentrer à la maison. Le nom affiché était « la Tortue ». Quelqu'un avait bricolé mon téléphone.

« Allo ?

– Où sont passés les autres ?

– Je n'en sais rien, papa. » Je signale au passage que je ne faisais pas de rétention d'info. Je n'en savais vraiment rien.

« J'en ai marre d'être toujours tout seul à la maison.

– Tu n'es pas tout seul.

– Mis à part Tu Sais Qui.

– Comment se fait-il que Tu Sais Qui n'ait pas encore de surnom ?

– Je crois que Tu Sais Qui va servir de surnom.

– Ça colle mal avec notre thème animalier, tu ne trouves pas ?

– Il faut parfois faire des exceptions à la règle.

– C'est clair. » J'étais on ne peut plus d'accord.

« Je me sens seul.

– Désolé d'entendre ça, Mr. la Tortue.

– Et je déteste mon surnom. Je devrais pouvoir le choisir moi-même.

– C'est juste pour causer que tu appelles ?

– Le dîner n'a pas été super.

– À cause du rôti ?

– Immangeable.

– Pour que toi, tu le dises, ça devait être quelque chose ! Est-ce que maman a rejeté la faute sur moi ?

– Non, elle a assumé toute la responsabilité.

– Où est-elle ?

– À son cours d'origami ou de pâtisserie, je ne sais plus.

– Ce sont deux activités très différentes, papa.

– Il y a quelque chose de prévu ce soir ? »

Silence.

« Tu es là ? » a demandé papa. Je l'entendais taper du doigt sur le téléphone, comme s'il avait affaire à un vieux transistor.

« Je croyais qu'on ne partageait plus les informations ?

– Ça ne vaut que pour les affaires sur lesquelles on travaille séparément. Alors, il y a quelque chose de prévu ? a-t-il répété.

– Rien, sauf si tu estimes qu'étudier ou regarder la télé – ou les deux – est une activité hors du commun.

– Très bien. Alors peux-tu t'arrêter à la maison en rentrant chez toi ? J'ai besoin de l'appareil photo de surveillance pour demain.

– C'est quel jour, demain ?

– On n'a pas idée de poser des questions pareilles. »

J'ai attendu encore cinq minutes devant l'appartement de Noe Valley, histoire de me concentrer. La cible a jeté un coup d'œil dans la rue pour vérifier qu'il n'y avait personne en vue, avant de se défenestrer en se suspendant au rebord et en se laissant tomber d'un mètre vingt sur le sol. Puis elle est repartie dans la rue d'un pas dégagé en direction de chez elle, à un kilomètre et demi environ.

Après ma conversation avec la Tortue, j'ai opéré un demi-tour rapide et ai observé la cible dans le rétroviseur. J'étais obligée de me demander si je faisais mon travail ou si j'étais complice.

À la maison, j'ai trouvé mon père en contemplation devant une pile de papiers à archiver. L'archivage le mettait toujours dans un état d'abattement voisin de la dépression et, comme il croyait avoir définitivement tourné la page sur cette tâche, devoir recommencer le rendait encore plus morose. En me voyant, il a appuyé sur le bouton de l'interphone.

« La Musaraigne a atterri, a-t-il annoncé.

– Arrête ça, tu veux bien ?

– Impossible, a-t-il répondu d'un ton découragé.

– Où est maman ?

– L'Aigle[1] est sur la piste d'atterrissage.

– Consternant », ai-je murmuré en quittant la pièce.

L'Aigle était en effet sur la piste (ou canapé, comme on dit plus communément), en train de regarder les informations du soir.

En regagnant le quartier général des Spellman, je m'étais demandé, comme toujours depuis ces trois derniers mois, combien d'informations je devrais divulguer. Je suis une menteuse hors pair (une « magicienne de la vérité », la nouvelle formule que j'utilise). J'ai assez étudié l'art de l'illusion pour connaître les signes révélateurs universels, et je peux passer pour l'honnêteté incarnée aux yeux de presque tout le monde, hormis ceux des membres de ma famille. Avec eux, il faut que je procède à l'envers, que je me comporte en permanence comme si je mentais, et que je saupoudre la vérité de sarcasmes. Un cocktail de sincérité et de duplicité est la seule recette me permettant de maquiller un mensonge. Bref, je n'avais aucune intention de dire la vérité à mes parents à propos des événements de la soirée ; je devais donc élaborer une stratégie particulière.

« Est-ce que l'Hirondelle a déserté son nid toute la soirée ? » a demandé ma mère, l'œil rivé sur les informations.

1. J'expliquerai sans tarder toutes ces conneries de noms d'animaux.

L'Hirondelle avait bel et bien déserté son nid, puis un second, avant de voler une voiture. Si ma voix sonnait juste, je pouvais du même coup mentir et faire prendre mon mensonge pour la vérité.

J'ai répondu d'un ton sarcastique : « Non, sauf si tu considères qu'un break dans ses révisions pour jouer à *Grand Theft Auto** est une fuite du nid.

– Note ça, a dit maman. Je crois qu'il serait temps de dire aux Blake que cette surveillance est une ponction inutile sur leur compte en banque[1].

– On peut sans doute attendre encore un peu.

– Pourquoi ? a demandé ma mère d'un ton soupçonneux. Ça ne te ressemble pas.

– C'est la semaine des examens de dernière année. Vivien est peut-être déstabilisée. »

Je suis allée chercher une bière dans le frigo et me suis assise sur le canapé à côté de maman.

« N'oublie pas de rédiger le rapport, a-t-elle dit. Il vaut toujours mieux le faire pendant que tout est bien frais dans ton esprit.

– Le sujet est resté dans son appartement pendant cinq heures à étudier. (J'ai parlé comme si j'étais en train de m'enregistrer.) Il ne devrait pas me falloir trop de temps pour taper ça. »

Le silence s'est enfin installé.

La télévision est l'antidote parfait à une conversation non désirée. Je ne sais pas comment faisaient les humains pour survivre quand elle n'existait pas.

---

* Jeu vidéo culte aux USA depuis 1997, tournant autour de la criminalité urbaine et des vols de voiture.

1. Aussi choquant que cela puisse paraître, ma mère a des accès passagers d'intégrité financière.

Après quelques mesures de l'indicatif musical grinçant accompagnant les infos du soir, un homme d'un certain âge, la mine sérieuse, a fait le compte rendu d'un triple meurtre brutal suivi par un suicide à Vallejo. Pendant deux secondes, il a pris un air de circonstance avant de se tourner vers son homologue féminin. Elle a hoché la tête, plissé le front et dit : « Quelle tragédie… Et maintenant, voici un flash spécial concernant les manifestants pour la défense des arbres à Berkeley. »

Sur l'écran est alors apparue l'image d'un reporter en treillis et anorak devant le bosquet de chênes du campus de l'université. Pour dominer le bruit des manifestants et des mégaphones, il a crié dans son micro :

« Depuis une semaine, les manifestants se relaient pour occuper le chêne tricentenaire afin de lutter contre un projet de développement du campus impliquant l'abattage des arbres. Les négociations entamées la semaine dernière n'ont pas abouti… L'administration de l'université est de nouveau en conflit avec les activistes écologistes qui se sont révélés dans le passé de redoutables adversaires… »

C'est à ce moment précis que mon père est entré dans la pièce et s'est installé juste à côté de moi sur le canapé. « Il faut admirer leur zèle, a-t-il dit.

– Je voudrais bien savoir quand ils vont aux toilettes, a ajouté ma mère.

– Le seau est là pour ça », ai-je annoncé.

Le journaliste a continué son compte rendu.

« … Les manifestants ont réussi à monter la garde en permanence en se relayant. Au milieu de la nuit, il y a eu une relève, au moment où les policiers ont dû se déplacer jusqu'au jardin aux sculptures, où des troubles avaient éclaté… »

La caméra a décrit un panoramique jusqu'aux grands chênes, puis a fait un gros plan sur l'occupant du jour. Le reporter a poursuivi : « En ce moment, la police s'efforce de trouver un moyen pacifique et sûr de terminer l'affrontement. Nous vous tiendrons informés de l'évolution de la situation. »

Les informations ont cédé la place à une publicité pour une marque de savon. Ma mère a pris son mobile, a appuyé sur le troisième bouton de sa liste de numéros préprogrammés et a attendu que le répondeur se déclenche à l'autre bout.

« *Rae. C'est ta mère. Tu vas dégager de cet arbre. Tout de suite !* »

Première partie

Surveillance

(Septembre)

L'HOMME DANS LA BIBLIOTHÈQUE

Pour des raisons qui resteront à jamais mystérieuses, ma sœur avait fixé le rendez-vous avec le client dans les locaux centraux de la bibliothèque publique de San Francisco – plus exactement, à la section administration, où il y a peu de monde, ce qui permet l'intimité nécessaire à l'accueil d'un nouveau client. Le dossier m'attendait sur mon bureau, avec tous les détails utiles, notamment l'heure et le lieu du rendez-vous, ainsi qu'une brève description du client : homme, 1 m 80, châtain, yeux marron, la quarantaine, moyen sur tous les plans (apparemment, c'est lui qui se décrivait ainsi). Les seuls autres détails de ce dossier juste ouvert étaient les contacts du client et son nom : Adam Cooper.

Je suis arrivée en avance, me suis assise à l'un des bureaux entourés de vitres et ai relu pour la énième fois la même page d'un manuel d'échecs. Quand j'ai entendu des pas approcher, j'ai aussitôt enfoui le livre dans mon sac. Je ne souhaitais surtout pas me trouver entraînée dans une discussion interminable sur la stratégie des échecs, à laquelle je ne comprends rien.

Adam Cooper était en effet moyen à tous les égards – le genre de type qui jette la confusion dans une parade d'identification parce qu'il se confond virtuellement avec le mur. Ce qui ne veut pas dire que le visage de Mr. Cooper était totalement dépourvu de caractère, mais ce dernier émergeait à des moments inattendus. L'autre détail digne d'être signalé était son gilet sans manches bleu marine. Lorsqu'un homme de moins de soixante ans porte un gilet sans manches, cela mérite un commentaire.

« C'est vous, la Musaraigne ? a-t-il lancé avec un sourire narquois.

– Pardon ?

– La femme qui a confirmé le rendez-vous m'a dit de vous poser cette question pour être sûr que je rencontrais la personne prévue.

– Vous êtes en face de la personne prévue. »

Jamais encore on ne m'avait posé cette question-là – « Êtes-vous la Musaraigne ? » – mais j'avais une petite idée de qui l'avait suggérée. Et je peux vous assurer qu'elle allait comprendre sa douleur.

« Pourquoi vous appelle-t-on la Musaraigne ? » a-t-il demandé en souriant. Et là, une étincelle de sa personnalité est apparue : des dents courtes et rangées de travers, qui lui donnaient un air plus sympathique. Était-ce à cause du gilet sans manches, des chaussures bateau ringardes, ou de la longueur un peu excessive de sa frange ? Toujours est-il que si l'on m'avait posé la question, le mot que j'aurais choisi sur le moment pour décrire Adam aurait été « inoffensif ».

« Appelez-moi Isabel, ai-je dit.

– C'est votre vrai nom ?

– Non. C'est "la Musaraigne". Mais au travail, je me fais appeler "Isabel".

– Logique, a répondu Adam en s'asseyant.

– Alors, Mr. Cooper ?

– Appelez-moi Adam.

– Que puis-je pour vous, Adam ?

– Je voudrais que vous suiviez ma sœur. »

LA FEMME AU BLAZER BLEU MARINE

Un bout de papier était tombé à côté de la corbeille à papier. Un griffonnage entre les bouts déchirés. J'allais le remettre dans la corbeille quand j'ai aperçu des mots à peine déchiffrables, suivis d'un numéro de téléphone.

Margrt S. (un nom qui ressemble à « traiteur »)
Mari
Pas suspect
Peut-être rien
Septembre 33 – Midi
4/5-***-****

J'ai trouvé ma mère et Demetrius[1] dans la cuisine en train de passer en revue une liste de cours de pâtisserie à la CIA (Cuisine Inventive Américaine) ; il y a certainement un groupe non négligeable d'organisations utilisant également cet acronyme – voir en appendice.

« J'envisage de prendre un cours de pâtisserie. Qu'est-ce que tu en penses ? a demandé ma mère.

1. Vous pouvez soit consulter directement l'appendice, soit avoir un peu de patience, sachant que je parlerai sous peu de lui.

– J'aimerais mieux pas.

– Un peu de respect pour ta mère, a dit D.

– Avec tout le respect que je lui dois, j'aimerais mieux qu'elle s'abstienne. Et maintenant, je change de sujet[1]. J'ai trouvé ce bout de papier par terre, ai-je annoncé en le lançant sur la table. Je veux m'assurer que je peux le jeter. »

Maman a posé sur son nez ses lunettes de lecture et a examiné le mot. « Rae a téléphoné au client pour confirmer. Je crois qu'elle a laissé le dossier sur ton bureau.

– De quoi s'agit-il ?

– J'ai répondu à un appel juste après m'être fait dévitaliser une dent. Apparemment, j'étais plus abrutie par l'anesthésie que je ne le croyais. Le dossier est au nom de Slayter.

– La rime avec "traiteur" est très approximative. Et je ne me souviens pas de la dernière fois où septembre a eu trente-trois jours.

– Comme l'appel est flou dans ma mémoire, je n'ai aucun commentaire à faire.

– Peut-être que tu ne devrais pas répondre au téléphone quand tu es sous drogues, ai-je suggéré.

– Excellente politique pour l'entreprise.

– Tu sais ce qui pourrait aussi être une excellente politique pour l'entreprise ? Abattre un peu de travail. » J'avais remarqué pendant les dernières semaines un laisser-aller croissant dans celui de ma mère.

« Je m'y mettrai plus tard, a-t-elle répondu. Maintenant, tu voudras bien m'excuser, mais il faut que je choisisse entre une master class sur les tourtes et une autre sur les cupcakes.

1. J'ai constaté qu'annoncer formellement un changement de sujet est beaucoup plus efficace que simplement changer de sujet. Essayez et vous verrez.

– On ne te propose pas un séminaire sur la façon de griller le pain, pendant que tu y es ? » ai-je lancé en retournant dans le bureau.

Il y avait bien un dossier Slayter sur mon bureau, créé par notre intérimaire et ma sœur Rae. Si ses notes étaient plus organisées que celles de ma mère, elles étaient tout aussi déroutantes.

Cliente : Mrs Margaret Slayter
Contact : [censuré]
Heure de R-V : 3 septembre, midi.
Lieu : Jardin botanique, parc du Golden Gate.
Signalement : Femme blanche, quarantaine, tailleur bleu marine.
Slayter : Les rhododendrons sont beaux en cette saison.
Réponse : Les azalées aussi.
Note : La cliente donnera les détails en personne.
Vraisemblablement une enquête familiale.

J'ai pris le téléphone aussitôt et composé un numéro.

« Quoi ?

– “Les rhododendrons sont beaux en cette saison.”

– C'est ce qu'elle dit. Toi, c'est l'autre réplique. »

J'ai consulté la feuille et ai lu : « Les azalées aussi. »

« C'est ça.

– Je ne comprends pas.

– Les rhododendrons et les azalées, c'est la même chose.

– Ça peut bien être des plantes carnivores, je m'en moque.

– Ces plantes-là sont un mythe.

– L'affaire a un rapport avec l'agriculture ?

– Tu connais ce mot-là ? » s'est exclamée Rae avec un enthousiasme feint.

J'ai ouvert le tiroir du milieu de son bureau, en ai sorti un sac d'un kilo de M&M's et en ai vidé le contenu par la fenêtre[1].

« Pourquoi acceptons-nous de rencontrer des clients dingues ?

– J'ai parlé un quart d'heure avec elle. Elle est parfaitement saine d'esprit.

– Alors pourquoi avoir une rencontre au sommet au jardin botanique pour parler de fleurs ?

– Je me suis dit que tu pourrais profiter du bon air. La phrase codée te servira à être sûre de rencontrer la bonne personne.

– Et échanger nos noms avec une poignée de main, ça ne suffirait pas ? Pourquoi cette mise en scène de roman policier ?

– Papa fait une expérience.

– Quel genre ?

– Il pense qu'en ajoutant une couche d'intrigue de cinéma à nos rencontres avec les clients – phrases codées, lieux exotiques –, on pourrait se vendre plus cher.

– Sérieux ?

– Oui. Et il tient peut-être une idée. Ça a déjà marché pour l'affaire Bloomsfield.

– C'est ridicule.

– Peut-être, a répondu Rae, mais si ça marche, quelle importance ? Et puis, papa a dit que je pouvais choisir les phrases codées, alors je suis à fond.

– Dans ces conditions, c'est sans moi.

– Vois avec papa, alors.

– Compte sur moi.

1. Quand ma sœur était petite, je lui avais dit que si elle enterrait mes M&M's elle pourrait faire pousser un arbre à M&M's et avoir une provision à vie. Pendant quinze jours, elle les a arrosés avec du Kool-aid, jusqu'à ce que ma mère lui ôte ses illusions.

– Ah, j'allais oublier. Porte un trench-coat et des lunettes de soleil pour le rendez-vous. Les clients raffolent de ces conneries. » Là-dessus, Rae a raccroché.

J'aimerais vous dire que j'ai aussitôt appelé la cliente pour reprogrammer le rendez-vous dans un contexte plus professionnel, mais quand j'ai consulté mon père, il a tenu à ce que nous poursuivions l'expérience. Quand une affaire commence dans un nuage d'anesthésiant, on ne peut guère en attendre autre chose.

« Les rhododendrons sont beaux en cette saison, a dit la femme au blazer bleu marine.

– Les azalées aussi », ai-je répondu.

La femme a épousseté avec un journal le banc le plus proche et s'est assise. Environ quarante-cinq ans, mais bien conservée, du genre qui se met la tête dans un congélateur. Ce n'était pas seulement sur son visage – figé dans une expression unique – qu'elle dépensait une petite fortune ; elle était habillée des pieds à la tête de vêtements de créateurs. Une de mes affaires précédentes m'avait appris à distinguer les vêtements de créateurs des copies bas de gamme – parce que sinon, je n'en avais rien à foutre. Ce que je peux vous garantir, c'est que son sac à main valait plus cher que ma voiture. Si je comprends qu'on puisse désirer avoir ce qu'il y a de mieux (et le pur malt est sans conteste meilleur que les autres whiskies), je continue à me demander pourquoi un sac à main en cuir bouilli que n'importe qui peut vous arracher de l'épaule pourvu qu'il ait une bonne prise, est un article à convoiter. Bref, disons seulement que j'ai compris que la cliente avait de l'argent, et que je n'étais pas fâchée de lui en prendre un peu. Je me suis assise à côté d'elle, vêtue de mon trench-coat bien chaud, et j'ai défait un bouton pour être plus à l'aise.

Comme son visage était dénué de toute expression, j'ai regardé droit devant moi. Si le but de l'opération était de nous fondre dans le décor du Jardin botanique, c'était loupé. Hormis le fait que nous étions l'une et l'autre de race blanche, il n'y avait aucune ressemblance entre nous et nous avions l'air ridicules côte à côte, j'en suis sûre. J'ai aussi noté que ma façon nonchalante de me tenir était à l'opposé de son maintien rigide, qui sentait son coach personnel.

Le nom de cette cliente était Mrs. Margaret Slayter. C'est ainsi qu'elle s'était identifiée quand ma sœur avait pris l'appel.

« Merci d'avoir accepté ce rendez-vous, a-t-elle dit en jouant nerveusement avec la boucle de son sac.

– Que puis-je pour vous ? ai-je demandé.

– Je voudrais que vous suiviez mon mari. »

LA FILLE AU CASIER JUDICIAIRE

En général, quand je suis chargée d'une mission de surveillance, j'ai à ma disposition des renseignements sur les antécédents de l'affaire. Mais en ce qui concernait le dossier Cooper et le dossier Slayter, j'avais fort peu d'informations. Adam Cooper m'avait simplement dit qu'il voulait faire suivre sa sœur parce qu'il s'inquiétait et voulait être sûr qu'elle allait bien. Quand je l'ai prié d'être plus précis, il m'a répondu qu'il ne souhaitait pas que cette démarche prenne le tour d'une investigation. (Un concept intéressant, mais une première dans ma carrière.) Quant à Mrs. Margaret Slayter, lorsque je lui ai demandé si elle pensait que son mari avait une liaison, elle m'a répondu : « Je veux seulement savoir à quoi il passe son temps. Peu importe que vous sachiez pourquoi. »

Seulement voilà : en général, nous savons pourquoi.

Une semaine après avoir accepté les affaires Cooper et Slayter, j'ai trouvé le dossier sur Vivien Blake. Son nom était griffonné sur l'onglet d'une chemise de classeur ouverte sur le bureau de ma mère. Une photographie de lycée avec le fond habituel d'un bleu nuageux était mêlée à un ensemble peu banal de documents divers. Sur cette photo, la fille portait une toge et un mortier et arborait le sourire commercial de rigueur. Hormis ce sourire forcé et tout en dents, cette jeune brune avait le charme d'une fille promise à un bel avenir. Nous faisons assez rarement des enquêtes sur les adolescents. Comme nous discutons d'habitude à l'agence des affaires en cours, il était curieux que je n'aie jamais entendu le nom inscrit sur un dossier qui avait déjà cinq centimètres d'épaisseur.

« Parle-moi du cas Blake, ai-je dit quand mon père est enfin entré dans le bureau.

– Le premier rendez-vous date seulement d'une semaine, a-t-il répondu, sur la défensive.

– D'accord.

– Tu étais occupée.

– D'accord.

– Je crois que tu étais chez Walter[1].

– Sûrement. Parle-moi de Ms. Blake.

– Ses parents nous ont engagés.

– Pour la retrouver ?

– Non. Elle n'a pas disparu.

– Alors, pourquoi ses parents ont-ils fait appel à nous ?

– Ils veulent que nous la suivions. »

Mon père s'est installé dans son fauteuil et s'est efforcé de paraître très occupé. Avant de poursuivre mon interrogatoire, j'ai décidé de me familiariser avec le dossier Blake. Il commençait avec un e-mail qu'elle avait écrit après son premier mois à l'université de Berkeley.

1. Je parlerai de lui bientôt.

Pour : papa et maman Blake
De : Vivien Blake [vblake99@mail.com]
Sujet : Coucou

Papa et maman,

J'espère que cet e-mail vous trouvera en bonne santé. Malgré vos inquiétudes avant mon départ de la maison, je ne suis pas devenue toxico, membre d'une secte ou hippie. Hélas, San Francisco n'est plus ce qu'il était. Je confesse avoir fait une consommation excessive de pizzas et de sodas, mais vous m'autoriserez bien quelques vices. Je peux dire en toute honnêteté que j'ai assisté à tous mes cours, sauf au séminaire d'histoire mondiale de 8 heures du matin. J'ai essayé de m'inscrire à celui de midi, mais il était complet. J'achète les notes par la suite. Ça se fait, vous savez. Je crois aussi utile de signaler que j'ai eu un A au premier contrôle d'histoire mondiale.

Quant à l'église, je n'y suis pas encore allée, mais c'est sur ma liste des choses à faire. J'irais si ça commençait à midi. Je me demande pourquoi on n'a pas encore mis sur pied des services religieux pour lève-tard. C'est un créneau que la plupart des religions devraient exploiter.

J'ai une faveur à vous demander, en dehors d'une rallonge pour l'argent des pizzas, si vous y pensez : si vous vous inquiétez à mon sujet, appelez-moi directement, et ne vous adressez pas à la fille qui partage ma chambre. Sonia a trouvé le dernier coup de téléphone un peu... comment dire ? Gênant. La plupart des parents s'abstiennent de ce genre de chose. Ceci dit pour info.

Pas grand-chose d'autre à raconter : je suis en vie, mes vêtements sont relativement propres, je dors assez et tous les chariots de golf du monde sont à leur place. Et dans le cas contraire, je n'y suis pour rien.

Embrassez le Professeur Fluche pour moi. Vous savez que pour ça, il faut être deux. À votre place, je mettrais des gants.

Je vous embrasse. Votre fille civique et disciplinée.
Vivien.

Il m'a fallu environ une heure pour examiner le dossier Blake. Les parents de Vivien se faisaient du souci pour leur fille, une élève sérieuse et excellente, chef de classe, qui avait été acceptée dans plusieurs des universités de l'Ivy League*. Elle avait cependant choisi celle de Berkeley, tout aussi réputée, mais moins coûteuse. Contestataire sur les bords, Vivien avait tendance à se mettre dans des situations un peu fâcheuses qui justifiaient parfois une intervention policière sans gravité. Les parents voulaient la faire suivre pour s'assurer que ses éventuelles transgressions ne compromettraient ni ses études ni ses perspectives d'avenir.

En deux mots, ils avaient peur de leur fille et pour elle. Ils conservaient ses e-mails plus comme documents que pour des raisons sentimentales. Elle était d'une autre race qu'eux. Harvey Blake, courtier en assurances, passait sa vie à calculer les risques. Sa femme était une ménagère de la vieille école, le genre qui repasse les chemises de son mari et prépare le dîner pour sept heures moins le quart précises. Mais leur fille était taillée sur un tout autre modèle. Pendant des années, ils avaient partagé leur maison avec une alien polie, aimable et dépourvue de préjugés[1].

* Les huit universités les plus prestigieuses du nord-est des États-Unis.

1. J'ai obtenu ces informations de ma mère à une date ultérieure.

Mais de mon point de vue, Vivien Blake était simplement une jeune femme à la personnalité affirmée qui essayait de comprendre où elle se situait dans le monde. Moi qui avais passé des décennies à semer la zizanie et les ennuis sur mon chemin, je ne voyais pas pourquoi j'irais faire une enquête sur quelqu'un qui n'était pas pire que moi à son âge et qui réussissait par ailleurs fort bien dans ses études.

Après avoir examiné le dossier et les « preuves » qu'il contenait, notamment des lettres de camp de vacances, des transcriptions de textos, un mois d'e-mails et une photographie de Vivien portant une robe de bal de fin d'année faite maison avec du papier alu et du ruban adhésif, mon opinion était arrêtée. J'ai attendu que maman et Demetrius rentrent de leur rendez-vous avec un client pour que mon public soit au complet.

J'ai laissé tomber le dossier sur le bureau de maman en disant : « Je vote non.

– Il n'était pas question de voter, que je sache, a répliqué maman. Sinon, j'aurai besoin de faire campagne un peu plus longtemps.

– Maman, c'est manifestement une atteinte à la vie privée.

– Ma puce, au cas où tu ne l'aurais pas remarqué, notre travail consiste à s'immiscer dans la vie privée d'autrui.

– Là, on franchit la ligne jaune. Je pensais que le but de l'université, c'était de vous permettre de partir de chez les parents.

– Alors comment se fait-il que tu n'y sois jamais allée ? a demandé papa en examinant le plafond comme s'il posait une question philosophique majeure.

– Il est question de Vivien en ce moment.

– Ses parents sont inquiets, a dit maman.

– Paranoïaques, plutôt.

– Elle a eu des ennuis autrefois.

– Comme tout le monde.

– La même nuit, elle a volé une demi-douzaine de chariots de golf à Sharp Park, a annoncé maman.

– Elle les a rendus, ai-je rétorqué. On les a retrouvés le lendemain.

– Dans un pâturage à vaches, a dit maman.

– Peut-être, mais ils ont été rendus intacts au golf et personne n'a pu prouver qu'elle était responsable de ce vol. C'est un génie, si vous voulez mon avis.

– Techniquement, elle a le Q.I. d'un génie, a glissé papa, qui s'est hâté de se replonger dans son travail.

– Elle a un casier de délinquante juvénile assez chargé, Isabel.

– Cinquante pour cent des personnes ici présentes ont été délinquants juvéniles », ai-je rétorqué en parlant pour Demetrius et moi.

J'ai tourné les yeux vers D, en quête de soutien, mais il a évité mon regard. Il triait des papiers sur son bureau dans le seul but d'éviter le débat qui se déroulait autour de lui.

« D, tu as quelque chose à dire ?

– Les muffins doivent être cuits », a-t-il dit en prenant le chemin de la cuisine d'un pas vif.

Papa est resté muet lui aussi, ne voulant pas prendre part au conflit.

« Ton opinion, Al ? a demandé maman.

– Qui s'en soucie ? ai-je répondu. De toute façon, vous deux, vous n'avez qu'un seul vote combiné[1].

– Je suis d'accord, a déclaré papa.

– Dégonflé !

1. C'est une clause que j'ai exigée lors de la dernière révision des statuts de notre compagnie. C'est équitable, car ils votent toujours pareil.

– Je vis avec elle.

– Vous avez essayé de prendre cette affaire à mon insu. Il est prévu de voter chaque fois qu'il y a divergence d'opinion. »

Nous avons donc voté. Le résultat était un contre un, comme on pouvait s'y attendre. Nous avions besoin d'un vote subsidiaire. Je suis allée dans la cuisine où Demetrius mettait les muffins sur un plat. Il en a disposé trois sur une assiette à part.

« Je crois qu'il se doute de quelque chose, a dit D.

– Alors, on continue à surfer sur la vague tant qu'on peut.

– Ça me met mal à l'aise de lui mentir.

– Laisse tomber. On a d'autres sujets à aborder.

– Je ne veux pas servir d'arbitre.

– Tant pis. Ça fait partie de ton travail. »

C'était autrefois le vote de Rae qui nous départageait, jusqu'à ce que nous découvrions qu'elle pouvait être achetée. Nous l'avons évincée de toute intervention en cas de conflit.

« N'essaie pas d'influencer son vote », a dit maman en entrant dans la cuisine. Elle a pris un muffin sur le grand plat et un autre dans le trio des exclus. « C'est pour Al ? » a-t-elle demandé.

Demetrius a hoché la tête et est retourné dans le bureau. Maman et moi lui avons emboîté le pas, ajoutant chacune une couche à nos points de vue divergents. Maman a brièvement reporté son attention sur les muffins, essayant de se rappeler quelle main tenait la marchandise de contrebande, et laquelle le casse-dents à base de farine complète. Elle a tendu à papa le muffin de sa main gauche et a mordu dans l'autre.

« Une première année à la fac ne devrait pas faire l'objet d'une surveillance, ai-je dit.

– Ils s'inquiètent pour son avenir, Isabel. »

Assis derrière son bureau, Demetrius a imité papa et tenté de faire comme si nous ne nous adressions pas à lui.

« Demetrius, ai-je dit pour le forcer à répondre, n'oublie pas à qui tu dois ta libération.

– Arrête de jouer la carte “Je t'ai sorti de prison”, a dit maman.

– Je suis la Suisse, a répondu Demetrius, comme d'habitude.

– Il n'y a pas de Suisse à l'agence Spellman. Tout le monde prend parti », ai-je psalmodié.

Papa a mordu dans son muffin et fait une grimace. Qui n'exprimait pas la satisfaction. Puis il a déclaré d'un ton aussi sec que devait l'être son muffin : « Cette fois encore, Demetrius, tu t'es surpassé.

– Merci, Al, a répondu D, sachant que le compliment était un mensonge éhonté.

– Prends parti, que je n'aie pas à les écouter discutailler toute la journée. »

Demetrius était manifestement partagé quant à sa décision. N'ayant eu aucune vie privée pendant quinze ans, il tenait à respecter celle des autres tout en ayant pitié du sort de la jeune étudiante. Mais on peut supposer qu'il y a une différence considérable entre le fait de ne pas pouvoir se servir de toilettes avec un minimum d'intimité et celui d'être surveillé à distance par une bande de détectives privés inoffensifs.

« Prends l'affaire, a-t-il dit. La fille est majeure. Si elle franchit la ligne jaune, elle risque d'avoir un casier toute sa vie. »

C'est ainsi que nous avons hérité de l'affaire Vivien Blake.

Même moi, je dois reconnaître qu'il y avait une certaine symétrie dans les dossiers entrés récemment : surveiller un mari, une sœur et une fille, simultanément. Je sais ce que vous pensez : ces trois cas vont certainement se recouper et converger à la fin. Mais ne vendez pas la peau de l'ours trop tôt. Ce genre de conneries n'arrive que dans les romans policiers. Si vous arrêtiez de faire des hypothèses et que vous laissiez l'histoire se dérouler à son rythme ? Je ne sais pas moi-même comment tous les morceaux vont s'agencer.

ON REMPLIT LES BLANCS

Je suppose qu'il est temps de prendre un crayon pour colorier entre les lignes de ce dessin primitif, de les repasser et de les cerner. Si vous avez envie d'un portrait plus complexe, vous pouvez lire les quatre documents précédents. C'est comme vous voulez. Rappelez-vous que je ne peux pas vous obliger à faire quoi que ce soit. Alors ne vous énervez pas contre moi sous prétexte que j'ai fait une petite suggestion. Mais pour vous simplifier les choses, je vous renvoie à l'appendice, où vous trouverez un résumé complet de tous les acteurs principaux de cette saga. Et il se trouve que c'est moi l'actrice principale.

Mon nom, si je ne l'ai pas déjà mentionné, est Isabel Spellman. J'ai trente-quatre ans et suis le deuxième enfant d'Albert et Olivia Spellman. J'ai des antécédents de délinquance et d'arrestations ponctuelles, mais j'aime à croire que tout ceci est derrière moi. Hélas, les autres ne partagent pas cet avis. J'ai une sœur beaucoup plus jeune, Rae, en première année à l'université de Berkeley, et qui brandit à ma suite l'étendard de la révolte. Mais c'est une contestataire beaucoup moins désorganisée et imbibée d'alcool que moi. Rae habite le studio en sous-sol de notre frère et reste employée à temps partiel de l'agence Spellman. Nous avons le métier de détective privé dans le sang. Rae a commencé à travailler pour l'entreprise familiale à six ans, et a tenté désespérément de mettre ses pas dans les miens. Moi, j'ai commencé à douze ans, étant moins désireuse de suivre les pas de ceux qui me précédaient. J'ai fini par travailler pour de bon dans l'entreprise familiale parce que j'étais douée pour cela, et pas pour grand-chose d'autre, surtout pas les activités licites. Je pensais qu'un jour je découvrirais ma véritable vocation et passerais à autre chose, mais il se trouve que mon vrai talent, c'est celui-là. On pourrait croire que j'ai accepté mon sort à contrecœur, ce qui n'est pas le cas. J'en suis satisfaite, à ceci près qu'il s'assortit de responsabilités, et il arrive que je sois rongée par des doutes sur moi-même. Le problème, quand on est détective privé, c'est qu'on doit prendre des décisions morales chaque jour. J'ai fini par accepter le fait que je me trompe parfois, et que lorsque ça m'arrive, je ne le vois pas toujours. Cela dit, j'ai en général raison.

Le dernier Spellman est mon frère aîné, David Spellman. David était en même temps l'enfant chéri aux cheveux noirs et la brebis galeuse de la famille – un garçon incroyablement beau, juriste de haut vol, avec une penderie pleine de costumes très classe et une collection sidérante de produits de beauté pour homme. Mais je décris là l'ancien David. Le nouveau David est maintenant père au foyer et s'occupe de Sydney, sa fille de dix-huit mois. Le contraste entre les deux David n'est pas aussi énorme que celui entre Jekyll et Hyde, mais il s'en rapproche. L'ancien David était un requin, le genre de beau mec parfait qui peut mettre certains mal à l'aise. Étant sa sœur, je le trouvais plutôt infect. Il avait une aptitude monstrueuse à la vanité tout en réussissant à se faire passer pour réaliste. Il attirait les gens parce qu'il savait leur donner l'impression qu'ils étaient exceptionnels. Il se souvenait de leur nom, leur posait des questions et, tel un homme politique, se rappelait les détails insignifiants de leur vie. Moi, j'ai tendance à ne pas me souvenir des faits, sauf si je peux les utiliser contre vous par la suite. Mais je suppose qu'il est inutile de parler de l'ancien David. Il a disparu et je ne pense pas qu'il reviendra. Je ne peux pas dire qu'il me manque. Devant lui, je me sentais toujours nulle, même s'il cherchait rarement à m'humilier. Mais il a fallu s'habituer au nouveau David : celui-ci ne se préoccupe plus du tout de vanité ou d'ambition personnelle. Toute l'énergie qu'il consacrait autrefois à lui-même est maintenant vouée à sa fille, Sydney. On dirait le double débraillé de l'ancien David, avec un bébé de dix-huit mois perché en permanence sur sa hanche. Si ma famille a eu du mal à s'adapter à ce nouvel avatar, je n'imagine même pas ce que cela a dû être pour sa femme.

David est marié avec Maggie Mason, une avocate qui est jadis sortie avec Henry Stone, mon ex n° 13 – avec lequel je vis toujours[1]. Je sais que ça peut sembler paradoxal. (Je fais toujours allusion à mes copains, en cours ou précédents, au passé. Il me paraît plus facile d'anticiper le pire.) Je suis assez douée pour voir les défauts des gens, mais avec Maggie je ne suis pas arrivée à grand-chose. Comme elle refuse de cacher ses faiblesses, je suppose qu'on finit par les chercher.

Et maintenant, laissez-moi vous parler du dernier membre en date du clan Spellman. Enfin, du dernier membre en date qui n'utilise pas de bavoir. Demetrius Merriweather, employé ces six derniers mois, a une histoire qui remplirait un livre à elle seule[2]. Il y a dix-huit ans, Demetrius avait été accusé à tort du meurtre de

1. J'en viens à lui dans quelques pages.
2. Enfin, une partie d'un livre pour être plus précise (voir document n° 4).

sa voisine, Elsie Collins. D, comme j'aime l'appeler parce que j'ai tendance à être paresseuse, a passé quinze ans en prison pour un crime qu'il n'avait pas commis. Maggie[1] et moi nous sommes occupées bénévolement de son affaire jusqu'à sa remise en liberté il y a six mois. La famille de Demetrius (ce qu'il en reste) habite Detroit. Il y était accueilli bien volontiers, mais après une visite pour Noël, D a décidé qu'il était maintenant trop habitué au climat de la Californie, même s'il n'en profitait guère qu'une heure par jour. Dès qu'il a été remis en liberté, mes parents lui ont proposé le studio sous le toit (que j'ai occupé de nombreuses années) et un travail. D est un homme pieux, capable de pardonner beaucoup. Sa réinsertion dans le monde semble ne pas avoir fait de vagues. Mais rien n'est jamais conforme aux apparences. Comme toutes les personnes que je connais, il cache quelque chose.

Il s'est presque écoulé deux ans depuis la dernière fois que j'ai éprouvé le besoin de décrire les activités de ma famille. Beaucoup de choses peuvent se passer en deux ans, comme vous le verrez. Et j'ai beau vouloir croire que je suis arrivée à l'âge adulte comme une fleur, que les choses soient bien claires : je me bats encore pour y parvenir.

1. Si vous avez déjà oublié qui c'est, je vous suggère de consulter ou, au moins, de vous mettre au sudoku.

L'EFFET DEMETRIUS

S'il y a eu beaucoup de changements fâcheux dans ma vie professionnelle, la présence de Demetrius Merriweather ne peut être ajoutée à la liste. Il travaille plus efficacement et de façon moins désorganisée que tous les autres employés de l'agence Spellman, moi comprise. Il a également des talents de cuisinier, il est doué pour la conversation et fait parfois entendre la voix de la raison dans la maison Spellman. Cela dit, toute médaille a son revers.

Quelque temps après l'installation de Demetrius Merriweather dans la maison Spellman, maman a commencé à prendre de grands airs. Je soupçonne la chose d'avoir commencé peu de temps après sa première visite à l'église en compagnie de D, lorsqu'elle a constaté qu'il y avait dans cette ville de dingues qui est la nôtre pas mal de gens qui croient au respect et au pardon des offenses, qui se lèvent tôt le dimanche matin et revêtent des ensembles de couleurs vives, bien repassés, que l'on peut difficilement confondre avec des vêtements de nuit. Ma mère a aussi remarqué que les nouveaux amis de Demetrius étaient bien élevés et réussissaient à faire des phrases complètes sans utiliser de gros mots en guise de ponctuation ou de qualificatifs. C'est alors seulement qu'elle s'est avisée que Demetrius lui-même était bien élevé. Ce qu'elle n'avait pas remarqué, alors qu'il travaillait dans le même bureau qu'elle depuis trois mois.

D vivait sous le même toit que mes parents et nous tutoyait tous, mais ça ne l'empêchait pas de dire toujours « bonjour » et « au revoir » (seulement quand il s'en allait, bien entendu), ce qui contrastait avec mes formules habituelles de « salut[1] » ou d'« adieu[2] ». Quand on lui posait une question grotesque, il répondait avec diplomatie : « Ça mérite réflexion. »

« Tu sais, depuis que je le connais, D ne m'a jamais demandé si j'avais fumé du crack », m'a dit ma mère un matin de bonne heure, pendant le café mentionné en note. Je me demande ce que sa remarque signifiait au juste. Mais je peux vous dire ceci : après avoir utilisé pendant des années un langage plutôt vert, ma mère a viré très B.C.B.G.

C'est peu après l'incident de l'église – comme j'ai fini par le désigner, même si je sais qu'il ne s'agissait pas d'un incident –, que ma mère a changé. Elle s'est arrêtée de jurer du jour au lendemain. Cependant, comme une fumeuse au long cours, elle a eu des rechutes occasionnelles : elle s'interrompait après la première syllabe, ou elle laissait échapper un gros mot ou une phrase complète, et disait alors « oh, pardon ». Dans la période pré-Demetrius, maman n'hésitait pas à pimenter la phrase la plus anodine d'une grossièreté. « Passe-moi cette putain de casserole », par exemple, était une phrase pour laquelle j'aurais besoin de vingt zéros si je voulais compter les fois où je l'ai entendue.

Cette époque était révolue. « S'il te plaît » et « merci » ont remplacé les expressions plus colorées dans sa bouche. On avait

1. Un grognement assorti d'une demande de café.
2. « Je me casse. »

l'impression de regarder un jeu de Mad Lib* anormalement correct, où elle expurgeait son langage spontané, lui substituant une version plus élégante. Mais comme je dis toujours, il faut savoir faire preuve de tolérance[1]. La façon dont ma mère veut parler la regarde, mais quand elle essaie de nous imposer ses principes à nous autres, là, je ne suis plus d'accord.

La première leçon de politesse de ma mère s'est passée comme suit :

« Maman, passe-moi l'agrafeuse », ai-je demandé.

Elle m'a répondu par un toussotement.

« Tu as besoin de sirop ? ai-je repris.

– Non.

– Je peux avoir l'agrafeuse ?

– Je peux avoir l'agrafeuse… *mon chien* ?

– Hein ?

– Qu'est-ce qu'on dit ?

– Je ne sais pas. Qu'est-ce qu'on dit ?

– "S'il te plaît." "Je peux avoir l'agrafeuse, *s'il te plaît* ?"

– On ne dit pas ça.

– Eh, si.

– Oh putain ! Je vais la chercher moi-même. »

Bien évidemment, pendant le temps qu'a duré cette conversation, j'aurais eu celui de réunir toutes les agrafeuses de la maison. Je me souviendrai dorénavant de ne plus demander le moindre objet se trouvant à moins de vingt mètres.

J'ai vu ma mère observer Demetrius du coin de l'œil. Il tapait à toute vitesse un rapport de surveillance avec deux doigts et ne nous prêtait aucune attention.

---

* Jeu où les participants remplacent les mots laissés en blanc dans une histoire par des mots de leur cru, avec un effet le plus souvent incongru, voire graveleux.

1. C'est sans doute la première fois que je le dis.

« Sois gentille de surveiller ton langage dans cette maison, m'a dit maman en haussant assez la voix pour être entendue par Demetrius ou le voisin, Mr. Snodgrass.

– Maman, D a passé quinze ans en prison. Il a entendu pire. Et je parie que, côté vocabulaire, il pourrait t'en apprendre énormément.

– Ceci est notre lieu de travail. Nous devons respecter les critères professionnels.

– Depuis quand ?

– Depuis qu'un être humain civilisé a commencé à travailler ici.

– D, ça te dérange si je dis des gros mots ?

– Non, tant que tu ne le fais pas devant ma mère.

– Tu vois ? ai-je dit en regardant la mienne. Je promets que quand Mrs. Merriweather viendra nous voir, elle sera traitée comme la reine d'Angleterre. »

On pourrait croire qu'un homme qui vient de sortir de prison est un peu rugueux sur les bords, ou pire, extrêmement affûté. Mais aucun des stéréotypes de l'ex-taulard ne convient à D. Sauf un : jamais il ne supporte d'être le dos à une porte (nous avons dû beaucoup bouger les meubles pendant ses premières semaines chez nous). Ce que je veux souligner, c'est que beaucoup de choses ont changé quand Merriweather est entré dans la maison Spellman. Maintenant qu'il est devenu membre de la famille, il devrait se rendre compte qu'un jour il y aura un prix à payer pour cela.

Exemple : À l'époque où j'enquêtais sur l'erreur judiciaire ayant conduit Demetrius en prison, je portais un T-shirt disant :

Justice pour
Merri-Weather

Je le portais assez souvent – deux fois par semaine peut-être – et j'en avais fait faire plusieurs pour ne pas avoir de soucis de machine à laver. Quand on a fait sortir D de prison, j'ai cessé de porter les T-shirts, et ils ont disparu. Et puis, ils ont ressurgi. Sur Rae, qui les portait chaque fois qu'elle revenait à la maison. Ce que D trouve particulièrement agaçant, parce qu'il est maintenant libéré et qu'il estime que la justice a fini par triompher. Cependant Rae a très légèrement modifié le T-shirt. Elle a ajouté des dollars pour encadrer le texte. Le « message » qu'elle voulait faire passer à Merriweather étant que justice ne serait rendue que lorsqu'il aurait fait un procès retentissant et empoché deux millions de dollars, soit pour les mettre de côté comme poire pour la soif, soit pour acheter une maison à Pacific Heights.

La conversation entre ces deux-là suit toujours le même schéma.

D : Rae, tu peux cesser de porter ce T-shirt, s'il te plaît ? Ça me rappelle une époque que je préférerais oublier.

RAE : J'aimerais te faire plaisir, mais ce n'est pas possible.

D : Et pourquoi ?

RAE : Il y a un délai de prescription pour les procès concernant les erreurs policières. Ça me ferait vraiment de la peine de te voir gâcher tes chances de devenir millionnaire.

D : Je ne veux pas être millionnaire.

RAE : C'est idiot. Tout le monde en rêve.

D : Je ne veux plus parler de ça.

RAE : On en reparlera la semaine prochaine.

Tant que Rae est à l'université, ses heures de travail sont limitées à dix par semaine, le couple parental voulant être sûr que les études de leur fille ont la priorité. Quand elle travaille, ses tâches peuvent aussi bien consister à faire des factures de clients que des surveillances. Comme elle a accès au serveur principal depuis son portable, il m'arrive de ne la voir que le vendredi après-midi pour la réunion hebdomadaire du conseil d'administration des Spellman. C'est le moment où nous discutons des affaires nouvelles, réglons les conflits internes, laissons à Rae la parole pour ses innombrables projets visant à améliorer l'agence. Rae a toujours aimé l'argent, mais depuis qu'elle a commencé son cours de gestion à l'université, ses relations avec lui ont franchi une nouvelle étape. En fait, ma sœur, qui était jadis l'enquêtrice la plus motivée de la famille, semble parfois maintenant n'être plus guère là que comme membre conseil. Mais un conseil enthousiaste, c'est le moins que l'on puisse dire. Nous lui demandions au début de glisser ses suggestions dans une boîte destinée à cet usage ; mais quand elle a découvert que je les passais à la déchiqueteuse, mes parents l'ont autorisée pour la calmer à parler pendant quinze minutes à chaque réunion. Une fois qu'elle a dit ce qu'elle avait à dire, elle se désintéresse de ce qui se passe et tue le reste du temps à envoyer des SMS, regarder sa montre et ponctuer chaque minute d'un long soupir las.

LA MUSARAIGNE, L'AIGLE, LA TORTUE ET LA FOUINE

En dehors de l'abréviation commune d'« Izzy » pour « Isabel », je n'ai jamais eu de surnom officiel, hormis « Celle-là », que j'ai entendu pendant la majeure partie de mon adolescence. Et je crois important de souligner que je n'ai jamais souhaité en avoir un. Et tout aussi important de signaler que, chez les Spellman, ce que je souhaite n'a jamais intéressé le moins du monde les autres membres de la famille.

C'était la fin de l'après-midi lorsque mon père et Rae sont rentrés après une surveillance fastidieuse qui avait duré toute la journée. Pour se récompenser d'avoir subi la compagnie de papa pendant huit heures, ma sœur s'est octroyé une glace à la vanille nappée de chocolat fondu qu'ils ont partagée. Je soupçonne cette gourmandise d'avoir eu un effet pharmaceutique sur la chimie cérébrale du duo, car leur humeur s'est améliorée d'une façon qui, en règle générale, est plutôt induite par l'absorption d'alcool. Quand ils sont rentrés à la maison, Rae a vu ma mère somnoler sur le canapé du salon.

« L'Aigle dort, a-t-elle chuchoté.

– Où est la Musaraigne ? » a demandé papa.

Sans me douter que j'étais la Musaraigne, je suis sortie de la cuisine et me suis dirigée vers le bureau, en passant près d'eux comme s'ils étaient invisibles.

« La Musaraigne se déplace », a soufflé papa sur un ton de conspirateur.

Papa et Rae m'ont suivie dans le bureau et m'ont expliqué qu'ils avaient occupé l'intégralité de leurs huit heures à trouver un surnom à chaque membre de la famille. En poursuivant mon interrogatoire des intéressés, j'ai découvert que papa avait dormi deux de ces huit heures, et que ma sœur en avait profité pour travailler. Trois autres heures ont été passées en filature active, ce qui excluait tout bavardage superflu. Donc, en toute logique, ils n'avaient consacré que trois heures à la recherche de sobriquets. Façon assez sotte de passer le temps malgré tout. Et ce qui en a pris le plus aux deux individus en planque dans la voiture, apparemment, ce n'a pas été de trouver mon surnom ni celui de maman, mais de se bagarrer à propos des leurs. Papa a été surnommé la Tortue d'emblée et il a eu beau essayer à plusieurs reprises de se débarrasser de ce sobriquet pour un autre plus cool, Rae lui a passé à chaque fois une couche supplémentaire de Super-glue. Le premier surnom que papa avait trouvé pour Rae était « le Diable de Tasmanie », mais ils sont l'un et l'autre tombés d'accord qu'il était ridicule de donner un surnom beaucoup plus long que le vrai prénom, et finalement, il a trouvé « la Fouine ». Rae a refusé de l'accepter sans avoir un second avis positif, que je me suis empressée de donner.

Elle a froncé les sourcils en disant : « Bof, bof, il y a pire. »

Il restait quelques questions en suspens après leur présentation plutôt longuette.

« Et David ? ai-je demandé.

– On hésite encore entre un surnom pour l'ancien David ou un pour le nouveau[1].

1. L'ancien David serait sans hésitation le Requin. Je n'ai aucune idée de l'animal qu'est le nouveau David. Peut-être le Kangourou.

– Et Demetrius ?

– On l'appelle tous D, alors on s'est dit qu'un surnom suffisait, a dit papa.

– Toi, c'est la Musaraigne, au cas où tu aurais raté un chapitre.

– Pas question.

– Eh si ! Tu veux savoir pourquoi ?

– Non, merci.

– Parce que tu aimes creuser et que tu te moques des jolies fleurs que tu déracines en farfouillant dans la boue.

– Je ne veux pas de surnom.

– Le problème avec les surnoms, c'est que ce n'est pas toi qui décides si tu en as un. »

Le téléphone a sonné, mettant enfin un terme à cette conversation.

Après un bref échange, mon père a raccroché et s'est tourné vers moi.

« C'était Walter, a-t-il annoncé.

– Qu'est-ce qu'il y a encore ?

– Il croit avoir laissé la cuisinière allumée, une fois de plus. »

C'est vrai qu'il y a sur la liste des dossiers en instance chez les Spellman une dernière affaire que je n'ai pas mentionnée.

WALTER PERKINS

L'« affaire » Walter Perkins, si on peut l'appeler ainsi, était fort simple. Pendant son entretien d'inscription chez nous (à l'époque glorieuse d'avant les noms de code), il a expliqué qu'il avait besoin d'une personne de confiance pour aller vérifier son appartement de temps à autre en son absence. J'ai suggéré qu'il était peut-être plus souhaitable qu'il fasse appel à un voisin ou à un ami, mais il a expliqué qu'il avait parfois besoin qu'on y aille même quand il était en ville mais indisponible. Quand je lui ai demandé à quelle fréquence ces visites seraient nécessaires, il m'a répondu qu'il pourrait me demander d'aller voir une fois par mois, ou par semaine, ou par jour : il cherchait à avoir l'air détaché, mais sa voix oppressée l'a trahi.

La première fois qu'elle a rencontré Perkins, ma mère l'a trouvé tendu et nerveux ; les efforts qu'il faisait pour présenter sa demande comme banale lui donnaient un rire de crécelle qui soulignait son mensonge. Ma mère a répondu à Mr. Perkins qu'elle allait regarder notre agenda pour voir si nous pourrions nous charger de son affaire. Ce genre de travail n'était pas dans notre gamme d'enquêtes habituelle et il y avait dans sa simplicité quelque chose qui dérangeait ma mère.

Elle s'est alors livrée à une investigation assez longue sur notre client potentiel – une habitude que nous n'encourageons pas, dans un souci d'économie. Walter Perkins est professeur de mathématiques et ne traîne derrière lui ni casier judiciaire ni poursuites au civil. Il a divorcé récemment, mais apparemment à l'amiable. Malgré tout, les soupçons de ma mère s'étalaient comme une plaque d'eczéma.

Pendant trois jours, elle s'est renseignée pour savoir si nous ne nous embarquions pas sur une galère où nous serions obligés de garder un chat ou un chien, ou d'entretenir un jardin botanique, ou de veiller sur un appartement qui en fait n'était pas celui de Walter. Une fois les éventualités les plus fâcheuses éliminées, nous avons accepté l'affaire. Ou plus exactement, j'ai convaincu ma mère d'accepter l'affaire. Les temps sont durs ; nous ne pouvons pas nous permettre de refuser un travail facile sous prétexte qu'il n'est pas dans notre répertoire habituel. La demande de Walter était peu banale, mais en rien contraire à l'éthique. Maman a accepté à une seule condition : que je me charge de toutes les communications directes avec Walter qui, d'après elle, sentait à plein nez son emmerdeur du gabarit de Scharfenberger[1]. Mon nez ne décelait rien, aussi ai-je téléphoné à mon nouveau client ; nous nous sommes mis d'accord sur un tarif horaire et il m'a donné les clés de son appartement.

Au cours des deux premiers mois où nous avions travaillé pour Walter, je m'étais attachée à lui comme client, bien que je ne l'aie rencontré qu'une seule fois en chair et en os. En général, nos transactions se déroulent selon un rituel invariable :

Walter me téléphone. Il croit avoir laissé le poêle allumé. Ou sa porte d'appartement mal fermée. Ou parfois une fenêtre entrebâillée (il habite au quatrième, alors je ne vois pas exactement ce

1. Frank Scharfenberger, mort en 1996. À ce jour, le client le plus pénible que nous ayons jamais eu.

qu'il redoute – les mouches ?) ; quelquefois il a peur que sa baignoire ne déborde[1]. Ou que la prise d'un appareil soit restée branchée. Ou qu'une chaussette baladeuse soit tombée du panier à linge. D'autres fois, ses craintes sont plus sérieuses.

Il y a un incendie, une inondation dans l'appartement ; ou il s'effondre. Sans raison particulière. Ces peurs se calment quand je vais vérifier son appartement et lui dis que tout va bien. En fait, la seule anomalie dans l'appartement s'est produite après mon passage, un jour où j'étais allée vérifier une fuite de gaz. Walter a remarqué mes empreintes sur la moquette beige immaculée quand il est rentré de son travail. J'ai aussitôt trouvé une parade pour éviter de troubler l'ordre régnant chez mon client : j'ai ôté mes chaussures et brossé la moquette en partant après chaque visite.

En fait, j'ai constaté que Walter ne voyageait pas, mais il risquait de perdre son travail car il lui arrivait de quitter brusquement le campus en plein milieu d'un cours, voire d'une phrase. Ces brusques départs le faisaient ressembler à un détenu cherchant à s'évader. Maintenant, il lui suffisait de passer de son bureau un court appel ou d'envoyer un texto de derrière son pupitre.

Il était 15 h 42 quand je suis arrivée à l'appartement de Walter. Après être entrée et avoir vérifié les brûleurs, je lui ai téléphoné pour lui annoncer la bonne nouvelle habituelle.

« Tout est en ordre.

– Merci, m'a répondu Walter avec un profond soupir, comme s'il avait retenu son souffle.

– Autre chose ? ai-je demandé, car il y avait en général autre chose.

1. Alors que Walter ne prend pas de bains. J'ai demandé.

– Pouvez-vous aller voir le lavabo de la salle de bains pour vous assurer que j'ai bien arrêté l'eau ? »

Il est possible de faire semblant de vérifier quand je parle au téléphone et que je sais, compte tenu de multiples exemples, que la réponse sera négative. Mais jamais je ne raconte d'histoires à Walter. Je suis payée pour ce boulot et je fais ce qu'il attend de moi.

« Tout est en ordre », ai-je dit en serrant les robinets, qui étaient déjà serrés.

Walter a poussé un autre soupir et a raccroché. En ratissant le tapis en marche arrière pour atteindre la porte, j'ai remarqué que la prise du grille-pain était toujours branchée. Parmi la multitude des peurs de mon client, celle des incendies provoqués par l'électricité vient en troisième position, après les canalisations bouchées et la rupture d'une conduite d'eau. J'ai débranché le cordon et regardé la prise avec une sensation de malaise surprenante. J'avais l'impression qu'il y avait quelqu'un d'autre dans l'appartement. Compte tenu du comportement imprévisible de mon entourage, j'imagine que j'éprouvais un certain réconfort devant la cohérence scrupuleuse de Walter. J'ai résolu de ne pas parler de cette anomalie. Si Walter craignait d'avoir des absences, cela ne ferait qu'aggraver les choses. De nouveau, j'ai brossé la moquette et suis partie, essuyant la poignée avec mon mouchoir en refermant la porte.

Vous croyez peut-être qu'un problème comme celui de Walter serait mieux traité par des spécialistes. Croyez-moi, j'ai essayé de le lui dire après ma troisième visite. Il m'a assuré qu'il avait fait la tournée complète des médecins, psychiatres, psychologues, médiums, thérapeutes spirituels ; il avait même consulté un coach de vie qui, d'après lui, était le plus grand charlatan du lot.

Avant le départ de sa femme, sa situation était plus ou moins sous contrôle. L'agence Spellman l'a ramené à son état antérieur d'équilibre. « Équilibre » n'est pas un mot normalement associé à mes proches.

PROBLÈMES DOMESTIQUES

Chez les Spellman, il y a un bouillonnement permanent de conflits, bizarreries et subterfuges. Et je dois avouer que je finis par trouver cela tout à fait normal. Mais comme dans toutes les familles, il finit par y avoir accumulation, comme celle des gouttes imaginaires du robinet de la baignoire chez Walter. Je ne remarque un brusque déluge que de temps à autre.

Un certain mercredi d'octobre, une série d'événements inhabituels a fait dévier de sa trajectoire une matinée banale, provoquant une soirée chaotique. La journée avait commencé comme n'importe quelle autre. J'étais au bureau, en train de classer, parce que j'avais choisi la pierre pour battre les ciseaux. Ce genre d'énoncé demande sans doute à être explicité.

Tous les employés de l'agence Spellman détestent le classement. Je persiste à dire que c'est moi qui l'exècre le plus, mais cela ouvrirait un débat du genre « qui a le plus horreur de ça ? », ce qui est presque aussi fastidieux que la tâche en question. Pendant toute l'année, nous avons joué à pile ou face, tiré à la courte paille et utilisé un système de loterie pour être dispensés de cette odieuse corvée. Quand D est venu travailler chez nous, il a eu la gentillesse de s'en charger, et il classait dès que quelqu'un n'était pas là pour l'en empêcher ou lui proposer de prendre sa place. Mais Rae, malgré ses absences fréquentes, nous a fait remarquer qu'entre la cuisine (à laquelle D prend plaisir) et les courses de ravitaillement (ma mère ne prend jamais les bons articles), nous traitions D plus comme un domestique que comme un collègue. Comme tout le monde adore D, nous avons aussitôt compris que nous nous comportions mal, et avons décidé de répartir le travail entre les quatre employés permanents.

Toutefois, à la différence de gens sains d'esprit en pareille situation, nous n'avons pas essayé de nous partager équitablement la tâche. Au lieu de cela, Rae a suggéré que nous jouions à pierre-feuille-ciseaux pour savoir à qui incomberait la corvée. Pour des raisons que je ne m'explique toujours pas[1], nous avons tous accepté.

On pourrait croire que ce jeu n'exigeant aucun talent particulier et étant presque entièrement basé sur le hasard, je me retrouverais chargée de ce travail une fois sur quatre environ. Mais ma moyenne a été de 72 %[2] à l'époque.

J'étais donc là, en train de faire du classement pour la troisième semaine d'affilée ; le téléphone sonnait, le bureau était vide et j'ai remarqué que la pause-café de ma mère et de Demetrius se prolongeait nettement au-delà de deux heures. En fait, pendant ces dernières semaines, les passe-temps de maman mordaient de plus en plus sur ses heures de travail. J'appréciais assurément le fait d'avoir le bureau pour moi toute seule, mais pas au détriment de notre travail. Au début, j'avais considéré les activités extra-professionnelles de maman comme une sorte de répétition générale avant sa retraite. Mais ces derniers temps, j'avais commencé à trouver des failles

1. Une expérience collective de lavage de cerveau, peut-être ?
2. Oui, je conserve un tableau.

dans cette théorie ; il y avait autre chose en jeu. J'ai remarqué une pile de paperasses grandissante sur son bureau, ainsi qu'une série d'erreurs dans des rapports de surveillance tapés au petit matin. J'ai décidé de mettre un terme à sa pause-café et ai parcouru la maison en quête de D et d'elle.

Je les ai trouvés tous les deux assis dans des chaises longues dans le jardin de derrière, en train de flemmarder comme si c'était un dimanche après-midi et qu'ils n'avaient rien à faire. Si je n'ai encore jamais parlé d'un jardin, c'est qu'il n'existait pas auparavant. Le jardinage comptait parmi les passe-temps très récents de maman. Elle avait planté des vivaces et quelque chose qui ressemblait à de la marijuana, je le jure. Apparemment, elle a lu dans mes pensées car elle m'a dit : « N'essaie pas de fumer ça, Isabel. C'est un érable du Japon[1]. » J'ai pris quelques instants pour examiner l'état des plantes : aucune n'était crevée, mais cela ne voulait pas dire grand-chose. Elles se portaient bien quand elle les avait achetées, et il n'y avait de cela qu'un mois. Oubliez le jardin. Les employés absents étaient allongés sur leur chaise longue, le même livre à la main et, curieusement, la même expression perplexe sur le visage. Entre eux se trouvait une assiettée des scones aux canneberges secrètement célèbres de D. Je n'avais pas faim, mais j'en ai chopé un et ai mordu dedans.

Comme d'habitude, ma mère s'était isolée pour réviser fébrilement en vue de la réunion de son club de lecture, un truc dissuasif. Je n'avais toujours pas deviné la raison pour laquelle elle s'y était inscrite au départ. Toute cette affaire avait un parfum de mystère. Pour la plupart des femmes, un club de lecture est au pire une corvée, au mieux une façon d'avoir accès gratis à

1. Hélas, c'était vrai.

un buffet et à du vin (et à de la littérature, si ce genre de chose vous intéresse). Mais je n'arrivais pas à voir ce que ma mère pouvait bien y trouver. Elle avait rarement quoi que ce soit d'intéressant à dire à propos d'un livre ou des autres membres du groupe, et elle s'y mettait toujours à la dernière minute, ce qui provoquait chez elle un stress aussi intense que la pratique de la lecture rapide pour un test de compréhension. Ce mois-ci elle avait pris un retard considérable, et comme il n'y avait pas énormément de travail, elle avait demandé l'aide de D, qui lui servait de Cliff Notes* ambulantes. Mais le délai était si court que maman ne pouvait lire que la première moitié pendant que D lisait la seconde à l'aveugle, signalant seulement les points saillants. Il se battait contre une série de questions provoquées par les incongruités narratives.

« Qui est Mark ? a-t-il demandé.

– Le conseiller spirituel de la fille.

– Ah.

– Et après, qu'est-ce qui se passe ? a demandé ma mère à Demetrius.

– Lynette s'est inscrite à cinq cours à l'Atelier des Savoirs : poterie, cuisine moléculaire, tai-chi, affirmation de soi, et lecture accélérée.

– Je devrais m'inscrire à celui-là », a dit ma mère.

Demetrius a poursuivi : « Elle décide de quitter le stage d'affirmation de soi, mais pour ça, elle prétexte une urgence familiale, sans se rendre compte de l'ironie de son comportement. Qui est Loretta ? Elle n'arrête pas de parler de Lynette, et pas de façon amicale.

* Fascicules destinés aux lycéens et étudiants et offrant un résumé annoté d'œuvres littéraires classiques.

– Sa meilleure amie, qu'elle a trouvée au lit avec son prof de golf.

– Pourquoi elles ne se parlent plus ?

– Parce que Lynette couchait aussi avec le prof de golf.

– Ah ! Ça explique deux ou trois choses.

– Tu as eu la veine d'éviter les dix pages d'invectives sur le golf.

– Je n'y ai jamais joué, a répondu D.

– Le golf miniature, c'est mieux, a déclaré ma mère d'un ton sans réplique[1].

– J'adore aussi. Enfin, j'adorais, autrefois.

– On devrait organiser une journée golf miniature pour l'agence », a dit ma mère.

Une interruption s'imposait à ce stade.

« C'est quoi, le titre de ce livre ? ai-je demandé en mordant une seconde fois dans la petite merveille préparée par D.

– *Cette route que j'appelle mon cœur* », a répondu D, secouant une tête incrédule.

J'ai failli m'étouffer avec le scone.

« Je crois que je vais vomir, ai-je annoncé.

– Attends une minute, ça va passer, a répondu D.

– Est-ce que je peux emporter les scones à mon club ? a demandé maman. Ça m'aiderait peut-être à obtenir un mois de sursis. »

D a hoché la tête tout en continuant à tourner les pages, la mine perplexe. Je me suis dit que les confessions d'une femme d'un certain âge sur son accession à la majorité n'étaient pas sa tasse de thé littéraire habituelle.

« Rappelle-moi pourquoi tu fais ça, déjà ? ai-je demandé à ma mère.

1. Je crois qu'elle a dû y jouer deux fois dans sa vie.

– C'est une bonne chose d'avoir des activités de loisir », a-t-elle répliqué avec dans la voix un petit quelque chose que je n'ai pas réussi à identifier.

Tout ce que je savais, c'est que le club de lecture servait de couverture à autre chose de plus compliqué. Si je voulais des réponses, ce n'était pas en posant des questions que je les obtiendrais.

CONFLIT DE FRATRIE N° 157

J'avais pour habitude de conserver des listes des divers aspects de ma vie. Certains préfèrent un journal, mais moi, j'aime le caractère froid, clinique d'un tableau. Cela fait plusieurs années que je n'ai pas regardé la plupart de mes listes. (J'ai cessé de faire le compte rendu de mes délits il y a au moins douze ans ; ce qui ne veut pas dire que je n'en ai plus commis. Mais conserver une liste était un peu comme conserver des preuves contre moi-même.) Bref, certaines listes subsistent. Et en ce qui concerne l'écriture de ce document, nous avons maintenant atteint le n° 157 dans la rubrique[1] des conflits entre frère et sœurs.

Après le travail, je suis allée tout droit chez mon frère pour une mission de reconnaissance demandée par Maggie. Aller jouer les inspecteurs chez David présentait l'avantage supplémentaire de me dispenser de vivre ma propre vie. Je ne me souvenais pas de la dernière fois où j'avais passé une soirée à la maison. Je savais que Henry commençait à devenir soupçonneux, agacé – et sans doute quelques autres qualificatifs –, et qu'il faudrait que je fasse quelque chose à ce sujet. Mais avant d'avoir mis deux ou trois choses au

1. Cette liste n'est pas exhaustive. Je ne peux pas garder le fil en permanence.

clair, je m'en tiendrais à la Méthode de l'Évitement(TM), ma stratégie favorite chaque fois que quelque chose va de travers dans ma vie personnelle. Vous vous demandez peut-être ce qui allait de travers, mais je n'ai pas envie d'en parler pour l'instant. Le sujet du moment, c'est David, et il est beaucoup plus fun. Pourquoi les problèmes des autres sont-ils si intéressants alors que les nôtres sont si nases ?

Depuis le jour où David est devenu l'heureux père de Sydney, sa faculté et son désir de socialiser avec des êtres humains de plus de cinq ans ont considérablement diminué. Maggie a sollicité l'aide des membres de la famille, et je prends un plaisir tout particulier à cette tâche.

Mes parents, également adeptes du culte de Sydney, sont sous le charme angélique de leur petite-fille de dix-huit mois. Jusqu'à présent, personne n'a remarqué qu'en grandissant, aucune femelle Spellman n'a jamais ressemblé de près ni de loin à un ange. Mais la métamorphose spectaculaire de mon frère n'est cependant pas passée inaperçue du couple parental. Ceci dit, avec le nouveau David vient la Sydney toute neuve, et le rapport coût-bénéfice est sans conteste en leur faveur. Même si le nouveau David a une dégaine à faire fuir.

Toujours affublé de chaussons pelucheux, d'un pantalon de jogging et d'un haut de pyjama choisi parmi une gamme déclinant le thème des vacances, David ne se déplace jamais sans son accessoire de base : un linge de coton jeté sur son épaule, en général couvert de la morve de Sydney ou de nourriture à moitié mâchée, vestiges du dernier repas de celle-ci. Ce qui veut dire qu'une odeur aigre le suit dans la maison. Parfois, sa seule vue me donne l'envie de partir en courant dans la direction opposée.

Maggie arrêtait sa voiture dans l'allée quand je suis arrivée au volant de la mienne. Au moment où nous nous sommes rejointes à la porte d'entrée, ma belle-sœur m'a mis dans la main un billet de cent dollars.

« Pour quoi faire ? ai-je demandé.

– Pour boire.

– J'ai besoin d'une rallonge de cinquante pour David. »

Chose curieuse, Maggie a replongé la main dans son sac.

« Je blaguais, ai-je dit.

– Fais en sorte qu'il rentre bourré, a-t-elle répondu en ouvrant la porte d'entrée.

– Ça ne sera pas très difficile[1].»

Sydney était assise sur une couverture posée par terre dans le salon, et David composait un air sur un xylophone primitif. Hélas, il essayait d'écrire des paroles pour accompagner les notes frappées au hasard. Maggie est restée quelques instants bouche bée, puis elle s'est accroupie, a tapé sur ses genoux et appelé sa fille : « Sydney, viens voir maman !

– Ce n'est pas un chien, a dit David, sûrement pas pour la première fois.

– Il faut qu'elle s'entraîne à marcher, a répliqué Maggie. Tu la trimballes toute la journée. »

Sydney s'est dressée en chancelant et s'est approchée de sa mère avec la dégaine de la plupart des patrons de bistrot à l'heure de la fermeture. Toute ressemblance s'est évanouie quand a retenti la voix d'adorable alien répondant : « Maman ! »

1. J'ai vu le nouveau David pompette après deux verres de vin. Il aurait fallu vingt centilitres de whisky à l'ancien David pour en arriver là.

Maggie a saisi sa fille dans ses bras et a tendu un doigt vers moi en disant :

« Qui est-ce que j'ai ramené à la maison ? »

Sydney a posé sur moi son habituel regard vague, qui chez un adulte se serait traduit par *Vous ne m'êtes pas inconnue. On s'est déjà vus quelque part ?*

« Quoi de neuf ? ai-je demandé à Sydney en lui faisant un signe de tête poli.

– Quoi de neuf ? a répété David sur un ton persifleur.

– Je ne parle pas couramment le petit bébé, d'accord ? Un jour, elle me respectera pour ça.

– Qu'est-ce que tu fais là ? a-t-il demandé.

– Je l'ai invitée, a répondu Maggie.

– Je te préviens que si tu restes dîner, il n'y a que des bâtonnets de poisson. Tu veux une minibrique de jus de fruit ?

– Mmouais. Si tu m'y mets un peu de vodka[1].

– Non. Izzy et toi, vous sortez, est intervenue Maggie. Maintenant. Vous allez dans un bar sportif. Il doit bien y avoir un match de basket, de base-ball ou de hockey ce soir. Vous boirez de la bière en mangeant des manchons de poulet ou autre chose du même genre.

– Hors de question que je sorte ce soir. Je suis épuisé. Et puis, j'ai promis à Sydney que nous finirions *Le Seigneur des anneaux* avant qu'elle se couche.

– Tu sais bien qu'elle ne comprend pas un mot de ce que tu racontes.

– Elle comprend beaucoup plus que tu ne le crois.

---

1. Ce n'est pas une mauvaise idée pour un nouveau produit, si je vous le dis. Je n'ai pas le temps de m'en occuper, mais si vous voulez vous en charger…

– C'est moi qui lui ferai la lecture ce soir, a répliqué Maggie, et je crois qu'on s'en tiendra aux *Œufs verts au jambon**.

– Elle n'aime pas que tu la prennes pour une débile.

– On y va, à ce bistrot, ou pas ? suis-je intervenue. Parce qu'il faut que je commence à prendre ma dose tout de suite, indépendamment du reste.

– Sers-toi dans le bar de la maison », a dit David.

À l'évidence, ce n'était pas la peine de compter qu'il renouvellerait l'offre dans un futur proche, aussi me suis-je versé une rasade confortable de son excellent bourbon. Ces temps derniers, presque tout échappait à l'attention de mon frère.

On a frappé à la porte. David est allé ouvrir. Notre sœur Rae était là, avec un assortiment de sacs et de valises bourrés à craquer.

« J'ai plié bagage », a-t-elle dit, annonçant l'évidence. Ou plutôt, la dramatisant. Sa voiture était garée dans l'allée ; l'entrée du studio indépendant de mon frère n'était qu'à quelques pas de là. Au lieu de charger la voiture en passant, elle avait contourné la maison avec ses valises, était passée devant sa voiture et avait monté les marches de chez David et Maggie pour donner à son geste le caractère le plus théâtral possible.

« Je te souhaite très bonne chance », a dit David cérémonieusement. Ma famille n'est pas aussi cérémonieuse ; c'était donc bizarre.

« Tu vas quelque part ? » ai-je demandé à Rae en avalant une gorgée de bourbon.

Difficile d'expliquer la perfection de ce moment, où j'observais en témoin, le verre à la main, un conflit que je n'avais pas provoqué !

* Livre pour enfants classique outre-Atlantique, par le Dr. Seuss, le créateur du Grinch.

Rae m'a ignorée et s'est adressée exclusivement à David. « Je le répète, je suis désolée.

– À propos de quoi ? ai-je demandé.

– De rien, a répondu précipitamment David. N'en parlons plus. Je suppose que tu as trouvé où loger ?

– Ne t'inquiète pas pour moi », a répondu Rae, tout aussi cérémonieuse.

J'avais l'impression de débouler au troisième acte d'une comédie de boulevard.

« Alors au revoir, a dit David.

– Au revoir », a répondu Rae en tournant les talons et traînant ses bagages pour descendre les marches, ce qu'elle a assorti de grognements.

« Rae part en voyage ? » ai-je demandé à la cantonade, mais sans englober Sydney dans mes interlocuteurs éventuels.

Maggie s'est bornée à secouer la tête. « David a demandé à Rae de libérer les lieux.

– Pourquoi ?

– Je ne sais pas.

– Tu ne sais pas ?

– J'ai *tout* essayé. Personne ne dit rien. Ces deux-là feraient d'excellents prisonniers de guerre, je te le garantis.

– Je peux essayer ?

– Bon courage ! » a lancé Maggie en emmenant Sydney à la cuisine pour lui donner à manger, sans doute.

« Qu'est-ce qu'elle a fait ? ai-je demandé à David.

– J'aime autant ne pas en parler. »

J'ai sorti de ma poche le billet de cent dollars et le lui ai agité sous le nez.

« Est-ce que Benjamin Franklin te fera changer d'avis ?

– Laisse tomber, Isabel.

– Jamais.

– Tu ne peux pas aller voir ailleurs ?

– Si. Mais je n'en ai pas envie.

– Eh bien, si tu as envie de rester pour manger du poisson pané…

– J'espérais t'attirer dans un vulgaire troquet ce soir pour regarder le match.

– Quel match ?

– Oh, non ! C'est pire que je ne pensais.

– Un jour, tu comprendras », a dit David.

J'étais persuadée que non.

« Viens boire *un* verre, David. C'est tout ce que je te demande. Prouve juste que tu es encore un mec.

– Un seul, alors », a-t-il répondu.

Nous sommes partis à pied vers le bar le plus proche, où David a commandé un verre de vin rouge et a mis vingt minutes pour le boire à toutes petites gorgées en me racontant l'intégralité de sa journée avec Sydney. Puis il a posé un billet de vingt dollars sur le bar et s'est éclipsé si vite que je n'ai même pas eu le temps de protester.

J'ai sorti le billet de cent de ma poche et ai dit au barman :

« La tournée suivante est pour moi. »

LA MÉTHODE D'ÉVITEMENT(TM)

Comme le bar était presque vide, il m'a fallu plus longtemps que prévu pour venir à bout du billet de cent dollars que Maggie m'avait donné et des quarante-huit dollars que j'avais en poche. J'ai senti vibrer mon portable dans ma veste, mais je l'ai ignoré jusqu'au moment où j'ai quitté le bar et remonté Polk Street à pas lents. Je n'ai pas pris la peine d'écouter mon répondeur : les messages étaient faciles à deviner.

Mon téléphone a vibré de nouveau. J'ai vérifié l'identité de l'interlocuteur. Cette fois-ci, l'écran affichait « Appel masqué ». Peut-être était-ce une feinte du même, mais j'ai décidé de répondre malgré tout.

« Allô ?

– Allô.

– Allô ? ai-je répété.

– Puis-je demander qui est à l'appareil ? a demandé une voix de femme à l'autre bout du fil.

– C'est vous qui appelez.

– En fait, je crois que c'est vous qui avez appelé, a dit la voix.

– Je ne crois pas. Qui êtes-vous ?

– Je n'aime pas donner ce genre de renseignement à des inconnus.

– Moi non plus, ai-je répliqué.

– J'ai peut-être fait une erreur, a dit la femme.

– On dirait », ai-je répondu avant de raccrocher.

J'ai envoyé à Maggie un SMS pour lui dire que je reprendrais ma voiture le lendemain matin[1]. J'ai hélé un taxi et, vingt minutes plus tard, j'étais chez moi. Ce chez-moi-ci est très différent du précédent dont je vous ai sans doute parlé. C'est une maison pour couple sans enfants sur Inner Sunset. J'ai ramené à deux les arguments pour et contre. Pour : je peux entrer discrètement par une fenêtre. Contre : quelqu'un d'autre peut entrer aussi discrètement. De plus, c'est beaucoup plus grand que mes deux chez-moi précédents, mais je partage cette maison avec quelqu'un, ce qui annule l'avantage en question.

Comme je l'ai dit dans le passé, je ne suis pas une accro des portes. Une fenêtre peut tout aussi bien faire l'affaire pour entrer et sortir. En l'occurrence, elle était même préférable car, en toute franchise, je n'avais pas envie que la personne avec laquelle je cohabitais sache que j'étais rentrée.

J'ai contourné ma maison et ai vérifié où se trouvaient les lumières. Henry est un écolo convaincu et dès qu'aucun humain ne se trouve dans une pièce, les lumières y sont éteintes. En fait, je me suis souvent retrouvée dans le noir quand Henry sort d'une pièce. C'est un réflexe, me dit-il, mais parfois, ça me paraît un manque d'égards. Bref, tout cela pour dire que si une pièce n'était pas éclairée, je savais que la voie était libre. J'ai escaladé la fenêtre du bureau du rez-de-chaussée et allumé la lampe de bureau. Mon téléphone a vibré dans ma poche. J'ai sursauté et me suis cogné le genou contre le cadre métallique du bureau. J'ai grimacé en silence

1. Ils ont un double des clés, car cela se produit assez souvent.

et regardé qui m'appelait. Pour des raisons qui m'échappent encore – le goût du risque, j'imagine –, j'ai répondu.

MOI : Allô ?
HENRY : Où es-tu ?
MOI : À la maison. Et toi ?
HENRY : Très drôle.
MOI : Ça l'est, tu sais.
HENRY : Sans blague, où es-tu ? Elle commence à trouver ça bizarre.
MOI : Ça quoi ?
HENRY : Toi.
MOI : Pourquoi ?
HENRY : Elle se demande si tu existes.
MOI : C'est idiot. Il y a des photos de nous, non ?
HENRY : Oui, mais elle préférerait la version en chair et en os.
MOI : Je crois qu'elle changera d'avis assez vite.
HENRY : Pourquoi tu chuchotes ?
MOI : Parce que je ne veux pas qu'on m'entende.
HENRY : Isabel, notre invitée a pris l'avion jusqu'ici exprès pour te voir.
MOI : Tu l'as emmenée à Fisherman's Wharf ? Parce qu'en général, c'est ce que les gens viennent voir à San Francisco.
HENRY : Isabel, pourquoi tu ne rentres pas ?
MOI : Ne m'attendez pas ce soir.
HENRY : Qu'est-ce que tu fais ?
MOI : Je suis en planque pour l'instant. Je t'appelle quand j'ai terminé.

Avant de me condamner, gardez ceci présent à l'esprit : à aucun moment pendant cette conversation, je n'ai menti à l'ex n° 13. J'étais bien à la maison. Et j'étais en planque.

San Francisco est anormalement riche en maisons équipées d'une annexe dont le nom fâcheux dans ce pays-ci est « studio des beaux-parents ». Quand Henry et moi cherchions une maison initialement, je renâclais à l'idée d'en avoir un, redoutant qu'un jour (ce qu'à Dieu ne plaise), mes parents ne viennent l'occuper, pensant être en droit de le faire. Il a fallu beaucoup de diplomatie pour me convaincre que rien de tel ne m'attendait, et c'est ma mère qui a finalement eu raison de mes objections en me déclarant sans ambages qu'elle préférerait une maison de retraite bas de gamme plutôt qu'une cohabitation avec moi pendant ses vieux jours. J'ai été un peu vexée et immensément soulagée.

L'entrée principale de la maison se trouve à droite, en haut d'un petit escalier. L'entrée socialement acceptable du studio indépendant se trouve au rez-de-chaussée, sur la gauche. Entre les deux, le garage, auquel les deux habitations ont un accès secondaire. Je me suis glissée hors du bureau, qui se trouve dans l'annexe, suis passée par le garage et ai monté l'escalier branlant qui donne accès à la maison par l'intérieur et mène à une porte s'ouvrant sur la cuisine. J'étais donc dans une position excellente pour entendre sans être vue. Les voix – une masculine et l'autre féminine – étaient très claires et nettes. On aurait dit que j'étais une participante silencieuse à la conversation.

Laissez-moi vous présenter Gertrude Stone, la mère de Henry.

GERTRUDE : Comment se fait-il que tu n'aies aucune photo ?

HENRY : Elles sont encore dans les cartons.

GERTRUDE : Tu as sûrement une photo d'elle dans ton portefeuille.

HENRY : (*soupir*) Euhhh...

GERTRUDE : Pourquoi tous ces mystères ? Elle existe, oui ou non ?

HENRY : Pour la dernière fois, maman, elle existe. Parole. Elle termine tard, c'est tout. Tu la verras demain matin.

GERTRUDE : Comment se fait-il que tu n'aies pas de photo dans ton portefeuille ?

HENRY : J'en avais une ! Elle l'a piquée.

GERTRUDE : Pourquoi ?

HENRY : Parce qu'un jour elle a vu un film où une femme montrait une photo de son petit ami à une autre dans un bar. La seconde a été victime d'un vol par la suite, et elle a reconnu le petit ami dans une parade d'identification à cause de la photo dans le portefeuille de l'autre.

GERTRUDE : Et c'était lui le coupable ?

HENRY : Oui, mais ce n'est pas le sujet. L'identification a été facilitée parce qu'elle l'avait vu sur la photo, et ensuite quand il l'a agressée.

GERTRUDE : Oui, mais quelles sont les chances qu'Isabel se trouve dans une parade d'identification ?

HENRY : Plus nombreuses que tu ne le crois. Je peux t'offrir autre chose à boire, maman ?

GERTRUDE : Ma fois, je ne dirais pas non au coup de l'étrier.

HENRY : Tu as bu du vin au dîner.

GERTRUDE : C'était il y a deux heures, Henry.

HENRY : Tu en veux un peu plus ? Je ne crois pas que tu as fini la bouteille.

GERTRUDE : Non. Je voudrais du sérieux.

HENRY : Je crois que j'ai vu du vermouth doux dans l'office[1].

---

1. Croyez-moi, il y a autre chose que du vermouth doux ! Un riche client m'a donné une bouteille de Glenlivet après une enquête particulièrement pénible. Je cache les bonnes bouteilles à Henry, parce qu'il en offre à des gens qui ne sont pas invités (Bernie Peterson) et à d'autres fâcheux (les membres de ma famille).

GERTRUDE : Alors, ça se passe comment avec cette petite amie imaginaire ?

HENRY : Très bien. Tu feras sa connaissance demain.

GERTRUDE : Tu prévois une marche nuptiale pour bientôt ?

HENRY : J'ai du mal à imaginer Izzy dans une cérémonie qui implique une marche nuptiale.

GERTRUDE : Vous avez abordé le sujet des enfants ?

HENRY : Je préférerais qu'on évite ce genre de discussion.

GERTRUDE : Tu ne lui en as pas parlé, alors ?

HENRY : Comment va Edna ?

GERTRUDE : Elle est morte au printemps dernier.

HENRY : C'est tragique.

GERTRUDE : Elle avait quatre-vingt-huit ans. Pourquoi vous n'avez pas parlé enfants ? C'est le genre de sujet qui vient dans la conversation un jour ou l'autre.

HENRY : On a de la liqueur de menthe.

GERTRUDE : Mais pourquoi diable avez-vous ce genre de schnapps ?

Une intervention subtile s'imposait. Il fallait recadrer la conversation et les breuvages offerts. J'ai redescendu sans bruit l'escalier et me suis servie de mon mobile. Henry a décroché à la troisième sonnerie.

« Allô.

– C'est moi, ai-je annoncé.

– J'entends.

– Comment ça se passe ?

– Bien.

– Tant mieux.

– Tu ne sais toujours pas à quelle heure tu rentres ?

– Pas encore. Mais j'ai pensé à quelque chose. Si ta maman veut boire un verre, il y a une bouteille de whisky dans ma penderie, à l'intérieur de ma botte en caoutchouc verte.

– Pourquoi ?

– Parce que j'aime le whisky. Pourquoi ?

– On oublie.

– N'hésite pas à lui en offrir.

– D'accord. Autre chose ?

– Oui. Je ne sais pas où est passée l'autre botte. Alors si tu la vois quelque part, préviens-moi.

– Au revoir, Isabel. »

J'ai décidé que rester assise toute la nuit à écouter en catimini une conversation dans ma propre maison était assez lamentable. J'ai donc cherché dans le bureau un appareil enregistreur à placer juste devant la porte. Après quoi, je pourrais écouter confortablement dans le bureau. Beaucoup plus digne.

J'ai commencé par fouiller mon bureau, qui est essentiellement un dépotoir pour tous les objets que je considère comme susceptibles de me servir un jour, ou que je ne sais pas comment recycler. Il est aussi encombré par une quantité anarchique de pointes, de vieux bonbons et d'appareils électroniques périmés qui pourraient fort bien émettre des radiations toxiques.

Je me suis piquée à plusieurs reprises avec une punaise échappée et ai essayé de me souvenir de la date de ma dernière injection antitétanique. Je vous raconte cela pour vous faire comprendre qu'il y a eu une faille dans ma vigilance, ce qui a donné à Henry tout le temps de descendre l'escalier sans bruit en pantoufles et d'entrer dans l'annexe à mon insu. Juste au moment où je venais de remarquer un enregistreur qui devait dater de 1992 dans les profondeurs de mon inépuisable bureau, Henry est entré dans la pièce. Je me suis levée comme un ressort, ai fait demi-tour en brandissant le magnétophone comme si c'était un couteau à cran d'arrêt. Quand mon rythme cardiaque s'est ralenti et que mon cœur s'est contenté de cogner comme un sourd, je me suis laissée retomber dans mon fauteuil de bureau en disant : « Tu m'as fait peur.

– C'est tout ce que tu as à dire pour ta défense ? » a rétorqué Henry.

J'ai examiné le bureau encombré et les recoins également embouteillés de mon cerveau, mais n'ai rien trouvé.

« Ouais.

– À dans cinq minutes. Sois gentille d'arriver par la porte d'entrée. On oublie : du moment que tu passes par une porte, ça ira. »

Se plaindre de beaux-parents potentiels ne semble pas être un passe-temps aussi solidement établi que, disons, le base-ball, et si j'avais en réserve toutes sortes de critiques sur la façon de manier la batte ou de lancer, j'étais pratiquement à sec sur l'autre sujet. Gertrude, qu'on appelle « Gerty » et qui admet que ça n'arrange guère les choses, était sans doute à l'exact opposé de ce que j'attendais. Pour être franche, je m'attendais à une version féminine et plus âgée de Henry et, dans mon esprit, la transition s'opérait assez mal.

Gertrude avait une belle et longue crinière de cheveux gris, attachés sur la nuque de façon plutôt lâche. Elle portait un jean baggy et une ample chemise d'homme rayée. Plusieurs bracelets pendaient à son poignet ; elle avait une collection de colliers désassortis et de grands anneaux aux oreilles. Quand elle souriait – et en général elle riait –, des rides profondes se formaient autour de sa bouche, et un feu d'artifice de pattes d'oie apparaissait autour de ses yeux. Elle ne combattait pas son âge, ce qui paradoxalement la faisait paraître moins que ses soixante-huit ans. Je n'ai vu qu'un soupçon de maquillage sur son visage, un reste de rouge à lèvres effacé par la journée. J'ai remarqué que son vernis à ongles était écaillé et sa chemise chiffonnée d'avoir été pliée dans sa valise, sans doute. Je me suis soudain rendu compte que le gène qui poussait Henry à toujours tout contrôler, à avoir un ordre quasi fétichiste et à être profondément sérieux ne venait pas de cette femme. Gerty était relax, libre et pas du genre à remarquer des miettes de pain sur la table. Elle était aussi d'une compagnie plus agréable que la plupart des gens que j'invite de ma propre initiative.

Dans l'ensemble, elle a posé des questions au hasard, sans indiscrétion particulière. Elle a raconté des anecdotes curieuses ou comiques sur l'enfance de Henry. Quand il avait découvert qu'on pouvait appeler un numéro qui vous donnait l'heure avec précision, il téléphonait chaque matin et réglait toutes les horloges de la maison à la bonne heure.

Quelques heures plus tard, une fois que tout ce qu'il y avait d'intéressant à boire a été terminé (notez qu'il ne restait pas grand-chose en réserve quand nous avons commencé), Gerty a suggéré que nous sortions prendre une bière. Henry a fait remarquer que nous avions assez bu l'une et l'autre ; sa mère lui a jeté un regard noir et lui a dit qu'il aurait dû être au lit depuis longtemps (ce qui était vrai). Henry se couchait avant minuit et, pour la petite histoire, il dormait à minuit cinq. Ça doit être l'un des avantages d'une conscience tranquille.

J'envisageais avec plaisir de profiter encore quelques heures de la compagnie de Gerty, et d'apprendre d'une intime quelques scoops supplémentaires sur l'ex n° 13. Je n'ai pas été surprise quand elle m'a dit que Henry jouait du trombone dans la fanfare et qu'il avait tenté de créer un club de Jeunes Républicains quand il avait dix ans. Gerty lui a interdit de sortir pendant une semaine ; après quoi il a reconnu avoir fait fausse route. J'ai demandé s'il ressemblait à son père, puisqu'à l'évidence il ne tenait pas de Gerty, et elle a confirmé qu'il était le portrait craché de William Stone, au physique comme au moral. J'avais tout un tas de questions sur le bout de la langue, mais Gertrude a pris les devants et amené la conversation sur le terrain que j'avais cherché à éviter toute la soirée.

« Soyons sérieuses un moment, Isabel. »

Sérieusement, le sérieux, ce n'est pas mon truc, mais j'ai été polie avec notre invitée et n'ai rien dit.

« Oui, d'accord. »

Alors Gerty m'a posé les questions qu'elle avait posées à Henry pendant ma mission de reconnaissance interrompue. Comme vous vous en doutez, je n'avais pas de réponses. J'ai regardé ma montre et annoncé que j'aurais dû être au lit depuis longtemps.

« La prochaine fois, vous me direz de m'occuper de mes affaires, a déclaré Gerty.

– Vous l'auriez fait ?

– Dormez bien. »

Facile à dire. Ça fait trente ans que je n'ai pas eu la conscience tranquille[1].

Je me suis glissée dans mon lit aussi discrètement que possible. Pas assez, semble-t-il. À peine avais-je posé la tête sur l'oreiller que Henry a bougé, puis marmonné :

« Tu vas jouer longtemps à ce jeu-là ? »

1. Depuis l'âge de quatre ans, celui des marqueurs indélébiles.

LE SOMMET HEBDOMADAIRE

À l'origine, nous appelions ça « réunion d'entreprise », mais mon père a trouvé que ça ne faisait pas assez professionnel et il a rebaptisé nos palabres du vendredi après-midi « sommet hebdomadaire », dans l'espoir futile que ces réunions d'une heure cesseraient de dégénérer en séances de thérapie de groupe bas de gamme. Pendant ces sommets, nous discutons des nouvelles affaires, nous réglons les conflits internes (qui peuvent être fort nombreux pour une société qui n'emploie que trois employés à plein temps et une à mi-temps), et organisons le travail de la semaine à venir.

Je n'ai jamais assisté à un sommet où au moins une personne n'avait pas de priorités personnelles, et cette semaine-là ne faisait pas exception. Une fois que les surnoms des membres ont été distribués (et contestés) et que le test clinique de la phrase codée a été adopté[1], j'ai pris la parole et avancé un argument qui, je le pensais, était valide et emporterait l'adhésion.

Après avoir donné un compte rendu complet du cas Vivien Blake, je voulais qu'on lâche l'affaire. Je crois au droit à la vie privée,

---

1. Le vote original était de 2 à 2, mais Demetrius a quitté le navire quand on l'a menacé d'un surnom.

même si mon travail consiste à ne pas respecter celle-ci. Si j'ai de temps à autre fait une entorse à mon propre code moral dans mon travail, l'affaire Vivien Blake m'a donné tout particulièrement matière à réflexion. Si elle venait à apprendre la trahison de ses parents – car quelle que soit la manière dont elle était présentée, c'était une trahison –, sa relation avec eux pourrait être définitivement compromise. Il y a une différence très nette entre le fait d'être surveillé directement par vos parents et celui de l'être par un agent de vos parents. Dans un cas, c'est une affaire de famille ; dans l'autre, c'est du harcèlement.

Puisque j'avais été mise en minorité au terme de la discussion initiale, j'ai appris à ce sommet seulement que c'était Rae qui s'occuperait en priorité de cette affaire. Or ceci était en contradiction avec tous les efforts déployés pour que Rae reste concentrée sur ses études ; et de surcroît, la méthode d'investigation m'a paru douteuse sur un plan éthique. Il ne s'agissait pas d'un simple travail de surveillance : nous installions un agent clandestin dans le monde de Vivien Blake. Avec Rae, la taupe parfaite sur le campus, Vivien ne se douterait pas qu'elle était surveillée. Ce qui est toujours le but de l'opération, bien entendu. Mais en général, les sujets ont au moins de bonnes chances de se rendre compte qu'ils sont surveillés. Vivien n'était majeure que depuis six mois. Je fais confiance à la folie de la jeunesse ; à la rébellion, à la remise en question de l'autorité, et je crois même qu'il n'est pas grave de commettre quelques délits de temps à autre. « Essaie d'éviter le crime[1] », tel est mon principe. Or là, on ne laissait à Vivien aucune chance de faire ses frasques de jeunesse. Pourtant – et je parle en connaissance de cause –, mieux vaut les avoir derrière soi le plus tôt possible.

1. En fait, ce sera le titre que je choisirai si j'écris un jour mes mémoires.

Je pensais qu'en l'occurrence je trouverais dans ma sœur une alliée. J'ai été choquée quand elle a examiné le dossier et a accepté sans broncher de s'occuper de l'affaire.

« Dis donc, Rae, ça ne te pose pas de problème ? ai-je demandé.

– Non, a-t-elle répondu catégoriquement.

– Pourquoi ?

– Parce que la surveillance fait partie de notre travail.

– Elle n'a que dix-huit ans.

– Et au lieu de s'installer dans une résidence universitaire, comme la plupart des première année, a dit maman, elle a choisi de se louer un appartement à San Francisco. C'est une grosse responsabilité pour une fille de cet âge.

– Ça ne justifie pas pour autant qu'on accepte l'affaire.

– En ce moment, on ne peut pas se permettre d'en refuser, est intervenu papa.

– Il n'y a pas que l'argent dans la vie », ai-je dit.

Alors, Rae s'est tournée vers Demetrius et a lancé : « Ne l'écoute pas. Tout se réduit presque toujours au fric. »

Demetrius a ostensiblement regardé sa montre. « C'est l'heure de ma pause déjeuner », a-t-il annoncé, et il a échappé à la conclusion de la réunion.

Je me suis tournée vers ma sœur, essayant de trouver un moyen de l'émouvoir. « Qu'est-ce que tu ferais si les parents te faisaient suivre par quelqu'un ?

– Je le sèmerais et je retournerais à mes petites affaires.

– Ça ne te pose *vraiment* aucun problème ? ai-je répété.

– Aucun. »

C'est à ce moment-là que je me suis dit que Vivien Blake était coincée, ou plus exactement que, quoi qu'elle fasse, nous le saurions.

Pour essayer tant bien que mal de me venger de ma sœur, qui s'était alignée sur les parents, j'ai essayé de creuser un peu le mystère de la dispute entre elle et David.

« Rae, pourquoi tu ne parles pas à papa et maman des réseaux de prostitution que tu gérais de chez David ? ai-je demandé.

– Ils savent pourquoi je me suis fait jeter.

– Ah oui ? Pourquoi ? »

Pas de réponse. J'ai toussoté.

« Quelqu'un envisage de répondre à ma question ? ai-je demandé.

– Je croyais que tout le monde était au courant, a dit papa.

– Eh bien non, ce n'est pas le cas.

– Elle tapait dans la réserve de bouteilles », a répliqué papa, s'efforçant de prendre l'air navré de circonstance. Mais comme taper dans la réserve de bouteilles est l'équivalent de laisser tomber des saletés par terre dans l'univers alternatif des forfaits spellmaniens, son expression démentait les critiques qu'il exprimait. Rae recevait une pichenette sur le poignet, et pour un crime qu'elle n'avait pas commis.

« C'est ce que David t'a dit ? ai-je demandé.

– J'ai trouvé la punition un peu sévère, a répondu papa. Mais il est maître chez lui.

– Hum », ai-je grogné en regardant ma sœur déplacer sur son bureau des papiers qui n'avaient pas besoin de l'être pour éviter mon regard.

Je lui ai envoyé un court texto.

Je t'ai à l'œil
Ta ri1 de mieux afer ? !

Au cours des cinq dernières minutes du sommet, nous nous sommes répartis le travail de bureau et avons délégué les affaires de surveillance. Les parents ont pris celle de l'Homme dans la Bibliothèque ; moi, celle de la Dame au Blazer bleu marine et Rae, comme il en avait déjà été décidé, s'est chargée du dossier de la Fille au Casier. Quant à moi, en accord avec maman, j'avais l'exclusivité de Walter Perkins. Demetrius, lui, ne voulait rien avoir à faire avec des tâches de surveillance. « Vous pouvez me traiter de dingue, avait-il dit un jour, mais prendre des Blancs en filature, ce n'est pas l'activité la plus maligne qui soit pour un ex-taulard. » Quand je lui ai dit qu'il ne savait pas ce qu'il ratait, il m'a rétorqué que si, parce que quand il était voleur de télés, il allait repérer les lieux. Chacun son truc. Je n'ai pu m'empêcher d'éprouver un frisson d'excitation devant la variété des cas dont nous avions entrepris de nous occuper. Non seulement ils brisaient la monotonie du travail, mais ils me permettaient de passer des moments privilégiés en dehors du bureau et donc de ma famille.

Seulement, la famille des autres n'est pas du tout la même chose. En rentrant de mon travail, je me suis rendu compte que j'attendais avec plaisir une seconde soirée avec Gertrude Stone.

Elle comatait (certains appellent ça faire un petit somme) sur le canapé du salon, mais s'est réveillée dès que je suis arrivée (par la porte d'entrée, s'il vous plaît). En me voyant, elle s'est frotté les yeux, s'est levée et a dit : « On se casse.

– Vous avez une idée en tête ? ai-je demandé.

– Un de vos amis a téléphoné pour nous inviter à la fête de réouverture du Philosopher's Club.

– Quel ami ?

– Je n'ai pas relevé son nom.

– Il avait l'accent irlandais ?

– Non.

– Vous êtes sûre ?

– Je suis sortie avec un Irlandais. Je connais l'accent. »

J'en ai automatiquement déduit que Milo était de retour à San Francisco et n'ai pu m'empêcher de constater un changement soudain de ma météo personnelle. Se pouvait-il que l'ex n° 12 (Connor O'Sullivan) ait quitté la ville et rendu le bar à son propriétaire légitime, ce qui signifiait que je pourrais y retourner régulièrement ?

« On y va », ai-je dit en appelant un taxi. J'avais comme l'impression qu'aucune de nous deux ne serait en état de conduire après avoir éclusé un nombre de verres respectable.

« Je vais laisser un mot à Henry », a dit Gertrude.

Elle a écrit : *Isabel et moi, on n'est pas là. Bises. Maman.*

Vingt minutes plus tard, frétillant d'impatience à l'idée de voir mon vieux pote Milo, je suis entrée avec Gerty dans la sombre caverne du Philosopher's Club. L'odeur familière de la bière et des torchons mouillés m'a rappelé des souvenirs réconfortants. J'ai regardé à l'extrémité du bar, et l'ébauche de sourire qui montait à mes lèvres a disparu. Le visage du barman, au contraire, s'est épanoui en me voyant. « Regardez qui est là ! » a-t-il dit.

Tout ce que j'ai trouvé à répondre a été : « Tu es revenu ?

– Plutôt deux fois qu'une. Bernie est là pour de bon. »

Cet homme a des bras partout et, avant d'avoir eu le temps de dire ouf !, je me suis retrouvée coincée dans une étreinte de bûcheron.

EDWARD SLAYTER

Le lundi matin à huit heures, j'ai commencé ma surveillance du sujet Edward Slayter. Assise dans ma voiture à trois portes de son domicile, je buvais du café en attendant qu'il sorte pour commencer sa journée. D'après Mrs. Slayter, il avait une réunion du conseil d'administration à 9 heures Son chauffeur viendrait le prendre à environ 8 h 30. À vingt-cinq, une limousine noire est arrivée devant la maison des Slayter à Pacific Heights. Un chauffeur en costume et cravate noirs a laissé le moteur tourner au ralenti, en double file en plein milieu de la rue[1]. Comme les Slayter ont une allée confortable, surtout pour San Francisco, j'ai trouvé ce comportement particulièrement agaçant. Mais le moteur n'a pas tourné longtemps. Moins de quarante-cinq secondes après le coup de sonnette du chauffeur à la porte, Mr. Slayter a descendu son allée à grandes enjambées pressées et s'est installé sur la banquette arrière de la voiture.

Mrs. Slayter avait décrit son mari comme un bel homme de cinquante-cinq ans, avec des cheveux poivre et sel coupés court

1. Si j'étais législateur, je pénaliserais le stationnement en double file au même titre que les coups et blessures ou le vol qualifié.

et une allure sportive, mais sans musculature excessive. La nature clinique de sa description m'a paru un peu bizarre. Les épouses ajoutent en général des détails humains – il a une cicatrice sur le menton, qui remonte à une chute d'un arbre quand il était enfant ; il a au-dessus du sourcil un grain de beauté qu'il parle de temps en temps de se faire enlever ; son front se dégarnit un tout petit peu, et il surveille ça de très près. Mais Mrs. Slayter n'avait ajouté au portrait de son mari aucune fioriture personnelle. La seule précision inutile qu'elle avait fournie était qu'il marchait toujours vite, comme s'il était en permanence pressé. Comme Mr. Slayter est un homme occupé, avec de nombreuses responsabilités financières, ce détail paraissait hors de propos.

Mes instructions étaient simples, trop simples : surveiller les activités du sujet. Si elles déviaient du programme annoncé, je devais en aviser aussitôt Mrs. Slayter par texto. Normalement, des preuves supplémentaires sont requises (photographies, vidéos et comptes rendus écrits). J'ai demandé à Mrs. Slayter si elle en désirait, mais après avoir réfléchi un court instant, elle a dit : « Je ne crois pas que ce sera nécessaire pour l'instant. »

Le chauffeur a zigzagué dans les rues jusqu'à ce qu'il arrive dans South Van Ness Avenue, l'une des artères principales de la ville, et a tourné vers le sud. La circulation matinale était dense, me forçant à rester près de la voiture, ce qui est toujours un problème si on suit un sujet qui s'attend à l'être. D'après ce que j'ai pu remarquer, ni le chauffeur ni le sujet n'ont prêté grande attention à la Buick bleu marine qui n'était jamais à plus de deux voitures derrière eux.

Comme prévu, la voiture noire s'est arrêtée devant le 101 Market Street. Mr. Slayter n'a pas attendu que le chauffeur lui ouvre la portière. Il appartenait à cette variété rare de gens riches qui savent encore ouvrir et fermer les portières de voiture tout seuls. Le sujet s'est penché à l'intérieur et a dit quelques mots au chauffeur, puis il a refermé derrière lui. La voiture a fait une marche arrière dans Market Street, puis s'est éloignée et a disparu. Le sujet est alors entré dans l'immeuble, non sans avoir tenu auparavant la porte à quelques autres personnes.

Trouver une place de stationnement dans les rues de San Francisco requiert un bon karma ou une perception extrasensorielle, c'est pourquoi je n'y compte même pas. J'ai trouvé un garage ridiculement cher à côté, et ai donné au préposé un pourboire exorbitant pour qu'il laisse ma voiture près de la sortie. Après quoi, je me suis assise sous une véranda à l'extérieur de l'immeuble et ai ouvert un livre pour tuer le temps. C'était une mort lente. Lorsque j'ai regardé ma montre de nouveau, il ne s'était passé qu'une heure. Je me suis replongée dans ma lecture jusqu'au moment où j'ai senti une ombre au-dessus de moi.

« Vous aimez les échecs ? » a demandé avec un large sourire un homme d'un certain âge en pull miteux qui sentait la sueur et, je crois, l'un de ces désodorisants pour l'air qu'on vous donne quand vous faites laver votre voiture. Il lui manquait une dent qui, à ce que je voyais, était mieux là où elle était que celles qui restaient.

« Pardon ? ai-je répondu en m'efforçant de respirer par la bouche.

– Vous aimez les échecs ?

– Non, ai-je répondu catégoriquement.

– C'est drôle, a-t-il dit en souriant.

– Pourquoi ?

– Parce que vous êtes en train de lire un bouquin sur les échecs.

– Ah, d'accord !

– Vous voyez, c'est drôle.

– Je ne trouve pas ça aussi drôle que vous.

– Ça vous dirait de faire une partie ?

– Une partie de quoi ?

– D'échecs.

– Je viens de vous dire que je n'aimais pas ça. Pourquoi j'aurais envie de jouer ?

– Si vous n'aimez pas les échecs, pourquoi vous promenez-vous avec un manuel d'échecs ?

– Parce que mon copain voudrait que j'aime jouer.

– Et ça ne vous plaît pas.

– Non.

– Vous le lui avez dit ?

– Il trouve que nous devrions avoir des activités communes.

– Ça n'est pas sot. Vous ne pouvez rien trouver d'autre ?

– Justement. Il n'y a pas vraiment le choix.

– Ah. Mais lui, vous l'aimez ?

– Bien sûr.

– Il vous a plu tout de suite ou ça a pris du temps ?

– Ça a pris du temps, ai-je répondu, brusquement mal à l'aise de me trouver engagée dans une conversation aussi intime avec un inconnu.

– Parfois, il faut du temps pour aimer les échecs. Et puis, c'est plus amusant de jouer que de lire des livres dessus.

– C'est vrai de beaucoup de choses.

– Alors, on fait une partie ?

– Vous avez un échiquier avec vous ?

– Toujours.

– Hum.

– Juste une partie amicale.

– Et pourquoi elle ne serait pas amicale ? ai-je demandé.

– Je ne sais pas. C'est une formule. »

J'ai regardé ma montre et l'entrée du 101. Midi quarante-cinq.

Mr. Slayter avait dit à sa femme qu'après sa réunion, il irait sans doute déjeuner dans un restaurant du centre-ville. L'homme aux dents fâcheusement cariées a pris mon silence pour un acquiescement et a promptement sorti de son sac en toile un échiquier et une poche en feutre emplie d'objets qui tintaient. Il s'est assis à côté de moi et a commencé à déployer son armée d'ivoire.

« D'accord, ai-je dit. Mais si mon ami revient, il faudra que je file, même si on est en milieu de partie.

– Charlie Black, a dit l'homme. Mes amis m'appellent Charlie. Mais je prends toujours les blancs, alors, que mon nom ne vous induise pas en erreur.

– Je vous avertis, Mr. Black, que je ne joue pas bien du tout.

– Appelez-moi Charlie.

– D'accord, Charlie.

– Comment je dois vous appeler ?

– Jane.

– Facile à se souvenir de ce nom.

– Je sais. C'est pour ça que je l'ai choisi. »

Une heure plus tard, Charlie avait apparemment pulvérisé tous ses records antérieurs aux échecs en remportant dix parties d'affilée. En fait, l'une de ses stratégies s'appelait « le mat du lion », une partie qui se termine en deux temps trois mouvements, et à laquelle on n'assiste presque jamais, même en jouant contre l'adversaire le plus novice. J'ai félicité Charlie pour ma déroute impressionnante et la poursuite des humiliations m'a été épargnée quand j'ai vu Edward Slayter quitter l'immeuble. Il était debout, seul, sur le seuil du gratte-ciel et surveillait les alentours comme s'il cherchait à voir s'il était filé. En fait, il m'a regardée bien en face, puis a porté les yeux ailleurs. Il a fini par tirer un morceau de papier de sa poche et a commencé à remonter Montgomery Street.

« C'est mon ami, ai-je dit à Charlie en me levant.

– C'est votre ami ? a-t-il demandé avec une pointe d'inquiétude.

– Oui. Il faut que je parte, ai-je répondu en lançant mon sac sur mon épaule.

– Mais il ne vous a pas fait signe, ni rien ! a dit Charlie, toujours chiffonné.

– Nous sommes du genre à ne pas nous faire de signe, ai-je dit.

– Ah, je vois, a répondu Charlie poliment.

– À plus », ai-je dit en lui adressant un signe de la main.

Charlie a fait de même et il a souri. J'espère qu'il n'a pas donné trop de sens à ce geste.

Le rendez-vous suivant de Mr. Slayter n'était pas un déjeuner. Si vous croyez que j'ai une histoire croustillante à vous raconter, avec des prostituées, des usuriers, des bookmakers ou même une maîtresse, je vous détrompe tout de suite. Mr. Slayter avait un rendez-vous chez le médecin, tout simplement. C'était facile à vérifier puisqu'il était entré dans un immeuble où il fallait signer au bureau de la sécurité. Je ne mentionne pas souvent ceci, mais les terroristes ont facilité quelques aspects de mon travail. Je n'en reparlerai sans doute pas ici.

Comme je devais informer Mrs. Slayter de tout ce qui ne correspondait pas au programme prévu, je lui ai envoyé un SMS avec l'information recueillie pendant cette surveillance remarquable par son manque d'intérêt. Dix minutes plus tard, Mrs. Slayter m'a envoyé une réponse, me remerciant de mon rude labeur et me suggérant d'en terminer avec ma filature pour la journée.

Je suis retournée au quartier général de l'agence Spellman et ai eu la surprise de le trouver désert. Au lieu de profiter de la paix et du silence pour m'avancer dans mon travail, j'ai décidé d'aller au sous-sol et de piquer un petit somme sur le divan. J'avais encore eu une soirée d'enfer avec Gerty. Elle avait paru avoir un coup de cœur pour le Philosopher's Club. Franchement, je me demandais combien de temps je pourrais suivre son rythme. Même moi, je reste à la maison le dimanche soir.

PIÉGÉE... (BIS)

Certains apprennent moins vite que d'autres. Le sous-sol des Spellman a servi de cadre à tout un éventail de punitions pendant près de trois décennies de ma vie. Dans ma prime jeunesse, mes parents y mettaient en scène des entretiens quasi militaires pour découvrir la vérité derrière les empreintes de peinture sur les murs ou la substance collante et sucrée désormais incrustée dans le tapis. Je suppose que pour interroger un criminel de guerre ou un élève de cours élémentaire, la méthode est la même : supprimer tout ce qui est susceptible de distraire l'attention, créer un environnement inconfortable (éclairage insuffisant, chaises bancales) et priver la personne de lumière naturelle. Pour un enfant, cinq minutes suffisent.

Ce que je veux dire, c'est que j'ai connu beaucoup de situations déplaisantes dans cette pièce.

Mais enfin, il arrive qu'on ait besoin de faire un petit somme, et cette pièce est aussi étanche à la lumière qu'une chambre de luxe dans un hôtel. On vous y fiche la paix, si bien que vous dormez ; et quand vous vous réveillez, vous surprenez une conversation ; comme vous ne voulez pas que les deux interlocuteurs sachent que vous les avez entendus, vous êtes coincée jusqu'à ce qu'ils se soient tus et aient quitté le bureau. Et vous vous rendez compte alors que quatre heures ont passé. Quand vous réussissez finalement à vous échapper, c'est en sautant par la fenêtre du bureau. Vous vous éraflez le bras en sortant et vous commencez à vous demander si vous n'êtes pas trop vieille pour ce genre de sport. Vous vous dites qu'un de ces jours, le besoin qui vous a talonné toute votre vie – aller au fond des choses pour en avoir le fin mot – disparaîtra. Mais ce n'est pas encore le cas, et vous vous demandez si vous ne devriez pas prendre le taureau par les cornes et s'il ne serait pas temps de retourner voir le psy. C'est alors que vos réflexions sont interrompues par Mr. Peabody, le voisin, qui vient d'être témoin de votre défenestration et vous regarde comme il sait si bien le faire. Vous frottez le rebord de la fenêtre avec votre manche et faites semblant de l'essuyer, puis vous contournez la maison, marchez jusqu'à la porte de devant et vous entrez.

J'ai trouvé mon père en train de fouiller dans le réfrigérateur. Ma mère était installée sur le canapé, d'où l'on a une vue directe sur toutes les activités en cours dans la cuisine. Le jour où papa a suggéré qu'on change de place les meubles du salon, j'ai compris que le but de l'opération était d'empêcher les occupants du canapé de voir ce qui se passait dans la cuisine. Il est même allé jusqu'à solliciter les services de notre jardinier pour l'aider à déplacer le canapé. Lesquels services ont été sollicités de nouveau quand ma mère est rentrée, car elle tenait à ce que tout reste à la même place. Maman n'attache pas vraiment d'importance à la répartition des meubles (bien qu'elle ait réagencé ceux du bureau au moins dix fois au cours des vingt dernières années afin d'améliorer notre productivité). Je la soupçonne donc d'avoir eu papa à l'œil depuis le début. Ce dernier a fait la tête tout le reste de la journée.

J'ai regardé mon père surveiller ma mère du coin de l'œil et se servir de la porte du réfrigérateur pour empêcher celle-ci de le voir arracher à sa feuille de papier un cookie qui refroidissait sur le dessus de la cuisinière. Il s'est glissé ensuite dans le bureau, où je l'ai suivi. « Motus ! » m'a-t-il dit en mordant dans le gâteau. Une expression étonnée est apparue sur son visage lorsqu'il a consommé son larcin. « Il est excellent, celui-ci. Comment se fait-il que la pâtisserie de D soit si inégale ?

– Tu devrais lui poser la question, ai-je répondu, moi qui connaissais la réponse.

– Ce serait grossier.

– Quoi de neuf ? » ai-je demandé. Je le sondais parce qu'après avoir surpris sa conversation avec maman, je savais qu'il y avait du nouveau.

« Pas grand-chose, a-t-il répondu.

– Quand je dis "Quoi de neuf ?", je ne fais pas seulement allusion à ce qu'il peut y avoir de nouveau dans ta vie, je me demande surtout s'il n'y a pas quelque chose que je devrais savoir.

– Je t'aime, a répondu papa, la bouche pleine de cookie.

– Non, c'est pas ça.

– Quand quelqu'un te dit qu'il t'aime, tu devrais répondre "moi aussi".

– Je t'aime, papa. Bon, tu veux me dire quelque chose ?

– Hum, je trouve que tu fais du bon travail.

– Merci. Donc, rien de neuf ? ai-je demandé de nouveau, espérant que ma répétition serait assez fastidieuse pour provoquer une réponse.

– Depuis la dernière fois que tu m'as posé cette question, j'ai fini le cookie.

– Si c'est comme ça que tu veux la jouer…

– Quoi de neuf chez toi, Isabel ?

– Rien. Absolument rien. »

Deux heures plus tôt

Il serait temps que je vous relate la conversation que j'ai surprise, et qui m'a valu d'être coincée dans le sous-sol, de devoir sortir par la fenêtre, et enfin de faire un bide en questionnant mon père.

Des pas et des voix indistinctes m'ont réveillée d'un somme entrecoupé. J'ai remonté l'escalier du sous-sol, mais me suis arrêtée net à la porte. Je ne voulais pas interrompre une conversation manifestement privée entre les parents. Elle s'est déroulée plus ou moins comme suit :

MAMAN : Tu connais l'heure d'arrivée prévue ?

PAPA : Pas encore, mais ça ne va pas tarder.

MAMAN : Je persiste à penser que c'est une mauvaise idée.

PAPA : Nous n'avons pas le choix.

MAMAN : Je comprends.

PAPA : On s'en sortira.

MAMAN : On verra.

PAPA : On a vu pire.

MAMAN : Tu es sûr de ce que tu dis ?

PAPA : J'ai la situation bien en main.

MAMAN : Al, tu vas peut-être devoir faire un choix à un certain moment.

PAPA : Je sais. Et je ferai le bon.

Croyez-moi, j'ai essayé de poser des questions directes en maintes occasions ; je ne suis jamais arrivée à rien avec cette stratégie. La conversation pouvait porter sur n'importe quoi – ennuis d'argent, problème avec un client, ou même difficultés conjugales. Je me suis cachée dans le sous-sol parce que je ne voulais pas révéler ma présence à mes parents, mais je sentais qu'il se passait quelque chose. Quelque chose de très sérieux.

J'ai laissé mon père dans le bureau, occupé à digérer son cookie illicite, et suis retournée dans la salle à manger, où j'ai trouvé D en train de regarder son feuilleton de l'après-midi (habitude qu'il avait contractée apparemment treize ans plus tôt en prison) et ma mère en train de s'adonner à son dernier hobby.

« Qu'est-ce que tu fais, maman ?

– Je consulte quelques sites de rencontres.

– Ce n'est pas bien de faire ça quand on est marié.

– C'est pour D, a répondu maman sans quitter l'écran des yeux.

– Jamais il ne sera d'accord.

– Il l'est déjà », m'a rétorqué maman d'un petit ton satisfait. Elle a attendu qu'une publicité retentisse à tue-tête pour interpeller D. « D, quelle est la taille maximum pour une femme avec laquelle tu accepterais de sortir ?

– Surprends-moi, a répondu D, manifestement peu intéressé par l'entreprise.

– Un mètre quatre-vingt-dix ?

– Pourquoi pas ? »

Maman a examiné le profil de la candidate et a secoué la tête. « On oublie. Celle-ci ne sort qu'avec des signes d'eau. »

Ce jour-là, les intrigues semblaient bourgeonner comme des fleurs au printemps. Il n'y avait aucune raison valable pour que D laisse ma mère lui arranger des rencontres. Peut-être était-ce un mystère que je pouvais espérer résoudre. Je me suis laissée tomber sur le canapé et ai regardé l'écran. Le feuilleton de D ne m'avait jamais beaucoup passionnée – il y a beaucoup de choses à assimiler si on veut suivre, et pas d'appendice pour vous aider –, mais j'ai fait semblant d'être intéressée.

« Alors… hum… ça a marché entre ce type au bronzage horrible – Blake, c'est ça ? – et la femme avec un bandeau sur l'œil ?

– Christina ?

– Il y a plus d'une femme avec un bandeau sur l'œil dans cette série ?

– Non.

– Alors, comment ça se passe entre Blake et Christina ?

– Pourquoi cet intérêt subit ?

– Pourquoi ces soupçons subits ?

– Ce feuilleton ne t'intéresse pas. Tu as autre chose derrière la tête.

– Admettons. Mais on peut dire la même chose de n'importe quoi. Je veux dire, tu ne penses jamais à rien d'autre en regardant ta série ?

– Si, a répondu D. Je me demande comment te convaincre de me laisser tranquille pendant encore un petit quart d'heure.

– Vu. »

Je suis restée assise en silence, à regarder un autre mâle au teint orange et une femme couleur mandarine mettre au point un projet d'assassinat contre une riche héritière souffrant de vertige. Apparemment, leur plan était de la faire tomber dans un escalier, ce qui aurait été plausible, compte tenu des circonstances. D m'a fait taire quand j'ai demandé comment ils profiteraient de leur crime. Quand l'épisode s'est enfin terminé, il m'a expliqué que le mâle orange était marié à la vieille dame affligée de vertige.

« C'est un peu énorme, tu ne trouves pas ?

– L'amour est aveugle, sourd et muet.

– Et orange, apparemment, ai-je ajouté.

– Pardon ?

– Pourquoi ont-ils tous un faux bronzage ? » ai-je demandé à la cantonade.

Mais D m'a répondu : « Il y a longtemps que j'ai cessé de me poser des questions sur les choses bizarroïdes que se font les Blancs. D'autres questions auxquelles je serai incapable de répondre ?

– Oui. Tu as besoin de soutien face à maman ?

– Pardon ?

– Toutes ces rencontres sur internet ? ai-je chuchoté. Elle est clairement en train de te manipuler d'une manière ou d'une autre. Je peux la neutraliser, si tu vois ce que je veux dire.

– C'est donc si difficile à croire que je puisse avoir envie de faire des rencontres après quinze ans en prison ?

– Non. Mais c'est difficile de comprendre pourquoi tu laisses maman diriger les opérations.

– C'est une jungle. Je la laisse seulement débroussailler un peu.

– Alors, comment ça se passe ? ai-je demandé, m'efforçant de faire basculer la conversation du mode interrogatif au mode intéressé.

– J'ai rencontré un certain nombre de femmes charmantes.

– Combien, approximativement ?

– J'ai eu quatre rendez-vous jusqu'ici.

– Et combien de seconds rendez-vous ?

– Aucun.

– Tiens, tiens.

– Je n'ai pas encore rencontré l'exception.

– C'est une façon de dire "Toutes des dingues" ? ai-je demandé. C'est ce qui se passe quand on laisse ma mère choisir ses rendez-vous. Tandis que si tu me laissais essayer…

– Cette conversation est officiellement terminée[1].

– Mais j'ai des conseils utiles à te donner.

– Et moi, j'ai un travail à faire », a-t-il rétorqué en regagnant le bureau.

J'ai suivi ma mère dans la cuisine et m'apprêtais à aborder un autre aspect de l'enquête quand elle a déjoué la manœuvre en me posant une question de son cru.

« Quand allais-tu me dire que la mère de Henry est à San Francisco ?

– Après son départ.

– Tu n'avais pas prévu de nous présenter ?

– Pas vraiment.

– Pourquoi ? Tu as honte de nous ?

– Évidemment.

– Très drôle, Isabel. J'ai invité Henry et Gertrude ici pour dîner dimanche soir. Tu as un souhait particulier ?

– Passe commande d'abord.

– Tu peux venir aussi, si tu veux.

– Je vais y réfléchir.

– Il faut que je décide si j'invite David ou si j'invite Rae. Tu as une préférence ?

– Pourquoi ? C'est "fromage ou dessert" ?

– David ne viendra pas si Rae est là.

1. Je lui ai appris cette formule.

– Sérieux ?

– C'est pire que ce que je croyais, a dit ma mère.

– C'est pire que ce que moi, je croyais.

– Tu sais ce qui s'est passé ? a demandé maman.

– Aucune idée. Et toi ?

– Ah, visiblement, ça n'a rien à voir avec la réserve de bouteilles. Je ne suis pas d'humeur à rejouer *Le Choix de Sophie*, alors dis-moi lequel inviter.

– David, me suis-je hâtée de répondre. Fais-le boire, il parlera peut-être.

– J'adore ta façon de penser. Ma foi, j'adorerais prendre le temps d'étudier les nombreux angles du dysfonctionnement de mes enfants, mais je suis en retard pour mon cours », a dit maman en glissant un bras entre les brides d'un sac en toile et en se dirigeant vers la porte.

« Qu'est-ce qu'il y a dans ce sac, maman ?

– Je ne pense pas que ça te regarde », a-t-elle dit en agitant allègrement le bras en signe d'au revoir.

Je me suis hâtée de rentrer dans le bureau et ai eu le fin mot d'une affaire au moins. Enfin, pas tout à fait le fin mot. Le mot du milieu, plutôt.

« Papa, je ne dirai rien sur ce cookie, ni même sur le prochain, si tu me dis à quel “cours[1]” maman vient de partir. »

Papa a tiré un calendrier de son bureau et dit : « Laisse-moi vérifier son emploi du temps. Quel jour sommes-nous ?

– Lundi, a répondu D.

– Le lundi, c'est sculpture. Et club de lecture une fois par mois.

– Donne-moi ça », ai-je demandé en m'approchant de son bureau.

1. Le signe manuel des guillemets s'imposait.

Papa m'a tendu le calendrier de mauvaise grâce. Je ne crois pas qu'il ait eu pour consigne de ne pas révéler l'information, mais il en avait de très précises lui interdisant de consommer des pâtisseries.

J'ai été choquée en découvrant un véritable embouteillage d'activités « de loisir » notées sur le calendrier à l'encre bleue, et s'étalant sur la page comme un raz-de-marée. Il ne restait pratiquement aucun espace libre sur l'agenda, hormis les heures de travail. J'ai fait une photocopie de la page et ai rendu le calendrier à papa. Je vais vous donner le programme des hobbies de ma mère pour le mois de septembre.

Lundi 18-21 h : poterie, débutants. 20 h, club de lecture (deuxième lundi du mois).
Mardi 17-18 h : yoga ; 19-22 h : russe, niveau 0.
Mercredi 18 h 30-20 h : crochet[1].
Jeudi, 19 h 30-22 h 30 : Tartissime [je vous rassure, c'était un cours de pâtisserie].
Vendredi, 19 h 30-21 h : Initiation à la musique.
Samedi, 9-10 h : yoga ; 11 h-13h : découpage.
Dimanche, 9-12 h, bénévolat ; 14-15 h : tennis ; 17-18 h : préparation du dîner de famille.

Tant de questions me venaient à l'esprit qu'il était impossible de les ranger dans un ordre ou une séquence logique quelconque. Je les ai donc posées au hasard, comme des morceaux de papier mélangés dans un chapeau.

« Qu'est-ce que ça peut bien être que le découpage, bordel ? a été la première question à émerger.

1. C'était si mal écrit que cela pouvait être « croquet ».

– Une activité manuelle quelconque, a répondu papa.

– C'est une technique consistant à décorer une surface plane avec des découpages tirés d'un journal ou d'un magazine, sur lesquels on passe ensuite une couche de vernis, a expliqué D.

– Non mais je rêve ! Qui voudrait faire une chose pareille ?

– Ça m'est arrivé en prison une ou deux fois, en cours d'expression artistique. Ça détend.

– Oui, mais en prison, le but, c'est de tuer le temps. Ça ne m'étonnerait pas que tu aies aussi suivi des cours de tricot.

– Le tricot aurait eu beaucoup de succès. Et été très dangereux. »

La seconde question qui a réussi à émerger avant toutes celles qui se battaient pour être posées a été la suivante :

« Depuis quand maman fait-elle du bénévolat ?

– Elle a travaillé plusieurs fois à la banque alimentaire.

– Papa, qu'est-ce qui se passe ? ai-je demandé. Ça ne ressemble pas à maman d'avoir des centres d'intérêt extérieurs.

– Elle fait du yoga avec moi depuis ces dernières années, a dit papa.

– C'était pour *te* faire aller au yoga.

– Quel mal y a-t-il à ce que ta mère ait un ou deux hobbies ?

– Elle n'a plus une minute de libre.

– Elle m'a promis de laisser tomber une ou deux activités après les deux premières semaines.

– Tu ne crois pas qu'elle a une idée derrière la tête ?

– Elle prend des cours pour élargir son horizon.

– De russe !

– L'espagnol était à une heure impossible, a laissé tomber papa d'un ton nonchalant.

– Tu en sais plus que tu n'en dis.

– Tu devrais peut-être diversifier tes activités de loisir. Comme ça, tu te soucierais moins de celles de ta mère.

– J'ai déjà des activités de loisir, ai-je répondu d'un petit ton supérieur.

– Oh, pardon, a dit papa. J'oubliais que tu étais une adepte du roi des jeux. Au fait, tu progresses ? »

ROI, REINE, CHÂTEAU, CHEVAL

Trois mois plus tôt

« Qu'est-ce que tu as fait ? a demandé Henry en revenant de la cuisine.

– J'ai pris ton château avec mon cheval. »

Henry a posé sa tasse de camomille à côté de mon whiskey et de l'échiquier. « Sois gentille d'appeler les pièces par leur nom normal. »

Soupir.

« Comment il s'appelle, le petit cheval ? a-t-il demandé d'un ton condescendant.

– Mmm… le cavalier.

– Et le château ?

– Je passe.

– La tour.

– Ah ouais.

– Qu'est-ce que tu as fait ?

– J'ai pris ta tour avec mon cavalier. »

Henry a examiné l'échiquier.

« D'abord, s'il te faut une demi-heure pour décider de ton prochain coup, c'est la moindre des choses d'attendre que je revienne à la table avant de voler ma tour.

– Voler ? C'est le vocabulaire normal pour ce jeu ?

– Oui, si tu triches.

– Je n'ai pas triché.

– On ne joue pas au poker, Isabel. Il faut que tu aies un minimum d'esprit sportif.

– On se connaît déjà, non ?

– Je vais laisser passer le dérapage de la tour pour cette fois.

– Merci.

– Échec », a dit Henry. Et le jeu a été terminé.

Les trois dernières fois que nous avions joué ensemble, Henry m'avait fait étudier la technique de fin de partie. Pour m'assurer que ça ne se reproduirait pas, j'ai balayé l'échiquier du bras, faisant glisser les pièces du même coup dans leur boîte.

« J'aimerais te rappeler une fois de plus que la seule raison pour laquelle nous jouons aux échecs, c'est que ton dentiste a surbooké une journée. »

Ce qui, en fait, est plus vrai que vous ne pourriez le croire. Une urgence de dévitalisation était responsable de ma situation actuelle, où j'étais acculée à l'étude des échecs et où je perdais chaque semaine. Henry avait été coincé dans la salle d'attente d'un certain Daniel Castillo, dentiste qualifié, sans avoir apporté de lecture. Le Dr. Castillo (ex n° 11) avait laissé sa secrétaire à plein temps s'occuper de ses abonnements à des magazines. Or elle avait un goût immodéré pour les torchons à scandales. Il avait le choix entre les tabloïds sur Hollywood ou les magazines féminins. Il a lu de la première à la dernière page un magazine nommé *Moi*^{2} [1] ciblé sur les trentenaires résolues à faire le plongeon dans le mariage. (Si bien que si vous parlez à vos copines de ce magazine, vous dites « Dis donc, t'as lu le dernier *Moi* au carré ? ») L'un des nombreux articles qu'il a lus (parmi lesquels des conseils de mode en fonction du signe astrologique[2]) portait sur la compatibilité à l'intérieur des relations et encourageait fortement les partenaires à partager leurs activités. Or, jusqu'à ce moment-là, Henry et moi n'en avions partagé aucune, hormis regarder le *Docteur Who* et discuter des nombreuses questions sur lesquelles nous n'étions pas d'accord. J'argumentais que le simple fait d'argumenter nous procurait une expérience partagée, mais Henry tenait bon et réclamait que nous choisissions chacun une activité que nous pourrions exercer ensemble.

Je n'ai rien choisi, pensant que cette phase passerait. Mais quand Henry m'a acheté un livre intitulé *Les Échecs pour les nuls*, j'ai mesuré la gravité de la situation. Ma seule réaction a été la riposte. J'ai choisi comme hobby la dégustation de bière. Ce qui, dans mon esprit, consistait à aller dans un troquet et à boire de la bière.

Henry, lui, avait une approche plus sophistiquée et organisait souvent des visites à de petites brasseries locales. Si vous voulez mon avis, écouter quelqu'un vous faire un topo sur les raisons pour lesquelles la bière a tel ou tel goût est un vrai remède contre le plaisir de boire. Et puis, quand ces gens-là parlent de « dégustation », ils se prennent vraiment au sérieux. Si vous réussissez à boire une pinte pendant une visite de trois heures, vous avez de la veine.

---

1. Le ^{2} n'est pas une note.
2. Ce qui, logiquement, aurait dû flinguer la crédibilité du magazine.

Mais je digresse. À ma grande consternation, quand je suis rentrée ce soir-là, j'ai trouvé Gertrude et Henry en plein milieu d'une partie d'échecs qui paraissait intense et équilibrée.

« Qu'est-ce qui se passe ici ? ai-je demandé, me sentant un peu trahie par Gerty.

– C'est juste une partie amicale, a répondu Henry.

– Pourquoi les gens ajoutent-ils toujours le mot “amical” ?

– Pour rappeler à des gens comme toi qu'on ne triche pas, a répliqué Henry en glissant son fou en diagonale sur l'échiquier et en prenant le cavalier de sa mère.

– Vous pouvez toujours abandonner la partie, Gerty, et on ira prendre un verre.

– Il n'y en a pas pour longtemps, a-t-elle rétorqué en prenant la tour de Henry.

– Il déteste perdre sa tour, ai-je dit en m'asseyant pour regarder la partie.

– Surtout quand elle est prise par un pion trois rangs plus bas pendant que je regarde ailleurs.

– Je ne vous aurais jamais prise pour une joueuse d'échecs, ai-je dit à Gerty sans chercher à cacher ma déception.

– Je n'en suis pas une.

– Pourtant, vous avez l'air de vous défendre, ai-je répliqué, à en juger par la quantité de « matériel »[1] pris à Henry et rangé sur le côté de l'échiquier.

– Le père de Henry m'a appris il y a des années. J'en ai eu marre de perdre, alors je me suis mise à prendre des leçons avec un grand maître. J'avais décidé qu'un jour je gagnerais, coûte que coûte.

1. Terme utilisé dans le jeu d'échecs. C'est juste un mot ronflant pour « pièces », rien de plus.

– Combien de temps ça a pris ?

– Sept longues années, a répondu Gerty. Échec. »

Pendant que Henry regardait fixement l'échiquier, essayant de se remémorer la suite de coups qui l'avaient mis hors circuit, Gerty s'est levée, a empoigné son manteau et dit : « Izzy et moi allons prendre un pot. Tu veux venir avec nous ?

– Encore ! a lancé Henry. Vous êtes déjà sorties hier soir. Je crois qu'une soirée à la maison ne te ferait pas de mal, Isabel. »

Je ne pouvais pas me risquer à passer une soirée en tête à tête avec Henry ; il avait l'air qu'il prend quand il veut « une conversation entre adultes ». J'allais m'en tenir à ma méthode habituelle, celle de l'Évitement[1].

« Je crois que je ressortirais volontiers, ai-je déclaré.

– Papa a téléphoné. Tu l'as rappelé ? a demandé Henry.

– Je ferai ça demain, a répondu Gerty. Il doit dormir à cette heure-ci.

– Ne rentrez pas trop tard, a dit Henry.

– Ne nous attends pas pour te coucher », a rétorqué Gerty.

---

1. Je sais, je sais. Henry est un mec super et je ne le mérite pas. J'ai déjà entendu le refrain. Faites-moi plaisir et occupez-vous de vos affaires.

LE QUATRIÈME MUR

L'un des nombreux avantages de la réduction des horaires de Rae est que, par rebond, le nombre d'heures que j'ai à passer en sa compagnie est également réduit. Elle n'apparaît que le vendredi pour le sommet et l'éventuel repas du dimanche soir, qui est moins religieusement observé depuis l'arrivée de Sydney[1]. Lorsque Rae s'est pointée au bureau la fois suivante, elle portait encore le T-shirt revu et corrigé : $$ JUSTICE POUR MERRIWEATHER $$. D s'est efforcé de l'ignorer en évitant de croiser son regard, ce qui, d'après mes observations, est efficace avec certains animaux, mais pas avec tous les humains, et certainement pas avec Rae.

« Tu as eu le temps de lire la doc que je t'ai envoyée ? a demandé Rae à D.

– Trop occupé, a répondu celui-ci sans lever le nez de son ordinateur.

– Tu devrais, D. Tu arrives à la date butoir. Les plaintes pour poursuites abusives ne sont recevables que pendant deux ans. Il

1. Un jour, quand elle aura un peu élargi son vocabulaire, je lui adresserai des remerciements en bonne et due forme.

te reste six mois. Mais ça fait mauvais effet d'attendre aussi longtemps. Tu perds en crédibilité.

– Merci, Rae, a répondu D d'un ton ferme. Si je veux donner suite à cette affaire, je contacterai Maggie. C'est bien clair ?

– Est-ce qu'il faut lire entre les lignes ? » a demandé Rae.

D l'a finalement regardée droit dans les yeux : « Je ne veux pas reparler de ça avec toi. Si je décide de donner suite, ce qui est peu probable, j'en discuterai avec mon avocate, et pas avec une étudiante qui vérifie son portefeuille d'actions toutes les heures. Est-ce que c'est bien clair maintenant ?

– Qu'est-ce que tu as contre l'argent ?

– Rae, ça suffit », a coupé ma mère d'un ton sans réplique. Quand elle prend son ton incisif, vous comprenez d'instinct que mieux vaut ne pas insister.

Rae est retournée à son bureau sans rien dire et s'est remise au travail.

L'Hirondelle a eu un nouveau surnom après une semaine de filature par la Fouine.

« L'Hirondelle est un vrai somnifère. Je croyais qu'il y aurait du rififi dans cette affaire », a déclaré Rae, parlant comme un vieux flic d'une mauvaise série télévisée. Une heure après l'incident Demetrius, Rae a soumis son premier rapport de surveillance sur Vivien Blake. Elle était visiblement déconcertée par le comportement irréprochable de l'étudiante de première année. Apparemment, Vivien suivait ses cours, allait en bibliothèque, parfois au cinéma, parfois dans un café ; elle avait participé à *une* fête où elle avait consommé exactement deux bières.

« Elle aurait pu prendre des hallucinogènes, comme tout le monde à Berkeley, c'était la moindre des choses », a dit Rae.

Mon père a lancé à ma mère un regard inquiet, auquel celle-ci a répondu en secouant la tête.

« Pas de panique, Al. Elle te fait marcher. »

Mon père a ensuite examiné le dossier et froncé les sourcils. On aurait pu espérer que, parmi toutes nos affaires, celle de Vivien Blake nous fournirait au moins un soupçon de scandale.

« Comment sais-tu qu'elle a bu deux bières ?

– Parce que j'y étais, à cette fête.

– Tu as tapé l'incruste pour suivre un suspect ? ai-je demandé.

– Parce que j'avais le choix ?

– Tu t'es fait de nouveaux amis ? a demandé papa.

– J'étais en service commandé.

– Tu as bu combien de verres ? ai-je demandé.

– Deux seulement.

– Tu es encore mineure, jeune fille, a déclaré l'un des parents, je ne sais plus lequel.

– Il fallait bien que je me fonde dans le décor.

– Si tu remplaces la vodka par du soda, ça peut parfaitement passer pour un Sea Breeze*, a suggéré ma mère, d'un ton si B.C.B.G. qu'il frisait le ridicule.

– Si tu continues à la suivre aux fêtes, elle va te remarquer, ai-je dit.

– Justement. Je deviens sa copine et je peux vous donner des scoops de source sûre.

– *Exclu !* est intervenu papa. Ce n'est pas une opération clandestine du bureau des stupéfiants. C'est une simple surveillance. Si tu n'es pas capable de respecter les principes qu'on t'inculque depuis… combien d'années, déjà ?

* Cocktail canneberges-vodka-pamplemousse.

– Quatorze ans, a répondu Rae d'un ton plus que las[1].

– ... alors, on te retire l'affaire, a dit papa.

– Compris.

– On pourrait dire aux Blake qu'il n'y a pas d'objet. C'est jeter l'argent par les fenêtres », a dit maman. J'ai bien vu qu'entre le comptable de l'agence et la mère compatissante chargée de responsabilités financières, une guerre interne était déclarée.

« On laisse courir encore une semaine, a dit papa.

– D'accord, a répondu Rae. Je peux partir maintenant ?

– Tu as mieux à faire ailleurs ? a demandé maman.

– Toujours.

– Je me souviens de l'époque où ce travail était toute ta vie, a dit maman d'un ton pensif.

– Il y a des gens qui évoluent », a répondu Rae. C'était une pierre dans mon jardin.

J'ai tenu ma langue, mais lui ai fait un doigt d'honneur. Je sais, ce n'est pas une réaction d'adulte.

« Nous parlions travail, me semble-t-il, a coupé papa.

– Oui, on donne encore une semaine à l'affaire Blake, a dit maman. Mais souviens-toi du quatrième mur. La surveillance, c'est comme le théâtre.

– Compris, a répondu Rae.

– Parce que tu sais ce que c'est, le quatrième mur ? a demandé maman.

– On a étudié Diderot au lycée, a répondu Rae d'un ton cassant.

– Qui c'est, Diderot, bordel ? suis-je intervenue.

– Tu as besoin d'être grossière ? a demandé maman.

1. Elle a vingt ans. Faites la soustraction.

– Puisqu'on en est à l'échange de références théâtrales bidon, David Mamet trouve que oui.

– Tu connais David Mamet ? a lancé Rae.

– Tu ferais mieux de la fermer et de bouffer des M&M's !

– Excellente idée », a répliqué Rae en ouvrant son tiroir et en découvrant le sac de carottes farineuses que j'y avais mis à la place.

« À ton âge, c'est tragique de s'amuser autant d'une plaisanterie débile.

– Comment ça, tragique ? Ça veut dire que j'ai potentiellement une vie de bonheur en perspective !

– Tu sais que je te revaudrai ça un jour.

– Ne te gêne pas. Tu ne fais pas le poids.

– Tu parles ! C'est comme si un roquet voulait s'en prendre à un requin.

– Si on se bat sur terre, ce qui est le cas, ce roquet s'en tirera très bien.

– Puisqu'on parle théâtre, a dit papa, si on faisait comme s'il y avait un quatrième mur entre nous ? »

LE P.D.G. DILETTANTE

Pendant que Rae était sur la piste de Vivien Blake, j'ai commencé ma filature d'Edward Slayter qui, coïncidence, était lui aussi un vrai somnifère. Slayter dirigeait une importante société bancaire de placements ; il était au conseil d'administration de nombreuses organisations caritatives mondiales ; ses talents d'orateur faisaient qu'on se le disputait, et il avait un goût prononcé pour le tennis ; moyennant quoi, trois des cinq jours où je le filais, il prenait une longue pause déjeuner où il allait s'asseoir sur un banc isolé du Golden Gate Park, à côté de North Lake, et donnait à manger aux canards. Ce bassin-là (trop petit pour être un lac) était à l'écart, non loin de JFK Drive, si bien que j'étais obligée de me cacher dans les arbres avec une paire de jumelles pour ne pas perdre le sujet de vue.

J'ai téléphoné à Mrs. Slayter pour m'enquérir des activités récentes de son mari.

« Oui ? a-t-elle dit en décrochant le téléphone.

– Isabel à l'appareil.

– Je sais, a-t-elle répliqué sèchement.

– Votre mari est encore dans le parc.

– Et alors ? »

D'après mon expérience, la question suivante que devait poser une épouse était : « Il est seul ? » Elle ne l'a pas posée.

« Il est seul, ai-je dit.

– Est-ce qu'il semble devoir partir bientôt ?

– Eh bien, il lui reste encore un demi-pain.

– Il mange du *pain* ? s'est exclamée Mrs. Slayter, incrédule. C'est bizarre ! Il n'en prend jamais.

– Non. Il le donne aux canards.

– Ah, c'est plus logique.

– Ah oui ? » ai-je demandé, car donner à manger aux canards ne me semblait guère un passe-temps commun pour un P.D.G.

« Excusez-moi, a-t-elle poursuivi, je suis très occupée pour l'instant. Vous pouvez m'envoyer un SMS quand il partira, et me dire s'il retourne au bureau ou s'il rentre à la maison ? »

Je sentais bien que Mrs. Slayter avait hâte de mettre un terme à cet entretien, mais je suis très douée pour faire semblant de ne pas comprendre les allusions verbales. « Votre mari a une affection particulière pour les canards ? ai-je demandé.

– Pardon ?

– Votre mari aime-t-il particulièrement les canards ?

– Pas que je sache.

– Alors je me demande pourquoi il est venu trois fois au parc cette semaine et leur a donné deux miches et demie de pain au levain.

– Ms. Spellman, il faut vraiment que je vous laisse.

– Une dernière question : ce comportement est-il habituel ?

– Quel comportement ?

– Flâner dans les parcs, communier avec la nature et tout le reste.

– Non, mais peut-être est-il gagné par le stress.

– Vous devriez lui suggérer de prendre des vacances.

– Très originale, cette idée ! »

Là-dessus, Mrs. Slayter a raccroché. Mr. Slayter a fait le tour du bassin, est revenu s'asseoir sur le même banc et s'est mis à regarder dans le vague.

Mon portable a vibré.

« Allô ?

– L'électricité a provoqué un incendie chez moi.

– Oh, ça m'étonnerait, ai-je répondu.

– Quand même, j'aimerais en avoir le cœur net.

– Je vous appellerai après avoir vérifié.

– Merci, Isabel.

– Au revoir, Walter. » J'ai téléphoné à ma mère, qui était en train de surveiller la sœur de l'Homme de la bibliothèque et ne pouvait lâcher sa filature. J'ai envoyé un SMS à Rae, mais elle était en cours. Mon père avait un déjeuner de travail, et D gardait le bureau de l'agence – qui aurait pu se passer de sa présence en cas d'urgence légitime, mais un incendie d'origine électrique imaginaire n'en était pas une. Ceci dit, tant que je ne lui aurais pas téléphoné pour lui confirmer que sa peur n'était pas fondée, Walter serait incapable de penser à autre chose. Cela m'ennuyait d'abandonner la surveillance de Slayter, même si celui-ci se contentait de regarder des canards.

Sur une impulsion, j'ai donné un dernier coup de fil.

« Fred Kafter[1]. Il te faut combien de temps pour arriver au parc du Golden Gate ?

– Qu'est-ce que j'y gagne ?

– Vingt-cinq dollars l'heure et un pack de O'Doul*.

– Disons trente, et tu gardes ta bière bidon.

1. Le copain charmant – mais spécial – de Rae. Super, comme nom, hein ?
* Bière sans alcool.

– Je suis au coin de JFK et de North Lake Drive. Magne-toi.

– Dans ta position, évite d'aboyer des ordres, a rétorqué Fred.

– Ah oui ? Parce que si ma mémoire est bonne, tu as dans ton placard certain squelette sur lequel tu préférerais que je la boucle.

– On peut difficilement appeler ça un squelette.

– On va jacasser toute la soirée ou tu bouges ton cul ?

– Au revoir. »

Vingt minutes plus tard, j'ai passé les jumelles à Fred, lui ai montré la cible et me suis assurée que mon numéro était bien enregistré dans sa liste de numéros préprogrammés. Puis j'ai emprunté sa bicyclette et ai fait les trois kilomètres me séparant de l'appartement de Walter. J'ai ouvert la porte et suis entrée dans un espace qui n'était visiblement pas la proie des flammes. J'ai ôté mes chaussures et ai vérifié les câbles électriques de la cuisine. Aucun appareil n'était branché – sauf le four et le réfrigérateur. J'ai vérifié les robinets de la salle de bains, qui étaient tous bien fermés. Pas une goutte d'eau ne pouvait s'en échapper. J'ai téléphoné à Walter pour le tranquilliser. « Aucun incendie d'origine électrique.

– Ouf !

– J'ai revérifié les robinets et les câbles. Tout est en ordre.

– Encore une chose. Pouvez-vous vérifier que l'arrivée d'eau de la machine à laver est fermée ? » a demandé Walter.

Je suis allée jusque dans l'arrière-cuisine, où se trouvaient la machine à laver et le séchoir de Walter.

« Elle est bien fermée.

– Merci, Isabel. Je ne sais pas ce que je ferais sans vous.

– Vous seriez peut-être obligé d'aller mieux.

– Au revoir, Isabel. »

En lissant la moquette avec une brosse à tapis afin d'effacer toute trace de mon passage dans l'appartement de Walter, j'ai remarqué celle de quelqu'un d'autre. Il y avait une empreinte de talon laissée par une chaussure à semelle souple, à angle droit de la porte d'entrée de Walter. Cette empreinte était unique, et aurait pu être celle de Walter, à ceci près que Walter ne laisse jamais l'empreinte d'une chaussure. *Jamais*. Je me suis dit que, peut-être, il avait eu un invité et n'avait pas remarqué la trace. Mais il a rarement des invités. Il se pouvait aussi que la vigilance excessive de Walter déteigne sur moi et que je réagisse de façon disproportionnée à quelque chose que je n'aurais même pas relevé normalement. J'ai effacé à la brosse toute trace de passage et suis partie.

Quand j'ai regagné le parc, j'ai trouvé Fred Kafter assis à côté d'Edward Slayter sur le banc. Ils buvaient tranquillement des cafés achetés dans Lincoln Street. J'ai appelé le portable de Fred.

« Allô ? a-t-il dit en décrochant.

– Tu ne fais pas ça dans les règles, ai-je dit.

– Je vois. C'est une proposition intéressante, a répondu Fred.

– Il y a quelque chose que tu n'as pas compris dans la surveillance.

– Ma foi, je suis très content de mon opérateur longue distance. Mais si je décide d'en changer, je penserai à vous. Au revoir. »

Pendant les vingt minutes qui ont suivi, Fred et le sujet sont restés assis sur le banc à boire leur café, communier avec la nature et parler de Dieu sait quoi, pendant que j'étais accroupie au milieu des arbustes sur un carré de gravier humide. J'aurais donné cher pour une boisson chaude. Enfin, les deux hommes se sont levés, ont échangé une poignée de main et sont partis chacun de son côté.

J'ai dépassé mon agent incompétent en suivant le sujet jusqu'au coin de Chain of Lakes et Fulton Street, où l'attendait son chauffeur. Le sujet est entré dans le véhicule et s'est éloigné. Je suis retournée au banc près du lac, où Fred finissait sa tasse de café.

« Il t'a dit où il allait ?

– Chez lui, a répondu Fred.

– Tu es viré.

– Mon chèque de règlement », a dit Fred en tendant la main.

J'ai donné les billets que j'avais en poche et j'ai envoyé à Mrs. Slayter un texto pour dire que son mari rentrait et que la surveillance était terminée.

« En principe, on n'offre pas le café aux gens qu'on file, ai-je dit d'un ton acide.

– C'est lui qui l'a offert. Je n'y suis pour rien. Il traînait dans Lincoln Drive, j'étais derrière lui, et puis il a pivoté, a semblé perdu et m'a demandé où se trouvait le café le plus proche. Une fois qu'il m'avait repéré, que voulais-tu que je fasse ? Que je le suive quand il est allé s'acheter son café, au risque de le rendre paranoïaque ? La solution logique était de le guider dans la bonne direction. Et puis, je ne pouvais pas le laisser aller à Starbucks, ce qu'il aurait fait si je ne l'avais pas aidé. C'est important d'aider les petits commerces, sinon notre monde ne se composera plus que de centres commerciaux avec des enseignes de chaînes. Tu es peut-être une fan d'Olive Garden, mais on est nombreux à vouloir autre chose qu'une soupe et des gressins à volonté. »

J'ai attendu un instant pour m'assurer que Fred n'allait pas prendre la tangente avec une diatribe contre les fast-food pour se défouler.

« J'y songerai la prochaine fois que je serai tentée par de la bouffe italienne industrielle.

– Merci. »

J'ai sorti un autre billet de quarante dollars de ma poche et l'ai montré à Fred. « Il ne tient qu'à toi de l'avoir.

– C'est quoi, le piège ? a demandé Fred.

– Dis-moi ce que Rae a fait à David.

– Elle n'a rien fait à David. »

Fred disait la vérité. Je n'avais aucun doute là-dessus, mais il arrive que la vérité cache un mensonge. L'histoire ne s'arrêtait pas là, mais Fred n'a pas fait un geste en direction du billet. Ce n'était pas une balance. Et il faudrait que j'aille me faire peser ailleurs.

DÎNER DU DIMANCHE SOIR, N° 48

Dans ma famille, les dîners du dimanche soir ont toujours l'ambiance d'un match de base-ball décevant : beaucoup de cris, choix de plats médiocres et à la limite du digeste au menu d'un repas d'où divers participants prennent la fuite à l'occasion. On peut dire aussi qu'en général, les gagnants et les perdants se distinguent clairement à la fin de la soirée. Mais le base-ball n'étant pas vraiment mon sport d'élection, je ferais mieux d'arrêter là ma comparaison.

Devant une invitée d'honneur comme Gertrude, connue pour avoir engendré l'un des êtres les plus polis que ma mère avait jamais rencontrés, celle-ci affichait un comportement exemplaire qui, si vous me le demandez – et comme vous lisez ceci, vous n'allez pas manquer de le faire –, est chez elle des plus déplaisants. La version obséquieuse de maman n'est que l'ombre timide de sa personnalité plus vigoureuse. En fait, cette nouvelle version de ma mère surgit de plus en plus souvent depuis l'arrivée de D. Ceci ne veut pas dire que l'ancienne maman a entièrement disparu. Mais elle bascule de l'une à l'autre aussi facilement que si elle allumait ou éteignait un interrupteur.

« Maman » avait acheté des fleurs pour faire un centre de table et consulté Demetrius pour le menu de A à Z. Bien évidemment, tout était délicieux puisque D y avait contribué, mais les distractions grouillaient dans la pièce comme un essaim d'abeilles tueuses. Qui pouvait se concentrer sur un rôti cuit à point ?

Si Gerty avait été telle que j'imaginais au départ la mère de Henry, je lui aurais fait au préalable une présentation complète de la famille et je lui aurais suggéré plusieurs façons de supporter au mieux la soirée : picoler, utiliser les toilettes sans modération et, si rien n'y faisait, profiter d'une issue de secours facilement négociable à partir de la pièce de télévision. Mais Gerty était une grande fille. Quand elle est arrivée, je l'ai embrassée sur la joue en lui tendant un whisky on the rocks et ai annoncé : « Ils sont tous givrés. » Ce à quoi elle a répondu : « Qui ne l'est pas ? »

Sans doute d'autres détails méritent-ils d'être signalés. Quand Sydney est arrivée avec ses parents, j'ai dit à ma nièce : « Salut, Sydney, ça roule ? »

Comme d'habitude, elle s'est contentée de me regarder fixement.

« Tu ne pourrais pas avoir une conduite normale avec elle ? a dit David.

– Qu'est-ce que je fais d'autre ?

– On ne parle pas comme ça à un bébé. Comment veux-tu forger des liens avec elle ?

– Je lui filerai cinq dollars en partant. Ça a toujours bien marché avec Rae.

– Elle a dix-huit mois. Tu ne peux pas lui donner de l'argent, elle le mangera.

– Tu viens de cerner le problème en deux mots. Sydney et moi n'avons rien en commun. Je forgerai des liens avec elle quand elle connaîtra la valeur d'un dollar. »

David a alors soulevé sa fille de façon à ce qu'elle soit tout près de mon visage, comme si elle était myope ou ne pouvait pas me situer.

« Sydney, dis bonjour à tante Izzy.

– Banane, a dit Sydney.

– Comment veux-tu que je m'attache à quelqu'un qui me traite de "banane" ? »

J'ai remarqué D dans la cuisine, son manteau sur le dos, en train de donner des instructions strictes à ma mère sur l'heure à laquelle enfourner les biscuits, puis celle de les sortir.

« Olivia, mettez le minuteur. Le bouton est là. Ça prendra deux secondes. Vous ne voulez pas bousiller le dîner encore une fois parce que l'alarme à incendie se déclenche ?

– Ça roule ? » ai-je demandé[1].

D a regardé sa montre et a dit : « Veille bien à ce que ta mère mette la minuterie.

– Où vas-tu ? ai-je demandé, soucieuse en voyant partir le seul convive non-Spellman susceptible de me soutenir.

– J'ai un rendez-vous.

– Ce soir ?

– Oui.

– Une fleuriste, a précisé maman avec une pointe d'orgueil dans la voix. C'est moi qui l'ai repérée, a-t-elle ajouté dans un souffle.

– Envoyez-moi un texto s'il y a un problème, a dit D.

– *Horosho provesti vremya*, a lancé maman à D.

– Qu'est-ce que ça veut dire ? ai-je demandé.

– "Amusez-vous bien", a traduit maman.

– *Dosvedanya* », a répondu D en filant vers la porte.

Je lui ai emboîté le pas, parce que j'ai trouvé qu'il avait eu l'air fuyant quand maman avait prononcé le mot *fleuriste*. En clair, je

1. Notez que c'est exactement ce que j'avais dit à Sydney, alors comment peut-on m'accuser d'avoir un comportement anormal ?

flairais un mensonge. J'ai toujours trouvé (vous ne serez peut-être pas d'accord) que la meilleure façon d'élucider un mensonge est de demander tout de suite des éclaircissements.

« D, qu'est-ce que tu fabriques ?

– Je vais à un rendez-vous.

– Avec la fleuriste ?

– Avec la fleuriste.

– Je ne te crois pas.

– Ça me navre, a répondu D en ouvrant la porte d'entrée.

– Pourquoi ce besoin de cachotteries, D ?

– Bonne soirée », a répondu D en levant un chapeau imaginaire avec un petit air content de lui.

À la différence des autres membres de la famille, D échappe à toute prise de ma part : il n'a rien à me prouver. Pourtant j'avais la conviction qu'il mentait. Malheureusement, il a pris la porte avant que je puisse lancer l'un de mes systèmes de vérification.

Par rapport aux dîners de famille ordinaires des Spellman, celui-ci a été particulièrement pauvre en éléments dramatiques. Ma mère et Gerty se sont entendues comme larrons en foire après que j'ai pris ma mère à part pour l'avertir que je casserais un verre chaque fois qu'elle prononcerait les mots *magnifique* ou *délicieux*[1]. David et Maggie se sont chamaillés discrètement à propos de Sydney en arrivant. Mon oreille bionique (un système qui permet au son d'être perçu à travers une pièce) m'a avertie que Maggie voulait faire examiner Sydney pour voir si elle n'avait pas un retard d'acquisition du langage, tandis que David refusait catégoriquement et coupait

1. Si j'avais adopté cette politique dès le début de la soirée, son service de verres de dix pièces aurait été cassé, ainsi qu'une demi-douzaine de verres à vin.

court à la conversation d'emblée. Le dîner m'a permis de constater que la réaction de Maggie était fondée.

Ma mère a servi à Sydney des tranches de pomme, que Sydney a persisté à appeler « bananes ». Elle a aussi appelé « banane » sa mini-brique de jus de fruit et tous les légumes verts ; mais quand ma mère lui a finalement offert une banane, Sydney a dit : « Pas pomme ! » Après quoi, David a expliqué que Sydney a horreur des bananes. Ma mère, Dieu merci, s'est abstenue de tout commentaire.

Gertrude a remercié maman pour l'excellente soirée, a suggéré qu'elles déjeunent ensemble un jour prochain, et a appelé un taxi en expliquant qu'elle avait prévu de retrouver quelqu'un pour prendre un verre.

« Qui ça ? a demandé Henry.

– Emily.

– Qui c'est ?

– Une amie de la fac.

– Comment se fait-il que je n'aie jamais entendu parler d'elle ?

– Parce que je ne suis pas allée à la fac avec toi, mon chou. Souviens-toi, tu n'étais pas né !

– Vous étiez proches ?

– On ne pouvait pas se saquer. Mais le temps met du baume sur tout. Enfin, surtout sur les blessures légères...

– Ma question n'était pas indiscrète.

– Tu ne me referas pas, mon chou.

– Appelle-moi si tu dois rentrer tard.

– Si tu partais du principe que je vais rentrer tard ? En fait, peut-être même plutôt demain matin ?

– Tu vas coucher chez elle ?

– On a beaucoup de choses à se raconter.

– Appelle-moi pour me dire ce que tu fais.

– Bonsoir, Henry. »

Juste au moment où ma mère m'a dit de relever mes manches pour faire la vaisselle, mon téléphone a sonné.

« Allô ?

– Mon grille-pain a pris feu.

– J'arrive. »

Henry m'a conduite à l'appartement de mon nouveau client favori, et a attendu dans la voiture pendant que je montais pour « enquêter ». Comme de bien entendu, rien ne brûlait. Toutefois, pendant que j'effectuais mon inspection habituelle, je me suis aperçue que le robinet de la baignoire gouttait lentement ; or la bonde était fermée, si bien que l'eau arrivait presque jusqu'à ras bord. J'ai plongé le bras dans la baignoire à pieds de griffon, ai ôté le bouchon, ce qui a fait déborder un peu d'eau sur le carrelage. J'ai attendu qu'elle s'écoule et n'ai pas tardé à comprendre qu'il ne s'agissait pas là d'un oubli de Walter, mais d'un sabotage délibéré. Restait à savoir si je devais alimenter la paranoïa de Walter et son TOC, ou trouver seule le coupable.

Quand j'ai regagné la voiture, Henry et moi avons fait la conversation. Ou plutôt ce que j'appelle « du bruit avec la bouche », où nous parlons de tout sauf de ce dont nous devrions parler.

« On dirait qu'il va pleuvoir, a dit Henry.

– Des averses légères, à ce qu'il paraît.

– Ils devraient vraiment réparer ces nids-de-poule dans les rues.

– Pourquoi tu ne le fais pas ? Tu prends du gravier et du goudron, et tu attaques.

– Non. Je pense que je vais me contenter d'écrire une autre lettre.

– Parce que tu trouves que ça marche ? »

Silence.

« Ça s'est bien passé, finalement.

– Quoi donc ?

– Le dîner.

– Oui, hein, plutôt bien. »

Silence.

« On devrait peut-être prendre des vacances, a dit Henry.

– L'un de l'autre ?

– Non. Je voulais dire ensemble. Tu veux prendre des vacances ? De moi ?

– Je m'embrouille quand on parle de “vacances” au lieu de “disparition”. Je ne voulais rien dire de particulier. »

Avant que j'aie pu m'enfoncer encore plus dans ce nid-de-poule-là, ma mère a appelé. D'habitude, je me fais un plaisir de laisser le répondeur se déclencher, mais là, j'ai été ravie de la diversion.

« Excellente soirée, non ? a dit maman.

– Oui. Pour une fois, le repas était bon, ai-je ajouté, pensant qu'elle allait à la chasse aux compliments.

– Merci, ma puce. J'ai trouvé Gertie délicieuse.

– Arrête de parler comme ça.

– Elle est très sympa.

– Je suis d'accord.

– J'ai eu une idée après ton départ.

– Bois encore un verre et tu l'oublieras, ai-je conseillé.

– Tu sais à qui elle me fait penser ?

– Aucune idée.

– À toi.

– Bois-le, ce verre, maman. » Et j'ai raccroché.

Si Gerty et moi ne nous ressemblions pas du tout physiquement, je devais reconnaître que ma mère n'avait pas tort. Si je suis objective (et je pense pouvoir l'être à l'occasion), il y avait quelque chose d'étrangement familier dans la tendance de Gerty à être évasive, son refus de dire à Henry où elle allait ou d'où elle venait, et son goût pour la boisson. Cependant, aucune fille n'a envie de se dire que son copain la kiffe parce qu'elle lui rappelle sa mère. J'ai donc écarté cette idée du mieux que j'ai pu et me suis concentrée sur des sujets plus pressants. Comme, par exemple, ce que cachait Gerty. Parce qu'elle cachait indubitablement quelque chose.

PAPERASSE

Nous avons pour principe à l'agence de faire relire les rapports de surveillance par un employé autre que la personne chargée de l'affaire. Je ne m'occupais pas du cas Blake, mais j'ai pêché sur le bureau de maman le second rapport de surveillance de ma sœur et ai consacré les heures suivantes à revoir le premier jet de Rae. Si vous saviez à quel point les clients ont vite fait de s'en prendre à vous si vous fournissez un compte rendu mal écrit, vous n'en reviendriez pas. Et à la réflexion, faire un compte rendu d'heures où il ne se passe rien est un travail hasardeux. Si le sujet ne fait rien – s'il dort, par exemple –, quelle dose de remplissage est légitime ?

6 h 45 Le soleil se lève à l'horizon, jetant sa lueur rose sur les banlieues endormies des alentours. L'enquêteur pense que la cible dort encore. La voisine n° 5 sort de chez elle, s'assoit dans sa voiture et a une conversation de dix minutes sur son portable. Le silencieux de sa voiture a besoin d'être réglé. Le voisin n° 3 semble voler le journal du voisin n° 4.
Le voisin n° 2 met son recyclage dans la poubelle du voisin n° 3.

6 h 55 Une lumière s'allume dans la cuisine de la cible.

7 h 05 Un camion poubelle descend la rue en zigzaguant sans se presser et ramasse les ordures. La voisine n° 6, debout sous son auvent, fait signe à l'un des éboueurs. Il agite la main en retour. Ils échangent un coup d'œil affectueux. L'enquêteur se dit qu'ils ont une liaison.

Sachez au passage que ceci est beaucoup trop chargé en détails. La cible est la vedette de cette pièce à un seul personnage, et ne doivent être mentionnés que les comportements suspects ayant trait à elle.

Maintenant, retournons à notre cible, Vivien Blake. La surveillance est une tâche qui revient cher. Beaucoup de clients pourtant aisés ne peuvent pas se payer des enquêteurs pendant vingt-quatre heures d'affilée. Les clients choisissent souvent des créneaux horaires donnés pendant lesquels ils font surveiller le sujet, espérant que le créneau choisi permettra d'élucider les activités non répertoriées dudit sujet. Mr. et Mrs Blake ont demandé un forfait hebdomadaire couvrant quinze heures d'un enquêteur agissant seul, et nous pouvions les répartir à notre guise. Comme Rae était enquêtrice principale, c'était elle qui décidait de la surveillance de Vivien. Toutefois, il était entendu qu'elle varierait ses heures de façon à balayer une large gamme des habitudes favorites de Vivien.

Le reste du rapport de Rae couvrait de façon satisfaisante un échantillon représentatif de l'emploi du temps de Vivien et, soit dit à son honneur, était professionnel, dépourvu de fautes de frappe, et comportait juste ce qu'il fallait de détails. Il en manquait cependant un – un détail auquel pratiquement aucun client ne songerait jamais.

Rapport de surveillance : Vivien Blake

Jeudi 15 septembre

9 h La surveillance débute. Le sujet est censé être à son domicile à [censuré]. L'agent attend à Dolores Park, de l'autre côté de la rue.

9 h 52 Le sujet quitte son domicile à pied et longe trois blocs, jusqu'au Muddy Waters Coffee House, dans Valencia Street. L'agent entre aussi dans le café et s'installe à une table de coin, à l'écart de l'angle de vision du sujet. L'agent observe le sujet en train de boire du café et d'étudier. Un gros manuel est posé sur la table.

11 h 15 Inconnu n° 1, de sexe masculin, une vingtaine d'années, cheveux châtain clair, taille moyenne, corpulence moyenne, s'assoit à la table du sujet.
L'inconnu n° 1 boit un café et semble étudier en silence avec le sujet. Un échange bref est observé.

11 h 45 L'inconnu n° 1 laisse un sac en papier kraft sur la table et quitte le café.

12 h Le sujet met le sac en papier dans son sac à dos et quitte le café, puis marche jusqu'à la station BART de Sixteenth Street.

12 h 15 Le sujet monte dans le métro à destination de Fremont.

12 h 43 Le sujet descend à la station Berkeley et marche jusqu'au campus.

13 h Le sujet entre dans la bibliothèque et s'assoit à côté de l'inconnu n° 2 (une vingtaine d'années, cheveux bruns, très mince, taille moyenne). Le sujet donne le sac en papier kraft à l'inconnu n° 2.

13 h 15	Le sujet quitte la bibliothèque, retourne à la station BART et prend le train pour San Francisco.
14 h	L'agent termine la surveillance.

Le rapport de Rae couvrait deux autres jours où Vivien étudiait et faisait quelques rencontres qui pouvaient être suspectes ou non. Il couvrait aussi une période de vingt-trois heures où Rae n'avait pu localiser le sujet, ni à son domicile ni dans aucun des lieux qu'elle fréquentait habituellement.

Toutefois, ce n'étaient pas les détails concernant Vivien que je trouvais suspects, mais ceux concernant l'agent. J'ai donné d'abord un coup de fil de vérification, parce que je sais comment jouer à ce jeu.

« Fred, ai-je dit quand il a décroché.

– Isabel.

– As-tu aidé ma sœur pour une surveillance dans la semaine qui vient de s'écouler ?

– Non. Et je pense qu'elle ne me l'aurait sûrement pas demandé.

– Peut-être parce que tu n'as pas bien saisi l'idée.

– Est-ce que tu m'as appelé pour me dire que j'ai encore foiré ? Parce que la dernière fois, tu as été très claire.

– Ça méritait d'être répété.

– C'est tout, Isabel ?

– Oui. Merci, Fred. »

Après quoi, j'ai téléphoné à Rae. Elle a décroché à la quatrième sonnerie.

« Qu'est-ce que tu veux ? » a-t-elle demandé.

J'ai raccroché et lui ai envoyé un texto :

On ne répond pas comme ça au téléphone.

On n'envoie pas ce genre de texto.

PK (pourquoi ?)

T isTrik[1].

Kwa ? !!

:-o zz[2].

J'ai rappelé.

Elle m'a répondu avec la même grossièreté : « Qu'est-ce que tu veux ?

– Que tu arrêtes de jouer au con.

– Sois plus précise.

– Je relis ta surveillance sur Blake.

– Sur qui ?

– Sur Vivien Blake.

– Qui ?

– Sur l'Hirondelle. C'est bon ?

– J'ai laissé ce rapport à relire à maman.

– Maman est occupée. Tu as vu sa charge de loisirs ?

– Tu n'es toujours pas précise.

– Tu as eu de l'aide pour ce travail ?

– Non.

– Tu as perdu le sujet de vue à certains moments ?

– Non. C'est clair dans le rapport, a dit Rae, agacée.

– Donc tu n'as jamais interrompu la surveillance ?

– Non. Autre chose ?

– Ça sera tout. » Et j'ai raccroché.

1. D'après le dictionnaire des textos : « Tu es hystérique. »

2. Apparemment, émoticone pour ennui. L'économie de caractères ne saute pas aux yeux.

Inutile de dévoiler mon jeu à Rae pour l'instant. Ma sœur était déjà difficile à manœuvrer quand elle était jeune, mais maintenant qu'elle était une citoyenne majeure, avec libre accès aux voitures, à l'argent et à la multitude d'instruments de travail que nous lui avions donnés, elle était devenue une variable aléatoire dans toutes les équations. Elle était la substance qui, dans une expérience de chimie, fait exploser n'importe quelle substance inerte.

Je ne pouvais pas aller voir mes parents, car mon dossier sur Rae était trop léger. Elle avait fabriqué un rapport de surveillance. Ma preuve ? Rae était incapable de tenir plus de quatre heures sans aller faire pipi. C'est mince, je sais. Mais il m'est arrivé de travailler pendant quatorze heures sur certains cas avec elle, et je sais que c'est un fait. Ma première question était : « Pourquoi a-t-elle rédigé un rapport bidon ? » et ma seconde : « Qu'avait-elle fait à David ? »

Quelques heures plus tard, j'ai envoyé un autre texto :

jT al8

Rae a refusé de répondre, sans doute parce que mon acronyme n'était pas encore entré dans le lexique pour l'instant. Mais j'ai bon espoir qu'il y parviendra un jour.

Je t'ai à l'œil.

MAUVAIS DÉTECTIVE

Quatre semaines s'étaient écoulées depuis que nous avions accepté notre série d'affaires familiales, et je ne pouvais toujours pas vous dire pourquoi ma sœur avait rédigé un rapport bidon sur Vivien Blake, ni pourquoi Gerty avait prolongé de deux semaines son séjour à San Francisco, puis avait pratiquement disparu, ni pourquoi ma mère filait à des cours auxquels elle ne prenait à l'évidence aucun plaisir. Je n'avais toujours aucune idée de ce que Rae avait fait à mon frère. Et je ne comprenais toujours pas non plus pourquoi Mrs. Slayter tenait à ce que je suive Mr. Slayter. La seule chose que je pouvais affirmer avec certitude, c'était qu'il n'y avait aucune raison de surveiller Edward Slayter. Vu que Mr. Slayter ne faisait rien du tout.

Je dois préciser : Mr. Slayter allait à des réunions, il rencontrait des hommes en costume pour déjeuner, d'autres hommes en costume pour dîner, il faisait de longues promenades dans le parc, avait des rendez-vous de tennis et mêmes quelques rendez-vous chez le médecin. Mrs. Slayter voulait simplement savoir où il était, sans pourtant sembler intéressée par ce qu'il faisait quand il y était.

À un moment donné, je lui ai suggéré de mettre une puce dans sa poche de manteau quand il quittait la maison, ce qui aurait pu être plus précis et moins coûteux que les services d'un détective privé. Elle a réfléchi quelques secondes, puis a répondu : « Mais il lui arrive de laisser son manteau au bureau. »

J'ai fini par faire part de mes préoccupations à maman. Elle m'a demandé si Mrs. Slayter payait régulièrement. Je lui ai répondu que oui. Notre conversation s'est arrêtée là.

J'ai fait part de mes préoccupations à papa. Il m'a posé la même question que maman. Je lui ai donné la même réponse. « Alors, où est le problème ? » a-t-il répondu.

Le problème était que je me méfiais de Mrs. Slayter. Qu'un client me demande de suivre un conjoint suspect, c'est une chose ; mais qu'il me demande de suivre un conjoint non suspect, c'est vraiment peu banal. J'exerce ce métier depuis assez longtemps pour savoir quand on me prend pour une poire. Or je ne pouvais me débarrasser de cette impression quand j'avais affaire à Mrs. Slayter.

Quand j'étais plus jeune, j'avais toujours une smala d'amis fauchés à qui m'adresser à l'improviste lorsque j'avais besoin d'un coup de main pour un travail de surveillance. Entre-temps, ces amis ont déménagé, se sont mariés, ont eu des gamins, ont trouvé un travail salarié ou se sont aperçus que la surveillance était aussi passionnante que l'observation des oiseaux. Soit dit sans vouloir offenser les ornithologues.

J'en viens au fait : il fallait que j'appelle encore Fred, car le travail de détective privé allait m'entraîner dans des eaux troubles.

« Que ceci soit bien clair une fois de plus, Fred », ai-je dit en déposant Kafter devant les bureaux de Mr. Slayter dans Market Street. « Contente-toi de le filer et m'envoyer un SMS pour m'indiquer où il se trouve. Tu ne donnes au sujet aucune indication concernant le chemin à suivre, le transport, aucun avis médical, et tu ne proposes pas de lui offrir à déjeuner. Compris ?

– Et s'il se fait renverser par une voiture ?

– Appelle les urgences.

– Et s'il saigne abondamment ?

– Les ambulanciers s'en occuperont.

– On les appelle Techniciens Médicaux des Services d'Urgence, a répliqué Fred.

– Kafter, tu veux gagner cinquante dollars cash ou non ?

– Oui.

– Alors tais-toi et fais ce que je te dis. »

Silence.

« Compris ? » ai-je demandé.

Silence.

« Fais un signe pour montrer que tu as compris. »

Fred a hoché la tête. J'ai démarré avant qu'il puisse me convaincre de lui ôter l'affaire.

Mrs. Slayter m'a envoyé un SMS me demandant les coordonnées de son mari pendant que j'étais garée à cinquante mètres de chez elle. Je l'ai informée qu'il était à son bureau, ce qui, pour autant que je puisse le savoir, était vrai.

Un quart d'heure plus tard, Mrs. Slayter a quitté son domicile, un sac de sport à la main et vêtue, d'après mes suppositions, pour sa séance d'entraînement. Elle avait un logo à la hauteur des fesses, mais je n'arrivais pas à le lire, et ai gardé les yeux rivés dessus. Je ne comprenais pas pourquoi les gens portaient quelque chose d'écrit sur le derrière s'ils ne voulaient pas attirer l'attention dessus. Pour la petite histoire, sachez que la raison pour laquelle j'ai cessé de porter mes nombreux T-shirts JUSTICE POUR MERRI-WEATHER, c'était que j'en avais assez que les gens me regardent droit dans les seins. J'ai remarqué autre chose chez Mrs. Slayter : elle était très maquillée, ce qui est ridicule quand on va à la gym. Seulement elle n'allait pas à la gym.

Mrs. Slayter a sorti sa Mercedes de l'allée et a pris la direction du nord, tournant à droite dans Gough Street. J'ai mis le moteur en marche et m'apprêtais à me glisser discrètement derrière elle quand une Audi noire m'a coupé la route. Le conducteur n'a pas remarqué ma Buick très ordinaire dans son sillage. Il était beaucoup trop occupé à filer la Mercedes. Je suis restée à quelque distance pour ne pas me faire remarquer et ai suivi l'Audi, qui a suivi Mrs. Slayter jusqu'à l'hôtel Four Seasons. Mrs. Slayter a laissé sa Mercedes au voiturier. Le conducteur de l'Audi en a fait autant. Comme je savais que je perdrais ma cible de vue si j'essayais de trouver une place libre avec parcmètre, j'ai confié ma Buick minable au voiturier. Soit dit à son crédit, il m'a traitée comme si je conduisais une Benz.

« Vous êtes chez nous, madame ?

– Non, et soyez gentil, ne m'appelez pas "madame"[1]. »

Je me suis précipitée dans le hall cossu de l'hôtel chic à temps pour voir Mrs. Slayter entrer dans l'ascenseur avec un inconnu. Ledit inconnu devait avoir environ vingt ans de moins que son mari et n'était pas mal. S'ils n'ont échangé aucun geste tendre pendant le bref instant où je les ai vus, ils montaient ensemble dans un ascenseur vers les chambres du Four Seasons.

1. Pendant que j'y suis, la remarque vaut pour tout le monde. Je n'ai jamais rencontré une femme de moins de cinquante ans qui aime s'entendre appeler « madame ». En fait, je préfère cent fois « Hé, vous », « la demoiselle », « ma petite dame », « celle en corsage vert » (si je porte un corsage vert, évidemment), et « c'est comment votre nom », à « madame ».

Puis j'ai promené mon regard dans le vaste hall et ai découvert un homme connu confortablement installé dans un luxueux canapé beige, à lire un journal.

« Qu'est-ce que tu fais ici, papa ? »

CROISEMENT

« La vraie question, c'est qu'est-ce que tu fais là, toi ? a rétorqué mon père en pliant son journal en quatre.

– J'étais dans le coin.

– Est-ce que ça t'étoufferait de donner une réponse directe une fois de temps en temps ?

– Je ne sais pas, je n'ai jamais essayé.

– Tu sais que ce genre d'endroit n'est pas dans tes moyens.

– Il faut revoir la situation. Alors, papa, sur quelle affaire es-tu ?

– Je fais une surveillance pour le Gilet Sans Manches.

– Qui c'est, le Gilet Sans Manches ?

– C'est toi qui l'as reçu.

– Tu veux dire le type de la bibliothèque ?

– On l'appelle le Gilet sans Manches parce qu'il en porte un.

– Tu vois maintenant pourquoi ces surnoms sont idiots ?

– Pour l'instant, ça ne colle pas pour le tien ni le mien, mais Rae et moi n'avons aucune difficulté à nous en servir.

– Le nom du client est Adam Cooper, c'est ça ?

– Oui. Et maintenant, si tu me disais ce que tu fais ici ? a demandé papa.

– Qui surveilles-tu ?

– Meg Cooper. Et toi, tu n'as toujours pas répondu à ma question.

– La blonde qui est montée dans l'ascenseur avec le type plus jeune ?

– Oui, Isabel. Qu'est-ce qui se passe ?

– Meg Cooper est Margaret Slayter.

– C'est-à-dire ?

– Margaret Slayter est une cliente. Elle m'a engagée pour filer son mari.

– Son mari est dans cet hôtel ?

– Non.

– Alors qu'est-ce que tu fais ici ?

– J'y ai suivi Mrs. Slayter.

– Pourquoi ?

– Parce que je trouvais qu'il y avait du louche dans cette affaire.

– Isabel, on ne te paie pas pour suivre la cliente. Tu es payée pour suivre le mari. Tu pars immédiatement.

– Attends, depuis combien de temps Margaret/Meg voit-elle cet homme ?

– Discussion terminée.

– Mais il faut que je sache pourquoi elle nous a engagés. Je crois que c'est pour savoir où est son mari pendant qu'elle…

– Isabel, si tu n'es pas sortie d'ici cinq secondes, tu es virée », a dit mon père.

Je sais généralement si mon père bluffe, et ce n'était pas le cas. En fait, son visage prenait la teinte rouge qui n'apparaît que lorsqu'il est bourré ou qu'il se prépare à exploser de fureur.

Le temps de compter jusqu'à deux, et j'étais sortie.

Dans ma voiture, j'ai regardé mon portable et ai vu qu'un texto de Kafter était arrivé juste dix minutes plus tôt.

Le sujet s'est déplacé.
Où ?
1799 Clay Street.
Ha ha.
Non. Sérieux.
T mort.
Ha ha.
Non. Sérieux.

1799 Clay Street, au cas où je ne l'ai pas précisé, est l'adresse du quartier général Spellman. Quand je me suis approchée de la porte, Fred a surgi de la petite allée qui sépare les lieux de la maison voisine.

« Qu'est-ce qu'il fait chez nous ?

– Je n'en sais rien, a répondu Fred, apparemment surpris. Tu crois qu'il m'a repéré ?

– Il t'a repéré l'autre jour quand vous avez pris le café ensemble et bavardé comme deux vieux copains sur un banc public. Ça n'explique pas pourquoi il est subitement venu au bureau de l'agence. » J'ai sorti un billet de soixante dollars de mon portefeuille et l'ai tendu à Fred en disant : « L'argent de ton silence. »

Je voyais qu'il allait demander pourquoi il était grassement payé pour une filature ratée, mais je voulais l'avoir dans mon camp. Un jour, j'aurais besoin de lui demander un service, et je ne faisais que préparer mes arrières.

« Désolé, a-t-il dit.

– File. »

À ce moment précis, une limousine noire s'est arrêtée en double file devant la maison Spellman et a attendu environ cinq minutes. Je suis restée sur le côté de la maison jusqu'au moment où j'ai vu maman raccompagner Mr. Slayter jusqu'à la porte. Ils ont échangé une poignée de main et maman a dit qu'elle le contacterait. Mr. Slayter est monté dans sa limousine.

Une fois la voiture hors de vue, je suis entrée. « Qu'est-ce qu'il voulait, cet homme ?

– Celui qui vient de partir ? a demandé maman.

– Oui. Il t'a dit son nom ?

– Mr. Slayter. On n'a pas déjà une affaire Slayter ?

– Qu'est-ce qu'il voulait ?

– Il avait une requête très bizarre.

– Laisse-moi deviner. Il veut que tu suives sa femme.

– Non, a répondu ma mère. Il veut qu'on le suive. »

Deuxième partie

La muraille

(Octobre)

PIERRE APRÈS PIERRE

Dans mon type de travail, les conflits d'intérêts ne sont pas rares. San Francisco est une petite ville, et le travail de détective privé n'est plus ce qu'il était. Maintenant que Harkey (notre principal rival depuis vingt ans) a disparu de la scène[1], il ne reste qu'une poignée de firmes dans la ville, et la plupart des gens préfèrent une affaire de famille à ces grosses franchises impersonnelles[2] qui sont nos principaux concurrents. Il existe des précédents de recoupements dans le cas d'affaires familiales ; mais un recoupement triangulaire était inédit.

Après notre collision, papa a appelé maman depuis le champ de bataille, et lui a demandé de me retenir au bureau jusqu'à son retour. Pendant que j'avais encore une fenêtre pour réunir des informations, j'ai mis mon temps à profit pour avoir le fin mot de la visite de Mr. Slayter. Malheureusement, je n'y suis pas parvenue.

« Alors un type arrive au bureau en cherchant à engager quelqu'un pour le filer, et tu ne demandes pas pourquoi ? »

---

1. Grâce à moi. Si vous voulez de plus amples détails, ils se trouvent dans le document n° 4. Je n'en dirai pas plus.

2. Non, je ne vous donnerai pas leur nom et ne leur ferai pas une publicité gratuite.

Ma mère a eu un soupir impatient. « Bien sûr que si, j'ai demandé, ma petite fille, mais il n'a rien lâché. Il a seulement dit qu'il voulait qu'un enquêteur fasse le compte rendu de ses activités quotidiennes.

– Tu n'as pas trouvé ça suspect ?

– J'ai trouvé ça peu banal.

– Tu lui as demandé comment il était venu à notre agence ?

– Oui.

– Et alors ?

– Il a dit qu'il nous avait trouvés sur internet.

– Intéressant.

– Rae a fait du bon boulot en réorganisant notre site internet.

– Il ne t'a pas parlé de sa femme ?

– C'est tout ce que je peux te dire, ma petite fille. »

J'ai empilé tant bien que mal les dossiers et paperasses anarchiques sur mon bureau – mon rituel classique de fin de journée. Puis ma mère m'a expliqué que nous allions avoir une réunion extraordinaire de l'entreprise et que je devais attendre dans le bureau le retour de papa. J'ai pris une bière dans le frigo et suis allée sur un site d'entraînement aux échecs afin de m'exercer aux fins de partie, car ma technique était, selon Henry, fâcheusement insuffisante. Mais à d'autres moments, il m'avait dit la même chose de ma technique d'ouverture et de celle de milieu de jeu.

« Je suis toujours en service, ai-je annoncé à ma mère.

– Alors, profites-en pour faire du classement.

– Trois sur cinq », ai-je dit en tendant mon poing fermé. Maman et moi avons joué à pierre-papier-ciseaux pour savoir qui classerait et j'ai gagné. Ce qui se produisait depuis que Demetrius m'avait expliqué que je privilégiais la pierre (après quoi il s'était lancé dans une explication interminable sur le fait que ma préférence pour la pierre indique mon penchant personnel pour l'inertie puisque, quand on est une pierre, on n'a rien à faire). Quand j'ai cessé de privilégier la pierre, mes corvées de classement sont devenues bien moins fréquentes. Et je me plais à penser que, dans un futur pas trop lointain, l'archivage deviendra aussi obsolète que les stylos à plume.

Ma mère a essayé de se distraire en bavardant à bâtons rompus pendant qu'elle glissait des morceaux de papier dans des chemises à l'intérieur de chemises plus grandes sur lesquelles étaient inscrites des lettres. On peut difficilement trouver plus bête comme activité.

« Alors Demetrius a beaucoup de rendez-vous, a-t-elle lancé. J'espère qu'il va se trouver quelqu'un de bien.

– Maman, est-ce qu'il t'est venu à l'esprit que D n'allait pas à ses rendez-vous ? Quel homme majeur et vacciné laisserait sa patronne de cinquante-sept ans contrôler son compte sur Match.com ?

– Oui, ma puce, j'y ai pensé.

– Et tu sais de façon certaine qu'il affronte bel et bien le monde des célibataires ?

– Pour être franche, j'ai eu des doutes et l'ai suivi un soir. Il est allé dîner avec une très jolie femme qui, je crois, travaille dans la police comme profileuse. Elle n'avait pas mis de photo sur le site, donc je ne peux pas être sûre que c'était bien celle-là, mais j'ai vérifié tous les profils. Sans jeu de mot.

– Ils se sont revus ?

– Non. D a dit qu'il n'y avait pas eu d'étincelle. Il paraît qu'elle avait un sac Hello Kitty.

– Pour moi aussi, ça serait rédhibitoire.

– Bref, il a eu plusieurs autres rendez-vous, mais jusqu'à présent, il n'a pas trouvé la perle rare.

– Maman, tu es bien consciente que s'il rencontre la perle rare, il quittera l'agence ?

– Oui », a répondu maman. Le ton de sa voix s'était altéré. J'avais manifestement touché un nerf sensible. J'ai changé de sujet pour détendre l'atmosphère. « Tu n'es pas en train de rater un cours ce soir ? » ai-je demandé en sortant de mon tiroir une photocopie de l'emploi du temps de maman et en l'examinant. « Ah, si. Le lundi, tu as Poterie pour débutants. C'est drôle que tu n'aies pas rapporté d'objet.

– Mes œuvres sont encore en cours de cuisson, a répliqué maman.

– Ben voyons. Tu y vas, seulement, à ces cours ?

– *Krasivaya bluzka*[1], a dit maman, en russe, j'imagine.

– Qu'est-ce que ça veut dire ?

– Ça veut dire : "Bien sûr que oui." »

J'ai branché mon magnétophone digital à l'abri de mon bureau.

« Comment dis-tu : "Où sont les toilettes ?" ai-je demandé.

– Où sont les toilettes, a répondu maman.

– Très drôle. En russe, s'il te plaît.

– *Vy ne mogli by govorit' pomedlennee*[2].

– Comment dis-tu : "Quelle heure est-il ?"

– *Etot mužčina platit za vsë*[3].

– Et dis voir : "Mon hovercraft est plein d'anguilles" ?

– *Ostav'te menja v pokoeugrey*[4].

– Tu mijotes quelque chose, j'en suis sûre. Si tu me disais ce que c'est, ça m'éviterait de me lancer dans une enquête.

1. « J'aime bien ta chemise. »
2. « S'il te plaît, parle plus doucement. »
3. « Le monsieur paiera pour tout. »
4. « Fiche-moi la paix. » Pour celle-là, je lui laisse le bénéfice du doute.

– Tu m'excuses, a répondu maman. J'ai du crochet à faire. »

Elle a alors ouvert son tiroir de bureau, en a retiré un sac en tissu, d'où elle a extrait un crochet et une masse informe : l'ouvrage en cours.

« Alors c'est "crochet", pas "croquet". Qu'est-ce que tu peux bien être en train de faire, là ?

– Un *chapeau*, a rétorqué maman d'un ton sec. Ça ne se voit donc pas ?

– Pas vraiment, non. »

À ce moment précis, nous avons entendu une clé dans la serrure de l'entrée et le grincement exaspérant des gonds. De l'autre bout de l'entrée, mon père a crié : « Muraille de Chine ! Urgent ! » Puis il a ouvert la porte du bureau, beaucoup moins bruyante, et a répété avec plus d'effet. « On lance une politique de cloisonnement de l'info sur-le-champ ! Opération Muraille de Chine. »

Papa a sorti le dossier Adam Cooper du classeur (sujet : Meg Cooper – connue aussi sous le nom de Margaret Slayter) et l'a mis dans le tiroir de son bureau, qu'il a fermé à clé. Puis il m'a tendu le dossier Margaret Slayter (sujet : époux Edward Slayter) et a dit : « À partir de maintenant, ta mère et moi, nous nous occuperons en exclusivité d'Adam Cooper, et toi, tu t'occuperas seulement du travail dont t'a chargé Mrs. Slayter. Nous ferons des notes séparées, et il n'y aura aucune communication entre les deux côtés de l'affaire.

« De plus, Isabel, dans tes rapports avec Mrs. Slayter, tu devras la traiter exclusivement comme cliente. Tu lui donnes les informations pour lesquelles elle paie. Point barre. Même si nous n'avions jamais découvert de conflit d'intérêts, tu n'aurais pas dû surveiller ta cliente. Si ça venait à se savoir, notre réputation ne vaudrait plus un clou.

– On compte en dollars maintenant, tu n'es pas au courant.

– Il n'y a pas de quoi plaisanter, Isabel.

– Drôle, peut-être pas, mais sidérant, quand on y pense. Et est-ce que maman t'a parlé de la visite de Mr. Slayter à l'agence ?

– Elle m'en a touché deux mots », a répondu papa. Il s'est tourné vers maman pour lui dire : « Rappelle-le et dis-lui que nous ne pouvons pas lui fournir nos services en ce moment.

– Il se passe quelque chose qui n'a rien à voir avec nos habituelles histoires de pétrin conjugal, ai-je dit.

– Ce n'est pas notre problème, a répondu papa.

– Et si Mrs. Slayter nous a demandé de jouer les baby-sitters auprès de son mari pour lui permettre d'avoir une liaison ?

– Nous n'avons aucune preuve de cela.

– Nous avons quelque chose qui y ressemble. Et si Mrs. Slayter nous faisait surveiller les allées et venues de son mari pour prévoir un contrat sur lui ?

– Ça n'arrive que dans les romans policiers, a dit papa.

– Un de ces jours, on va se retrouver avec un crime sur les bras, ai-je dit.

– On peut toujours rêver, a lancé ma mère.

– Tu veux que je te décharge du cas Slayter ? a demandé papa d'un ton tout ce qu'il y a de plus sérieux.

– Oui, et tu me mets sur l'affaire Meg Cooper. On peut faire l'échange une semaine. On rebasculera après.

– Ce que je voulais savoir, a rectifié mon père, c'était si tu voulais que je te libère de toutes les affaires ?

– Bien sûr que non.

– Alors, on cloisonne. Et la discussion s'arrête là. Vu ?

– Non. On n'est pas franchement d'accord.

– Alors tu as intérêt à l'être, sinon tu seras affectée au travail de bureau jusqu'à ce que toutes les affaires qui se recoupent soient closes. »

Il était tout ce qu'il y a de plus sérieux. Je n'avais pas le choix.

« D'accord », ai-je répondu. Et peut-être étais-je sincère sur le moment.

Les murs imaginaires ne sont que des bornes. Comme vous vous en doutez sûrement à ce stade, je ne suis pas particulièrement douée pour les respecter. Quand mon père réclame une opération Muraille de Chine – ce qui ne s'est produit qu'une seule fois[1] –, je prends la chose au sérieux parce qu'il le fait. Et si je ne m'aligne pas, ma vie quotidienne devient difficile. Quand je dis « difficile », ça ne signifie pas que mon père est impoli, ou qu'il me fait la tête, ni qu'il s'en prend à moi. Je veux dire que les choses les plus élémentaires deviennent compliquées. Ma voiture ne démarre pas ; mon manteau disparaît, mon spray haleine fraîche est remplacé par du vinaigre, mes clés ne tournent plus aussi bien qu'avant, le talon de ma chaussure tombe. Le sabotage est plus subtil que celui que pratiquent, disons, Rae ou ma mère. La tactique de mon père évite l'assaut frontal. Il n'appelle pas à la guerre. Son propos est de me faire comprendre que je subis un châtiment d'envergure à cause de mes méfaits.

Pendant des années, quand ce genre d'incident se produisait, je croyais en effet que quelque chose de plus puissant que mon père ou moi entrait en jeu. Jusqu'au jour où je l'ai surpris en train d'user un de mes lacets à la lime. Je n'étais pas capable de déployer le

1. Il y a dix ans. À propos d'un couple divorcé qui se bagarrait pour la garde du chat, Irving.

niveau de vigilance requis pour défier ouvertement mon père. Il devait bien y avoir un autre moyen.

Quand j'ai eu fini mon travail, je suis allée boire un verre au Hemlock pour réfléchir à un moyen de contourner la Muraille de Chine. Après une bière, je n'avais pas trouvé de solution à l'épreuve des balles. Pour m'occuper, j'ai décidé de m'attaquer à des blocus de l'information moins inquiétants et plus faciles à lever.

Pour commencer, j'ai téléphoné à Henry pour lui dire que je rentrerais tard.

« Je vais rentrer tard, ai-je annoncé.

– Tiens donc.

– Alors ne m'attends pas pour dîner.

– Je ne comptais pas sur toi.

– Ah. C'est vrai que je ne suis pas rentrée de bonne heure ces derniers temps.

– C'est tout ? » a rétorqué Henry. Il m'avait déjà fait la gueule avant, mais cette fois, il y mettait vraiment du sien.

« J'ai lavé la vaisselle ce matin. Tu n'as pas remarqué ? » ai-je dit. Je m'efforçais d'avoir quelques qualités pour faire passer le reste.

« Si, a répondu Henry, pas impressionné du tout.

– Alors tu n'as pas prévu de me tresser des couronnes, d'organiser un lâcher de colombes ou quelque chose de ce genre ?

– C'est tout, Isabel ?

– Dis bonjour à ta maman de ma part.

– Elle n'est pas là.

– Où est-elle ?

– Je ne sais pas. Elle m'a laissé un mot disant : *Je ne suis pas là*. Elle doit trouver que c'est drôle.

– Ma foi, je trouve aussi.

– Pas moi.

– Je rentre dès que je peux. »

Henry a raccroché sans dire au revoir.

J'ai téléphoné à Gerty pour voir si je réussissais à la convaincre de passer un peu de temps avec Henry, parce qu'ils s'étaient à peine vus au cours des dernières semaines. Sans les messages, je n'aurais même pas pu être sûre qu'elle soit encore en ville. En fait, si elle ne les avait datés et changés chaque jour, j'aurais appelé la police. J'ai cherché à la joindre sur son portable et ai laissé un message sur son répondeur. Elle ne m'a jamais rappelée.

SURVEILLANCE RÉCRÉATIVE

Du bar, j'ai téléphoné à papa pour avoir l'adresse du prétendu cours de poterie de maman. Il a décroché à la première sonnerie.

« Salut, Isabel.

– Salut, papa. » Cette partie du coup de fil où l'on s'identifie me manque. En fait, ce qui me manque surtout, c'est le moment où je prétends être quelqu'un d'autre. L'affichage du nom de l'appelant m'a coupé mes effets. « Quoi de neuf ?

– Rien, a dit papa en poussant un profond soupir.

– Quelque chose ne va pas ?

– Je me sens bien seul. Ta mère est tout le temps partie et je ne sais pas où est passé D. Tu ne veux pas venir ? On pourrait jouer au gin-rummy ou juste boire un verre.

– Partie remise, papa. Alors, maman fait de la poterie ce soir ?

– Oui, de la poterie.

– Et où c'est, ce cours ? Comment se fait-il que la maison ne soit pas envahie d'objets en céramique ?

– Elle ne les rapporte plus.

– Parce que tu as vu ce qu'elle fait ?

– J'ai vu un objet. J'ai commis l'erreur de rire. Ta mère peut être plus susceptible que tu ne le croirais.

– Ah bon ? Où il est, son cours ?

– Isabel, elle est vraiment à son cours de poterie ce soir.

– Pourquoi tous ces hobbies ?

– Elle essaie de rester active, c'est tout.

– Tu n'as pas remarqué que son travail s'en ressent ?

– C'est une phase. Ça passera.

– Où est le cours ?

– Tu perds ton temps, Isabel.

– Peut-être que j'ai envie de faire de la poterie moi aussi.

– Elle est à l'atelier d'art de Sharon, à côté du manège du Golden Gate Park.

– Salut, papa. »

Je suis allée droit au parc avec ma voiture, et j'ai remonté la courte allée bordée d'arbres conduisant à l'atelier. J'ai fait le tour du bâtiment, regardé dans les classes illuminées, emplies d'un assortiment hétéroclite d'artistes amateurs, tous complètement absorbés dans leur peinture ou leur sculpture, ou captivés par le cours de leur professeur. J'ai découvert ma mère au fond de la classe de poterie, à califourchon sur un tour, aux prises avec une masse d'argile. Mes talents pour lire sur les lèvres m'ont révélé que le moratoire de ma mère sur les jurons était destiné exclusivement à Demetrius. Le professeur, une femme que j'aurais pu reconnaître derrière le miroir sans tain d'une parade d'identification (il reste encore dans la ville des vétérans du *Flower power*, parfumés au patchouli), s'est approchée de ma mère et a dû lui dire quelques mots d'encouragement. Ma mère a dû répondre avec des mots fort peu encourageants. La femme a reculé lentement, comme on le fait face à un chien enragé.

Les bribes de russe que ma mère avait intégrées dans son vocabulaire, le bout de chapeau péniblement crocheté, les quelques gâteaux qui étaient nettement au-dessus de son niveau mais en dessous de celui d'un pâtissier, même amateur, tout cela indiquait que ma mère s'était sérieusement mise à la culture des loisirs, mais je n'avais pas la moindre idée de sa motivation.

J'ai trouvé le moyen d'arriver au bout de la semaine sans presque croiser l'ex n° 13. Mardi et jeudi, il s'est couché tard et j'ai eu sommeil de bonne heure. Mercredi, j'ai prétendu avoir une surveillance, mais suis allée au cinéma, et vendredi, j'ai choisi d'appliquer ma méthode d'évitement, mais pour des raisons professionnelles.

Il y avait une lumière dans l'appartement de Vivien Blake, et sa silhouette se détachait sur la fenêtre. Elle avait la posture courbée de quelqu'un qui étudie. Il n'y avait aucune place de parking autorisée permettant d'avoir une vue sur l'appartement, aussi ai-je garé ma voiture en épi devant le terre-plein aux palmiers de Dolores Street. Dans une ville où les parkings officiels sont en nombre insuffisant, on tolère discrètement des infractions raisonnables. Cela s'applique à San Francisco en général, où un type a circulé nu en centre-ville pendant des années.

Assise dans ma voiture, j'écoutais un balado de sensibilisation à la musique que Henry avait chargé sur mon iPod. C'était aussi ennuyeux qu'on pouvait s'y attendre, mais je me suis promis de lui donner une chance. Je me suis demandé si cinq minutes suffiraient. Mais Vivien a éteint sa lampe à ce moment-là, m'évitant d'écouter plus longtemps un discours pédagogique inutile. Cinq minutes après, Vivien avait pris Twentieth Street en direction de l'est, et je devais décider si je la suivais en voiture (au cas où elle sauterait dans un taxi) ou à pied. Comme le quartier de Mission est plein de jeunes et d'endroits où l'on peut boire jusqu'à plus soif, je me suis dit qu'elle resterait dans le secteur. J'ai laissé ma voiture en semi-infraction et ai suivi le sujet à pied.

Vivien a montré rapidement une pièce d'identité à la porte de [censuré[1]] puis s'est frayé un chemin dans la foule négligée de bobos branchés et alcoolisés. Ses yeux fouillaient la salle. Elle cherchait quelqu'un, mais comme il ne faisait pas très clair, elle plissait les yeux pour distinguer les clients qui paraissaient étrangement uniformes, malgré tout le mal qu'ils se donnaient pour se singulariser.

Puis elle s'est mise sur la pointe des pieds, a fait un grand signe de la main et a joué des coudes pour parvenir à l'arrière du bar, où deux tables de billard divisaient la salle. Elle est allée jusqu'à un box en coin et s'est assise. Un jeune type vêtu de nombreuses couches de vêtements, dont celle du dessus était ornée du nom d'un groupe, a fait glisser une pinte de bière vers elle sur la table. Vivien en a bu une gorgée, puis s'est tournée vers la jeune femme à côté de laquelle elle s'était assise, a dit quelque chose et l'autre a ri. Je n'ai pas vu de présentations entre elles et, quelques minutes plus tard, elles se parlaient à l'oreille derrière le dos des jeunes gens. Ces détails ont leur importance, pour la bonne raison que la jeune femme à côté de qui Vivien Blake était assise n'était autre que Rae Spellman.

J'ai pris quelques clichés avec mon appareil photo, sans être sûre qu'ils donneraient quelque chose, compte tenu du manque de lumière. Le moment n'était pas propice à une confrontation avec ma sœur. Si j'étais témoin de deux transgressions : boire alors qu'elle était mineure et frayer avec une cliente, c'était la seconde

1. Non, je ne vais pas vous dire quels bars de San Francisco ne sont pas très vigilants sur les fausses pièces d'identité.

qui me dérangeait. Quant à la première, elle était du ressort de mes parents.

Pendant que je regagnais ma voiture par une température désagréablement fraîche en regardant mon haleine faire des panaches de vapeur dans la nuit, mon téléphone a vibré dans ma poche.

« Mon appartement est inondé.

– D'accord, j'y serai dans vingt minutes pour tout vérifier.

– Non, a répondu Walter. Cette fois-ci, c'est une inondation réelle. »

Une demi-heure plus tard, j'aidais Walter à éponger le sol de la salle de bains avec de vieilles serviettes. Nous les tordions et recommencions. La baignoire avait débordé sur le carrelage de la salle de bains. Walter était arrivé juste à temps pour empêcher l'eau d'imprégner la moquette de sa chambre.

« Le voisin du dessous a appelé, a dit Walter. J'avais rendez-vous avec une fille. J'étais loin de penser à la baignoire ou au grille-pain. Je suis désolé de vous avoir appelée si tard. Je ne sais pas comment ça s'est passé. Comment, d'ailleurs ?

– Je ne sais pas, Walter. Mais nous allons trouver. » J'ai essoré une grosse serviette dans la baignoire, déversant ainsi au moins deux litres d'eau. « Il faut que je vous dise quelque chose… »

J'ai alors parlé à Walter de la fois où j'avais trouvé le robinet en train de couler, et la machine à café et le grille-pain branchés alors que je savais que Walter ôtait toujours les prises. Puis j'ai parlé de l'empreinte. Walter a manifesté l'inquiétude de rigueur, mais sa réaction manquait de spontanéité, comme s'il s'était attendu à la nouvelle. Il lui restait à poser la question qui s'imposait.

« Pourquoi ne m'en avez-vous pas parlé ? a-t-il demandé.

– Parce qu'au début, j'ai cru que vous aviez eu une ou deux inadvertances et je savais que si je mentionnais l'incident, les choses ne feraient que s'aggraver. Et puis je me suis dit que la cause était différente : quelqu'un d'autre devait être responsable.

– Mais qui pourrait me faire ça ?

– Je n'en sais rien. Mais je vais trouver », ai-je répondu.

Je suis restée avec Walter jusqu'à ce que seule une pile de serviettes mouillées trahisse ce qui était arrivé. J'ai passé la porte d'entrée à la poudre et au pinceau pour relever les empreintes, tout en pensant n'y trouver que celles de Walter et les miennes. Je lui ai demandé si quelqu'un était au courant de son rendez-vous, et il m'a dit que non, hormis la fille et lui. Je lui ai demandé où ils s'étaient rencontrés. Sur le Net. Elle ne savait pas où il habitait. Je lui ai demandé s'il la reverrait. Il m'a dit qu'il le lui avait demandé pendant qu'il était avec elle, mais que maintenant, il n'était plus si sûr d'en avoir envie. Elle se rongeait les ongles, et l'inondation était peut-être un signe. J'ai fait promettre à Walter que si je trouvais qui était responsable de l'incident, il la reverrait. J'ai refusé de partir avant qu'il m'ait fait cette promesse, et il a promis parce que, passé minuit, il voulait vraiment que je m'en aille.

Après avoir affronté le déluge de Walter, j'étais épuisée, mais mon esprit continuait à tourner et je savais que je n'arriverais pas à trouver le sommeil, aussi suis-je allée en voiture jusqu'au Philosopher's Club, espérant que la compagnie d'un rustre aussi primaire que Bernie agirait momentanément comme un lavage de cerveau après les événements de la journée. Le lendemain matin, je pourrais me tracasser à propos des conflits d'intérêts, de la faute professionnelle d'une enquêtrice, du client qui pratiquait une forme peu banale de traque, et de la conversation que j'évitais depuis deux mois à la maison.

Mais pour l'instant, j'avais seulement envie de boire et de bavarder à bâtons rompus avec Bernie. Si je le trouve souvent lourd, on peut cependant compter sur lui pour être fidèle à lui-même et donner l'impression que le monde est simple et accommodant. Pour Bernie, une bière, des chips, un bon jeu de poker, et on est comblé.

À la différence de la plupart des bars de San Francisco, le vendredi soir au Philosopher's Club on pouvait traverser la salle avec un minimum de contacts physiques. Un nouveau barman tirait les pintes de bière. Un étudiant, peut-être. Bernie s'imaginait sans doute pouvoir attirer une clientèle plus jeune pour compléter celle des piliers de bar d'un certain âge qui pliaient bagage à vingt heures. Ce soir-là, il y avait un mélange tonique de jeunes branchés et de vieux briscards, chaque groupe restant bien distinct, comme les copains de cantine dans la cour de récréation. Je n'ai pas vu Bernie, ce qui veut dire qu'il n'était pas visible – avec son crâne chauve et luisant, sa carrure de mastodonte et son rire tonitruant, il ne passait pas facilement inaperçu. Il rit en permanence, même quand il ne se passe rien de drôle. Une fois, je le lui ai fait remarquer : ça l'a fait rire encore plus.

Le juke-box s'est tu entre le moment où Sinatra a roucoulé sa dernière note et où Nirvana a répondu. Dans ce bref intervalle entre deux morceaux, j'ai entendu Bernie glousser dans son bureau. Je me suis dirigée à grands pas vers l'arrière de la salle et ai frappé.

« Revenez plus tard ! a-t-il crié à travers le panneau de bois.

– Police. Ouvrez ! » J'ai dit cela parce que je savais que ça le ferait obtempérer.

S'il était possible de revenir dans le passé, les choses se seraient déroulées différemment. Je ne serais pas allée au bar ce soir-là ; je n'aurais pas frappé à la porte ; je ne me serais pas fait passer pour les flics ; et Bernie n'aurait pas ouvert la porte, révélant Gertie et lui, à moitié dévêtus, dans une posture décidément compromettante.

C'était un peu comme lorsqu'on regarde un accident de voiture juste après la collision, sans le sang et la fumée. Je ne pouvais détacher mes yeux du spectacle de Bernie boutonnant sa chemise et de Gerty rajustant ses sous-vêtements. Bernie, l'homme le plus impudique que je connaisse, s'est senti assez gêné pour me fermer la porte au nez d'un coup de pied. J'ai été soulagée que la scène en temps réel m'ait été épargnée, mais tandis que mes yeux contemplaient le panneau de bois fendu, l'image me restait gravée dans l'esprit.

À L'ABRI DES GOUTTES

Il était tard, mais je me suis dit que mon père était sans doute encore réveillé et en manque de compagnie. Il était plus de minuit et demi quand je suis arrivée à la maison, et je suis entrée sans bruit pour ne pas réveiller ma mère. Elle accusait le contrecoup de l'addition de son travail et du trop-plein soudain d'activités annexes, et passait au lit les quelques heures libres qui lui restaient.

J'ai traversé pieds nus l'entrée sombre pour gagner la cuisine éclairée, où l'on entendait des bruits discrets d'activité. Ou plus exactement, des bruits de cuiller tournée dans un récipient : D était debout devant le plan de travail, en train de préparer quelque fabuleuse mixture.

« Qu'est-ce que tu fais ? » ai-je demandé en arrivant dans la cuisine.

D a laissé tomber le saladier qui a rebondi deux fois sur le sol avant de se renverser, répandant la moitié de la pâte au chocolat sur le lino. D a reculé contre le mur, tenant le fouet en métal comme une arme. Quand il m'a vue, il s'est cassé en deux et a pris quelques inspirations profondes. Puis il s'est redressé et a grimacé un sourire.

« Tu m'as fait peur, a-t-il dit, s'efforçant encore de stabiliser sa respiration.

– Pardon. J'avais oublié. »

Je me suis agenouillée et ai entrepris d'essuyer la préparation qui s'étalait sur le sol. D s'est accroupi pour m'aider, mais je l'ai écarté.

« Assieds-toi. Je m'en occupe », ai-je dit.

D s'est assis à la table. J'entendais sa respiration se calmer.

« Qu'est-ce que j'ai gâché ? ai-je demandé, tout en étant pratiquement sûre de la réponse.

– Des *Red Velvet Cupcakes**. »

Ces gâteaux faisaient encore partie des productions clandestines de D, car il n'avait toujours pas réussi à en faire une version plus *light* pour mon père.

« Je peux recommencer une fournée, a répondu D. Je ne vais pas m'endormir de sitôt. »

Après avoir essuyé la pâte renversée, j'ai préparé du lait chaud pour D et lui ai suggéré de le muscler un peu.

« Un tout petit peu, alors », a dit D. Apparemment, il y avait quelques alcoolos dans sa famille et il préférait être prudent. Je suivais mal cette logique. Il y avait des alcoolos tout à fait sympathiques dans ma famille aussi. J'ai versé une rasade de whisky dans le lait et me suis assise à la table pendant que D buvait.

En prison, D avait vécu dans une culture de la peur. Rien d'étonnant à ce qu'il ait eu besoin d'une période d'adaptation lorsqu'il a été finalement relâché. Pendant ses premiers mois de liberté, même les petits luxes de base le mettaient mal à l'aise. Il ne parvenait pas à dormir sur un matelas normal, et a fini par utiliser le lit de camp du sous-sol. Une fois enfin à l'écart du vacarme incessant de la prison – cris, chocs, chansons –, il était terrifié par le silence.

* Cupcakes moelleux au chocolat, rouges à cause du colorant, souvent associés à la Saint-Valentin, et décorés de crème Chantilly.

Au début, j'ai été au courant de ses difficultés, mais comme je ne vivais pas sous le même toit, il ne m'était pas venu à l'idée que D n'avait pas encore fini de s'acclimater aux profonds changements de sa nouvelle vie. Il m'avait dit qu'il avait survécu à la prison en s'astreignant à un emploi du temps strict, où chaque heure était marquée par une activité spécifique imposée par le directeur ou par lui-même. Mais il disposait à présent de tellement de temps libre qu'il ne savait qu'en faire.

« J'imagine que tu ne dors pas mieux, ai-je dit.

– Si. Mais j'ai encore des cauchemars.

– Tu aurais peut-être besoin de vacances. Quitte la ville. Va camper. Ou pêcher. Il paraît que la pêche, c'est très reposant. Veux-tu que j'organise un voyage de pêche ?

– Ce n'est pas une bonne idée.

– Pourquoi ?

– J'ai vu *Délivrance*. Eh bien tu sais, jamais je n'irai à la pêche. Jamais. »

D s'est vivement relevé et s'est remis à la tâche. Il a mesuré la farine et la levure, et a repris depuis le début son rituel de délassement pâtissier. J'ai eu l'impression qu'il avait envie d'être seul. Être entouré de Spellman toute la journée peut être lourd ; peut-être ces séances de pâtisserie tardives représentaient-elles son seul moment de détente possible.

« Mets-m'en au moins trois de côté, ai-je demandé.

– Tu as ma parole », a répondu D.

Je suis alors sortie par la porte d'entrée en faisant aussi peu de bruit que lorsque j'étais arrivée. Je savais que moi non plus, je ne parviendrais pas à dormir, aussi ai-je pris la direction de chez mon frère, parce que c'était le plus court chemin pour le meilleur bar privé.

Il était tard, aussi ai-je frappé plutôt qu'appuyé sur la sonnette. Au passage, je rappelle que si on sonne en pleine nuit chez des gens qui ont des enfants en bas âge, il arrive que ceux-ci se mettent à crier et que les parents vous virent sans ménagements.

Il n'y a pas eu de réponse, alors j'ai décidé de tenter ma chance à la fenêtre voisine de la lingerie, que Maggie ne ferme pas toujours. J'ai contourné la maison, poussé la fenêtre me suis faufilée par l'ouverture, et j'ai atterri sur le lino avec un bruit sec et dur. Rien de tel qu'une entrée ratée par la fenêtre pour vous rappeler votre âge.

La maison était silencieuse, et j'ai jugé préférable de ne déranger personne ; je me suis servi tranquillement à boire : de quoi m'éclaircir les idées une fois pour toutes, ou du moins jusqu'au lendemain matin.

Le lendemain matin...

J'étais dans une maison d'où je cherchais à m'enfuir. J'ai ouvert une première porte, pour tomber sur Bernie et Gerty plus ou moins légèrement vêtus ou dévêtus. J'ai refermé la porte en m'excusant. J'ai ouvert la suivante et trouvé Rae, assise derrière un bureau métallique massif, occupée à taper des chiffres à toute vitesse sur une calculette à l'ancienne. Elle ricanait de façon malveillante, comme un méchant de dessin animé. Je me suis tournée vers une autre porte. Elle s'ouvrait sur Demetrius, derrière une paroi de verre ; il était de nouveau en prison. Il y avait des trous dans le verre, aussi lui ai-je glissé des cigarettes et de la réglisse. J'ai voulu m'asseoir pour parler, mais les heures de visite étaient terminées. J'ai alors ouvert une autre porte. Ma mère était assise derrière un tour de potier, et elle lisait un livre. Le reste des élèves s'était sali les mains à la tâche, mais ma mère ne faisait rien. « Qu'est-ce que tu fabriques ? ai-je demandé. – J'élargis mes horizons », a répondu la mère de mon rêve en m'adressant un clin d'œil facétieux. J'ai claqué la porte. Puis j'en ai ouvert une autre en croyant trouver la sortie. Au centre de la pièce, il y avait une enfant qui ressemblait à ma nièce. Elle a dit :

« Banane.

– Banane.

– Banane. »

J'ai ouvert les yeux. Tout paraissait familier, mais étrange.

Il y avait une enfant tout près de moi, juste en face de mon visage. Elle a dit : « Banane. » Je me suis redressée sur le canapé.

La tête me cognait. J'avais la bouche sèche.

« Banane. »

J'étais chez David. Sur le canapé du salon.

La chambre de Sydney est au premier. Elle devait s'être réveillée avant ses parents, s'être échappée de son lit et avoir trouvé seule le chemin du salon. Je croyais qu'ils avaient une barrière à chien, ou quelque chose d'analogue. J'ai pris note mentalement de ne pas utiliser ce mot-là en face de mon frère.

« Tu veux une banane ? » ai-je demandé.

Sydney a fait « oui » de la tête.

Je me suis mise debout et me suis étirée. Ma tête a cogné de façon plus nette. J'ai rangé dans le placard ce qui restait de la bouteille de bourbon, et ai emporté mon verre à la cuisine. Sydney m'a suivie. J'ai trouvé des bananes dans une coupe au-dessus de l'évier. J'en ai arraché une et ai commencé à la peler. Je ne sais pas trop si une enfant de un an et demi a besoin d'aide en l'occurrence, mais j'étais pratiquement sûre qu'elle ne se vexerait pas. Je lui ai tendu la banane.

« Pas pomme ! » a-t-elle hurlé avant de se mettre à pleurer. Fort.

Ma tête a cogné davantage. « Je t'en prie, ne pleure pas, ai-je dit. Tante Izzy a une gueule de bois horrible. » Je me suis versé un verre d'eau et l'ai avalé d'un seul trait, en faisant dégouliner le liquide sur mon menton.

« Banane, a dit Sydney entre deux hoquets larmoyants.

– Compris. Banane. D'accord. » J'ai ouvert le frigo et ai sorti un pack de lait. « Banane ? ai-je demandé.

– Banane !

– Parfait. Ça, ça s'appelle du lait.

– Banane. »

J'ai rempli un verre de lait, et Sydney a dit : « Encore banane.

– Je te redonnerai du *lait* quand tu auras fini celui-là. »

Je me suis avisée que je n'avais jamais vu Sydney boire dans un verre jusqu'à présent, et que les conséquences risquaient d'être désastreuses.

« Où sont les "'tites tasses", Sydney ? »

Je me suis alors avisée que jamais encore je n'avais utilisé cette phrase et je me suis mise à rire. Sydney a monté le volume de sa crise de larmes et David a fait son entrée dans la pièce avec une expression où se mêlaient l'épuisement et l'horreur ; elle devait répondre à la mienne quand le nouveau David est entré dans mon champ de vision. À vrai dire, je n'avais encore jamais vu le nouveau David au petit matin. Je ne dis pas que l'ancien David se réveillait avec chaque cheveu en place, les dents lavées et la peau bien débarbouillée, mais il était toujours le premier dans la douche et veillait à être soigné. En fait, jusqu'à l'Âge de Sydney, je ne l'avais vu que très exceptionnellement avec une barbe de plusieurs jours, une coupure de rasoir ou une odeur corporelle déplaisante. Ce matin, il était particulièrement peu appétissant. Le bas de son pyjama était effiloché, et il le portait avec un T-shirt où s'étalait le logo JUSTICE POUR MERRI-WEATHER[1]. Ses chaussettes étaient dépareillées, et la droite avait un trou laissant passer le gros orteil. Sur son visage étaient imprimés les plis de l'oreiller, et je préfère ne pas parler de l'état de ses cheveux. Je n'étais pas moi-même fraîche comme une rose, mais j'aurais pu aller chercher le journal sans faire peur à la voisine.

« Isabel, qu'est-ce que tu fais ici ?

– Je cherche une "'tite tasse" », ai-je répondu en m'écroulant de rire, parce que c'était encore plus drôle quand on disait cette phrase à un adulte.

Je me suis avisée alors que j'étais peut-être encore un peu imbibée.

« Ce que je veux dire, a repris David, c'est : qu'est-ce que tu fais chez moi ?

– J'y ai dormi.

– Maggie t'a fait entrer hier soir ?

– Non. Je me suis glissée par la fenêtre de votre lingerie. Vous devriez sans doute vérifier qu'elle est en position bloquée le soir.

– Sans doute. Pourquoi n'es-tu pas rentrée dormir chez toi ?

– C'était au-dessus de mes forces après ce que j'ai vu. » L'image de Gerty et Bernie était gravée dans mon cerveau.

« Qu'est-ce que tu as fait ?

– Banane », a dit Sydney. Mais vous vous doutez sans doute que cette réplique ne venait ni de David ni de moi.

1. Il a aussi régulièrement sur le dos LIBÉREZ SCHMIDT. Nous sommes en rogne, Rae et moi, parce que du temps où ces T-shirts étaient d'actualité, David refusait de les porter à l'extérieur, où ils auraient pourtant été utiles.

« Mais rien ! » me suis-je écriée.

David a attrapé un bol et une boîte de corn-flakes dans le placard du haut et les a montrés à sa fille.

« Tu veux des céréales ?

– Oui, banane, a reniflé Sydney.

– Ça s'appelle des céréales », a dit David.

Il a pris le verre de lait et en a versé le contenu dans le bol.

« C'est du lait, a-t-il dit en le versant. Qu'est-ce qu'on dit ?

– Messi.

– Je parie que tu es soulagé qu'elle n'ait pas répondu "Banane". »

David a levé les yeux au ciel et a pris une grande inspiration. « Je me dis que je me réveillerai un jour avec une famille normale.

– Moi aussi, je fais le même rêve, ai-je répondu. Tu veux bien me préparer un café ? ai-je demandé en m'installant à la table. Ou ça aussi, tu l'appelles "banane" ? »

David a fait du café (je soupçonne que ce n'était pas que pour moi). Il m'a posé des questions sur les événements de la veille, mais j'avais trop mal à la tête pour être loquace. J'ai essayé de trouver une explication linguistique à cette mystérieuse histoire de banane.

« Que signifie "banane" ?

– Ça veut dire qu'elle a faim, c'est tout.

– Quand tu lui montres une banane, elle appelle ça une pomme.

– Je sais bien. »

Sydney, assise dans sa chaise haute de l'autre côté de la table face à moi, mangeait ses corn-flakes avec du lait. Au moins quarante pour cent de son repas atterrissait sur le genre de plateau en plastique qui la maintenait en place. Elle me fixait avec insistance, comme si j'avais deux nez ou une malformation du même genre.

J'étais toujours sidérée face à ses manières de table hallucinantes. « Elle n'a pas encore maîtrisé l'usage de la cuiller, on dirait ? »

David a gentiment posé un mug de café noir fumant devant moi. J'en a bu plusieurs gorgées, ce qui a dissipé quelques-unes des toiles d'araignée qui m'encombraient le cerveau. Avant la naissance de Sydney, David et Maggie l'avaient inscrite sur les listes d'attente de plusieurs écoles maternelles particulièrement compétitives. Mon frère voudrait qu'elle sache lire avant l'âge de trois ans. Il n'y avait pas un instant privilégié entre père et fille où il n'introduisait pas une activité pédagogique. Moyennant quoi, la gamine disait « banane » quand elle avait faim et croyait que les pommes s'appelaient « bananes ». Mais elle savait pertinemment qui est Elmo* et à quoi ressemble une « 'tite tasse ». Et quand on disait « brocoli », elle se mettait à pleurer. Brusquement, tout s'est éclairé. Enfin, pas tout, mais juste le mystère des bananes.

« Je crois que j'ai résolu l'affaire, ai-je annoncé.

– Quelle affaire ? a demandé David en s'asseyant à son tour avec sa tasse.

– C'est Rae, non ? »

David n'a pas répondu.

« C'est l'œuvre de Rae. Quand elle habitait ici, elle gardait Sydney. Souvent. Elle a eu tout le temps voulu pour brouiller les mécanismes d'acquisition du langage de ta fille. Grave. Vraiment. »

David regardait fixement la fenêtre. Je voyais battre une veine sur sa tempe, signe qu'il luttait contre sa colère.

« Mais pourquoi ? En manière de plaisanterie ? Mais même pour elle, c'en est une qui semble particulièrement déplaisante. »

David a passé les doigts dans ses cheveux emmêlés. « Elle a dit que c'était une expérimentation linguistique. Elle avait un cours...

---

* Elmo : bébé monstre au pelage rouge, personnage de *1, rue Sésame*, spectacle télévisé de marionnettes pour enfants.

– Rae faisait des expérimentations sur ta fille et il n'y a pas eu de rétorsion ?

– Je l'ai jetée dehors, non ?

– Oui, mais par rapport à tes réactions d'avant, c'est faible !

– Pas du tout.

– Quand j'avais treize ans, tu m'as fait comparaître devant le tribunal d'instance après que j'ai emprunté ton rasoir électrique.

– Même aujourd'hui, tu ne reconnais pas l'avoir volé ?

– Parlons d'autre chose. Tu ne veux pas que ça saigne ? ai-je demandé.

– Ce n'est pas mon style, Isabel.

– Tu devrais peut-être essayer. Tu risques de t'apercevoir que tu y prends plaisir. »

MATIN QUI CHANTE

La veille, peu après mon roulé-boulé par la fenêtre de David, j'ai laissé un message sur le répondeur de Henry, lui disant que j'avais une surveillance de nuit et que je le verrais le lendemain matin. Il ne m'a pas rappelée. Quand je suis arrivée à la maison, je me suis précipitée sous la douche, puis me suis couchée, m'efforçant de ne pas le réveiller. Raté.

« Tu as encore les cheveux mouillés, a-t-il dit.

– Vous les flics, rien ne vous échappe, ai-je marmonné.

– Tu as quelque chose à me dire ?

– Je t'aime ?

– Tu vas devoir trouver autre chose.

– C'est pourtant ce que j'ai de mieux en magasin.

– Isabel, il est clair que tu as quelque chose à me dire, sinon tu ne ferais pas autant d'efforts pour m'éviter. »

Il y avait du vrai dans cette remarque, mais je n'étais pas en état d'avoir une conversation sérieuse, aussi ai-je pris la tangente. Et franchement, c'est une chose pour laquelle je suis beaucoup plus douée. « Je suis sûre que j'ai beaucoup de choses à te dire, mais pour l'instant, j'aimerais bien dormir.

– Où étais-tu la nuit dernière ?

– Et toi, où étais-tu ?

– À la maison.

– Tu as un alibi ? » ai-je demandé. J'aurais sans doute mieux fait de m'abstenir.

« Non, mais toi non plus. J'ai appelé ta mère. Tu n'étais pas sur une affaire.

– Je faisais du hors-piste. Et je n'apprécie pas d'être fliquée dans mon dos.

– Il faut qu'on parle.

– Tu ne vas pas recommencer.

– Il faut qu'on ait une conversation sérieuse.

– Alors, si c'est sérieux, il faut que je m'y prépare. On dit le premier mardi de décembre à dix-neuf heures ?

– Il te faut deux mois pour te préparer ?

– Ça me paraît correct.

– Je n'attends pas deux mois.

– Il y aura une présentation PowerPoint. Et pour l'instant, je ne sais pas me servir de PowerPoint. Il faudra que je prenne un cours.

– Je ne trouve pas ça drôle du tout.

– Je travaillerai aussi sur un meilleur matériel.

– Un de ces jours, il faudra que tu te décides à jouer franc-jeu avec moi.

– Pour ça, il faudra que j'aie la tête claire, donc que j'aie dormi », ai-je répondu en posant ma tête sur l'oreiller.

Henry m'a embrassée sur le front et a dit : « Je t'aime », mais cela n'avait pas l'air de le réjouir. Quand Henry est triste, son visage perd toute expression. Ses yeux sont morts. Cela ne se produit pas souvent. Je préfère n'importe quelle autre version de Henry à celle-ci : même le Henry grognon, le Henry furieux, et le

Henry-qui-me-fait-faire-le-ménage. En fait, je préfère l'addition de ces trois versions à celle de Henry triste.

Six heures plus tard...

Je me suis réveillée de nouveau et ai regardé l'heure : 14 h 24. Si je me levais alors que Henry était à la maison, je ne pourrais pas continuer à appliquer ma Méthode d'Évitement (TM). J'ai téléphoné à Demetrius de mon portable pour le charger d'une mission de reconnaissance. « J'ai besoin que tu me rendes un service, et que tu appelles Henry sur son portable.

– Je vois, a répondu D. Et quand je l'ai en ligne, je lui dis quoi ?

– Tu trouves où il est.

– Pourquoi je ferais ça ?

– Parce que je te l'ai demandé gentiment, ai-je dit gentiment, afin de compenser mon absence de gentillesse préalable.

– Ton plan manque de logique.

– Ah oui ?

– Pourquoi irais-je téléphoner à Henry pour lui demander ses coordonnées ?

– Je n'en sais rien. Tu ne peux pas trouver un motif ?

– Peut-être. Mais je ne vois pas pourquoi je le ferais.

– Laisse tomber le plan A. Appelle-le juste sur son portable et demande-lui si je suis à la maison.

– Pourquoi appellerais-je Henry sur son portable si je voulais te parler ? a demandé D, non sans bon sens.

– Soit. Appelle le fixe. S'il ne décroche pas, appelle son portable. Alors, tu dis que tu cherches à me joindre, mais que le mien est décroché.

– Le scénario s'améliore. Mais pourquoi ne lui demandes-tu pas toi-même où il est ?

– Tu ne peux donc pas faire ce que je te demande sans me poser toutes ces questions ? ai-je chuchoté aussi fort qu'on peut le faire sans donner de la voix.

– Pourquoi chuchotes-tu ?

– Pour que Henry ne m'entende pas.

– Tu sais donc où il est.

– Je ne suis pas sûre à cent pour cent qu'il est à la maison. Il lui arrive d'être très silencieux.

– Je vois.

– Il lit des livres.

– Au revoir, Isabel », a dit Demetrius.

Il était difficile de savoir s'il raccrochait pour vaquer à ses occupations ou s'il allait mettre mon plan à exécution.

Une minute plus tard, le fixe a sonné sans que personne décroche.

Cinq minutes plus tard, D m'a rappelée.

« Henry est au supermarché. Il sera de retour dans vingt minutes environ. Tu as besoin que je donne d'autres coups de fil grotesques ?

– Non, merci », ai-je répondu, espérant qu'il essayait seulement de me faire exprimer ma gratitude.

J'ai raccroché et me suis habillée vite fait. J'avais l'impression d'être en cavale. Mon cœur cognait pendant que je rassemblais le minimum nécessaire : clés de voiture, pièce d'identité, un manteau chaud et un vaporisateur de poivre. Je suis montée dans ma voiture, ai mis le moteur en marche et, sans même y penser, suis allée droit chez Bernie. J'ai sonné deux fois et frappé jusqu'à en avoir les articulations toutes rouges. Bernie a ouvert alors que j'avais le poing en l'air, et il a failli le prendre dans la figure.

« Izzeee », a-t-il dit avec un sourire penaud. Il n'a pas essayé de m'étouffer dans une de ses étreintes familières. Je devais avoir une expression qui décourageait tout contact physique.

« Tu es seul ? ai-je demandé.

– Comme nous le sommes tous, a-t-il répondu, s'efforçant de la jouer philosophe, ce qui ne lui allait pas du tout.

– Bernie, en dehors de toi et de tes canettes de bière vides, y a-t-il quelqu'un dans cet appartement ?

– Je vis dans une solitude d'ermite.

– Tu m'invites ? » Jamais je n'aurais cru dire ça à Bernie.

« Je manque à tous mes devoirs. Entre donc. Je peux te servir quelque chose ? »

Je suis allée ouvrir le frigo, ai pris une bière et me suis assise sur son canapé.

« Ça fait combien de temps que ça dure ? » ai-je demandé.

Bernie s'est pris une autre bière, puis s'est dirigé en traînant les pieds vers son vieux fauteuil inclinable usé jusqu'à la corde, l'a fait basculer en position de lit d'hôpital, puis a posé sa bière sur son ventre. « Pas très longtemps.

– Elle est en ville depuis cinq semaines. Je veux un chiffre.

– On vient juste de fêter nos trois semaines.

– Grands dieux.

– À mon âge, ce n'est pas si facile de trouver l'amour.

– L'amour ? » J'ai sifflé la moitié de ma bière.

« Tu es toujours prête à critiquer.

– Arrête les frais, ai-je dit.

– Et si je ne veux pas ?

– Elle est mariée, Bernie. Arrête ça.

– Ils sont séparés, a dit Bernie. Et tu ne peux pas me forcer à faire quoi que ce soit.

– C'est ce qu'on va voir. »

APRÈS LE DÉLUGE

Cinq jours s'étaient écoulés depuis l'inondation, et je n'avais eu aucun signe de vie de Walter. J'ai appelé pour lui demander des nouvelles. « Vous êtes chez vous ? ai-je demandé.

– C'est mon jour de congé. Où voulez-vous que je sois ?

– Dehors. Je pourrais vous donner une liste d'endroits qui sont dehors, mais cela ne semble pas nécessaire.

– Je préfère rester à la maison pour surveiller ce qui se passe.

– Quoi, par exemple ?

– Mon appartement.

– Je pense vraiment que vous devriez prendre l'air, Walter.

– Non, merci, je ne me plais pas dehors. »

J'ai imaginé Walter en train de circuler dans son appartement en décrivant une boucle sans cesse recommencée, tel un gardien de nuit : serrant les robinets, vérifiant les interrupteurs, lissant la moquette. J'ai alors décidé de rendre visite à mon client favori.

J'ai trouvé Walter en robe de chambre avec pyjama assorti. On aurait dit un acteur de comédie des années quarante. Un copain de Rock Hudson, peut-être. Il m'a proposé un cappuccino, qu'il a préparé avec une précision impeccable. Son café rivalisait avec celui de ce fameux Blue Bottle dont tout le monde nous rebat les oreilles dans cette ville. Il a même fait un genre de dessin avec la mousse.

« Ça va ? ai-je demandé.

– À votre avis ? Je suis complètement dépassé, oui.

– Ma foi, vous avez l'air d'un homme normal en train de profiter de la paix du dimanche après-midi.

– À ceci près qu'on est jeudi soir.

– Je sais, Walter. »

Walter et moi avons passé en revue une liste de ses proches, dont il savait qu'ils avaient eu à un moment ou à un autre les clés de son appartement. Sa femme, son frère, le gardien de l'immeuble et quatre précédentes femmes de ménage (qui étaient toutes parties de leur plein gré). Je lui ai demandé s'il avait changé les serrures après leur départ, et il m'a répondu qu'il n'aimait pas les changements et que toutes celles qui l'avaient quitté avaient donné leur démission ; elles n'avaient aucun intérêt à revenir. J'ai suggéré que nous installions une caméra vidéo sur une étagère dans le salon. Il a refusé, disant qu'il ne pouvait laisser un appareil branché en son absence. Je lui ai rappelé que son réfrigérateur reste branché, mais cela ne l'a pas ébranlé. Et puis l'appareil détonnerait, et il ne voulait pas devoir regarder la caméra chaque fois qu'il passerait par sa propre porte d'entrée.

J'ai argumenté pendant vingt bonnes minutes sur ce sujet, avant de me rendre compte que c'était une cause perdue « À quand remonte votre dernière sortie ? ai-je demandé.

– Je ne sais pas.

– Habillez-vous. On sort d'ici. »

Walter a résisté, mais a finalement cédé, même s'il a traîné les pieds pour quitter la maison. Il a changé deux fois de chemise et trois fois de chaussures. Il a trouvé à redire à sa chaussette gauche, bien que toutes ses chaussettes soient rigoureusement identiques, il a fallu qu'il en trouve une nouvelle paire qui soit parfaite. Il a mis une demi-heure à se raser, et a nettoyé ses lunettes deux fois.

« Mon Dieu, Walter, on dirait une débutante qui se prépare pour le bal », ai-je crié de l'entrée.

Quand Walter a fait son apparition pour la cinquième fois de l'après-midi, il avait exactement la même apparence que les quatre fois précédentes, à l'exception de son changement de chemise, qui était si subtil que je ne l'aurais pas remarqué s'il ne me l'avait pas signalé. J'ai débranché tous les appareils électriques, ai lissé la moquette derrière Walter pour qu'il résiste à la tentation de retourner dans sa chambre apporter quelque autre modification à sa toilette.

« Walter, ai-je dit de mon ton le plus menaçant, ouvrez la porte. On part *maintenant.* »

J'ai utilisé la brosse à moquette comme moyen de lui bloquer le chemin et de le faire reculer vers la porte. J'ai fini en décrivant des rangées bien régulières avec la brosse sur le tapis et en effaçant ma dernière empreinte, avant de laisser la brosse appuyée contre le mur de l'entrée. Nous avons fermé la porte et sommes partis.

Une fois dehors, il fallait trouver un programme pour tuer le temps.

J'ai demandé à Walter ce qu'il faisait pour se distraire, question à laquelle il a été incapable de répondre. Quand j'ai proposé qu'on aille au cinéma, il a décrit les multiples couches de saleté qu'on trouve dans un lieu où les gens mangent avec les doigts, boivent et renversent des liquides collants, rient, pleurent, toussent, se mouchent et vont aux toilettes sans se laver les mains. Un film était donc inenvisageable. Je n'ai pas la réputation d'être une adepte des musées, mais je me suis dit que puisque les gens n'ont pas le droit de toucher les œuvres d'art, cela pourrait nous offrir un refuge sûr. Walter m'a dit que l'art lui donnait la migraine, parce qu'il avait toujours envie de redresser les cadres. J'ai alors suggéré d'aller dans un café, parce qu'il menaçait de pleuvoir, mais Walter m'a rappelé que dans un café, les gens touchent aussi les objets.

Quand Walter et moi avons finalement quitté son appartement et fait des projets pour la soirée, la nuit commençait à tomber. Comme Walter n'avait pas de hobbies, hormis faire le ménage et discuter avec d'autres fous de mathématiques à propos d'équations impossibles, je l'ai persuadé de m'accompagner pour une surveillance, ce que j'ai considéré sur le moment comme un pas incroyable vers sa guérison. Le seul hic dans mon plan, c'était ma voiture. Quand j'ai ouvert la portière côté passager pour Walter, il a jeté un regard et a dit : « Non. »

J'ai attrapé un sac-poubelle dans le coffre et ai mis dedans les vieux journaux, reçus, tasses à café, bouteilles d'eau, courrier publicitaire et autres objets non identifiables qui ne se fondaient pas avec le cuir marron des sièges, et j'ai jeté le tout dans une poubelle. Walter est retourné chez lui chercher un aspirateur à main, dont il s'est servi pour nettoyer chaque surface à l'intérieur. Puis il m'a demandé d'ouvrir le coffre.

« Pourquoi ? ai-je demandé.

– Pour le nettoyer.

– Mais vous n'allez pas vous asseoir dans le coffre, lui ai-je rappelé.

– Je me sentirais mieux. »

J'ai accepté, mais j'ai insisté pour assumer les responsabilités du nettoyage afin de ne pas y passer la soirée. Walter est resté à côté de moi pendant que j'aspirais, et a fait des remarques utiles telles que « Vous avez laissé un morceau de côté », « Par là », « Repassez dans ce coin-là » et autres, jusqu'à ce que je lui dise que j'avais terminé. Le ton que j'ai utilisé laissait entendre qu'à la moindre résistance supplémentaire, je lui viderais l'aspirateur sur la tête. Enfin, il est probable que j'ai verbalisé ce scénario après avoir dit d'un ton sévère : « J'ai terminé. »

Maintenant que la voiture était propre et que la surveillance attendait, j'ai ouvert de nouveau la portière côté passager et dit : « On y va ? »

À quoi Walter a répondu : « Non.

– Voyons, Walter ! Il n'y a plus de saletés.

– C'est juste que vous ne les voyez pas.

– Walter, ce n'est pas une façon de vivre.

– J'ai cru y arriver, mais je ne peux pas. Cette voiture a un passé chargé[1].

– Qu'est-ce qu'on va faire ?

– On pourrait prendre ma voiture, a dit Walter.

– Vous auriez pu me le proposer avant que je passe une demi-heure à briquer l'intégralité de mon véhicule pour vous.

– Vous me remercierez plus tard.

– Jamais de la vie ! »

Vingt minutes plus tard, j'étais assise sur le siège du passager dans la Volvo de Walter, qui descendait Market Street à la vitesse précise autorisée : cinquante kilomètres-heure.

« Vous auriez dû me laisser le volant.

– Je suis la seule personne à avoir conduit cette voiture. Et j'entends le rester.

---

1. Si vous saviez !

– Inexact.

– Pas du tout. Je l'ai achetée neuve.

– Et vous ne croyez pas que quelqu'un l'a essayée au préalable ?

– Je préfère ne pas y penser. »

L'idée que Walter n'avait pas été le seul conducteur de son véhicule a introduit une certaine tension dans l'air recyclé[1]. Je l'ai distrait en lui donnant des directives pour arriver à notre destination. Il a suivi mes instructions et tous les articles du code de la circulation. Lorsque nous sommes arrivés à l'appartement de Lower Haight, je lui ai demandé de se garer quelques immeubles plus bas. Puis j'ai donné le coup de téléphone.

« Quoi ? a-t-elle répondu.

– Tu es de service ce soir. Les Blake veuillent que Vivien soit surveillée.

– Un jeudi soir ? a demandé Rae.

– Le jeudi, c'est le nouveau vendredi soir, tu n'es pas au courant ?

– Bon. Je dois commencer à quelle heure ?

– Dès que tu peux.

– O.K., a-t-elle dit, et elle a raccroché sans même dire au revoir.

– Qui surveillons-nous ? a demandé Walter.

– Ma sœur. »

Même si ma sœur suivait mes instructions, je savais qu'il lui faudrait peut-être un moment pour se préparer. J'ai décidé de cuisiner Walter entretemps sur ses ennemis potentiels.

« Je suis quelqu'un de gentil. Je ne me fais pas d'ennemis, a-t-il déclaré.

– Mais parfois, on s'en fait sans s'en douter, ai-je répondu. Par exemple, combien d'étudiants avez-vous en même temps ?

1. Walter ne pouvait conduire que les fenêtres hermétiquement fermées.

– En ce moment, j'en ai cinquante-trois. Quarante-huit le semestre dernier, et le semestre d'avant...

– Est-ce qu'ils obtiennent tous un A ?

– C'est extrêmement rare.

– Eh bien, tous ceux qui n'en ont pas sont des suspects.

– Mais j'enseigne le calcul, Isabel. Il n'y a aucune subjectivité dans la notation. Aucun étudiant ne vient me voir pour faire changer sa note. C'est la leur.

– Vous êtes en train de me dire que vous n'avez jamais eu d'accrochage avec un étudiant jusqu'à ce jour ?

– Je suis en train de vous dire que je fais tout ce que je peux pour aider mes étudiants et que je n'en vois aucun qui serait capable de me faire ça.

– Et vos collègues ?

– C'est peu vraisemblable », a-t-il répondu. Mais j'ai vu que ça lui donnait matière à réflexion.

« Impossible ?

– On n'est pas professeur titulaire sans casser des œufs.

– Eh bien voilà ! On a un mobile.

– Ce que j'ai, moi, c'est un mal de tête », a répliqué Walter. Et il a complètement changé de sujet. « Vous devriez vraiment offrir à votre voiture un nettoyage complet, et pas seulement la faire laver. J'ai un type qui s'occupe de ça. » Walter a enlevé une peluche sur ma veste.

« Laissez tomber, Walter. On est en train de bosser, là. »

Au bout d'une demi-heure, j'ai sorti de mon sac une paire de jumelles, les ai essuyées avec les lingettes antibactériennes qu'il a en quantité dans sa voiture, et les ai passées à mon chauffeur. « Surveillez ce bâtiment là-bas, le second en partant de l'angle. Si quelqu'un sort de la porte d'entrée – surtout si la personne est petite et blonde, prévenez-moi. Des questions ?

– Je suis au taquet » a-t-il répondu, l'œil déjà rivé sur les lentilles grossissantes.

J'ai activé la sonnerie pour la porte de Rae, puis suis allée me poster derrière le coin de l'immeuble. La porte s'est déverrouillée, mais personne n'est venu. J'ai attendu une minute, puis ai de nouveau appuyé sur le bouton de l'avertisseur avant de repartir me cacher. Cette fois, j'ai entendu des pas dans l'escalier, la porte s'ouvrir et se refermer, puis des pas remonter l'escalier. J'ai mis le capuchon de mon sweat et regagné la voiture au pas de course.

« Qu'est-ce que vous avez vu ? ai-je demandé à Walter.

– Exactement ce que vous aviez décrit : une femme blonde et menue, qui avait l'air d'une adolescente, est venue à la porte, a regardé dehors, puis est remontée.

– C'était ma sœur.

– Alors elle est chez elle, en sécurité. C'est une bonne chose, non ?

– Non. Pas du tout », ai-je répondu.

J'ai envoyé un texto à Rae.

T sur plas ?
Atonavi[1] ?
Super.

J'ai refermé mon téléphone d'un coup sec, satisfaite d'avoir pris ma sœur la main dans le sac. Seulement, maintenant, il fallait que je comprenne pourquoi elle avait fait ça.

1. Cette réponse ne serait pas valable dans un tribunal, mais chez ma sœur, elle veut généralement dire oui.

« Rendez-moi un service, Walter ; souvenez-vous bien de ce soir, au cas où j'aurais besoin d'une confirmation.

– Je n'oublierai jamais cette soirée, a dit Walter, l'air presque béat.

– Vous vous amusez, Walter ?

– Je ne sais pas. Peut-être un peu.

– La plupart des gens sont séduits par l'idée d'une filature, mais une fois sur place, ils détestent ça.

– Pour moi, c'est une première, a déclaré Walter.

– Ravie de l'apprendre, parce que ça s'apparente à une traque.

– Moi je vois plutôt ça comme une série policière où nous sommes partenaires. Les inspecteurs Perkins et Spellman.

– Je devrais être tête d'affiche.

– Spellman et Perkins.

– Ça sonne mieux.

– Jamais je ne change mon programme, a dit Walter, avec comme un soupçon de regret.

– Rien ne vous l'interdit.

– Pour vous, c'est facile à dire. Vous passez votre temps à changer le vôtre.

– C'est vrai qu'on peut parfois avoir cette impression. »

Deux heures plus tard, quand il a été certain que Rae ne bougerait pas pour aller filer Vivien Blake, j'ai raccompagné Walter jusqu'à son appartement. L'électricité était coupée. Après vérification auprès de voisins, il est apparu que seul Walter était affecté par cette panne mystérieuse. Nous avons vérifié le disjoncteur, puis avons téléphoné à PG&E*. Apparemment, Walter avait informé la compagnie, tous ses identifiants à l'appui, qu'il déménageait et

* Pacific Gas and Electricity, l'une des grandes compagnies d'électricité des États-Unis.

voulait qu'on coupe immédiatement le gaz et l'électricité. Walter a aussitôt dit que c'était un appel bidon et, quelques heures plus tard, l'électricité a été rétablie.

Toutes ses horloges ont donc dû être remises à l'heure : il a dû appeler l'horloge parlante pour chaque appareil et les régler une par une. Puis rappeler pour vérifier. L'état mental de Walter avait visiblement été ébranlé.

« Vous devriez peut-être aller à l'hôtel cette nuit, ai-je suggéré.

– Vous avez une idée de l'hygiène de ces endroits ?

– Walter, pensez à la liste. Envoyez-la-moi par e-mail demain matin.

– D'accord », a répondu Walter, dont les yeux balayaient la pièce en quête de traces laissées par les intrus.

« Si ça peut vous rassurer, personne n'est entré, ai-je dit.

– Comment pouvez-vous en être sûre ?

– Parce que j'ai mis un morceau de scotch sur la porte, juste au cas où. Quand nous sommes revenus, il était toujours en place.

– Je ne vous ai pas vue faire ça.

– Je ne voulais pas être vue.

– Merci, Isabel.

– Bonne nuit, Walter. »

Si vous vous posez des questions à propos de cet adhésif, je vais être franche avec vous. C'était un mensonge. Mais je voulais que Walter dorme cette nuit-là. Quelqu'un jouait avec ses nerfs, mais je savais que personne ne jouait avec sa vie.

Pendant que je regagnais ma voiture après avoir quitté l'appartement de Walter, mon téléphone a sonné. Appel masqué. J'ai cependant répondu.

« Allô ?

– C'est Sandra ? a demandé une voix de femme.

– Non, vous avez un mauvais numéro.

– Lorraine ?

– Non. Peut-être avez-vous un mauvais numéro et un faux nom.

– Puis-je vous demander qui vous êtes ?

– C'est encore vous, non ?

– Pardon ?

– Où avez-vous eu mon numéro ? ai-je demandé.

– Je ne sais pas ce que vous fabriquez, mais c'est louche », a dit la femme avant de raccrocher.

Le premier appel m'avait dérangée. Le second m'a laissée avec une sensation désagréable au creux de l'estomac. J'étais surveillée. Comme vous vous en doutez, ce n'est pas la situation que je préfère.

CHEZ MOI

Je suis rentrée dans une maison qui paraissait vide. Toutes les lumières étaient éteintes, hormis une dans le bureau de Henry. Il était assis à son bureau, penché en arrière dans sa chaise. À côté de lui, une bouteille de bourbon récemment ouverte, et qui ne venait pas d'une botte en caoutchouc de ma connaissance. Et un verre plein. Aux ronds sur le buvard, j'ai vu que ce n'était pas son premier.

« Désolé de rentrer si tard », ai-je dit.

Il a hoché la tête et bu une gorgée. Puis il m'a tendu le verre. J'ai avalé une bonne rasade parce que la journée avait été vraiment longue. Et quand je dis la journée… J'avais l'impression que, depuis une semaine, je n'avais pas eu un seul moment pour réfléchir tranquillement. Je me suis assise sur le canapé. Malgré ce qu'il avait dit lors de notre précédente conversation, Henry n'était pas disposé à parler. J'ai attendu pour en avoir confirmation. Et même si, personnellement, je n'en avais pas envie, je savais qu'il s'était passé quelque chose de grave et qu'il fallait que je parle, parce qu'il arrive parfois qu'on soit obligé de faire ce qu'on n'a pas envie de faire. Ceci semblera normal à la plupart des gens, mais c'est juste un de ces impératifs que, sur la liste des choses incontournables, je n'ai compris que trop tard.

« Ça ne va pas ? ai-je demandé.

– Je ne sais pas.

– Tu as peut-être bu un peu trop. »

Henry ne boit pas. En fait, je ne me rappelle pas l'avoir jamais vu beurré. Miraculeusement, il l'était presque.

« Je n'ai peut-être pas bu assez.

– Je n'aurais pas dû partir, ai-je dit, supposant que j'étais responsable de son silence.

– Cela n'aurait rien changé.

– Est-ce que je sais ce dont on parle ?

– Non.

– Tu veux me mettre au courant ? »

Henry s'est versé un autre doigt de bourbon, puis a doublé la dose. « Mes parents divorcent, a-t-il annoncé.

– Peut-être que c'est une séparation à l'essai, ai-je dit tout en imaginant des sanctions diaboliques contre Bernie.

– Non. Ça fait un certain temps qu'ils sont séparés. Mon père vient de faire la demande officielle.

– Où est ta mère ?

– Chez une amie qui l'héberge.

– Laquelle ?

– Cette copine de fac.

– Tu l'as rencontrée ?

– Pas encore.

– Je peux te faire quelque chose à manger ?

– Non. »

Il semblait avoir envie d'être seul et moi, j'avais envie de dormir, alors je me suis levée pour le laisser.

« Isabel.

– Oui ?

– Les choses changent. Les gens ne restent pas statiques toute leur vie. »

Vous pourriez penser que Henry parlait de ses parents, mais ce n'était pas le cas. Le message s'adressait à moi.

« Je sais », ai-je répondu.

Le lendemain matin, Henry est parti de bonne heure. J'ai téléphoné à Gerty, mais suis tombée sur son répondeur, et je n'ai pas su quel message laisser. « Rompez avec ce gros lard » était le genre de phrase qu'il vaut mieux dire face à face.

Je suis allée au bureau et ai trouvé ma mère et Demetrius dans le salon, installés devant la cheminée. Maman préparait un contrôle de russe, et Demetrius lisait la sélection du mois du club de lecture de ma mère.

« Tu es prête pour ton interro ? ai-je demandé.

– *Vyshe golovy ne prygnesh*, a dit maman.

– Gesundheit.

– Ça signifie : “On ne peut pas sauter plus haut que sa tête”, a ajouté maman.

– En clair ? ai-je demandé.

– “On ne peut pas faire plus que ce qui est humainement possible” », a répondu D, pour traduire. J'ai eu l'impression qu'il avait déjà fait réviser à maman son interro de russe. « *Dosvedanya* », ai-je lancé avant de me diriger vers le bureau de l'agence.

« Ce soir, dîner de famille surprise. Tout le monde sera là, a annoncé maman.

– Le pape aussi ?

– Non, par “tout le monde”, j'entends toute la famille.

– David a accepté d'être dans la même pièce que Rae ?

– À l'autre bout de la table, et à condition de ne pas être en face et obligé de croiser son regard. Un de ces jours, il me dira ce qui s'est passé. C'est ridicule, cette histoire. On fait du coq au vin.

– Quand tu dis "on", j'espère que tu veux dire Demetrius.

– Je suis son premier commis », a dit maman.

Elle s'est alors tournée vers D, toujours « plongé » dans le livre, ce qui veut dire qu'il fixait les pages avec des yeux écarquillés, une ride perplexe au front.

« Tu trouves ça comment ? ai-je demandé.

– Poignant, a répondu D sèchement.

– J'ai *horreur* de ce qui est poignant ! s'est exclamée maman.

– Maman, pourquoi t'être inscrite à un club de lecture si tu ne lis pas les livres et si tu n'apprécies pas la compagnie des autres membres ?

– Il y en a bien une qui se fera tromper par son mari et qui aura besoin de mettre un détective sur le coup.

– Je vois. Alors, c'est une initiative purement professionnelle. Ce qui n'explique toujours pas les cours de crochet et de russe, pas plus que ceux de cuisine.

– Ma puce, certaines personnes trouvent qu'il faut avoir des activités extra-professionnelles autres que boire de la bière et jouer au billard.

– Moi au moins, j'apprécie les miennes. Papa est là ?

– Non. Il est sorti.

– Où ça ? En service commandé ?

– "Muraille de Chine" », a répliqué ma mère.

Je suis entrée dans le bureau, ai refermé la porte et ai allumé l'ordinateur de mon père. Il était protégé par un mot de passe, mais je l'avais trouvé quatre ans plus tôt et il ne l'avait toujours pas changé. « Tripette. » Le nom du chien qu'il avait avant son mariage. Un cabot à trois pattes nommé Pete, qui venait de la fourrière. D'où Tripette[1]. Il avait eu l'animal sept ans avant de rencontrer sa future femme, qui avait une grave allergie aux chiens, et il avait été obligé de faire un choix. J'ai tapé le mot de passe comme je l'avais fait si souvent. Une sonnerie a retenti et l'écran est devenu noir. Puis des briques rouges sont apparues sur le fond noir, formant lentement un mur.

Seul un tapé d'informatique pouvait être derrière ceci. Le numéro était dans la liste des préprogrammés.

« J'écoute, a dit notre conseiller informatique, champion de la grossièreté.

– Toi et ma sœur, vous faites la paire. Vous êtes aussi impolis l'un que l'autre au téléphone.

– J'en conclus que tu as essayé d'entrer sur l'ordinateur de ton père, a dit Robbie.

– Chouette idée, le mur. Elle l'aurait été encore plus si tu l'avais fait ressembler à la grande Muraille et pas à une pochette d'album des Pink Floyds.

– Pas eu le temps de chiader les détails.

– Combien pour avoir son mot de passe ?

– Trop pour ta bourse. Mais ça fera cinquante dollars si tu ne veux pas que je dise à ton père que tu as essayé de m'acheter.

– O.K., ai-je dit, n'en croyant pas mes oreilles.

– Je l'appelle dès qu'on a raccroché.

– Tu accepteras un chèque ?

– Du liquide. Aujourd'hui.

1. Papa se vantait d'avoir eu un chien à trois pattes avant que ceux-ci ne deviennent à la mode.

– Soixante-quinze si tu me dis comment faire disparaître le mur, pour que papa ne sache pas que j'ai essayé d'ouvrir une session sur son ordi. »

Robbie a fait monter les enchères à cent, et a opéré la manœuvre à distance. Il m'a dit que si j'essayais de nouveau d'entrer par effraction, il me faudrait quatre zéros pour acheter son silence. Les menaces de Robbie étaient toujours réelles, je l'avais appris à mes dépens. Après cette violation de sécurité ratée, j'avais besoin d'aller respirer l'air ailleurs que chez les Spellman.

« Où vas-tu, ma puce ? a demandé ma mère.

– Dehors.

– Il paraît qu'il fait beau à cette époque de l'année. Arrange-toi pour être là à l'heure du dîner. Oh, et puis invite Henry et Gerty.

– Je crois que je vais leur éviter ça, si tu n'y vois pas d'inconvénient. »

Hélas, nous autres, nous ne pouvions y couper.

DEVINE QUI VIENT DÎNER CE SOIR

Il y a dans la vie des événements qu'on aimerait se rappeler parfaitement pour y repenser à loisir. Celui-ci n'en fait pas partie, mais je me le rappelle néanmoins. Dans l'histoire familiale, il n'y a peut-être pas de meilleur exemple de catastrophe domestique. Il fallait archiver cette soirée, ne serait-ce que pour pouvoir l'utiliser comme preuve par la suite.

Maman et Demetrius ont préparé le dîner comme si c'était le dernier repas d'un innocent. Dans la cuisine mitonnaient des sauces délectables et se dégageaient des mélanges d'arômes qui vous mettaient l'eau à la bouche et que ma mère était incapable de faire naître seule. Ce repas aurait pu être le chef-d'œuvre de Demetrius. Hélas, il planait dans l'atmosphère une impression d'événements fatidiques imminents.

J'ai eu le sentiment que quelque chose n'était pas normal quand maman a mis la table. Après une addition simple, j'ai constaté qu'il y avait un couvert en trop.

« Maman, Sydney est toujours dans sa chaise haute.

– Je sais.

– Alors, qui est l'invité d'honneur ?

– Surprise.

– Une bonne surprise, ou le genre de surprise que tu ne dévoiles pas pour que personne ne puisse avoir un plan B et filer.

– Mais de quoi parles-tu, Isabel ? »

On a sonné. Je suis allée ouvrir. Pas de surprise : David, Maggie, Sydney. Nous avons échangé les salutations familiales habituelles.

« Désolée de t'avoir ratée hier matin, a dit Maggie. J'espère que tu as trouvé le canapé confortable.

– Désolée pour l'arrivée à l'improviste. La prochaine fois, j'appellerai.

– Tu peux aussi dormir chez toi », a suggéré David.

Ma mère a ôté Sydney des bras de David et a commencé à faire des bruits très étranges et à poser des questions ridicules du style : « Où il est, ton nez ? », « Tu as un orteil ? », « Où est ma petite banane ? »

« Ne prononce pas ce mot », s'est écrié David en reprenant Sydney à sa grand-mère.

Et à propos de bananes, on a sonné de nouveau. C'était Rae. À son entrée David s'est mis à bonne distance et a refusé de croiser son regard. Maggie, plus miséricordieuse, lui a fait la bise et demandé comment elle allait.

Rae allait répondre, mais en a été empêchée par Sydney, qui criait son nom de l'autre bout de la pièce et tendait les bras vers elle en essayant de s'échapper de ceux de son père.

« Rae Rae, Rae Rae, Rae Rae.

– *Mengele*, a marmonné David.

– Qu'est-ce que tu viens de dire ? a demandé maman.

– Rien, a répondu David.

– Salut, Sydney », a dit Rae d'une voix très haut perchée.

Sydney a continué sa tentative d'évasion, mais David a pivoté pour que Rae ne soit plus dans le champ de vision de sa fille.

« Laisse-la marcher, David, sinon elle va oublier », a dit Maggie, pour la énième fois.

Dès que David a mis Sydney par terre, elle s'est précipitée vers sa tante la plus jeune et la plus attirante, et s'est pendue affectueusement à sa jambe. Rae s'est penchée et a embrassé Sydney sur la joue.

« Je t'ai manqué ? »

Sydney a répété le nom de Rae à plusieurs reprises.

« Tu dis bonjour à ta tante Izzy ? a dit David en essayant de faire aller sa fille dans ma direction.

– Salut, ça roule ? » ai-je dit.

David a froncé les sourcils.

Sydney m'a repérée et est retournée vers Rae.

« Pourquoi lui parles-tu comme ça ? a demandé David.

– Comme quoi ?

– Comme si elle était ton garagiste, ou quelque chose de ce genre-là.

– On aurait bien l'usage d'un mécanicien dans la famille.

– Laisse-la tranquille, est intervenue Maggie. Si tu parles toujours à ta sœur comme à un chien, Sydney va en faire autant.

– Il faut que tu viennes garder ta nièce, histoire de forger un lien avec elle. »

Avant que nous ayons pu prendre date, mon père est arrivé avec notre « surprise ». Le silence s'est abattu sur les présents dès qu'elle a franchi le seuil. Personne ne pouvait trouver les mots appropriés. On aurait dit que nous étions tous figés sur place. Bien entendu, c'est David, le seul Spellman aspirant à la normalité, qui a parlé le premier. Il a même essayé de mettre un peu d'enthousiasme dans sa voix, mais n'a réussi qu'à parler plus fort.

« Mamie Spellman, quelle bonne surprise. »

J'ai appris à un âge tendre à éviter de croiser le regard de Mamie, et j'ai donc passé beaucoup de temps à fixer ses pieds. Ce que j'ai remarqué en premier, c'est qu'elle portait les mêmes chaussures orthopédiques que d'habitude, assorties à un collant opaque couleur chair qui donnait à ses jambes l'apparence de celles d'un mannequin dans une vitrine. Comme elle portait toujours un pantalon en polyester, le collant ne paraissait pas nécessaire. Quand j'avais douze ans, j'ai commis l'erreur de lui demander si elle connaissait l'existence de ces choses qu'on nomme *chaussettes*. Elle a insisté pour que j'aille me coucher sans dîner. Ma mère, répugnant à se faire piéger dans un énième conflit avec sa belle-mère, s'est contentée de m'envoyer dans ma chambre et, quand Mamie n'a plus été dans les parages, m'a discrètement monté la moitié du contenu de l'arrière-cuisine, car elle avait l'impression que je serais bouclée un certain temps. Même si l'on ne tient pas compte des rancœurs mal digérées et si l'on ne considère que son apparence physique, Mamie a un aspect pour le moins revêche. Ses cheveux gris et courts sont coupés comme un casque et ses rides sévères sont gravées si profondément qu'on a du mal à imaginer que ses lèvres puissent réussir à combattre la gravité et se relever en sourire. Pourtant, elle a un petit côté vaniteux qui se manifeste principalement à travers son physique. J'ai entendu plus de cent fois que Mamie pèse toujours cinquante kilos. Quand j'ai eu quinze ans, Mamie a répété cette information après avoir été alarmée en apprenant que j'en pesais cinquante-sept ; j'ai alors répondu : « On n'en a rien à foutre », ce qui m'a valu d'être encore envoyée dans ma chambre sans dîner – en tout cas, à la connaissance de Mamie.

Quand Rae était petite et que je lui lisais les contes de Grimm, elle m'a dit que chaque fois qu'il y avait une méchante vieille femme dans l'histoire, elle se la représentait sous les traits de Mamie. Plus diplomate, David disait : « Tout le monde ne peut pas être comme Nanou Montgomery » (la mère de ma mère, qui est morte quand j'avais six ans, une vieille dame excentrique qui avait toujours des bonbons et des bandes dessinées dans son énorme sac à main). Mon père ne cherchait jamais à disculper sa mère pour son comportement. Il se bornait à s'excuser quand elle débarquait et à nous remercier de notre patience quand elle était partie. Maman jouait le rôle de défenseur, et faisait de son mieux pour protéger ses enfants contre une vieille femme amère et méchante. Et s'il était clair que, dans la famille, personne n'aimait Mamie Spellman, j'étais son ennemie n° 1.

David s'est approché de l'ancêtre Spellman et lui a planté un bref baiser sur la joue. D'autres salutations réservées ont suivi. Mamie a regardé Maggie de la tête aux pieds, a paru totalement déçue et a dit mollement : « Bienvenue dans la famille. » On peut supposer qu'elle était toujours vexée de ne pas avoir été invitée au mariage. En fait, je crois que si David et Maggie ont tenu à ne pas inviter plus de trente personnes, c'était pour cette raison précise. Mamie s'est tournée vers Sydney et lui a demandé si elle était sage. Sydney n'a pas répondu. Ma mère a réussi à faire un sourire d'épouse soumise et à donner à Mamie une accolade rigide, qui ne lui a pas été rendue. Puis Mamie a été présentée à D. Elle a dû le prendre pour le maître d'hôtel ou quelque chose d'analogue, car elle lui a tendu son manteau.

« Je vous présente Demetrius. Il travaille pour nous, mais pas comme valet de chambre », a dit ma mère, qui a pris le manteau des mains de Demetrius et est allée l'accrocher.

Tout le monde s'est précipité sur l'apéritif. Sauf Mamie Spellman, qui ne boit pas d'alcool et même pas de thé. Quand j'avais dix-sept ans, j'ai versé un peu de cognac dans son cidre, en espérant qu'elle ne le remarquerait pas, mais elle l'a immédiatement senti et a demandé à ce que j'aie huit jours d'interdiction de sortie. Pendant mes années d'adolescence, mes parents étaient toujours d'accord pour me boucler, mais cette fois-là on m'a pardonné mon acte de défi. En fait, ma mère m'a glissé vingt dollars pour me récompenser.

Une fois que tous les convives ont été assis à table, j'ai mis mon magnétophone en route. Une visite de Mamie Spellman est un événement rare ; mais celle-ci, qui avait débuté comme, disons, une tempête de force 1, est passée à force 4 quand la nouvelle a été annoncée.

Il a cependant d'abord fallu briser le silence qui régnait autour de la table.

DAVID : Ça a l'air délicieux, tout ça, Demetrius.

D : J'ai essayé une nouvelle recette, alors dites-moi ce que vous en pensez.

[Maggie prend une bouchée de coq au vin.]

MAGGIE : Incroyable. Vous vous êtes surpassé.

DAVID : J'ai l'impression qu'en ce moment, je ne mange que des bâtonnets de poisson et des paninis au fromage.

MAMIE : C'est vrai que tu as pris du poids, non ?

PAPA : Maman, ça n'est pas très gentil, ce que tu dis, tu sais.

MAMIE : Il y a un côté de la famille qui a tendance à engraisser, alors il faut que tu fasses très attention. Tu as peut-être pris ce gène, David.

DAVID : Peut-être aussi que je n'ai pas trop le temps d'aller faire du sport, parce que j'élève un enfant et que ça m'occupe.

MOI : Tu veux bien me passer le vin, Maggie ?

MAMIE : Calories vides, Isabel.

MOI : « Vide » est tout à fait de circonstance : c'est exactement comme ça que je me sens.

PAPA [sur un ton de rappel à l'ordre] : Isabel.

MAMIE : Celle-là, je ne l'ai jamais comprise.

RAE : On est deux alors.

MOI : La ferme, *Mengele.*

MAMIE : Tu parles mal[1], Isabel.

RAE : Ça me sidère que tu saches seulement qui c'est.

MOI : J'en sais beaucoup plus que tu ne le crois. Dont plein de choses que tu aimerais me voir garder secrètes.

RAE : Tu as autre chose que des menaces en l'air dans ta manche ?

DAVID [la fusillant du regard] : Moi, oui !

MAMIE [à ma mère] : Vous auriez dû l'envoyer dans une *finishing school*, celle-ci[2], comme je l'avais demandé.

MAMAN [l'ignorant] : Quelqu'un pourrait-il m'expliquer ce qui se passe entre vous trois ? David, je ne t'ai jamais vu garder rancune si longtemps à quelqu'un.

DAVID : Je ne veux pas en parler.

MAMAN : Ça ne va pas s'éterniser, quand même !

SYDNEY : Banane.

DAVID [à Maggie] : Elle veut des pommes de terre.

MAMIE : Alors, pourquoi a-t-elle dit « Banane » ?

MOI : On parle d'autre chose.

MAMIE : Pourquoi ?

D [tentant de détendre l'atmosphère] : Le coq au vin est un plat très riche, alors je l'ai accompagné de salade et de topinambours. Cela dit, j'avais une recette incroyable pour des rattes, et je n'ai pas résisté.

MAMIE : Le cuisinier mange avec la famille, d'habitude ?

---

1. Et elle trouve que ça, c'est « mal parler » !
2. « Celle-ci » ou « celle-là », c'est toujours moi.

MAMAN : Ruth[1], je croyais qu'Albert vous avait expliqué ceci. Demetrius est notre employé à l'agence Spellman, et il habite dans le studio du dernier étage. Il adore cuisiner et il a eu la gentillesse de nous préparer ce dîner, mais il *n'est pas* notre chef personnel.

[Je verse du vin et regarde autour de la table pour repérer les amateurs, jusqu'à ce que la bouteille soit vide.]

MAMIE : Je vois. Excusez-moi pour ce malentendu, Mr. Demetrius.
D : Vous n'avez pas à vous excuser.
PAPA : Elles sont fabuleuses, ces rattes.
MAMAN : La salade aussi, si tu vois ce que je veux dire.
PAPA : C'est un repas français, alors on mange la salade en dernier.
MAMIE : Je trouve que Morgan Freeman est un excellent acteur.

[Silence complet.]

MOI : Passez-moi les pommes de terre.
D : Pourquoi ne finis-tu pas celles que tu as déjà dans ton assiette ?
MOI : Alors, passez-moi la salade.
MAMAN : Gardes-en pour ton pèrc.
MOI : D'accord, je vais reprendre du vin.

[Pendant que la conversation continue, je me lève pour aller chercher une autre bouteille à la cuisine. C'est du blanc, et il est à la température de la pièce ; mais les glaçons ne sont pas faits pour les chiens.]

1. C'est le prénom de Mamie, incidemment. Personne ne l'appelle comme ça, sauf maman. Et ses amis. Je n'en ai rencontré aucun, mais il paraît qu'ils existent.

MAMIE : J'ai vraiment bien aimé le film *Miss Daisy et son chauffeur.*

RAE : Oh là là !

MAGGIE : Sincèrement, ce repas est fabuleux.

SYDNEY : Banane.

DAVID : Pommes de terre, Sydney. Ça s'appelle des pommes de terre.

MAMAN : Cette obsession des bananes est un mystère complet.

MOI : Pas vraiment.

MAMIE : J'aime bien Sidney Poitier aussi.

PAPA : Encore un peu de vin, s'il vous plaît.

MOI : Mamie, tout le monde aime Sydney Poitier. C'est comme si tu disais que tu aimes bien Mère Teresa, tu vois.

MAMIE : C'est ridicule. Ils n'ont rien de commun.

MOI : Ce que je veux dire, c'est que tu n'as pas besoin de déclarer que tu aimes quelqu'un que tout le monde aime.

MAMIE : C'était juste histoire de causer.

DAVID : Mamie s'imagine peut-être que nous avons appelé Sydney en pensant à lui.

MAMIE : Non. Ça ne m'a pas traversé l'esprit. C'est vraiment un acteur merveilleux.

RAE : Oh là là, ça vire au cauchemar.

DAVID [à voix basse] : Pardon, D.

D : Pas de souci.

MOI : Alors, Mamie, tu as prévu de rester combien de temps ?

MAMIE [se tournant vers papa] : Tu ne leur as rien dit ?

MOI : Nous dire quoi ?

MAMAN : Ruth s'installe chez nous.

RAE : Oh là là !

MAMAN : Rae, ça suffit.

MOI : Sérieux ?

MAMIE : C'était ça ou partir dans une de ces maisons abominables. Crasseuses et dirigées par des escrocs.

MOI : Ici, ce n'est pas si propre que ça et…

PAPA : Isabel…

RAE : Où va-t-elle coucher ?

MAMAN : Dans l'ancienne chambre de David.

MOI : C'est bizarre que vous n'en ayez jamais parlé avant.

MAMAN : On voulait vous faire la surprise.

DAVID : Tiens donc.

RAE [À Mamie] : Alors, tu vas être là tout le temps ?

MAMIE : Je vais habiter ici, donc je suppose que je serai souvent ici si tu veux revenir à la maison.

RAE : Je n'habite pas tout près.

MOI : Trois kilomètres n'est pas considéré comme une grande distance, sauf par tempête de neige, quand on est obligé de circuler à pied.

RAE : Ce n'est pas à toi que je parlais.

MAMIE : Alors, Mr. Demetrius, quand avez-vous commencé à travailler à l'agence de mon fils ?

MAMAN : Techniquement, c'est l'affaire familiale. Pas juste celle d'Albert.

MOI : Tu peux l'appeler D.

MAMIE : Je ne pense pas. Vous disiez, Mr. Demetrius ?

D : Il y a environ six mois, madame.

MAMIE : Qu'est-ce que vous faisiez avant ?

D : J'ai passé quinze ans en prison.

PAPA : Je reprendrais bien du vin.

MAMAN : On aurait peut-être besoin d'aller en chercher une ou deux bouteilles de plus.

Moi : Il y a du whisky dans la botte en caoutchouc de papa, dans le placard du devant.
Mamie : Vous étiez en prison pour quoi ?
D : Pour meurtre, madame.

Une fois que nous nous sommes requinqués grâce à un rab de vin très ordinaire acheté chez l'épicier du coin, le dîner a poursuivi son cours périlleux. Nous avons expliqué à Mamie que D était en prison pour un crime qu'il n'avait pas commis. Elle a dit : « Ah, je suis désolé d'entendre ça. Mais les erreurs se produisent, n'est-ce pas ? » Rae s'est contenté de ponctuer la conversation de « Oh là là ». Maggie a tenté d'expliquer à Mamie que ce genre d'erreur ne devrait pas se produire, mais le sujet avait cessé d'intéresser Mamie.

D a alors servi un sublime dessert aux cerises appelé « clafoutis ». Jamais le bruit de mastication n'avait été plus beau. Les mastications ont été suivies par d'autres compliments dithyrambiques sur la cuisine de D et on a encore réclamé à boire. Puis une gêne intense s'est installée quand Mamie s'est mise à interroger chaque convive en guise de digestif, je suppose.

Mamie : Alors, David, il paraît que tu es au chômage ?
David : J'ai choisi de ne pas travailler. Il y a une différence, Mamie.
Mamie : Ma petite Maggie, vous ne trouvez pas qu'une mère devrait être au foyer avec son enfant ? Et l'homme au travail, pour gagner l'argent de la famille ?

Vous voyez le tableau. Maintenant, j'en arrive à la partie positive : en deux temps trois mouvements, maman a enfilé son manteau, pris son sac de livres et nous a crié du salon : « Vous voudrez bien tous m'excuser. Nous avons une interrogation écrite surprise dans la dernière heure de mon cours de russe. Je ne peux vraiment pas être absente. *Dosvedanya.* » Et avant que quelqu'un ait pu protester, elle avait disparu. J'ai regardé D, car j'avais résolu mon second mystère familial de la semaine.

« Voilà qui explique des choses », ai-je dit.

Il fallait que je rende hommage à ma mère. Pendant des années, elle avait essayé de m'apprendre à résister à mon impulsivité, et m'avait appris qu'un plan bien élaboré porte les meilleurs fruits. Elle avait bien préparé son terrain, et très en avance. Aujourd'hui, elle avait une excuse parfaite pour échapper à la compagnie de Mamie le plus possible. Au fil des ans, j'avais eu des moments de grande admiration pour ma mère, mais ce moment-ci pulvérisait tous les autres.

Toutefois, je me demandais toujours comment mes parents allaient survivre avec une intruse telle que ma grand-mère dans leur vie. En une soirée, ce Mussolini en jupons avait envahi la maison Spellman. Il était impossible de penser qu'elle ne laisserait pas quelques victimes dans son sillage.

MEG COOPER / MARGARET SLAYTER

Le lundi suivant, j'ai trouvé papa et Rae seuls dans le bureau.
« La Musaraigne est dans la maison, a dit Rae.

– Que fait la Fouine ici ? ai-je demandé.

– Je n'y suis plus dans cinq minutes, a répliqué Rae.

– On ne se voit plus jamais.

– Non. C'est super, hein !

– Oui. Je voulais t'écrire un mot de remerciement. » Je me suis tournée vers mon père. « Où sont passés maman et D ?

– Ta mère fait des courses et D a la matinée libre.

– J'ai l'impression que "faire des courses" va bientôt devenir un euphémisme. Alors comme ça, Mamie a déjà chassé D de la maison ?

– Non, il a rendez-vous pour prendre un café avec une infirmière qui travaille de nuit.

– J'espère être la première à te complimenter sur ton talent pour garder un secret. Il s'est considérablement amélioré depuis l'incident "Pour hommes exclusivement" de l'an dernier[1].

---

1. Papa avait essayé de teindre ses cheveux gris, pensant que s'il faisait ça progressivement, personne ne le remarquerait. Je me demande comment il avait pu croire une chose pareille.

– On avait promis de ne plus parler de ça.

– Alors, où est Tu Sais Qui ?

– On l'a surnommée le Gobie*, a annoncé Rae.

– Pas du tout, Rae », a dit papa.

Rae s'est alors tournée vers moi et, d'un ton insupportable de pédagogue, elle m'a dit : « Les gobies sont des poissons qui mangent leurs petits[1]. Tu sais ce qu'est un poisson, j'espère ?

– Tu sais ce que c'est qu'un poing dans la gueule ?

– Ça suffit, les filles.

– Où est Tu Sais Qui ?

– Elle essaie un nouveau coiffeur dans la rue.

– J'avais oublié qu'elle ne se lave pas les cheveux elle-même. J'espère que ça se passera bien.

– C'est une affaire de générations, Izzy.

– Et on se plaint des jeunes d'aujourd'hui. Tu te rends compte, se laver les cheveux une seule fois par semaine !

– Tu peux peut-être tourner ton imagination vers des sujets plus pressants, a suggéré papa.

– Elle ne peut pas », a murmuré Rae assez fort pour être entendue.

Pour éviter la volée de grossièretés qui risquait de s'ensuivre, papa s'est tourné vers Rae et a dit : « Tu ne devrais pas être en cours ? Ou ailleurs qu'ici ?

– Excellente idée », a dit Rae. Avant de partir, elle a ouvert le tiroir de son bureau et transféré son stock de bonbons dans son sac à dos. Ma sœur a toujours appris très vite ses leçons, s'adaptant en conséquence. Je l'ai toujours admirée pour cela. Après le

---

* Petit poisson envahissant à ventouse ventrale qui lui permet de se fixer où il veut sur les fonds marins rocheux

1. Les gobies des sables mâles mangent un tiers de leurs œufs.

départ de la Fouine, je me suis tournée vers mon père et ai essayé de lui faire entendre raison.

« Ça finira mal, papa.

– Quoi ?

– Réflexion faite, toutes sortes de choses me viennent à l'esprit, ai-je dit. Mais en l'occurrence, je pensais au fait d'avoir Mamie Spellman sous votre toit. Il y a toutes les chances qu'elle fasse fuir D, pousse maman à demander le divorce et te transforme en fou perdu. Je me rappelle encore sa dernière visite prolongée. Un soir, tu es resté quatre heures dans la baignoire.

– C'est ma façon de me détendre.

– Non. C'est le seul endroit où elle ne pouvait pas t'atteindre. Mais je me souviens qu'elle était devant la porte et te parlait.

– Ce n'est pas un arrangement permanent, Isabel.

– Exact. Elle finira par mourir.

– Ce que je veux dire, c'est que nous avons pensé qu'à son âge, mieux valait qu'elle habite la même ville que nous. C'est la seule façon dont nous avons pu la convaincre de déménager. Mais nous espérons qu'après quelques mois de cohabitation avec ta mère (et sachant que tu es là souvent), elle décidera qu'une résidence pour personnes âgées serait une option préférable.

– Et avec un ex-taulard dans la maison, cela facilite certainement les choses.

– Ça ne peut pas faire de mal », a répondu papa, réprimant un sourire.

Je voyais bien que l'Effet Demetrius était peut-être son atout favori.

« Alors, tu as invité ta mère à habiter avec vous dans le but de la faire fuir ?

– Je ne dirais pas ça comme ça.

– Mais c'est l'idée, non ?

– Nous pensons qu'il y a une date d'expiration à son séjour ici ; et je le répète, ça n'a rien à voir avec sa mort. Tu as autre chose à dire, Isabel ?

– Puisque tu me poses la question, oui. J'aimerais savoir pourquoi nous avons deux missions de surveillance qui se recoupent et sont des plus suspectes.

– Tant que nous ne voyons pas un de nos clients transgresser la loi, nous nous bornons à faire notre travail », a répondu papa.

Depuis que j'avais découvert le recoupement quinze jours auparavant, j'avais souvent abordé le sujet avec papa et lui avais demandé quel mal il y aurait à échanger quelques renseignements. Chaque fois, mon père avait protégé un peu plus les informations sur son client, allant même jusqu'à fermer le tiroir de son bureau contenant ses dossiers et garder la clé dans un lieu secret. Si j'insistais, il me servirait l'un de ses sermons sévères sur l'éthique du métier.

« Ce principe est écrit quelque part ? ai-je demandé.

– Nous sommes comme des avocats ou des psychiatres.

– Pas du tout. D'abord, nous sommes moins bien payés. De plus, les détectives privés travaillent traditionnellement dans les marges de la légalité. La moitié de nos contacts transgressent la déontologie ou le droit civil quand ils nous fournissent des infos. Les écoutes téléphoniques ne devraient être pratiquées que par des employés du gouvernement central ou de l'État ; mais si tu en as vraiment besoin, tu peux te les procurer. Je t'ai vu transgresser les lois, papa. De mes yeux vu. Cette Muraille de Chine que tu as construite pour protéger nos clients protège en réalité notre agence. Tu redoutes que si un client apprend que nous enquêtons sur le bien-fondé de son affaire, ça nous vaudra une mauvaise réputation et des commentaires déplaisants sur notre site de témoignages clients. Il ne s'agit pas de morale, il s'agit d'argent.

– Ce qui me paraît raisonnable, a rétorqué papa. Je te rappelle, Isabel, que cette agence est ton avenir. Qui sait ce qui se profile pour Rae ? Elle a d'autres intérêts et elle aime vraiment l'argent ; je ne suis pas sûr que ce travail soit fait pour elle. Elle survivra sans lui – en fait, je suis persuadé qu'elle peut survivre à une attaque nucléaire. Mais je ne sais pas du tout ce que tu deviendrais si tu faisais couler cette affaire.

– Merci pour ton vote de confiance », ai-je répondu d'un ton désinvolte.

Je n'allais pas lui laisser voir à quel point son commentaire m'avait blessée.

« J'agis au mieux de tes intérêts », a dit mon père d'un ton sans réplique.

La conversation était terminée. Mais pas le conflit.

J'étais persuadée qu'une cliente utilisait nos services pour tromper son mari. Le fait que son frère nous ait demandé de la surveiller renforçait encore mes soupçons. Mon père estimait que ses pare-feu me dissuaderaient de pousser plus loin mon enquête, mais nous avions sur les bras un curieux assortiment de clients à la moralité douteuse. En fournissant des informations à l'un, nous avions peut-être fait le jeu d'une personne visant quelque chose de bien plus dangereux qu'un simple abus de confiance. Mon problème était que je ne savais pas de quoi étaient capables Edward Slayter, Adam Cooper et Meg/Margaret.

Je ne pouvais pas être sûre qu'aucun d'eux soit digne de confiance.

J'ai un portable jetable que j'utilise en de rares occasions, quand j'ai besoin de passer un coup de fil anonyme. J'ai glissé la main dans le tiroir de mon bureau, ai composé le numéro dudit portable, et ai décroché à la seconde sonnerie.

« Allô ? Oui, je pense pouvoir le faire. Je suis là dans vingt minutes », ai-je dit à une ligne sans tonalité.

J'ai saisi mon manteau et ai dit au revoir à mon père.

« Où vas-tu ? m'a-t-il demandé.

– Muraille de Chine. »

J'ai repris ma voiture pour rentrer et ai travaillé sur l'ordinateur de Henry. J'avais toujours besoin d'une banque de données de l'état-civil, aussi ai-je utilisé le numéro de compte de Maggie puisque j'avais encore son nom d'utilisateur et son mot de passe du temps où nous travaillions sur le cas Demetrius. Cette précaution était nécessaire, car sinon mes parents auraient pu reconstituer l'historique de ma recherche sur la facture de la banque de données.

Puisque Mrs. Slayter était du même côté de la Muraille de Chine que moi, j'aurais pu m'adresser directement à elle et lui demander si elle utilisait nos services pour cacher une liaison, mais il vaut toujours mieux avoir les réponses aux questions avant de les poser. Pour commencer, j'ai examiné l'existence virtuelle des Slayter.

Mr. Slayter était à l'évidence un homme riche ; c'était aussi un homme sans héritier hormis sa femme. Mes recherches sur sa situation financière m'ont conduite à l'examen de registres de propriété qui estimaient sa fortune à au moins quatorze millions de dollars. Il y avait forcément un contrat de mariage avec une clause concernant l'adultère, mais si Slayter mourait, il était fort possible que sa femme hérite de tout.

C'était un motif pour toutes sortes de choses.

Comme Margaret et Edward s'étaient mariés dix ans auparavant, j'ai supposé que Mr. Slayter avait déjà été marié au moins une fois, puisqu'il avait cinquante-cinq ans. Il est très difficile d'avoir accès aux actes de mariage et de divorce, car un couple peut se marier n'importe où, et l'acte n'existe que dans la ville où il a eu lieu. J'ai commencé par vérifier le rapport de solvabilité de Mr. Slayter et ai examiné les villes où il avait vécu. J'ai vérifié les actes de mariage et de divorce dans ces villes et ai terminé bredouille. Slayter avait travaillé dans un cabinet juridique de New York de 1977 à 1982. J'ai téléphoné à l'un des associés – le plus ancien d'après le site internet du cabinet – et ai expliqué que je faisais une enquête d'antériorité très sensible sur Mr. Slayter pour un cabinet qui allait se lancer dans un contrat d'affaires extrêmement important.

Les coups de téléphone sous un faux prétexte étaient l'une des spécialités de notre agence, mais à cette époque où tout est révélé au public sur les réseaux sociaux, où l'on peut lire des bulletins de situation sur les moindres mouvements de chacun, les générations plus âgées peuvent manifester une certaine paranoïa, en réaction. Cela dit, depuis que Bernie a récemment raconté sur Facebook ce qu'il avait mangé au petit déjeuner, la frontière entre les générations a pris un sacré coup de vieux.

Quand j'ai appelé Clayton Burrough, je me préparais à essuyer un échec. Burrough, associé principal d'un cabinet juridique à l'ancienne, serait peu disposé à fournir des informations personnelles sur un ancien employé. À moins que ledit employé ne l'ait doublé avec sa femme avant de le doubler tout court.

Or il se trouvait que la première femme d'Edward Slayter, Clausia, était aussi la première femme de Burrough, ce qui faisait d'Edward le second mari de Claudia. Le couple illégitime s'était rencontré à une fête de Noël du cabinet ; la liaison avait commencé quelques mois plus tard. Burrough a dit aussi élégamment qu'il le pouvait qu'il avait surpris sa femme et Mr. Slayter au lit. Le lendemain, il demandait le divorce. Clayton (quand un homme vous raconte son passé tragiquement romantique, vous en arrivez dans le cours de la conversation à vous appeler par vos prénoms) et Claudia n'avaient pas fait de contrat de mariage. À cette époque, c'était beaucoup moins courant. Claudia a eu la moitié de ses biens. Elle a alors épousé Edward Slayter et, dix ans plus tard, en découvrant qu'il la trompait avec Meg Cooper, elle a demandé le divorce. À ce moment-là, ils habitaient en Californie et, une fois encore, les biens ont été divisés. Edward Slayter a pu se servir de l'argent obtenu au terme du jugement de divorce pour faire des investissements dans une série de transactions immobilières juteuses, et devenir un homme très riche au cours des quinze dernières années.

– Vous arrive-t-il de parler à Edward ? ai-je demandé.

– Je l'ai rencontré par hasard avec… Margaret – c'est bien ça ?

– Quelque chose comme ça.

– Nous nous sommes croisés il y a quelques années à une manifestation organisée pour une collecte de fonds et avons échangé quelques mots. Il y a une symétrie remarquable dans cette affaire.

– Vous ne croyez pas si bien dire, ai-je répondu. Je peux vous poser une question ? Croyez-vous qu'Edward ait fait signer un contrat de mariage à sa nouvelle épouse ?

– Je parierais ma résidence secondaire que oui.

– Merci, Clayton, vous m'avez été d'un grand secours.

– Isabel ?

– Oui.

– Vous n'êtes pas exactement ce que vous m'avez annoncé, n'est-ce pas ?

– Non.

– Accepteriez-vous de me dire ce dont il s'agit ? J'avoue que la curiosité me démange.

– Disons simplement que le schéma de base se maintient. »

APPEL MASQUÉ

Pendant que je suis sur le sujet des appels sous un faux prétexte, je dois signaler que, quelques jours plus tard, j'ai découvert le fin mot des appels d'erreur à répétition que je recevais : ce n'étaient que des appels bidon sans grande subtilité.

« Puis-je parler à Emily Proctor ? » a demandé la femme au bout du fil.

La voix était différente, mais le schéma restait le même. J'ai décidé d'essayer une technique différente pour déconcerter l'interlocutrice.

« Non. Emily n'est pas là. Puis-je prendre un message ?

– Ah oui… Vous l'attendez quand ?

– Elle est en vacances dans le sud de la France. Je ne pense pas qu'elle rentre avant quinze jours.

– Je croyais appeler son portable.

– En effet. Mais elle me l'a laissé en son absence. Elle n'a pas d'abonnement international, alors ce n'est pas la peine de gâcher des minutes de communication.

– Ah bon. Ça fait combien de temps qu'elle est partie ?

– C'est le genre d'information que je ne garde pas en mémoire.

– Vous ne pouvez pas me donner une fourchette ?

– Je me demande d'où vient une expression pareille ?

– Aucune idée. Merci de m'avoir répondu.

– Attendez, vous ne m'avez pas donné votre nom, ai-je dit.

– Jane.

– Jane comment ?

– Jane Anderson.

– Parfait, ai-je répondu. Eh bien, Jane, à moins que vous n'ayez l'intention de me donner d'autres renseignements personnels – un numéro de téléphone serait merveilleux –, je crois que je vais vous dire au revoir.

– Êtes-vous la seule personne à utiliser le portable de Jane pendant son absence ?

– Au revoir, Jane. »

Lorsque j'ai raccroché après mon coup de téléphone avec « Jane », tous les appels antérieurs ont commencé à prendre forme et à s'organiser en un scénario formant une hypothèse de travail plausible. Ce qui me semblait le plus probable, c'était que quelqu'un avait examiné la liste des appels et, ayant remarqué des coups de téléphone vers ou en provenance de mon numéro, avait cherché à savoir qui son employé, parent ou plus probablement conjoint avait appelé. J'ai passé en revue tous les clients en cours susceptibles d'avoir mon numéro de portable sur leur liste d'appels d'urgence. Puisque Walter était celui qui m'appelait le plus souvent, j'ai décidé de passer chez lui.

« Walter, il y a combien de temps que votre femme et vous êtes séparés ?

– Six mois. Pourquoi cette question ?

– Et vous avez toujours le même forfait mobile ?

– Oui. Cela coûtait trop cher de l'annuler.

– Alors, qui reçoit les factures ?

– Je paie toutes les factures.

– Mais elle peut consulter en ligne la liste des appels émis ou reçus, non ?

– Je suppose.

– Qui a voulu divorcer ?

– À votre avis ? » a demandé Walter.

Je me rendais compte que ce type de conversation n'était pas bon pour l'état mental de Walter. Il a commencé à brosser la moquette, à effacer l'empreinte de ma chaussette depuis la porte d'entrée jusqu'au canapé.

« Vous avez divorcé en bons termes ?

– À l'amiable. Pourquoi toutes ces questions, Isabel ?

– Peut-être a-t-elle des regrets et essaie-t-elle de trouver un moyen pour vous récupérer.

– Pas du tout.

– Vous êtes sûr ? Je crois que j'aimerais lui parler.

– Non, non. Ce n'est pas une bonne idée, a dit Walter.

– Je ne vois pas quel mal il y aurait à bavarder un peu.

– Non, a dit Walter. C'est quelqu'un d'autre. Je le sais. Sasha a tourné la page.

– Vous en êtes sûr ?

– Certain. »

Je n'étais pas totalement convaincue, mais il fallait que je réfléchisse à quelques autres pistes avant de faire de nouvelles accusations.

« Je peux vous préparer un café ? a proposé Walter.

– Il faut que je parte. Qu'est-ce que vous faites ce week-end ?

– Oh, des choses et d'autres.

– Vous allez sortir de chez vous ?

– C'est possible.

– On ne peut pas prendre les visiteurs au piège si vous restez chez vous.

– C'est un argument.

– Promettez-moi de sortir, Walter.

– Promis.

– D'accord. Je vous appelle. »

J'aime me fier à l'instinct de mes clients, mais généralement, ils ont recours à nos services parce qu'ils ne sont pas sûrs de ces instincts. Aussi, quand Walter a repoussé l'idée que sa femme avait le moindre rôle dans les mystérieux incidents de son appartement ou les irruptions inhabituelles sur mon téléphone portable, ai-je décidé de me fier à mon instinct et non au sien. Cela a bien dû me prendre cinq minutes de trouver le numéro de téléphone et l'adresse de l'ancienne Mrs. Perkins. J'ai appelé Sasha avec mon téléphone jetable afin de voir si je reconnaissais sa voix. Le téléphone a sonné cinq fois avant que le répondeur ne se déclenche, avec un message automatique préenregistré. Un quart d'heure plus tard, j'étais devant sa porte. J'ai appelé de nouveau son portable avec mon téléphone habituel – toujours pas de réponse. J'ai appuyé sur l'interphone. Un rideau a bougé deux étages au-dessus. J'ai rappelé tout en continuant à sonner.

Elle a fini par décrocher.

« Sasha, descendez. Il faut qu'on parle. »

Sasha était plus jeune et plus jolie que je ne m'y attendais. Elle était aussi beaucoup moins guindée que je ne me l'étais représentée. Sa chemise était légèrement froissée (sur moi, elle aurait paru amidonnée et repassée, mais pour une sensibilité telle que celle de Walter, l'apparence de Sasha frisait le débraillé) ; une mèche de cheveux ondulés s'échappait de son chignon et elle avait des chaussures éraflées, comme le sont souvent les chaussures. « Bonjour », s'est-elle bornée à dire tandis que je la passais en revue.

« Bonjour », ai-je répondu, m'efforçant de donner une impression amicale et rassurante. Il est rare que j'opte pour cette approche, et je ne peux pas dire qu'elle ait été un franc succès. J'ai brandi le téléphone et ai demandé : « Comment avez-vous eu mon numéro ? »

Sasha a regardé ses chaussures râpées.

« Si je répondais à votre place ? ai-je suggéré. Vous regardiez les factures de téléphone de votre ex-mari et vous êtes tombée sur un numéro que vous ne connaissiez pas. Vous vous êtes demandé comment un homme qui a des problèmes aussi nombreux et peu banals que lui avait pu rencontrer quelqu'un aussi vite. Et vous avez appelé pour voir si votre ex avait entamé une nouvelle relation. Seulement la femme qui a répondu au téléphone refusait de vous donner des informations. Est-ce que je suis sur la bonne voie jusqu'ici ? »

Sasha a fait un signe d'assentiment.

« Avant d'aller plus loin, je tiens à vous rassurer. Mes relations avec Walter ne sont pas sentimentales. Je travaille pour lui. Au début, tout ce que je faisais, c'était vérifier son appartement et m'assurer que le grille-pain était bien débranché, les robinets fermés, les volets fermés ou ouverts – selon ce qu'ils devaient être – et qu'aucun incendie électrique ou déluge biblique ne sévissait dans son appartement. C'était un travail facile. Du moins au début. »

Sasha regardait fixement ses pieds.

« Je suis désolée, a-t-elle dit. Je voulais juste savoir qui vous étiez.

– Vous voulez le récupérer ? C'est pour ça que vous avez agi ainsi ?

– Je le croyais. Mais la semaine dernière, nous avons pris un café ensemble, et j'ai compris que je n'en avais pas envie.

– Il va falloir que je change les serrures.

– Je ne pense pas que ce soit nécessaire. Mais si ça lui permet de tourner la page…

– Vous le lui direz ?

– Si vous croyez cela nécessaire.

– Oui. »

L'EFFET MAMIE SPELLMAN

Mamie Spellman était dans la maison depuis moins d'une semaine, mais je voyais déjà ma mère commencer à se décomposer. Elle avait beau utiliser de nombreuses tactiques pour éviter sa belle-mère, elle avait cependant un travail régulier et Mamie n'était jamais à plus d'une pièce de distance. Elle se promenait, crispée sur son sac à main, un peu à la façon dont Sydney trimballe sa couverture, le poing fermé sur elle. Au début, quand Mamie arpentait la maison avec son sac en cuir vieilli pendu à son cou, mon père a été simplement perplexe. Quand D était dans la pièce, elle découvrait toujours des dents en surnombre[1] et on aurait dit qu'elle sortait des pages d'un manuel de savoir-vivre. Mais personne n'était dupe. Un jour où D s'est éclipsé pour courir chez l'épicier, ma mère a tenté une attaque détournée : « Ruth, pourquoi ne laissez-vous pas votre sac à main dans votre chambre ? Je vous assure qu'il n'y craint rien.

– On ne sait jamais quand on pourra avoir besoin de quelque chose », a répondu Mamie.

1. Quand elle essaie de sourire, on a l'impression qu'elle montre son bridge à un dentiste.

J'ai opté pour une approche moins subtile.

« Mamie, Demetrius volait des télévisions, pas des sacs à main. On pourrait te trouver une de ces télés de la taille d'une radio si tu as envie de la transbahuter avec toi. »

Mamie m'a lancé un regard aigu et hostile.

« Maman, Demetrius fait partie de la famille. Tu n'as aucun souci à te faire à son sujet, a dit papa, plus sévèrement cette fois-ci.

– Je suis sûre qu'il est parfaitement réhabilité, a répondu Mamie. Mais on ne sait jamais. »

Dans le cou de ma mère, le muscle qui se contracte quand elle refoule sa colère palpitait.

« Ruth, a-t-elle dit, mettez ce putain de sac dans votre chambre et laissez-le, sinon je vous garantis que je vous le vole et que je me sers de votre chéquier pour faire des dons extravagants à la NAACP*[1].

– Albert, tu la laisses me parler sur ce ton ? »

Papa a haussé les épaules avec désinvolture. « Elle fait ce qu'elle veut, maman. C'est comme ça que ça se passe aujourd'hui. Maintenant, mets ton sac dans ta chambre et laisse-le là-haut. »

Mamie a réussi à obéir à papa sans perdre la face. Son sac et elle sont restés dans sa chambre tout le reste de la journée.

Quand j'ai convoqué une réunion exceptionnelle de l'agence, c'était un mercredi après-midi, ce qui avait l'avantage d'exclure Rae. J'ai demandé le dernier rapport de surveillance de ma sœur sur

* National Association for the Advancement of Coloured People : Association nationale pour la promotion des gens de couleur.

1. Ce qu'elles ont fait d'une certaine façon. Mamie a laissé un chèque en blanc pour la nourriture et Maman a fait un don de 250 dollars au nom de Morgan Freeman.

Vivien Blake, puis ai fait une présentation de dix minutes accompagnée de photographies et de schémas (les aides visuelles sont extrêmement stimulantes lorsqu'on cherche à descendre quelqu'un en flèche) illustrant les écarts, les mensonges caractérisés et, finalement, apportant la preuve indiscutable d'une communication directe entre l'enquêtrice et le sujet.

« Mais enfin, qu'est-ce qu'elle manigance ? a demandé maman.

– Si vous n'y voyez pas d'objection, j'aimerais m'occuper de cette affaire-là. Ôtez-la-lui, et j'aurai le fin mot de l'histoire. »

Papa a hésité une seconde. Jamais nos dossiers à traiter n'avaient entraîné autant de conflits d'intérêts. « Soit, a dit papa. Mais il faut que tu trouves tout de suite ce qu'elle a derrière la tête.

– Excusez-moi, est intervenu Demetrius, mais ne serait-il pas plus facile de la convoquer et de lui poser la question ?

– Ça ne se fait pas dans cette maison, ai-je répondu.

– Si on le lui demande, a ajouté papa, elle est capable d'en informer Vivien, qui risque de s'en prendre à ses parents, ce qui ferait mauvais effet. Il faut d'abord que nous sachions ce qui se passe.

– J'ai encore une chose à demander, ai-je dit. J'ai besoin que vous donniez une leçon à Rae. Je ne peux plus la regarder agir ainsi et s'en tirer impunément.

– Tu penses à quoi ? a demandé ma mère.

– Je m'en remets à ton imagination », ai-je répondu.

Maman a arpenté le salon dans tous les sens pendant la demi-heure suivante, puis elle est revenue dans le bureau et m'a lancé un trousseau de clés en disant : « Allez, au travail, madame l'huissier. »

On conduit peu à San Francisco, sauf si on y est obligé. Une fois qu'on a trouvé une place de stationnement, on y laisse sa voiture jusqu'à ce que les circonstances vous poussent à la reprendre. Il a fallu deux jours à Rae pour s'apercevoir que sa voiture n'était plus là, quand elle a voulu la déplacer pour permettre le nettoyage de la rue. Elle a appelé la maison, affolée.

« Ma voiture a été volée ! a-t-elle annoncé.

– Ta voiture va très bien, a répondu papa.

– Quoi ? » a demandé Rae.

Incidemment, l'appel était sur ampli, parce que nous avions tous besoin d'un remontant pour l'après-midi.

« Je l'emprunte quelque temps, a dit papa.

– Mais tu as une voiture.

– J'ai envie d'en avoir deux pendant un moment.

– Ça ne rime à rien. Pourquoi as-tu besoin de deux voitures ?

– Je n'ai pas *besoin* de deux voitures ; j'en veux deux, c'est tout.

– Tu ne ferais pas un second PPAR ?[1]* », a demandé Rae.

---

1. Pétage de Plombs de l'Âge de la Retraite. Je vous dirais bien où en apprendre davantage, mais certains d'entre vous s'énervent quand je le fais.

* Voir *Les Spellman se déchaînent.*

LE B ÉCARLATE*

Le vendredi soir, quand je suis rentrée chez moi, j'ai trouvé Gerty assise sur le canapé, en train de regarder les infos. Elle avait un verre de bourbon devant elle et a refusé de croiser mon regard. Elle a pris la bouteille et m'a versé quatre doigts en silence.

Nous avons toutes les deux fait semblant d'être absorbées par les derniers développements de la saga des militants pour la sauvegarde des arbres. Des chênes centenaires devaient être abattus pour permettre la construction d'un centre sportif sur le campus de Berkeley. L'un des militants avait réussi à rester pendant une semaine complète. On acheminait à l'aide d'une poulie et d'un seau la nourriture et les produits dérivés. Je suppose qu'il y avait des seaux différents. J'aime les arbres autant que n'importe qui, peut-être plus que certains, mais on a du mal à imaginer des gens se mobilisant avec ce degré de vigueur pour une petite parcelle couverte de grands arbres. Cela dit, sachez qu'il y a quinze ans, pour Arbor Day**, Petra (mon associée dans le crime pendant de longues

* Allusion à *La Lettre écarlate* (1850), de Nathaniel Hawthorne, en l'occurrence un A qu'une femme adultère doit porter publiquement, brodée en rouge sur son corsage, pour expier son péché. Ici, la lettre est un B comme Banane…

** Jour férié consacré aux arbres aux États-Unis.

années) et moi avons passé huit heures pendant une nuit à transformer les buissons du jardin devant la maison de Mrs. Chandler en exemple d'art topiaire qui n'était pas sans évoquer une main faisant un doigt d'honneur. Je suis donc mal placée pour juger. Je me suis dit que Gerty était trop gênée pour parler, alors j'ai coupé le son et ai pris les devants. « Je ne lui ai rien dit à propos de... vous savez. » Je n'arrivais même pas à dire son nom.

« Merci, a-t-elle répondu. Je le ferai.

– Il n'a pas à le savoir.

– Il finira par le découvrir.

– Pas nécessairement. Vous seriez surprise de savoir le nombre de secrets qui restent enfouis.

– Je vais habiter avec lui, a dit Gerty.

– Avec qui ? » ai-je demandé. Cela paraissait inenvisageable.

« Avec Bernie.

– Non.

– Si.

– Vous ne pouvez pas faire ça.

– Si, a-t-elle répliqué.

– Ça ne marchera jamais. C'est *Bernie.* C'est juste une relation d'après un échec. Ça sera fini en moins de deux. Autant trancher dans le vif tout de suite pour vous éviter de souffrir.

– C'est un homme bon, Isabel. »

Soupir. Était-ce le moment de la détromper ?

« Je pensais venir m'installer par ici, de toute façon, pour me rapprocher de Henry. Si ça ne marche pas avec Bernie, je chercherai un appartement. »

Je me suis pris la tête à deux mains, cherchant une stratégie, n'importe laquelle, pour infléchir le cours délirant des événements.

« Il n'y a pas moyen de sauver votre couple ? ai-je demandé.

– Alan et moi sommes séparés depuis des mois. Ça fait des années que nous menons des vies différentes.

– Et Henry ne l'a jamais su ?

– La situation était un peu bloquée. Nous ne voulions ni l'un ni l'autre le lui annoncer.

– Je vois.

– Voilà ce que j'avais à dire. Et vous ?

– Hein ?

– Henry et vous devriez avoir une conversation à cœur ouvert un de ces jours.

– Je sais.

– Qu'est-ce que vous attendez ?

– Je sais comment ça va finir. »

À cet instant précis, Henry a ouvert la porte d'entrée. Je ne savais pas trop quel devait être mon rôle dans cette affaire. Étais-je censée rester et contribuer à faire régner la paix, ou les laisser en tête à tête ? J'ai toujours été plus douée pour m'en aller, alors c'est ce que j'ai fait.

« Je vous laisse tous les deux », ai-je dit en prenant mon manteau et mon sac.

Henry a hoché la tête en évitant de me regarder.

Je suis restée assise dans ma voiture dix minutes, me cramponnant à l'idée qu'on pouvait encore trouver une solution à la situation. Puis le froid est tombé et je me suis rendu compte que je n'avais nulle part où aller. Si Mamie Spellman n'avait pas été dans le secteur, je serais passée chez mes parents, mais je préférais éviter le contact autant que possible, car une fois que Mamie vous avait planté ses griffes dans la chair, c'était très difficile de lui faire lâcher prise.

Alors j'ai fait une dernière tentative futile et franchement nulle pour résoudre le problème.

J'ai frappé à sa porte. Il a entrebâillé très légèrement et m'a regardée de la tête aux pieds comme si je représentais un véritable danger physique. J'ai savouré la gêne que j'ai vue dans ses yeux.

« Je ne veux pas d'ennuis, a dit Bernie en levant les mains comme s'il s'agissait d'un hold-up.

– Laisse-moi entrer. »

Bernie a reculé de la porte et, en silence, m'a fait signe d'entrer. Il a pris une bière dans le frigo, l'a décapsulée et me l'a tendue.

« J'ai des chips et des Fritelles au fromage, a-t-il annoncé.

– Pas faim.

– Tu n'as pas besoin d'avoir faim pour des Fritelles.

– Qu'est-ce qu'elle te trouve ? ai-je demandé.

– Je suis un gentil garçon », a dit Bernie, avec dans sa voix une pointe d'agacement que je n'avais jamais entendue chez lui. « Et je sais comment traiter les dames. Je sais ce qu'il leur faut.

– O.K. On change de sujet », ai-je répondu.

J'ai plongé la main dans mon sac et retiré mon chéquier. J'avais deux mille quatre cent vingt-cinq dollars d'économies. J'ai fait jouer le déclic de mon stylo à bille à plusieurs reprises pour attirer son attention.

« Tu veux combien ?

– Tu n'es pas sérieuse, là.

– Je suis ultra sérieuse.

– Range ton chéquier, a dit Bernie en avalant une lampée de bière.

– Tout le monde a un prix.

– Tu as peut-être raison, Iz. Mais à moins que tu aies gagné à la loterie, le mien serait au-dessus de tes moyens.

– Mais on pourrait t'acheter, hein ?

– Excuse-moi de regarder ta conduite sous un angle psy, mais on dirait que tu te sers de Gerty et de moi pour éviter de t'attaquer aux problèmes que tu as dans ta relation.

– De quoi tu parles ?

– J'ai entendu Henry te demander de l'épouser, et tu lui as répondu que tu aborderais le sujet avec lui plus tard. Si on jouait bien nos cartes, toi et moi, tu pourrais te retrouver ma belle-fille au deuxième degré ou quelque chose dans ce goût-là. »

Il était temps de me retirer de cette conversation. « On en reparlera », ai-je dit. Et j'ai pris la porte.

Il n'était que huit heures du soir quand je suis arrivée chez David et Maggie, aussi ai-je sonné.

« Isabel ! » s'est exclamée Maggie en m'ouvrant. À sa façon de prononcer ce mot, on aurait dit que celui-ci était une idée plus qu'un prénom.

Elle m'a fait entrer puis a crié : « Hé, David, devine qui est là ? »

J'aimerais croire qu'une visite surprise de ma part est une occasion festive, mais Maggie était beaucoup trop enthousiaste, ce qui m'a mise immédiatement sur mes gardes.

« Je peux revenir à un moment mieux choisi, ai-je dit.

– Non, c'est parfait ! Assieds-toi. Je peux te servir quelque chose ? À boire ? À manger ? De l'eau ? De l'eau de Seltz, nous avons une de ces machines qui fait des bulles en permanence.

– Non, ça va », ai-je dit en m'efforçant de jauger l'ambiance dans la pièce. Quelque chose n'allait pas, et j'ai flairé le danger, contre toute attente.

David a descendu l'escalier, Sydney sur les bras.

« Qu'est-ce que tu fais ici, Isabel ?

– Il fallait que je parte de chez moi et, tu sais, la maison des parents, c'est un peu Tchernobyl en ce moment.

– Je te reçois cinq sur cinq.

– Vous savez ce que je pense ? » a demandé Maggie.

Je n'en avais aucune idée.

« Non », a répondu David, qui apparemment, n'était pas plus au courant

Maggie s'est tournée vers moi, le regard implorant. « Notre baby-sitter a la grippe.

– Je suis désolée de l'apprendre », ai-je répondu.

Silence de mort.

Je ne voyais vraiment pas où Maggie voulait en venir, et j'ai mal interprété le silence.

« J'espère que ce n'est pas grave, ai-je dit avec sympathie.

– Qu'est-ce que tu en penses ? » a dit Maggie à David.

Lequel a haussé les épaules et répondu : « Je ne suis pas sûr que ce soit une si bonne idée que ça. »

Maggie a pris sa fille des bras de David et a rétorqué : « C'est une idée excellente », puis elle m'a passé Sydney avec ces mots : « Nous devons partir *tout de suite.* S'il te plaît, s'il te plaît, garde-la. Elle va s'endormir en cinq sec. Elle a eu à manger et a été changée. Tu sais où est son lit. Si on part d'ici cinq minutes, on arrivera à temps pour le film. On est de retour dans trois heures maxi. »

Je suis sûre qu'un bruit de protestation est sorti de mes lèvres. Je sais que j'ai prononcé des mots, mais ils étaient en concurrence avec d'autres mots dits par d'autres que moi, tels que : « Dépêche-toi », « On est mon autre basket ? », « Mets tes mocassins », « J'ai horreur d'être en retard au cinéma » et « Banane ».

C'est comme ça que nous nous sommes retrouvées, Sydney et moi, en train de nous regarder fixement sans avoir rien, absolument rien à nous dire.

Au début, elle a paru s'ennuyer, puis elle a paniqué. Elle s'est mise à pleurer. Je lui ai demandé de ne pas pleurer. Elle a continué. Je le lui ai redemandé, plus poliment. Je veux dire que j'ai dit « *s'il te plaît* ». Elle a continué. Alors, j'ai utilisé cette drôle de voix que les gens prennent souvent quand ils s'adressent aux enfants. Elle pleurait toujours. J'ai dit : « Banane », sachant que je n'étais pas censée me servir de ce mot-là ; alors elle a cessé de pleurer et a dit : « Banane ». Il m'a ensuite fallu exactement quarante-deux minutes pour découvrir quelle banane elle voulait. Une sorte de biscuit soufflé à base de légumes, avec un pirate en guise de mascotte.

Je ne savais pas si les dents de bébé se brossaient, alors j'ai zappé. Je me suis dit que puisque les dents de lait finissent sous un oreiller, pas la peine de faire de zèle[1].

J'ai lu deux fois *Le Chat chapeauté*, trois fois *Le Chat chapeauté revient*, et deux fois *Les Œufs verts au jambon*. Je crois que Sydney s'est écroulée à la moitié de ce dernier livre, mais j'ai continué à lire pour faire bonne mesure. Je l'ai mise dans son lit, ai emporté l'interphone dans le salon et me suis versé un fortifiant bien tassé.

J'ai passé le reste de la soirée à zapper entre les quelque deux cents chaînes câblées de la télé à écran plasma de cent trente centimètres de David et Maggie. C'était un vestige de l'époque de célibataire de David – je pense qu'aujourd'hui, il réprouverait ce

1. J'ai découvert plus tard qu'on brosse quand même les dents de lait, peut-être simplement histoire de s'entraîner.

genre d'excès. Mais c'était le baume parfait pour me remettre d'une journée où j'avais été brutalement confrontée au réel. J'ai découvert que si vous regardez des personnes réelles à la télévision, vous découvrez soudain que votre entourage et vous-même êtes l'image de la normalité et de la correction. Certaines de ces personnes vues à la télé m'ont poussée à me dire que Bernie n'était pas un si mauvais bougre. Il y a pire qu'un gros tas affligé d'un durillon de comptoir, amateur de cigares, de strip-teaseuses et de poker, non ? Et puis, Bernie avait dit qu'il mettait la pédale douce sur les clubs de strip-tease. Il était en quête d'une relation beaucoup plus cérébrale.

Une fois encore, je me suis endormie sur leur canapé. Maggie m'a réveillée en me secouant doucement, et m'a proposé d'aller dormir dans la chambre d'amis. Comme je ne savais pas trop ce qui se passait chez moi, cela m'a paru sage. Ou lâche, selon l'angle sous lequel vous envisagez la situation.

Le lendemain matin, j'ai été tirée de mon sommeil par les notes discordantes d'un xylophone. (Il aurait réveillé Rip Van Winkle*.) Comme j'avais eu davantage d'heures de sommeil que David ou Maggie, j'ai été surprise de voir à quel point ils avaient la pêche à cette heure matinale. « 'Jour », ai-je dit en entrant dans la cuisine et en traînant les pieds. Je n'avais aucune idée de l'endroit où se trouvaient mes baskets.

Cette maison commençait à ressembler à un triangle des Bermudes pour chaussures.

« Merci encore, a dit Maggie en me versant une tasse de café.

– Comment ça s'est passé ? a demandé David.

* Héros d'une nouvelle de Washington Irving publiée en 1819. Après avoir bu une liqueur inconnue, il se réveille vingt ans plus tard.

– Bien, ai-je répondu. Une fois que j'ai compris que "banane" voulait dire "de la bière et du bœuf séché" et que l'histoire qu'elle voulait que je lui lise était *Tropique du Cancer* d'Henry Miller.

– *Tropique du Capricorne*, a rectifié Maggie.

– Très drôle, a dit David, qui n'a pas trouvé ça drôle du tout. On ne prononce plus le mot "banane".

– Je vais essayer de respecter cette règle dans cette maison, mais dans le monde réel, on peut l'entendre à l'occasion.

– Qu'est-ce que tu lui as donné ? Parce qu'elle avait déjà dîné.

– Ce machin avec le pirate sur la boîte.

– Et après, qu'est-ce que tu as fait ?

– On a lu la collection complète du Dr. Seuss. Tu es content ? »

Les sourcils de David se sont détendus et il s'est accroupi sur le sol avec sa fille. « Tu t'es bien amusée avec Tata Izzy ? » a-t-il demandé d'une voix haut perchée.

Sydney a posé sur lui un regard vide.

« Dis bonjour à Tata Izzy. »

Sydney a posé sur moi un regard vide.

« Tu te souviens de m'avoir vue hier ? ai-je demandé.

– Vous vous êtes bien amusées ? a demandé Maggie.

– Je n'irais pas jusque-là, ai-je répondu.

– Je parlais à Sydney, a précisé Maggie.

– Oh, elle serait sans doute d'accord. C'était correct, hein Sydney ?

– Tu ne peux pas lui parler comme une personne normale ? a demandé David.

– Je suis la seule à lui parler comme une personne normale. Toi, on dirait un eunuque.

– Les enfants réagissent aux sons aigus, a dit David. Je ne suis pas sûr que tu aies une seule fibre maternelle en toi.

– Moi non plus, ai-je répondu, piquée au vif par sa réflexion.

– Ça suffit, David, est intervenue Maggie.

– Banane, a dit Sydney.

– À plus », ai-je conclu.

LE PROJET BERNIE ET AUTRES ACTIVITÉS DIVERSES

Quand je suis arrivée chez moi, Gerty était partie. Elle avait dû ranger et emporter ses affaires, son lit était fait (sans doute pas par elle, à en juger par les coins militaires) et tous les signes du désordre qui l'entourait naturellement avaient disparu. De plus, le sempiternel message *Je ne suis pas là* n'était plus là non plus, ce qui m'a paru ironique. Mais Gerty m'a envoyé un e-mail succinct m'expliquant qu'elle avait annoncé la nouvelle à son fils. Si je ne risquais pas de remercier Bernie de la grenade qu'il avait lancée dans ma vie quand Gerty et lui avaient noué leur liaison déroutante, elle avait un effet secondaire imprévu que je ne pouvais ignorer.

Quand Henry a fini d'avaler la couleuvre que sa mère lui avait présentée, il semblait avoir perdu tout appétit pour quelque forme de communication interpersonnelle que ce soit. Son ancien désir de *parler* avait été remplacé par un désir jamais vu encore de *regarder*. Je l'ai trouvé dans le living, l'œil éteint, devant une émission de téléréalité consacrée à d'anciens accros du jeu de rôles Donjons et Dragons. Un genre de programme que je pouvais à la rigueur m'imaginer regarder en discontinu dans des circonstances extrêmes ; mais pas Henry. Je lui ai ôté la télécommande des mains et ai changé de chaîne pour prendre les informations du câble, ce qui, pour lui, tient normalement lieu de spectacle d'évasion. Il m'a expliqué un jour que si on regarde les nouvelles plus ou moins en boucle, elles finissent par prendre à un moment l'aspect d'une fiction, on cesse alors de s'inquiéter (et peut-être finit-on par aimer la bombe atomique).

Aux informations locales, on a appris que les chênes avaient obtenu un sursis pendant que se poursuivaient les négociations entre les responsables de l'université et les militants. Aux informations nationales, leurs quinze minutes de gloire étaient réduites d'au moins quatorze minutes, et penchaient nettement en faveur des autorités.

« Tu es au courant ? » ai-je demandé en manière d'ouverture. Et franchement, c'était l'une de ces occasions où « On a eu un temps vraiment pourri » aurait été mieux venu.

« Oui.

– Tu veux quelque chose ?

– Du popcorn.

– Tu veux quelque chose pour le faire descendre ?

– De la bière. »

J'ai mis mon manteau et me suis dirigée vers la porte. Puis j'ai pensé qu'il fallait que je fasse un commentaire.

« À ma décharge, il n'y avait aucun moyen de prévoir ça. Je veux dire, Bernie.

– Je ne te tiens pas pour responsable.

– Merci. Mais je te promets que ça ne durera pas. J'ai deux ou trois tours en réserve[1].

– Laisse tomber. Tu ne peux rien faire.

1. En réalité, je n'en avais aucun, mais je me disais que je finirais bien par trouver quelque chose.

– Si tu le dis », ai-je répondu.

Mais j'ai connu fort peu de situations dans lesquelles on ne peut vraiment rien faire.

Pendant que Henry se complaisait en silence à des visions morbides de sa mère avec Bernie, je prenais des mesures pour essayer de pulvériser tous les obstacles qui me séparaient du… eh bien, du statu quo. Ce que je voulais, je suppose, c'était que les choses restent identiques à elles-mêmes, que l'ordre de l'univers demeure tel qu'il était quelques mois plus tôt (une époque plus simple) et que la conduite des gens soit conforme à ce que j'attendais. Je n'ai rien contre le changement, mais parfois, il est totalement superflu.

Je n'avais que l'embarras du choix entre les projets auxquels m'attaquer. J'ai commencé par le Projet Bernie. J'ai donné plusieurs coups de téléphone et envoyé des demandes de renseignements par e-mail ; j'ai même jeté quelques notes manuscrites, qui m'ont fait penser à ma première année de cours élémentaire, où Mrs. Averly mettait une mauvaise note à tous mes devoirs d'expression écrite pour la simple raison qu'elle trouvait mon écriture exécrable. En attendant les réponses à mes questions, j'ai téléphoné à Fred Kafter dans l'espoir de mettre mon projet sur ses rails.

« Fred.

– Isabel.

– Tu conviendras sans doute qu'après ta surveillance foireuse, tu es en dette envers moi, non ?

– Je n'y avais pas réfléchi.

– Je t'ai payé intégralement pour un travail saboté.

– Si bien que la balance penche légèrement en ta faveur.

– Voilà qui fait plaisir à entendre.

– C'est tout ?

– Bien sûr que non. J'ai besoin que tu me rendes un service.

– Je me disais aussi.

– Quel âge as-tu maintenant, Fred ?

– Vingt ans.

– Parfait. Tu as d'autres amis dans la même gamme d'âge ? Et quand je parle de "gamme d'âge", je veux dire au-dessous de vingt et un ans.

– Euh, oui. C'est quoi, l'idée, Isabel ?

– J'aimerais que vous alliez dans un bar – le Philosopher's Club, plus précisément – et que vous commandiez à boire. De l'alcool, de préférence. L'addition sera pour moi.

– Je peux te demander pourquoi ?

– Plus vingt dollars de l'heure.

– C'est illégal, tu le sais ? a dit Fred.

– Je sais. Ça marche ?

– Pourquoi pas ? J'ai toujours trouvé l'âge légal pour boire assez aléatoire.

– Fais-moi plaisir.

– Mais encore ?

– N'invite pas Rae.

– Ça ne m'était pas venu à l'idée. »

Deux heures plus tard, Fred m'a envoyé un texto : En place.

Cinq minutes plus tard, j'en ai reçu un second : Ça coince. CI 2manD. Me suis fé jT. Tu P transport, O.K. ?

Puis, j'ai eu un coup de téléphone.

« Izeee, a dit Bernie, avec le ton guilleret du vainqueur. Joli essai.

– Je ne vois pas du tout de quoi tu parles », ai-je répondu.

À l'évidence, le Projet Bernie allait prendre beaucoup plus de temps que je ne l'avais prévu. J'ai attendu patiemment de lancer le deuxième volet de l'opération.

Le lendemain matin, je me suis attaquée à la Muraille de Chine. J'ai établi une liste d'établissements de réparation d'ordinateurs de la ville, en me concentrant sur ceux qui étaient propriétaires uniques, dans l'espoir d'augmenter ainsi mes chances de trouver un pirate informatique. Je m'imaginais que ces gens-là avaient une sorte de mot de passe désignant les activités illégales, mais comme je ne pouvais pas appeler Robbie, la plupart de mes demandes sont tombées aussi à plat qu'une crêpe. Nos conversations – si tant est qu'elles méritent ce nom[1] – suivaient à peu près ce schéma :

MOI : Supposons que mon père ait oublié le mot de passe de son ordinateur. Est-ce que vous pourriez y avoir accès ?

ROBBIE BIS : Hmm. Sans doute. Il se sert de quel système ?

MOI : Il a un mot de passe spécial. Seulement, quelqu'un lui a installé un pare-feu très performant, et il ne se rappelle pas le mot de passe.

ROBBIE BIS : Savez-vous seulement ce qu'est un pare-feu, ou avez-vous entendu le mot un jour dans un film ?

MOI : Appelez ça comme vous voulez, c'est quelque chose qui m'empêche – qui empêche mon père – d'accéder à son ordinateur.

ROBBIE BIS : Pourquoi ce n'est pas votre père qui m'appelle ?

MOI : Parce qu'il n'y connaît rien en informatique.

1. Si je suis sûre qu'il y a dans le monde beaucoup de mordus de l'informatique, je suis toujours tombée sur des Robbie, ici-bas. Et si vous vous appelez Robbie, ne vous vexez pas. Je suis sûre qu'il y a parmi vous quelques individus corrects.

ROBBIE BIS : Ah, alors c'est vous le petit génie informatique de la famille ?

MOI : Vous pouvez m'aider ou pas ?

ROBBIE : C'est celui qui a installé votre (entre guillemets) pare-feu qui me paraît tout indiqué pour faire ça. Il est sûrement chez lui en ce moment même, à attendre votre appel.

MOI : Il est en vacances.

ROBBIE BIS : Attendez qu'il revienne. Vous n'en mourrez pas.

MOI : Je n'ai aucune idée de sa date de retour.

ROBBIE BIS : Qu'est-ce qu'il dit quand vous lui envoyez un e-mail ?

MOI : Il ne répond pas.

ROBBIE BIS : Quel amateur ! Il n'est pas capable de regarder ses e-mails en vacances ? Hilarant. D'accord, moi qui suis un professionnel, je peux peut-être vous faire ça moyennant finances. J'ai quelques créneaux dans mon programme.

MOI : Vous travaillez tard ? Une heure du matin serait parfait.

ROBBIE BIS : Je ne me déplace pas chez les gens à cette heure-là.

MOI : Je paierai double tarif.

ROBBIE BIS : C'est l'ordinateur de votre copain ?

MOI : Bien sûr que non.

ROBBIE BIS : Vous croyez qu'il regarde du porno, c'est ça ? Je vais vous dire une bonne chose : c'est tout à fait normal.

MOI : D'accord. Salut.

Je suppose que j'aurais pu annoncer franchement la couleur, avouer que Robbie était le magicien qui avait installé la muraille, en espérant que l'amour-propre de Robbie bis le motiverait assez pour pirater le système d'un confrère. Je ne connais pas bien ce monde, mais je sais qu'on s'y serre les coudes. Comme dans un club de tricot du cyberespace. Après cinq autres échecs pour tenter d'obtenir une aide technique à minuit, j'ai fini par accepter que l'ordinateur de mon père et les rapports de surveillance sur Meg Cooper me restent inaccessibles. Mais j'avais assez de données personnelles pour attaquer la Muraille avec marteau et burin en utilisant ma technique à moi.

La plupart des enquêtes d'antériorité comprennent un examen du casier judiciaire, des procédures civiles, des recherches de propriété et, à l'occasion, un entretien personnel. Mais il peut falloir un certain temps pour trouver les renseignements élémentaires sur une personne donnée. J'essayais de savoir si Margaret Slayter avait été mariée avant d'épouser Edward. Elle avait trente-cinq ans à l'époque, aussi était-ce tout à fait possible. Le rapport de solvabilité sur Margaret Slayter ne remontait qu'à dix ans. Elle n'avait qu'une seule carte de crédit à son nom de jeune fille, Cooper. Elle avait passé plusieurs années à San Jose, mais il n'y avait pas d'acte de naissance au nom d'une Meg (ou Margaret) Cooper en Californie, et je ne savais pas trop comment demander à ma cliente des renseignements sur son lieu de naissance sans provoquer ses soupçons.

J'ai ressorti les notes de ma première rencontre avec Adam Cooper.

Nous ne demandons pas aux clients d'acte de naissance ni de numéro de sécurité sociale ; mais une adresse personnelle peut vous permettre de savoir si le client est propriétaire ou locataire. Et à partir de là, d'autres informations peuvent être obtenues. Adam Cooper était propriétaire d'un appartement à Inner Richmond. Grâce à cette information, je pouvais me procurer une date de naissance et un rapport de solvabilité.

Cooper avait un second crédit sur son appartement et un crédit sur carte qui allait jusqu'à environ cinq mille dollars. J'ai examiné le rapport à plusieurs reprises car il y avait dans les données quelque chose de familier sur lequel je n'arrivais pas à mettre le doigt. Et puis si : une adresse à Fremont, Californie, dix ans auparavant.

J'ai consulté le rapport de solvabilité de Meg Cooper, que j'avais sauvegardé sur mon ordinateur, et j'ai trouvé la même adresse sur son dossier. Certes, on a déjà vu des frères et sœurs habiter sous le même toit alors qu'ils ont largement dépassé vingt ans, mais ce détail m'a paru un peu étrange. Je me suis aussi avisée que Meg et Adam ne se ressemblaient absolument pas.

Bien entendu, il est facile d'attribuer cela au déguisement de la femme moderne. Si vous décolorez, frisez ou maquillez chaque trait distinctif, un détective lui-même aura un certain mal à reconnaître votre apparence naturelle. Je n'avais pas recherché les contradictions dans cette partie de l'histoire Slayter. Mais une fois que j'ai commencé à y regarder de près, elles ont foisonné comme de mauvaises herbes.

Une rapide recherche sur les actes de mariage du comté de Fresno a vérifié mon hypothèse : Margaret était devenue Meg Cooper après avoir épousé Adam Cooper, l'homme qui prétendait être son frère. Le schéma dont j'ai parlé plus tôt perdait sa symétrie. Ainsi, Adam Cooper, le timoré au gilet sans manches ringard, nous avait demandé nos services pour suivre sa « sœur » parce que cela paraissait moins suspect et moralement douteux que de faire suivre son ex-femme. Auquel cas, nous aurions sans doute hésité et refusé. Qu'un client s'intéresse aux activités de son conjoint, c'est une chose, mais lorsqu'un divorce a été prononcé, faire surveiller son ex-conjoint commence à ressembler étrangement à du harcèlement.

Je me trouvais maintenant face à mon propre dilemme moral : prévenir les parents et assumer les conséquences de la violation du secret et du nettoyage, ou régler l'affaire moi-même. Pour être honnête, le débat n'a pas duré très longtemps.

Avant de m'embarquer dans la surveillance d'une cliente, je me suis livrée à une enquête d'antériorité complète sur Adam Cooper. Sur son rapport de solvabilité, j'ai trouvé l'adresse à laquelle il vivait du temps où il était marié à Meg. J'ai fait une enquête sur les biens et ai trouvé une Louise Meyers qui était propriétaire depuis trente ans d'une maison mitoyenne de leur immeuble. J'ai supposé sans trop de risques d'erreur qu'elle savait ce qui se passait dans son secteur immédiat : les propriétaires et les personnes âgées ont tendance à s'occuper davantage de leurs voisins. J'ai téléphoné à Mrs. Meyers et ai laissé un message, expliquant que j'étais un employeur potentiel et que je cherchais des informations sur Mr. Cooper. Je ne pouvais en dire davantage car il s'agissait d'un travail touchant à des questions de sécurité sensibles. Elle m'a rappelée dans l'heure, pleine de bonne volonté.

Mrs. Meyers m'a dit qu'elle se faisait un devoir de connaître les gens qui vivaient dans son voisinage (elle brisait la glace en offrant des brownies) et en se tenant au courant de ce qui se passait en ville. À sa connaissance, les Cooper étaient un couple normal avec leur lot de problèmes. Quand j'ai voulu en savoir davantage sur les problèmes en question, Mrs. Cooper a glissé vers des généralités, sans doute pour ne pas faire perdre à Adam la perspective d'une embauche.

« Nous sommes déjà au courant des embarras de crédit de Mr. Cooper, ai-je précisé.

– Ah bon, a répondu Mrs. Meyers.

– Je comprends votre désir de discrétion, Mrs. Meyers, mais le poste auquel est candidat Mrs. Cooper peut nous obliger à examiner son passé à la loupe. Il est préférable que nous ayons toutes les informations dès le départ afin de pouvoir le protéger contre des éléments indésirables. »

Mon utilisation du « nous » commençait à donner l'impression d'une organisation d'espions marginale parfaitement grotesque. J'espérais que Mrs. Meyers était une accro de la télévision. Les appels téléphoniques sous un faux prétexte ne sont pas vraiment mon rayon. Maman, au contraire, pourrait probablement extorquer un numéro de sécurité sociale à un avocat. Heureusement, Mrs. Meyers a mordu à l'hameçon.

« Les Cooper vivaient au-dessus de leurs moyens, a-t-elle déclaré.

– C'est-à-dire ?

– Ils avaient toujours de nouvelles voitures en leasing. Adam se garait dans mon allée tous les week-ends pour laver et astiquer son véhicule. Il adorait sa BMW. Sa femme et lui portaient des vêtements chers ; du moins, c'est ce que m'a dit Gloria.

– Et qui est Gloria ?

– Leur voisine de palier dans l'immeuble. Appartement 4C, je crois.

– Elle habite toujours là ?

– Non, mais j'ai son numéro.

– Je vais en avoir besoin. »

Il m'a fallu un peu plus de temps pour convaincre Gloria. J'ai compris à sa voix qu'elle était plus jeune, alors j'ai fait l'économie du numéro d'espionnage et je lui ai demandé quand elle avait été en contact pour la dernière fois avec Mrs. Cooper. Comme cinq ans avaient passé, je me suis douté qu'elles n'étaient pas des amies proches et j'ai expliqué que j'étais détective privé et que j'enquêtais pour son mari actuel, qui voulait des détails sur le passé de Meg.

Gloria ne s'est pas fait prier, d'où j'ai conclu que Meg et elle n'étaient pas dans les meilleurs termes. Dans une enquête d'antériorité, les amis ne servent en général à rien, mais une conversation de cinq minutes avec un ennemi peut fournir plus d'informations que des heures à souffrir derrière un écran d'ordinateur.

Les cloisons étaient minces dans l'immeuble où se trouvaient les appartements des « Palmiers caraïbes ». De plus, il n'y avait en fait qu'un seul palmier, ce qui agaçait prodigieusement Gloria (elle était correctrice d'épreuves dans un cabinet juridique). Globalement, Meg et Adam étaient un couple heureux. Ils étaient en général inséparables, et leurs manifestations d'affection en public frisaient la pornographie (d'après Gloria). Mais comme tous les couples, ils se disputaient parfois. Notamment à propos d'argent. Meg en voulait davantage et Adam ne parvenait pas à lui en fournir plus, mais ce n'était pas faute d'essayer.

Finalement, Meg et Adam avaient déménagé à San Francisco, où ils espéraient pouvoir trouver des perspectives plus intéressantes sur le plan professionnel. J'ai demandé à Gloria si elle pensait que le couple allait vers un divorce.

« Comme tous, non ? » a-t-elle répliqué sèchement.

Notre conversation téléphonique s'est terminée sur cette note-là.

J'ai examiné le jugement de divorce des Cooper (pour « incompatibilité d'humeur », ce motif omniprésent) et ai vu qu'ils avaient divorcé quatre mois après leur arrivée à San Francisco. Cependant, d'après le rapport de solvabilité de Meg, Adam et elle avaient encore vécu sous le même toit. J'ai téléphoné au propriétaire pour vérifier.

Il m'a rappelée deux jours plus tard.

Je lui ai demandé combien de temps le couple avait vécu dans son immeuble et il s'est raclé la gorge.

« Pardon ? a-t-il dit.

– Je suis curieuse de savoir combien de temps Mr. et Mrs Cooper ont habité dans votre immeuble.

– *Miss* Cooper, a précisé le propriétaire. Adam est le frère aîné de Meg. Il y a deux chambres dans l'appartement. Ils ont vécu là un an et demi, jusqu'au mariage de Meg.

– Je vois. Je vous remercie de m'avoir accordé du temps. »

Il y avait certes plusieurs explications possibles à cette ruse, mais je ne pouvais m'empêcher de me demander si Meg et Adam n'avaient pas été partenaires pendant des années pour une escroquerie de longue haleine. Et dans ce cas, étaient-ils toujours complices ou Meg avait-elle quitté le navire ?

RETOUR SUR LA PLANÈTE SPELLMAN...

Le lundi matin, je suis arrivée en territoire Spellman à midi. D et Mamie s'étaient découvert depuis peu un goût en commun inavouable pour la série fétiche de D, *Gossamer Heights*. Malgré tout, ce point commun ne suffisait pas à dénouer la tension entre eux. Mamie tenait toujours son sac sur sa poitrine, sous prétexte d'avoir besoin de prendre ses médicaments pendant les pauses de publicité. Elle s'asseyait à l'extrémité du canapé et se tordait le cou, car elle était obligée de tourner le visage selon un angle inconfortable pour voir l'écran.

Moyennant quoi, elle ne résistait pas à la tentation de grignoter les croquants aux Chex*[1] maison de D.

Pendant les pauses de publicité, elle faisait des tentatives maladroites de conversation et continuait sur sa lancée, qui consistait à énumérer tous les personnages modèles de la communauté afro-américaine. Elle prenait plaisir à parler souvent du Président. Il faut toutefois noter que, quelles que soient les leçons de savoir-vivre

* Céréales carrées et ajourées qui peuvent servir de base à des préparations pour des sortes de cookies salés maison.

1. On l'appelle en général Mélange Mortel, tellement c'est bon. Maman garde la version originale dans un endroit secret de l'arrière-cuisine pour que papa ne mette pas la main dessus. Lui, il a droit à une version « régime » qui ne comporte que les céréales et des amandes non salées.

suivies par Mamie, la politique était apparemment un sujet banni ; elle ne commentait donc que l'excellence de son maintien et de son choix de cravates.

Pour mettre un peu d'huile sur le feu des nombreux conflits, Rae nous a fait à tous une visite surprise. Sa préoccupation première était de reprendre possession de sa voiture. Elle s'est plantée devant le bureau de mon père et a attendu qu'il lève les yeux.

« Bonjour, Rae. Je peux faire quelque chose pour toi ?

– Eh bien oui. J'aimerais récupérer ma voiture.

– Moi, j'aimerais récupérer mes cheveux, a répondu papa.

– Si je les avais, je te les rendrais.

– Je crois que tu les garderais plutôt pour une éventuelle rançon.

– Peut-être. Mais je finirais par te les rendre, parce que j'en ai à moi.

– Merci. Je suis vraiment content de l'apprendre. Mais tout ça reste dans le domaine des hypothèses. Je ne veux pas avoir à vendre mes cheveux aux enchères.

– Tu vas me rendre ma voiture ?

– Non, pas tout de suite. J'en ai besoin.

– Mais ça n'a pas de sens, a répondu Rae, trop sidérée par le tour que prenait la conversation pour laisser libre cours à son indignation.

– Beaucoup de choses n'ont pas de sens dans la vie. Si tu veux bien m'excuser, j'ai un coup de fil à donner. »

Mon père a pris le combiné et a peut-être composé un vrai numéro. Mais peut-être pas. Rae s'est tournée vers ma mère, attendant une explication.

« Qu'est-ce qui se passe ? a-t-elle demandé.

– Rien, ma petite fille. Tu te souviens que la voiture est au nom de ton père. Et il en a besoin pour l'instant. San Francisco a un excellent réseau de transports en commun. Beaucoup de gens n'ont jamais eu de voiture dans cette ville.

– Il y en a même qui ont une voiture et préfèrent prendre les transports en commun », ai-je renchéri.

Rae m'a ignorée et a continué sa conversation avec maman. « Il se passe quelque chose que vous ne me dites pas.

– Ça, ce n'est pas nouveau », a répondu ma mère, énigmatique.

Rae a renoncé à discuter avec les parents et m'a regardée d'un œil noir.

« C'est toi qui es à l'origine de tout ça. Je le sais et quand je découvrirai comment, tu le regretteras.

– Jamais les enfants de mon amie Lydia ne se lancent des menaces, a dit maman.

– Lydia n'est pas ton amie, a rétorqué Rae. C'est juste un membre du groupe de tricot qui te sert de couverture.

– Crochet, a rétorqué maman. Tu sais, ses enfants déjeunent ensemble une fois par semaine, juste pour échanger les dernières nouvelles.

– Plutôt crever, a dit Rae.

– Jeudi, ça t'irait ? » ai-je proposé.

Rae est sortie du bureau en claquant la porte et est allée rôder dans le salon en quête d'une autre victime. Je l'ai suivie pour m'assurer qu'elle laisserait D tranquille, car l'heure de *Gossamer* était le seul moment où il s'évadait de la réalité. Rae s'est laissée tomber sur le canapé entre Mamie et D, a attendu une pause publicitaire et a déclaré : « Tu sais quoi, Mamie, j'ai pris deux kilos. Épouvantable, non ? »

Mamie s'est redressée pour donner l'impression qu'elle était beaucoup trop absorbée par la télévision pour entendre un mot prononcé dans le monde réel. Mais parfois, les ennemis s'unissent contre un ennemi commun.

« Moi, j'ai pris cinq kilos depuis ta dernière visite, suis-je intervenue.

– Frimeuse ! » a répliqué Rae.

Ma mère est entrée dans la pièce, a entendu l'échange et a renchéri : « Je vous bats toutes les deux. Sept.

– N'importe quoi ! » ai-je dit. Mais, de fait, maman avait pris du poids depuis l'arrivée de D.

D a coupé le son de la télévision et a regardé trois des quatre femmes Spellman comme si elles étaient devenues folles. Mais il n'a pas eu la maladresse de poser des questions. Vous, en revanche, vous vous en posez peut-être. L'obsession du poids est peut-être l'une des caractéristiques les plus insidieuses de Mamie, et ce n'est pas peu dire. Elle était capable d'être extrêmement cruelle avec mon père, faisait des réflexions sur le moindre kilo pris, la moindre bouchée avalée. Il y a quelque temps, pendant l'une de ses visites, Rae (qui avait douze ans à l'époque) a été très gênée de voir Mamie faire des remarques désobligeantes sur la prise de poids de son fils et lui déconseiller de se resservir d'un plat. Ma sœur a remarqué que papa ne savait plus où se mettre. Alors, sans doute pour distraire l'attention de Mamie, elle a annoncé carrément qu'elle avait pris cinq kilos depuis sa dernière visite chez le médecin. J'ai alors renchéri en annonçant un poids de mon cru et nous nous sommes tapé dans la main triomphalement. C'est devenu la plaisanterie consacrée pendant des années chaque fois que Mamie venait nous voir.

« Ah là là, vous autres ! a dit D en secouant le tête.

– Vous autres ? ai-je répété.

– Tu vois ce que je veux dire. »

Mamie a soupiré en entendant la vieille blague et a serré son sac plus étroitement contre sa poitrine, comme si c'était un doudou. Rae n'a pu tenir sa langue plus longtemps.

« Mamie, tu peux laisser ton sac dans ta chambre. D n'a pas besoin de ton argent. Il pourrait être millionnaire s'il voulait. »

Ma grand-mère et Rae ont en commun l'amour des dollars. C'est limité, mais ce n'est pas rien. Le commentaire a retenu l'attention de Mamie.

« C'est-à-dire ? a-t-elle demandé.

– Demetrius pourrait gagner un procès lucratif s'il voulait porter plainte. En fait, il n'aurait probablement même pas à aller jusqu'au tribunal. Les services de police et le procureur ne voudraient pas risquer de se faire traîner dans la boue par la presse : ils lui feraient une offre qu'il ne pourrait pas refuser. Pour des raisons qui m'échappent, D ne veut pas aller en justice. »

D refusait de répondre quand Rae se lançait dans une de ses diatribes. Il a remis le son de la télévision et a monté le volume. Le jingle pour une crème contre les démangeaisons a envahi la pièce. De la cuisine où elle retirait du coffre-fort[1] un rab de Mélange Mortel, maman a demandé : « Rae, tu n'es pas en train de harceler D une fois de plus ?

– Je regarde la télé.

– D, est-ce qu'elle te harcèle ?

– Je gère », a répondu D.

Ma mère s'est éclairci la voix. Rae a compris le signal, s'est levée et est retournée au bureau où elle a écopé d'une heure de classement à faire en manière de représailles pour avoir dérangé D pendant son émission. Demetrius a remis le volume du poste au niveau de décibels qui convenait à Mamie Spellman et *Gossamer Heights* a repris après cette interruption. J'ai noté que Mamie Spellman serrait

1. La combinaison est la date de l'anniversaire de papa, ce qui semble cruel, si vous voulez mon avis.

son sac de façon un peu moins convulsive. Je me suis assise dans la cuisine, croquant machinalement ce mélange de céréales propre à vous mettre en transe, tout en observant l'étrange scène du salon. Quand le programme s'est terminé, D est entré dans la cuisine et m'a ôté des mains le bol de Mélange Mortel.

« Merci, ai-je dit, car je n'étais pas capable de m'arrêter toute seule.

– Je t'en prie.

– Elle est pénible, ai-je repris. Je fais allusion à la plus jeune, au cas où ce ne serait pas clair.

– Elle a la folie des grandeurs, a répondu D avec indulgence.

– Je ne suis pas d'accord avec sa façon de s'y prendre, mais elle n'a pas tort. Quinze ans. Je pense que tu as un paquet à te faire. Je ne comprends pas pourquoi tu ne veux même pas en entendre parler.

– J'ai mes raisons, Isabel, a répondu D. J'espère que tu peux respecter ça. »

Malheureusement pour D, j'en étais vraiment incapable.

Comme Rae était déjà là, mon père a décidé de réunir le sommet hebdomadaire avec quatre jours d'avance. La Muraille de Chine avait sérieusement restreint toutes les communications liées au travail, ce qui rendait ces réunions formelles superflues et merveilleusement courtes. Celle-ci a duré cinq minutes. Ma mère nous a suggéré à tous de mettre plus de soin à vider nos corbeilles, puis mes parents ont dit à Rae que l'affaire Vivien Blake était en attente pour l'instant et qu'elle serait prévenue en cas de reprise. C'était la façon la plus simple de l'empêcher d'avoir accès aux informations. En fait, nous ne partagions plus d'informations sur aucune affaire. On ne m'en fournissait aucune sur Adam Cooper et papa n'avait pas accès à mes rapports de surveillance sur Mr. Slayter. La Muraille était si épaisse, en fait, que lorsque j'ai demandé si Cooper était ponctuel pour le paiement de ses factures, mon père a passé son doigt en travers de sa gorge d'un air menaçant.

« Tu ne trouves pas que tu vas un peu loin, papa ?

– Notre travail, c'est de faire des enquêtes, pas de nous ingérer dans les affaires des autres.

– Tu es sûr ? Parce que maman et toi, vous êtes champions, et je parle seulement en matière d'ingérence. »

Maman a fourni aussitôt une illustration – sur le mode récréatif, bien sûr. Elle a demandé à D quels étaient ses projets pour la soirée et il a expliqué succinctement qu'il allait dans un club de jazz à Oakland. Seul ou accompagné ? a demandé Maman. Mon père a dit qu'il n'y allait pas seul, bien entendu. D a confirmé. Ma mère a demandé le profil de la femme qu'il rencontrait et il lui a donné une réponse qui paraissait préparée d'avance :

« Quarante et un ans, divorcée, bibliothécaire. Ses loisirs préférés sont la danse, la lecture de biographies, et les vacances là où il fait chaud.

– Première rencontre ? a demandé ma mère.

– Oui, a répondu D.

– Tu as fait pas mal de premières rencontres », a dit maman.

Une vérité déconcertante.

Selon mon dernier calcul : treize. Et à en croire les renseignements que maman et moi avions réunis, il n'y en avait jamais encore eu de seconde. Ce que maman n'osait pas demander, et qui ne pouvait donc être déterminé, c'était si D était extrêmement difficile, ou s'il n'avait pas du tout la tête à ce qu'il faisait, – hypothèse plausible pour un homme ayant passé quinze ans en prison. Cela dit, j'ai vu D en société et rien ne pouvait laisser penser qu'il était incapable de tenir sa place dans une conversation. De plus, c'est le genre d'homme qui vous ouvre la porte et vous tient votre chaise, ce que certaines femmes adorent[1]. Ce que je veux dire, c'est que, comme tout le monde dans mon univers, D cachait quelque chose.

« Réunion terminée », a dit papa en donnant sur son bureau un coup sec avec un petit marteau en chocolat couvert de plastique[2]. D est parti à son rendez-vous et Rae a dévoré un autre bol de Mélange Mortel, ignorant le rationnement strict institué par D plusieurs semaines auparavant (il ne pouvait tout simplement pas répondre à la demande).

« Je mangerais ce machin-là au petit déjeuner, au déjeuner et au dîner, a déclaré Rae. Sans compter le dessert, évidemment. »

Mon père a grignoté quelques bouchées de sa version plus sobre et a secoué la tête, perplexe.

« Je me demande si je n'ai pas un problème de papilles. Olivia, tu crois que je devrais aller chez le médecin ?

– Non, a répondu ma mère du tac au tac. Tu ne vas pas devenir hypocondriaque.

– C'est que je ne comprends pas pourquoi vous en raffolez tous autant. Même chose pour sa pâtisserie. Je reconnais qu'il prépare parfois d'excellents repas, mais je trouve qu'il est très irrégulier.

– Chéri, tu devrais garder ça pour toi », a dit maman.

Rae a grignoté un morceau et, pendant les cinq minutes qui ont suivi, elle a envoyé des SMS à toute vitesse. Puis elle s'est levée brusquement et a annoncé : « Je file. Papa, j'aimerais vraiment

1. Ce rituel ne me séduit pas du tout. J'ai me suis plusieurs fois ramassé des coups à cause d'un de ces gestes qui m'avait prise au dépourvu.

2. Je crois que la plus belle preuve de discipline qu'a donnée papa, c'est de ne pas avoir mangé le marteau.

récupérer ma voiture un de ces jours. Je suis prête à négocier. Appelle-moi.

– Au revoir, ma puce », a dit maman. Elle a froncé les sourcils en voyant Rae partir. « Qu'est-ce qui ne tourne pas rond chez elle ? a-t-elle demandé sitôt la porte refermée.

– Elle est distraite depuis quelque temps, a répondu papa.

– Peut-être que le travail ne l'intéresse plus. C'est pour ça qu'elle a bidouillé un faux rapport : ça ne lui disait rien de faire une surveillance.

– Et vous ne trouvez pas bizarre, la connaissant, qu'elle n'ait pas compris que c'est par représailles qu'elle a été privée de sa voiture ? ai-je demandé.

– Peut-être qu'elle est déprimée ? a avancé papa.

– Elle n'est pas déprimée du tout, ai-je répondu.

– Et quand va se terminer sa brouille avec David ? Ça m'étonne que tu n'aies pas encore tiré ça au clair, Isabel.

– Tout le monde tient sa langue », ai-je dit. Plutôt que de dilapider mon capital pour chantage potentiel, je l'ai gardé sous le coude. Et puis, j'avais une motivation supplémentaire. Je trouvais qu'il y avait quelque chose de louche dans la réticence de David à se venger. Avant d'avancer un autre pion, je voulais en savoir davantage.

Le téléphone a sonné, ce qui a coupé court à la conversation sur Rae.

« Agence Spellman, ai-je annoncé.

– Izzy, c'est David.

– Je sais.

– J'ai besoin d'une baby-sitter ce soir.

– Tu es un grand garçon. Débrouille-toi. »

LA FAUTE À PUCCINI

David voulait évidemment savoir si je pouvais garder sa fille. Apparemment, la voisine de quatorze ans était bouclée parce qu'elle avait eu un D à son contrôle d'algèbre, et l'Opéra n'allait pas modifier son programme. J'ai fait remarquer à David et Maggie que c'était une excuse parfaite pour perdre l'habitude d'aller à l'Opéra, mais ils m'ont tous les deux soutenu qu'ils se faisaient une joie d'y aller depuis des semaines. Pendant que j'étais au téléphone avec David, j'ai tapé *La Bohème* sur Google et lui ai demandé de me résumer l'action, comme une sorte de test pour voir s'il était vraiment aussi investi dans ce spectacle qu'il le disait.

« Ce n'est pas l'histoire qui compte, c'est la musique.

– Bonne réponse », ai-je dit, m'efforçant de comprendre en substance ce que disait le bref paragraphe affiché sur mon ordinateur. « D'après ce que je sais, il y a des gens qui chantent et quelqu'un qui meurt. Vous ne préféreriez pas passer la soirée tranquilles chez vous à regarder des rediffusions de *Taxi* ?

– Isabel, je veux passer la soirée dehors avec ma femme ; ou plus exactement, ma femme m'a demandé de la sortir : un dîner, l'opéra, et moi en smoking. Si elle n'a pas sa soirée, elle a menacé de faire venir un de ces programmes de relooking à la maison. C'est peut-être une plaisanterie, mais on n'est jamais sûr.

– Ça n'en est sans doute pas une. Et tu pourrais repenser le nouveau look que tu cultives. C'est un vrai remède contre l'amour.

– Ce n'est pas un look, Isabel. J'ai du travail. J'ai un enfant qui a besoin que je m'occupe d'elle à temps plein et je n'ai pas le temps de sacrifier à la vanité.

– *Qui es-tu, toi ?*

– Aide ton frère sur ce coup-là. Et puis, il faut que tu passes plus de temps avec Sydney, pour qu'elle comprenne que tu es de la famille. Pour l'instant, elle manifeste plus d'enthousiasme pour le facteur que pour toi.

– Tout le monde adore son facteur. C'est débile, ta remarque. Il apporte des trucs. Et tu ne peux pas dire que je n'ai pas essayé, avec ta gamine. La dernière fois que je lui ai apporté un cadeau, tu m'as engueulée.

– Un sachet de bretzels bavarois n'est pas vraiment un cadeau approprié pour une enfant de dix-huit mois.

– Ah oui, pourquoi ? Tout ce qu'on lui donne finit dans sa bouche, de toute façon. Autant que ça soit comestible.

– Pas la peine d'apporter des bretzels. Ta présence suffira.

– Je crois qu'il est temps que vous trouviez une nouvelle baby-sitter. Tu tiens vraiment à faire garder ton enfant par une marginale au système immunitaire flingué ?

– Isabel, je t'attends à cinq heures ce soir.

– Pourquoi si tôt ? D'après la rumeur publique[1], les spectacles ne commencent qu'à huit heures.

– Nous avons une réservation au restaurant à six heures quinze.

1. Alias le site de l'Opéra de San Francisco.

– Et combien de temps il vous faut pour y arriver ?

– Quinze minutes. Mais ça en prendra bien quarante-cinq de te donner les instructions pour ton baby-sitting. »

Oui, j'ai signalé que j'avais déjà gardé Sydney avec un succès relatif, mais j'ai eu droit à un exposé complet de David sur la marche à suivre avec Sydney si la chose devait se reproduire régulièrement. J'ai fait remarquer que je n'avais pas l'intention de renouveler l'expérience régulièrement, mais David a ignoré mon commentaire.

Quand je suis arrivée à cinq heures tapantes, j'ai trouvé mon frère extraordinairement semblable à l'ancien David. Son smoking était repassé, avec des plis bien faits, et il lui allait comme un gant. Enfin, un gant un peu plus ajusté qu'avant, mais la coupe élégante masquait les kilos qu'il n'avait pas encore perdus. Il avait les cheveux coiffés en arrière et maintenus par l'un de ces produits dont l'ancien David se servait religieusement, et il était rasé de frais et parfumé à l'eau de Cologne.

« Où est David ? ai-je demandé.

– Ha, ha ha, a répondu David.

– Il est superbe, non ? » a lancé Maggie, descendant l'escalier.

Elle n'était pas mal du tout elle-même, avec sa robe de cocktail noire toute simple. Mais je voyais qu'elle avait du mal à marcher sur ses talons de dix centimètres.

« Vous faites un beau couple, tous les deux. Tu es sûre que tu veux mettre ces chaussures, Maggie ?

– Non. Mais j'ai promis.

– On passe aux choses sérieuses », a dit David, coupant court aux amabilités.

Les instructions n'ont pris que quarante minutes, si je regarde le côté positif. Ce qui a pris le plus de temps a été le laïus sur la façon de changer les couches, non pas à cause des instructions elles-mêmes (que j'aurais sans doute pu comprendre toute seule avec une bonne connexion internet) mais à cause de mon insistance quant au fait que le change pourrait intervenir après que la grosse dame aurait chanté.

Apparemment, David avait anticipé la discussion et l'avait prévue dans son timing. L'explication sur l'interphone a heureusement été brève. Je suis détective privé. Les appareils d'écoute me sont familiers. Malgré tout, il a fallu récapituler la conduite à tenir en cas d'urgence, ce qui comprenait les instructions concernant le siège auto, au cas où je devrais emmener Sydney aux urgences, ou celui où elle n'arrêterait pas de pleurer.

Cette dernière remarque avait été faite au pied levé par David, mais j'ai exigé une explication.

« Comment ça, “au cas où elle n'arrêterait pas de pleurer” ?

– Les enfants adorent la voiture, a expliqué Maggie pour dédramatiser. Et celle-ci en particulier. Si à huit heures elle ne veut toujours pas s'endormir, tu pourrais peut-être lui faire faire un tour en voiture.

– Où ça ?

– Peu importe. Elle dormira tant que tu conduiras.

– Les écologistes sont au courant ?

– Une fois qu'elle dort bien, on peut en général la transporter de la voiture à son lit sans incident.

– Je vois. Autre chose que je devrais savoir ? ai-je demandé, soudain consciente du poids de la responsabilité qui m'attendait.

– Pas de gros mots, a dit David.

– Elle ne connaît que cinq mots. Il y a peu de chances.

– Je parle de toi ! Tu ne dis pas de gros mots.

– Et si je rentrais ? »

David m'a adressé son regard *Ne joue pas au con avec moi*, auquel j'ai rétorqué par mon regard *Cette fenêtre me tente beaucoup*.

« Je vous rends un service, ai-je dit. Que ce soit bien clair. »

Maggie a passé Sydney à David et m'a prise à part.

« Je suis en dette, a-t-elle dit. Je te demande une seule chose : que tu ne répondes pas à “banane”.

– Qu'est-ce que je fais si elle m'en demande une ?

– Distrais son attention et cinq minutes plus tard, donne-lui un biberon. Elle a déjà dîné, alors ça ne devrait pas poser de problème.

– Si tu as des questions, tu peux toujours nous envoyer un SMS, a dit David.

– Non, David. Tu ne vas pas avoir l'œil fixé sur ton blackberry à l'Opéra. Ça n'est pas notre genre. Izzy peut appeler vos parents si elle a des questions. Ils ont élevé trois enfants.

– Et sur les trois, deux sont encore des enfants. Tu parles d'une garantie ! a dit David à sa femme.

– Dis donc ! » ai-je lancé, car j'avais trop de regrets en tête pour trouver une meilleure réplique. Alors, j'ai eu une idée lumineuse. « Pourquoi n'appelez-vous pas les parents ? Ils sont gâteux devant Sydney.

– On y a pensé, mais on a peur que Mamie Spellman s'invite. Et on a déjà assez de problèmes avec la nourriture dans cette maison pour vouloir y ajouter un trouble alimentaire.

– C'est en effet un argument qui se tient.

– Merci, Isabel. Tu es la meilleure », a dit Maggie en m'embrassant sur la joue.

David n'a pas fait écho à son sentiment. Il m'a mis sa fille dans les bras et a dit : « Dix doigts et dix orteils. Je m'attends à trouver le même nombre à mon retour. »

Sur ce, Maggie et David sont partis. Sydney et moi avons regardé par la fenêtre leur voiture sortir de l'allée en marche arrière et disparaître dans la rue. Alors, Sydney s'est tournée vers moi, m'a regardée droit dans les yeux pendant cinq bonnes secondes, sans paraître du tout me reconnaître. Puis elle s'est mise à pleurer. Gémir serait peut-être un terme plus approprié. Toujours est-il que le son m'a percé les oreilles et a rendu difficiles les diverses conversations téléphoniques qui ont suivi après que j'ai essayé de lui donner un biberon et d'agiter ses peluches favorites devant elle.

« Henry, j'ai besoin de ton aide.

– C'est quoi, ce bruit ?

– C'est un bébé.

– Quel bébé ?

– Ma nièce. Qui veux-tu que ce soit ?

– Pourquoi est-elle si près du téléphone ?

– Parce qu'elle est dans mes bras.

– Pose-la, je ne t'entends pas. »

J'ai posé Sydney par terre. Elle est allée en vacillant jusqu'à la porte d'entrée, et a gratté le bois comme un chien qui veut sortir. À ceci près qu'en plus, elle pleurait.

« Je la garde, ai-je dit. Ne pose pas de questions. Mais il faut que tu viennes ici tout de suite et que tu me donnes un coup de main.

– Désolé, je ne peux pas. Tu as essayé de lui donner un biberon, ou un jouet ?

– Bien sûr. Maintenant, dépêche-toi.

– Je ne peux pas. Je suis en planque.

– Tu n'es pas en train d'inventer une excuse ?

– Invoquer une surveillance pour fuir les obligations personnelles, c'est plutôt ta spécialité, Isabel.

– Alors il n'y a pas moyen que tu m'aides à la garder ? Arrête de pleurer, Sydney, ai-je ajouté.

– Voilà qui ne va pas t'aider beaucoup », a commenté Henry, fin psychologue.

Une conclusion à laquelle j'étais déjà arrivée, vu que Sydney n'avait pas arrêté de pleurer.

« J'ai plusieurs coups de fil à donner, ai-je dit. Je te rappelle plus tard.

– Ne t'énerve pas.

– Facile à dire. »

J'ai raccroché.

« Sydney, je t'en supplie, arrête de pleurer. »

Je l'ai reprise dans mes bras, mais elle s'est tortillée, bras tendus vers la porte en pleurant et en appelant « Pa-pa ! ». J'ai envoyé un texto à David : Sydney voudrait que vous rentriez. Moi aussi.

Quelques minutes plus tard, Maggie m'a envoyé de son mobile le texto suivant :

- Tétine
- Biberon
- Clés à balancer
- Télévision

Je n'avais reçu aucune instruction spécifique concernant la télévision. J'ai donc rassemblé la collection de DVD de la maison (ceux qui paraissaient destinés aux enfants) et ai mis l'un après l'autre dans le magnétoscope, espérant détourner ma nièce de la porte d'entrée et l'attirer vers la télévision. J'ai essayé une large gamme de divertissements, commençant avec celui qui, à mon sens, devait faire un tabac : *Bob l'éponge*[1].

1. En fait, le DVD était à Maggie, pas à Sydney.

C'était l'épisode « La Liste des treize mots », où Bob l'éponge n'arrête pas de dire des gros mots[1]. Son acolyte Patrick appelle sa grossièreté « un condiment de phrase ». S'il y a jamais eu une meilleure description, je ne l'ai pas entendue. Plus tard, il décrit ça comme « un sandwich à la phrase épicée ». Une description très juste, dépourvue de tout a priori. Et oui, j'ai regardé ma part de *Bob l'éponge* en mon temps. Sans être bourrée.

Ensuite, on a regardé *Bob le Bricoleur*, *Zoboomafoo*[2] et *The Wiggles.*[3]

Après quoi, j'ai appelé ma mère pour avoir des conseils, mais je suis tombée sur son répondeur, et j'ai compris qu'elle était en train d'élargir ses horizons (autrement dit de fuir Mamie Spellman). J'ai attrapé le biberon de Sydney, sa couverture, son éléphant en peluche, je l'ai prise dans mes bras et l'ai installée dans la voiture.

Après quoi, on a mis les voiles.

Les pleurs se sont calmés dès que nous sommes sortis de l'allée. J'ai pris Van Ness Avenue en direction du sud et, au bout de deux ou trois kilomètres, quand j'ai regardé dans le rétroviseur, j'ai vu que ma nièce dormait à poings fermés. Toute cette histoire de balade-en-voiture-comme-remède-contre-les-larmes était une nouveauté pour moi, alors je me méfiais des feux rouges et des stops. Je les ai évités de mon mieux jusqu'au moment où je me suis rendu compte que Sydney n'était pas près de se réveiller. Ceci dit, le jingle exaspérant de mon nouveau téléphone l'a fait bouger.

1. Ce qui ne manquait pas de sel.
2. Un condiment de phrase, mais je ne sais pas lequel.
3. Je dois reconnaître que je ne suis pas fâchée que ça n'ait pas marché, parce que ce programme a failli me faire pleurer.

J'ai aussitôt décroché en soufflant : « Chut ! »

La personne au bout du fil a chuchoté en retour : « Je vous dérange ?

– Je n'en sais rien. Qui est à l'appareil ?

– Walter.

– Bonjour, Walter.

– Vous êtes au cinéma ?

– Je ne répondrais pas au téléphone dans un cinéma. Il faut être con pour faire ça.

– Je suis d'accord... en théorie. Je ne vais pas au cinéma.

– Je sais, Walter.

– Où êtes-vous ?

– En voiture. »

Ce qui ne répondait pas à l'interrogation initiale de Walter. J'ai précisé : « J'ai un bébé qui dort à l'arrière. J'aimerais qu'elle continue.

– Vous avez des enfants ?

– Non ! C'est ma nièce. (Tout cet échange a eu lieu à voix basse.)

– Le moment est peut-être mal choisi. Je vous rappellerai.

– Qu'est-ce qu'il y a, Walter ?

– Il faut que je sorte ce soir. Juste une heure environ. J'ai proposé à mes étudiants une séance de travail sur le campus. Ils ont leur examen de dernière année demain.

– Parfait, Walter. Il faut sortir de chez vous. »

J'avais cessé de chuchoter. Sydney ne bougeait pas.

« Vous serez disponible plus tard ? Je ne sais pas ce que je pourrais trouver en rentrant.

– Je suis sûre qu'il ne se passera rien, mais appelez-moi si vous avez un problème.

– Merci, Isabel. Vous êtes une sainte.

– Ça, c'est une première ! »

Comme j'étais déjà en voiture et à un kilomètre environ de chez Walter, j'y suis allée tout droit et me suis garée en double file un peu plus bas dans sa rue. Une minute après mon arrivée, j'ai vu Walter sortir de chez lui au volant de sa Volvo immaculée et s'éloigner.

Sydney ne s'est pas réveillée. Je n'avais pas prévu de surveillance, aussi ai-je fait quelques abominables parties d'échecs sur mon téléphone. Comme j'avais programmé le niveau le plus bas (qu'ils ont le culot d'appeler « pour les nuls »), le fait de perdre m'a mise de mauvaise humeur et mon désir d'apprendre, déjà très limité, s'est encore amoindri. Pour tuer le temps, j'ai donné quelques coups de téléphone pour faire avancer le Projet Bernie dont je vous ai déjà parlé.

« Salut, Natasha. Vous avez eu le temps de faire ce que je vous ai demandé ?.... Vous vous souvenez de la conversation qu'on a eue l'autre jour ? Je sais que ce n'est pas commode de trouver un fax... Si cela facilitait le processus – pardon, si c'est plus simple pour vous, je pourrais vous appeler, puis nous pourrions enregistrer votre déclaration ; après, je la taperais et vous n'auriez plus qu'à signer. Demain, ça vous va ? D'accord. Je vous rappelle demain. »

« Salut, Shelly. J'ai bien reçu votre témoignage. Merci. Juste une question : vous avez dit qu'il laissait ses chaussettes dans le frigo en été. Elles étaient propres ou sales ? Vraiment ? Absolument répugnant. Ça aussi ? Berk. Vous ne pourriez pas ajouter ça à votre déclaration ? Après, j'aurai besoin que vous la signiez, et qu'elle soit revêtue des mentions appropriées pour que votre témoignage ne soit pas rejeté comme nul et non avenu – Pardon ? Ah, je veux juste dire qu'il faut utiliser un certain vocabulaire. Non, non, je n'ai pas inventé le mot, je vous promets. Ah, vous êtes sortie avec un avocat. Ça s'est bien passé, pour vous ? Je suis allée sur lesplaideurs-rencontres.com[1]. Vous seriez surprise de savoir qui y est inscrit. Oui, alors si vous pouviez m'envoyer le témoignage revu, je le taperais. Comme ça vous pourrez le signer et me le faxer. Vous n'avez pas de fax ? Bien. Eh bien, vous avez une enveloppe et un timbre ? Super ! Ça fera tout aussi bien l'affaire. Merci, Shelly. »

J'ai consulté mes e-mails et essayé une fois encore de pirater le compte chat de Rae tout en gardant à l'œil la porte d'entrée de l'immeuble de Walter. Je dois signaler qu'en son absence, je n'ai vu sortir qu'un seul voisin connu, et entrer une seule voisine connue (Mrs. Marley – trop vieille pour s'amuser à fermer la bonde de la baignoire). Avec toutes ces activités – la promenade en voiture, les plans dressés au téléphone et la surveillance, j'avais oublié l'heure. Quand j'ai regardé l'horloge de mon tableau de bord, j'ai vu qu'il était 23 h 15.

Le coup de téléphone suivant n'a donc pas été une surprise.

« Où es-tu ? a hurlé dans mon oreille la voix affolée de mon frère.

– En planque.

– Pardon ? a-t-il crié encore plus fort.

– Tu m'as dit de la promener en voiture si elle ne voulait pas s'endormir. Alors, devine : elle n'a pas voulu s'endormir. Mais la voiture a fait l'effet magique. Merci du conseil.

– Tu as emmené ma fille en planque ?

– Je l'ai emmenée faire une promenade au cours de laquelle j'ai opéré une surveillance.

– Ramène-la immédiatement à la maison. »

S'il avait parlé dans un fixe, je peux vous garantir qu'il aurait raccroché violemment.

1. Le site fonctionne toujours, à ma connaissance.

Je suis rentrée directement chez David et Maggie. David est venu m'attendre dans l'allée, encore en smoking, les sourcils froncés et l'air furibard. À peine avais-je arrêté la voiture qu'il a ouvert la portière arrière, a doucement pris sa fille sur le siège et dit : « C'est la dernière fois que je te demande de la garder.

– D'accord », ai-je répondu, me demandant s'il avait l'intention d'ajouter une menace légitime.

Maggie s'est approchée de David, a regardé sa fille et a dit : « Elle va bien, elle dort. On a dit à ta sœur de l'emmener en voiture si elle ne voulait pas dormir.

– Elle l'a emmenée en planque, a chuchoté avec force David à sa femme.

– Qu'est-ce que ça change ? ai-je chuchoté aussi.

– Rien, a dit Maggie, s'adressant à David et à moi.

– Ah mais si ! » a répliqué David.

Je suis descendue quelques instants de voiture, ai compté les doigts de Sydney et ses orteils, ai précisé que pas une seule fois de la soirée je n'avais prononcé le mot « banane ». Maggie a ôté le siège bébé de la voiture, a chuchoté un dernier « merci » et a suivi David à l'intérieur.

Quand je me suis de nouveau installée au volant, j'ai vu que la lumière annonçant un message clignotait sur mon portable. Walter. J'ai écouté mon répondeur.

« Ça s'est reproduit », disait Walter.

Seulement, cette fois, je savais que ce n'était pas possible.

LE COUPABLE ÉTAIT À L'INTÉRIEUR

On s'était servi du grille-pain de Walter. Deux tranches de pain froides et brûlées étaient perchées dans ses fentes en acier inoxydable.

« Qu'est-ce qu'il y a d'autre ?

– C'est tout. Qu'est-ce que ça veut dire, d'après vous ?

– Que quelqu'un a fait griller du pain, si vous voulez mon avis.

– Je ne comprends pas.

– Moi non plus. C'est votre pain qui est grillé, ou l'ont-ils apporté ?

– C'est le mien. Il manque deux tranches, a répondu Walter.

– Vous êtes amateur de pain grillé ?

– Oui, mais je n'en mange que le week-end.

– Pourquoi ?

– À cause des miettes. Ça fait tellement de saletés qu'il me faut le temps de nettoyer.

– Je vois », ai-je dit en faisant les cent pas dans l'appartement, en chaussettes. J'avais l'impression d'être un Colombo de maternelle. « Votre visiteur est donc entré, a fait griller du pain, l'a laissé brûler et est parti. C'est ça ?

– Je crois, a répondu Walter en se laissant tomber sur son canapé, vaincu.

– Vous êtes lié avec vos voisins ?

– On se dit bonjour quand on se croise dans le couloir, en gros.

– Vous avez déjà agacé un voisin en lui conseillant, je ne sais pas, moi, de remplacer son paillasson ou de ne pas laisser la publicité envahir sa boîte à lettres ?

– J'ai laissé quelques mots anonymes.

– J'ai besoin d'une liste », ai-je dit en m'asseyant sur le canapé. J'avais du mal à comprendre ce qui aurait pu pousser Sasha à renouveler sa visite après ma conversation avec elle.

« Non, a répondu Walter. Pourquoi cette question ?

– Pour rien. Appelez-moi la prochaine fois que quelqu'un fait griller du pain.

– Même si c'est juste dimanche et que c'est moi qui le fais ?

– Non, Walter. Appelez-moi seulement si un toast apparaît à l'improviste ou que quelque chose d'analogue se produit.

– Merci, Isabel.

– Au revoir, Walter. »

Il était plus de minuit, mais j'ai tout de même appelé l'ex-Mrs. Perkins, car j'étais en quête d'une explication – en l'occurrence, une qui lui prêterait des talents de monte-en-l'air.

« C'est vous, le bandit au pain grillé ? ai-je demandé.

– Pardon ? a-t-elle répondu d'une voix pâteuse.

– Au fait, c'est Isabel. La détective privée.

– Il est tard.

– Toutes mes excuses. C'est vous, le bandit au pain grillé ?

– Je ne sais vraiment pas ce que vous voulez dire.

– Vous avez parlé à votre mari ? » Long silence. « Je prends ça pour un "non".

– Pas encore.

– Pourquoi ?

– C'est trop… embarrassant.

– Alors vous n'êtes pas entrée chez lui ce soir pour faire griller du pain ?

– Même quand nous étions mariés, je n'aurais pas fait griller de pain. Les miettes le rendaient fou.

– Quand avez-vous mis les pieds dans son appartement pour la dernière fois ?

– Il y a trois mois.

– Trois mois ?

– Oui.

– Qu'est-ce que vous avez fait ?

– J'ai réorganisé son placard à chaussures. Il aime que toutes celles qui s'enfilent soient à gauche et celles à lacets à droite. J'ai inversé. Je sais, c'était infantile. Mais j'ai obéi à une pulsion, après toutes ces années où j'avais dû me soumettre à tant de règles.

– Que ceci soit bien clair : vous n'êtes entrée chez lui par effraction qu'une seule fois depuis votre séparation ?

– Je me suis servie d'une clé. Je ne suis pas sûre qu'on puisse parler d'effraction.

– Rendez-moi un service, Sasha. Attendez un peu avant de téléphoner à Walter.

– Pourquoi ? »

Parce que Walter ne m'avait jamais parlé des chaussures. Mais je n'ai pas répondu à sa question.

« Je vous rappelle », ai-je dit avant de raccrocher.

LA CONVERSATION

Quand je suis arrivée à la maison, il régnait le type de silence qui, d'habitude, est rompu par les cigales. Henry était assis sur le canapé. Il lisait. Non, je ne sais pas quel livre. J'ai appris à ne pas poser de questions, au cas où il suggérerait que je le lise aussi pour que nous ayons un sujet de conversation au dîner. L'ennui avec les livres que lit Henry, c'est qu'il ne s'y passe *rien*. Ce n'est quand même pas sorcier d'introduire une malheureuse intrigue dans un livre. Je n'ai pas besoin que quelqu'un soit assassiné ou quelque chose de similaire. Bien que ça maintienne l'intérêt en éveil. Mais je digresse.

Henry était sur le canapé. Le salon n'était éclairé que par une seule lampe, et en dehors de la faible rumeur de la circulation, les seuls bruits étaient celui des pages tournées et de mes pas traversant la pièce.

J'ai eu un mauvais pressentiment dès que j'ai franchi la porte.

« Assieds-toi, a dit Henry.

– Je voulais faire la vaisselle, ai-je dit, pour la première fois de ma vie, je crois.

– Elle est faite.

– Il faut nettoyer les sols ? Parce que je suis prête à m'en charger. Dis-moi juste où est la serpillière. On en a une, non ?

– Il faut qu'on parle », a dit Henry.

Une des phrases que j'aime le moins. Personne ne la prononce jamais quand il est question de choses agréables. « Tu es sûr ?

– Tu veux bien t'asseoir ?

– Quand on vous dit ça, c'est toujours mauvais signe. Je m'étonne que les gens s'assoient, compte tenu de toutes les connotations négatives.

– Isabel », a dit Henry d'un ton qui impliquait qu'il était temps de me taire.

Je me suis assise et suis restée muette.

« J'aurai bientôt quarante-huit ans.

– Il paraît que quarante-huit ans aujourd'hui, c'est l'équivalent de trente-huit autrefois.

– Je veux une famille.

– O.K.

– Je veux des enfants.

– Tu es sûr ? Je veux dire, tu en as rencontré ? Parce qu'ils ne sont pas aussi merveilleux qu'on le prétend.

– Qu'est-ce que tu entends par là, Isabel ?

– Rien du tout.

– Il faut que tu commences à dire ce que tu penses. »

Je savais où cela allait nous mener. Sans doute était-ce pour cela que j'avais essayé d'éviter cette conversation depuis si longtemps. Pendant les dix-huit derniers mois, j'avais appris à faire beaucoup de choses dans l'intérêt d'une cohabitation paisible. À passer l'aspirateur, parler en phrases complètes, faire des compliments, « apprendre » à jouer aux échecs, faire les lits, ne pas laisser de serviettes sales par terre dans la salle de bains. Et toutes ces choses-là, je pouvais continuer à les faire, ainsi que d'autres compromis ; mais cela, c'était la partie facile. Je n'étais pas encore sûre de ce que je voulais au juste, mais j'avais l'impression de savoir ce que je ne voulais pas, et il était temps d'être franche. « Ce que je veux dire, c'est que j'ai besoin de temps.

– Encore combien ?

– Le problème, c'est que je ne suis pas sûre que le temps changera grand-chose à mon état d'esprit. Je sais que ça n'est pas normal, mais je crois que je ne veux pas les mêmes choses que toi. Je sais que c'est ce que la plupart des gens veulent, mais moi, je m'imagine mal dans ce rôle. Je ne dis pas que je ne m'y verrai jamais, mais pour l'instant, ce n'est pas le cas et aucun changement ne s'annonce à l'horizon dans un avenir prévisible. Peut-être que je ne changerai jamais. Enfin, j'espère que je changerai un peu, et tu dois reconnaître que j'ai fait un sacré bout de chemin. Mais tu vois ce que je veux dire.

– Oui.

– Si tout ce que tu voulais, c'était te marier, j'aurais dit oui.

– Maigre consolation.

– Il n'y a pas moyen d'arranger ça, hein ?

– Je veux des enfants, a dit Henry. Et toi, non.

– On peut dire ça comme ça.

– Je ne crois pas que cette situation-là soit négociable. »

La conversation s'est arrêtée là, mais pas la relation. Quand les existences sont mêlées pendant des années, il faut du temps pour les démêler. Mais la vie sous le même toit est rapidement devenue intenable, et nous avons démêlé cet écheveau-là aussi vite que possible.

J'ai pris quelques jours de congé pour préparer mes cartons. Soyons clairs : j'ai empli les cartons, Henry les a vidés et refaits pour moi, avec un système cohérent d'organisation comprenant des étiquettes dessus. C'était la dernière occasion qu'il avait de créer de l'ordre dans mon chaos, et il l'a pleinement mise à profit. En fait, tandis que nous remplissions les cartons (finalement, je me suis contentée de regarder), Henry a tenté une dernière fois de m'éduquer sur les avantages qu'il y avait à mettre les choses à la bonne place. Il a essayé de calculer combien d'heures de ma vie avaient été perdues à chercher des objets parce que je ne les avais pas mis là où ils étaient censés être. Si la plupart des leçons de Henry m'étaient passées à côté de la tête, je n'avais pas égaré mes clés ni mon portefeuille depuis des mois. Pourtant, mes bottes de pluie avaient disparu depuis des semaines[1]. Une fois que toutes mes possessions matérielles ont été emballées, il fallait que je les transporte dans leur nouveau logis.

Maggie m'a proposé de m'installer (temporairement) dans le studio maintenant libéré. David a accepté, purement par compassion (il m'en voulait toujours d'avoir emmené Sydney en planque). Quatre jours seulement après « la conversation », il m'a aidée à transporter tous mes cartons dans mon nouveau chez-moi. Nous les avons empilés contre le mur avant de faire une pause bière.

« Déjà vu, non ? a-t-il dit.

– Eh oui. J'espère que cette fois-ci, je dormirai mieux[2].

– Une conscience tranquille et un loyer honnêtement payé devraient t'aider. Tu ne déballes pas ?

1. J'ai découvert plus tard qu'elles étaient dans le coffre de la voiture de mon père. Comment elles avaient atterri là, je n'en avais aucune idée. Et dans l'une, il y avait une excellente bouteille de bourbon.

2. Il y a quelques années, j'avais squatté le studio de David à son insu. J'avais si peur de me faire prendre que j'arrivais à peine à fermer l'œil.

– Je crois que j'ai intérêt à laisser mes affaires dans les cartons, ai-je répondu. C'est peut-être la dernière fois que tous mes biens ici-bas sont en ordre.

– Tu veux me dire ce qui s'est passé ?

– Non.

– Tu veux en parler ?

– Non.

– Je m'en doutais. Mais tu sais, si tu veux…

– Ça m'étonnerait. »

Plus tard dans la soirée, Maggie est descendue au sous-sol en pyjama, avec une bonne bouteille prise au rez-de-chaussée. « Je sais que tu ne veux pas parler », m'a-t-elle dit en me versant un verre. Puis elle a mis la télévision et a zappé avec la télécommande jusqu'à ce que Bob l'éponge apparaisse. « Il me remonte toujours le moral, a-t-elle dit en repliant ses jambes sur le canapé.

– À moi aussi. »

J'ai essayé d'empêcher la nouvelle de s'ébruiter aussi longtemps que possible. Maggie et David n'ont rien dit, mais maman peut flairer un secret à partir de quelques mots en l'air. Quand je suis arrivée au travail le lendemain, elle voulait parler.

« Assieds-toi », a-t-elle dit quand je suis entrée dans le bureau.

Mon père et D n'étaient pas dans les parages.

« Je reste debout, si tu n'y vois pas d'objection. Tu connais mes réserves à ce sujet.

– Tu es sûre, Isabel ?

– Oui, je me sens plus à l'aise debout.

– Je veux dire à propos de Henry et toi : tu es sûre ?

– Non, maman. Je ne suis sûre de rien.

– C'est peut-être une erreur.

– Ça ne serait pas la première.

– Ma puce, les hommes comme lui, ça ne pousse pas sous le sabot d'un cheval.

– Ce n'est pas là que poussent les hommes en général.

– Tu n'es plus si jeune que ça.

– Et toi, tu viens d'acheter un dictionnaire de clichés ? Si oui, je connais déjà celui qui dit qu'il est aussi facile d'épouser un riche qu'un pauvre, et c'est de la connerie.

– Au train où tu vas, Izzy, tu n'épouseras personne.

– Maman, ça me navre de te le dire, mais ça n'a jamais été mon but dans la vie.

– Je comprends, ma petite fille. Mais si tu passes ta vie à chasser les gens, à la fin, ils ne reviendront plus.

– Tu ne me remontes pas le moral, maman.

– Il y a des fois où ce n'est pas ma priorité. »

À cet instant précis, mon portable s'est mis à vibrer et j'ai reçu un SMS de Mrs. Slayter, qui réclamait une surveillance impromptue. Jamais je n'avais été aussi contente d'avoir des nouvelles de cette affreuse bonne femme.

« Faut que j'y aille, ai-je dit en attrapant mon manteau.

– Je suis toujours là si tu as besoin de moi, a dit maman.

– Je sais. »

LOST IN TRANSLATION

J'ai commencé ma surveillance d'Edward Slayter à deux heures quinze de l'après-midi. Le fond de l'air était frais, et il y avait un vent imprévisible. J'ai rentré mon écharpe sous ma veste, enfoncé les mains dans mes poches, mais impossible de me réchauffer – phénomène habituel à San Francisco, où l'on n'est jamais habillé comme il le faut, à moins de transporter des bagages avec soi en toute circonstance. J'ai prié pour que Slayter bouge, afin d'éviter de me geler. J'ai marché de long en large, ce qui me permettait d'observer son immeuble dans les deux sens.

« Tiens, je ne m'attendais pas à vous trouver ici », a dit une voix familière dans mon dos.

J'ai pivoté pour me trouver face à Charlie Black. Il transportait son échiquier et un sac en papier kraft qui devait contenir son déjeuner. « Salut, Charlie. Comment ça va ?

– Très bien, Jane. Et vous ?

– J'ai froid.

– Ça ira mieux quand le vent tombera.

– Alors, quand ?

– Dans quarante-cinq minutes.

– Comment vous le savez ?

– J'ai suivi un cours de météorologie sur le Net.

– C'est vrai ?

– Oui », a répondu Charlie. Puis il a pris son échiquier et s'est mis à disposer les pièces. « Ça vous dit de faire une partie ? »

Juste à ce moment-là, mon portable a vibré. Un autre texto de Margaret Slayter : Surveillance annulée. Ed sera tte la journée au bureau.

J'ai répondu : O.K.

Le principe de base de la surveillance, c'est qu'il ne faut jamais croire que quelqu'un va être où il dit qu'il sera. Une fois de plus, Margaret confirmait tous mes soupçons.

« Je crois que je vais rentrer, Charlie.

– Vous ne voyez pas votre ami aujourd'hui ?

– Je ne crois pas. »

Charlie disposait les pièces sur l'échiquier d'une façon particulière. « Puisque vous êtes libre, vous êtes sûre de ne pas vouloir faire une partie ?

– Non, merci, il faut que j'y aille.

– Le tout, c'est de commencer jeune. Ça aide. J'avais cinq ans quand j'ai appris à jouer, a-t-il dit.

– Cinq ans ? Ouh là là, c'est jeune ! Je parie qu'à cinq ans, vous m'auriez battue, telle que vous me voyez jouer à trente-quatre.

– Sans doute. Mais on avait ça dans le sang. Mon père était grand maître en Russie. Il a donné des cours quand il est arrivé dans ce pays.

– Attendez ! Votre père est russe ?

– Ma mère aussi.

– Vous parlez le russe ?

– Je suis un peu rouillé à présent. Je ne parle qu'avec ma sœur. »

J'ai fouillé dans mon sac, en quête de mon magnétophone digital sur lequel j'avais enregistré les réponses en russe de ma mère à mes questions. J'étais persuadée qu'elle suivait bien les cours, mais je voulais savoir si elle travaillait sérieusement. « Vous accepteriez de me traduire deux ou trois choses ? ai-je demandé en sortant le magnétophone.

– D'accord », a répondu Charlie.

Je lui ai fait écouter la bande. Score final : Russe 3, Maman 1.

« Les Américains ont beaucoup de mal à apprendre le russe, a dit Charlie à sa décharge.

– Elle est censée prendre un cours une fois par semaine. C'est normal qu'elle en soit là ?

– Elle a une bonne prononciation. L'impression que j'ai, c'est qu'elle dort pendant les cours, qu'elle assimile certaines phrases et les retient phonétiquement.

– Voilà une déduction excellente, Charlie. J'aime votre façon de raisonner.

– Merci », a-t-il répondu. Puis il a tendu le doigt vers un point derrière moi. « J'aperçois votre ami. »

Je me suis retournée et ai vu Mr. Slayter qui marchait vers le carrefour de Market Street et de First. Si officiellement ma surveillance était annulée, il semblait sage de la reprendre puisque Edward n'était pas au bureau comme il le prétendait.

Je l'ai suivi dans Market Street jusqu'au croisement avec Post Street, où il a pris à droite et a traversé deux ou trois rues avant d'entrer dans un bâtiment médical. J'ai attendu dans un café de l'autre côté de la rue pendant quarante-cinq minutes. Il est sorti et a regagné son bureau. Honnêtement, je ne savais pas ce que signifiaient la surveillance interrompue et le rendez-vous médical secret de Slayter. Mais je me disais qu'à un moment ou à un autre, les différents morceaux du puzzle s'emboîteraient.

Je suis retournée à l'agence, pour trouver un bureau désert et, sur mon bureau, un sac contenant un paquet de mini-génoises fourrées à la crème et un autre de petits roulés au chocolat, avec une carte de condoléances :

De tout cœur avec toi. Je t'embrasse, Rae.

J'ai mangé les génoises avec un verre de lait et me suis laissée aller à la tristesse pendant que j'avais un moment de tranquillité. Puis je me suis activée et me suis livrée à une série d'enquêtes d'antériorité demandées par la société Zylor, l'un de nos principaux clients en matière de travail administratif. Ceci impliquait du collationnement et de l'agrafage, et ces activités vous mettaient dans un état d'abrutissement bienheureux. Seulement voilà, à un certain stade, votre agrafeuse est vide et vous ne trouvez plus d'agrafes dans votre bureau. Papa est normalement celui qui fait des réserves de matériel de bureau, mais son bureau à lui était sous clé ces derniers temps. Les tiroirs de maman étaient tellement pleins à ras bord des résidus de ses activités de loisir qu'on aurait eu plus tôt fait de trouver une aiguille dans une meule de foin. Je me suis donc tournée vers le bureau de D.

J'ai ouvert le tiroir du haut à droite, et ô miracle, il y avait une boîte d'agrafes. Et de l'adhésif. Et des trombones. Des punaises. Des ciseaux. Des post-it. Des drogues. Enfin, des bouteilles de comprimés. Mais à l'intérieur, il y avait les médicaments. À ce stade, j'aurais peut-être dû prendre un train d'agrafes et fermer le tiroir. Mais je ne l'ai pas fait. J'ai réuni les flacons et ai lu les indications marquées sur les étiquettes. Toutes étaient au nom de D. Merriweather. Bien entendu, pendant que je notais le nom des médicaments spécifiques, D est entré dans le bureau.

« Je cherchais des agrafes, ai-je dit.

– Tu en as trouvé ?

– Oui, merci », ai-je répondu en remettant les bouteilles dans son bureau et en refermant le tiroir avec ma hanche.

Je suis allée m'asseoir derrière mon bureau et me suis mise à déplacer des piles de papiers, m'efforçant de paraître occupée.

« Tu as trouvé autre chose ? a demandé D.

– J'ai trouvé des drogues, mais pas des drogues intéressantes. Je ne fouillais pas. Regarde, mon agrafeuse est vide. » J'ai ouvert la gueule de l'agrafeuse pour montrer que j'avais un alibi.

« Je te crois. »

J'ai attendu quelques instants pour voir si D allait m'offrir une explication. Je n'en ai vu venir aucune et, comme toujours, j'ai été incapable de laisser filer.

« Ces pilules, elles sont pour… tu es déprimé ? ai-je demandé.

– J'ai passé quinze ans en prison.

– Mais tu es dehors maintenant.

– Isabel, qu'il n'y ait pas de malentendu entre nous. Être sorti, c'est… génial. Je remercie le Seigneur tous les jours.

– Il n'a rien à voir là-dedans.

– Nous serons d'accord pour dire que nous ne sommes pas d'accord.

– Comme tu voudras. Et puis ?

– Tu as cru que quand on m'aurait relâché, je serais comme neuf ?

– J'ai cru que tu aurais à perdre quelques habitudes de taulard, comme protéger ta nourriture et manger à toute vitesse… ce que tu ne fais pas, d'ailleurs… mais… oui. Je reconnais que c'est ce que j'ai cru.

– La liberté elle-même demande une certaine accoutumance. »

D a ouvert son ordinateur et s'est remis au travail. Il y a eu un moment de gêne et j'ai attendu avant de reprendre la parole.

« Hum, D...

– Isabel, je ne veux plus en parler.

– Je comprends. Mais, hum, je n'ai toujours pas d'agrafes. »

LE BERNIEGATE

Je m'étais démenée pendant des heures pour amasser des preuves contre Bernie. Et, toute modestie mise à part, mon travail sur cette affaire était de premier ordre. En mettant les touches finales à ce que j'en étais venue à appeler le Berniegate, je me disais que ce serait un cadeau d'adieu à Henry.

Hélas, c'était un cadeau qu'il ne verrait jamais.

L'après-midi suivant, j'ai attendu que Bernie soit au bar pour téléphoner à Gerty et lui proposer de déjeuner avec moi.

Après avoir pris place à une table d'angle, nous avons dû nous débarrasser de l'éléphant qui servait au restaurant.

« Henry m'a dit, a annoncé Gerty.

– Je m'en doutais.

– Vous aviez une bonne influence sur lui. Je me fais du souci, parfois. Il ressemble tellement à son père. Il faut que tout soit au carré.

– C'était ma faute, ai-je dit. Je regrette, mais je ne pouvais pas… je ne sais pas pourquoi.

– Il n'y a pas à s'excuser pour ce genre de chose. Il n'y a que vous qui sachiez ce qui se passe dans votre tête. Personne ne peut vous dire ce que vous devez vouloir.

– C'est contre nature, je sais. Ne pas vouloir procréer…

– Le tatouage fâcheux que j'ai sur le cul est contre nature aussi. La médecine moderne, l'électricité, les voitures, les portables, les talons de dix centimètres, les faux nichons, le Botox, la teinture pour cheveux, tout ça va contre nature. Et il y a des tas de choses naturelles que je ne supporterais pas. Des touffes de poils dans le nez ou les mycoses aux pieds par exemple. On a devant soi une multitude de choix. Tout ce qu'on peut faire, c'est choisir ce qui est bon pour nous. Bien sûr, je ne tiendrais pas le même discours à un tueur en série, mais vous voyez sûrement où je veux en venir. »

En effet. Je voyais. Et à la moitié de sa tirade, j'ai compris qu'elle ne parlait pas seulement de Henry et moi. Elle expliquait aussi – sans la justifier – sa relation avec Bernie. Alors, ce dossier épais de plus de deux centimètres que je trimballais avec moi depuis une semaine ? Je l'ai remis dans mon sac et ai décidé dans l'instant que Gerty ne le verrait jamais. Il n'y avait qu'elle qui pouvait savoir ce qui se passait dans sa tête.

Nous avons fini notre déjeuner et quand nous sommes sorties, il faisait un de ces temps de brouillard typiques à San Francisco. Elle m'a serrée affectueusement dans ses bras et a dit : « Vous auriez fait une belle-fille extra. » Elle a pris un taxi et m'a dit qu'elle passait l'après-midi au MOMA. J'ai pris mon dossier et ma voiture jusqu'au Philosopher's Club. Certes, Gerty ne verrait jamais mon enquête magistrale, mais je ne pouvais pas laisser se perdre tous les efforts que j'avais faits.

Quand Bernie m'a vue entrer dans le bar, il s'est tourné vers sa collection de bocks et s'est mis à les faire briller à nouveau comme s'il s'agissait de flûtes à champagne dans un hôtel chic. Il a refusé de me regarder en face, mais quand je me suis assise au bar et ai commandé une bière, il a obtempéré.

Il m'a servie dans le verre le plus impeccable. Quand j'ai voulu le payer, il a repoussé mon argent vers moi sur le comptoir.

« Offert par la maison.

– Pourquoi ?

– On était amis autrefois. Tu te souviens de cette époque ?

– Je m'en souviens, mais je n'arrive pas à la même conclusion. »

C'était le moins que je puisse dire.

« Qu'est-ce qui nous est arrivé ? a demandé Bernie.

– Tu le sais parfaitement.

– Laisse tomber, Izzy. Gerty et moi, on est comme deux vieux bateaux qui se sont heurtés dans le noir. C'est romantique, quand on y pense.

– Ta phrase ne l'est pas.

– Combien de temps tu vas m'en vouloir ?

– C'est fini. Tu peux arrêter de regarder par-dessus ton épaule.

– Tu nous donnes ta bénédiction ?

– Je n'irai pas jusque-là. Mais traite-la avec égards, Bernie. Je connais très bien cette femme. Si tu recommences à faire des tiennes, elle te quittera aussi sec.

– Elle me donne envie de devenir un homme meilleur.

– Les clichés de cinéma ne te mèneront nulle part avec elle.

– Apparemment, si, a rétorqué Bernie avec un clin d'œil canaille.

– J'ai fait ce que j'avais à faire ici. Je voulais juste te laisser ça, ai-je dit en lançant le dossier sur le zinc.

– Ah oui ? Qu'est-ce que c'est ?

– Des preuves. Prends-les pour bien te rappeler le genre de mec que tu peux être. »

J'ai laissé derrière moi Bernie avec son enquête d'antériorité. Je m'étais dit qu'une trace papier de l'âge adulte indigne de Bernie serait susceptible de convaincre Gerty que leur relation ne menait à rien. Mais c'était mon plan qui ne menait à rien. Gerty avait choisi Bernie à cause de ses défauts – en partie, je le soupçonne, parce qu'il était radicalement différent de l'homme qu'elle avait épousé. En braquant le projecteur sur eux, je ne pense pas que j'aurais pu la persuader de prendre la fuite. En revanche, je suis pratiquement certaine que j'aurais pu jeter quelques doutes dans son esprit. Le rapport contenait des photographies de ses précédents logis et des preuves des abîmes de turpitude où il pouvait sombrer. Il comprenait des clichés compromettants pris dans des clubs de strip-tease ou des salons de poker que j'avais trouvés dans le vieil album-photo de mon oncle Ray, ainsi que des témoignages sous serment[1] de toutes les maîtresses de Bernie que j'avais pu localiser dans le secteur de la Californie et du Nevada, illustrant des années de vice et de vulgarité. Sur les sept péchés capitaux, Bernie entretenait des rapports étroits avec six. J'ai eu beau essayer, je n'ai pas réussi à lui mettre la colère sur le dos. Soit dit à sa décharge, il n'a jamais été irascible.

Après le déjeuner, je suis retournée à l'agence et n'ai trouvé que mon père dans le bureau.

« Où sont passés les autres ? ai-je demandé.

– C'est ce que je me demande tout le temps.

– Ce qui ne répond pas à ma question.

– Ta mère est à la bibliothèque où elle est allée chercher le dernier pavé à lire pour son club de lecture. C'est elle qui fait la présentation de ce soir. Après quoi, elle va au supermarché chercher des petits fours salés surgelés et du vin blanc.

1. Si vous voulez quelques exemples, voyez en appendice. Je vous le recommande chaudement.

– Super soirée en perspective. Ça m'étonne que D n'ait pas proposé de faire la cuisine. À propos, où est-il ?

– Il a proposé d'emmener ta grand-mère à une matinée.

– Quoi ?

– Un film. Une séance de l'après-midi.

– Je connais le terme. Mais qu'est-ce qu'ils vont faire dans un cinéma ensemble, ces deux-là ?

– Il y a un film de Morgan Freeman à l'affiche.

– L'idée vient de qui ?

– Je ne sais pas. Il a demandé son après-midi parce que ma mère refuse d'aller au cinéma après six heures.

– Pourquoi ?

– Elle croit que les gens peu recommandables font surface à partir de cette heure-là.

– Et alors ? C'est bizarre, quand même, qu'ils sortent ensemble.

– Oui, Isabel. Mais tant de choses le sont dans mon univers que je commence à y prêter moins d'attention. »

Pendant que le chat n'était pas là, mon père est allé fouiller la cuisine en quête de quelque chose à manger. Rae ou ma mère avait dû laisser une provision de Mélange Mortel en dehors du coffre-fort. Papa l'a pris et apporté dans le bureau. Comme il croyait que c'était son mélange habituel, il ne l'a pas goûté tout de suite. Il a ouvert une bouteille de soda light, s'est calé en arrière sur sa chaise et a posé sur moi un regard de la variété « compatissante ».

« Ça va, Izzy ?

– Ouaip.

– Tu veux parler ?

– J'aimerais beaucoup parler de l'affaire Slayter.

– Je crois que nous ferions mieux de parler de comment tu te sens.

– Ça m'attriste de voir que tu refuses de me donner des informations liées au travail.

– Je voulais dire que nous devrions aborder le sujet de Henry.

– J'aime autant pas.

– Tu es sûre ? Moi, je trouve que tu devrais parler à quelqu'un.

– On ne peut plus sûre.

– Si tu changes d'avis…

– Ça n'arrivera pas.

– Oui, mais au cas où… »

Papa continuait à me regarder fixement, comme s'il essayait de lire dans mes pensées. Je ne l'en croyais pas capable, mais j'ai quand même trouvé ça déstabilisant. Et je savais qu'il reviendrait à la charge d'ici cinq minutes environ, en espérant m'avoir à l'usure. J'ai donc cherché un dérivatif et je l'ai trouvé.

Je me suis approchée de son bureau et ai pris une poignée de Mélange Mortel, laissant la part du lion dans le sac.

« Fais attention avec ce truc-là. Une fois accro, tu ne peux plus t'en passer. »

Papa a plongé la main et pris sa première bouchée de manne céleste. « Qu'est-ce que c'est que ça ? a-t-il demandé.

– Le fameux Mélange Mortel dont nous parlons tout le temps. »

Papa a levé le sac vers la lumière, a fait claquer ses lèvres et déclaré : « Dans toute l'histoire des amuse-gueule, celui-ci pulvérise les records.

– Oui, il est grandiose !

– Mais qu'est-ce que je mange donc depuis le début ? » a demandé papa.

Il me semble qu'il en avait les larmes aux yeux.

« Juste des céréales avec des amandes non salées.

Ma mère me tuerait si elle savait que j'avais ouvert le couvercle de cette boîte de Pandore de délices à grignoter, mais je suis passée maître dans l'art de l'esquive. Et j'ai réussi à détourner mon père de son intention d'avoir une conversation cœur à cœur avec moi. Quel bien attendre d'une chose pareille ?

EDWARD SLAYTER CONTRE CHARLIE BLACK

Le dimanche soir était la soirée poker d'Edward Slayter. Au cours des cinq dernières années, il n'en avait raté qu'une, lorsqu'il avait eu la grippe. Alors quand Margaret Slayter a surpris un coup de téléphone où il appelait un de ses partenaires pour s'excuser de ne pouvoir venir, elle m'a aussitôt téléphoné et m'a demandé si j'étais libre pour une surveillance de dernière minute. J'étais totalement libre de mon temps et, comme Halloween tombait ce dimanche-là, je n'étais pas fâchée d'avoir quelque chose à faire pour m'occuper. Je n'ai aucune objection contre les monceaux de sucreries qui restent après la fête, mais la veille de la Toussaint m'a toujours tapé sur les nerfs. D'abord, elle me prend systématiquement au dépourvu. Je marche pour aller prendre le bus ou me rendre au travail et brusquement, voilà un squelette qui apparaît, ou Charlie Chaplin, ou une mauvaise imitation de Britney Spears[1]. Mais ce qui m'agace le plus, c'est la quantité de femmes qui se servent de cette fête comme d'un prétexte pour s'habiller en putes ou en aguicheuses. Les filles, qu'est-ce que vous avez contre Fidel

1. Ceci dit, un imitateur de n'importe quelle célébrité féminine me remonte toujours le moral.

Castro ? Mettez un treillis, une casquette verte, une moustache, allumez un cigare, et vous êtes super !

Mr. Slayter est parti de chez lui à six heures du soir et s'est fait conduire au Mechanics Institute de Post Street, où se trouve un club d'échecs à l'accès libre. Je surveillais Slayter depuis trois mois maintenant. C'était la première fois que je le voyais aller dans un club d'échecs.

Il a aussitôt trouvé un partenaire pour un match. Compte tenu de ma récente rupture, les jeux dans ces arènes m'ont semblé d'une extrême brutalité, mais je me suis dit que je pourrais passer inaperçue. Enfin, pas exactement. De nombreux participants étaient très discrètement déguisés : des complets à la Bobbie Fischer, peut-être, et je suppose que quelques autres hommages vestimentaires étaient rendus, mais n'étant pas une experte en matière d'échecs, je peux seulement dire qu'il y avait dans le lot quelques tenues singulières. Mais n'est-ce pas toujours le cas à San Francisco ? En tout cas, ni putes ni aguicheuses, heureusement. Il y avait un certain nombre d'individus disposés à se mettre en quatre pour que je me sente la bienvenue. J'ai demandé si je pouvais juste regarder, puis je me suis mise dans un coin. L'un de ces individus zélés m'a demandé si j'y voyais bien de là où j'étais. Alors, j'ai sorti mes jumelles de mon sac.

« Nous proposons des leçons, a dit le zélé.

– J'y réfléchirai », ai-je répondu.

J'ai regardé Slayter avec mes jumelles. Il avait troqué son costume de travail contre un cardigan et un pantalon de velours, ce qui le faisait paraître plus ordinaire, comme s'il avait fait un effort pour passer inaperçu.

Il a passé les doigts dans ses cheveux et plissé les yeux, fixant l'échiquier avec une attention soutenue. On aurait dit qu'il y avait là quelque chose qu'il ne parvenait pas à voir.

« Jane ? » a dit une voix d'homme. Puis le prénom a été répété. Je n'ai pas réagi parce que je ne m'appelle pas Jane. Puis j'ai senti une présence masculine à côté de moi.

« C'est vous, Jane ? » a dit la voix, plus fort. L'homme croyait peut-être que j'avais des bouchons d'oreilles.

Je me suis retournée et ai découvert Charlie Blake.

Je ne sais pas trop pourquoi j'ai été surprise – c'est un accro des échecs – mais il est toujours déconcertant de voir quelqu'un en dehors de son contexte. Une fois, j'ai vu mon ex-psy dans une quincaillerie et il a fallu que je parte aussitôt.

« Tiens, bonjour », ai-je dit.

Cela ne faisait que quelques jours que nous nous étions rencontrés, mais Charlie avait quelque chose de changé.

« Vous êtes tout beau, ai-je repris.

– Ma sœur est venue me voir. Elle m'a envoyé chez le coiffeur et m'a fait acheter un pull neuf.

– Les deux résultats sont bons.

– Merci. Je m'étais dit qu'après notre partie, vous aviez renoncé aux échecs.

– Non. J'ai renoncé plus tard.

– Alors, qu'est-ce que vous faites ici, Jane ?

– J'ai un aveu à vous faire.

– C'est toujours bien de se confesser.

– Je ne m'appelle pas Jane.

– Vous ne vous sentez pas mieux maintenant ?

– Si.

– Quel est votre vrai nom ?

– Isabel.

– C'est joli. Pourquoi m'aviez-vous menti ?

– Je ne donne pas mon nom à des gens que je ne connais pas.

– Je peux comprendre cette façon de faire, a répondu Charlie. Alors, ça veut dire que nous ne sommes plus des étrangers ?

– Eh bien non.

– Alors, que faites-vous ici si vous ne jouez pas aux échecs ?

– Je traîne, je regarde quelques parties. J'ai des jumelles.

– Je ne vous crois pas, Isabel », a dit Charlie. Mais son ton était amical, et je n'ai pas pris la mouche.

« Je ne dis pas toute la vérité.

– Ce n'est pas grave. Nous ne nous connaissons pas très bien. »

Comme pour bien confirmer ce point, nous avons passé quelques minutes sans rien dire.

« Vous venez souvent ici, Charlie ? » ai-je demandé.

Il risquait de trouver ma question bizarre, mais cela n'a pas été le cas.

« Une ou deux fois par semaine, a-t-il répondu.

– Vous voyez l'homme à la troisième table sur la droite ?

– Avec les cheveux gris ?

– Oui.

– C'est votre ami, non ?

– Vous avez bonne mémoire.

– C'est ce qu'on me dit.

– Vous l'avez déjà vu ici ?

– Non.

– Vous avez besoin d'argent, Charlie ?

– Je ne tiens pas à faire quoi que ce soit d'illégal.

– Je ne vous le demanderais pas. »

J'ai pris soixante dollars dans mon portefeuille et j'ai donné à Charlie mon téléphone jetable, avec mon numéro pré-programmé. Charlie n'avait pas l'habitude des téléphones portables, ce que j'ai trouvé choquant mais tout à son honneur. J'ai pris quelques minutes pour lui expliquer le B.A.-B.A. du fonctionnement de l'appareil. Puis je lui ai demandé une chose très simple : « Voyez si vous pouvez jouer une partie avec Mr. Slayter. Apprenez tout ce que vous pourrez sur lui. Appelez-moi quand il partira. »

J'ai passé les heures qui ont suivi au Specialty's Café, près de la station BART Montgomery. J'ai envoyé un SMS à Margaret Slayter, l'informant que son mari n'était pas à son poker, comme elle le soupçonnait, mais en train de jouer aux échecs au Mechanics Institute. Elle a paru totalement indifférente à son mensonge, mais m'a dit de l'informer quand il partirait. Ensuite, j'ai appelé la maison pour voir si la Tortue était dans les parages. D a dit qu'il était sorti, sans donner d'autres informations.

J'ai alors appelé papa sur son portable.

« Salut, papa.

– Joyeux Halloween. Tu es encore déguisée en toi-même ?

– Oui. Tu ne me reconnaîtrais jamais. Où es-tu ?

– En un lieu que je ne peux pas divulguer.

– Même chose pour moi », ai-je dit avant de raccrocher.

Sans doute pouvais-je supposer sans risque que mon père était en train de surveiller Margaret Slayter.

Trois heures plus tard (les gens qui aiment les échecs jouent pendant très longtemps), j'ai eu un appel de mon téléphone jetable.

Charlie a dit « Allô » trois fois, puis a coupé.

J'ai regardé le chauffeur de Mr. Slayter s'arrêter en face de l'immeuble de Post Street et Mr. Slayter monter dans la voiture. Comme j'étais à pied, j'ai simplement averti Mrs. Slayter que son mari allait sans doute rentrer. Elle m'a répondu par texto : Mci. Toujours plus poli que Rae, mais également suspect.

J'ai appelé Charlie pour voir s'il était plus à l'aise pour répondre que pour appeler. Il a décroché à la quatrième sonnerie.

« Allô, allô, allô ?

– Charlie, c'est Isabel, précédemment connue sous le nom de Jane. Voulez-vous une tasse de café ?

– Je ne prends pas de café.

– Je suis en bas du pâté de maisons, au Specialty's Café. Si vous venez me rejoindre, je vous offre une boisson chaude et autant de cookies que vous pourrez en avaler[1].

– D'accord. »

Charlie est arrivé cinq minutes plus tard. Je lui ai alors montré comment répondre aux appels et comment y mettre fin. Je lui ai demandé de se commander quelque chose, et il a pris un chocolat chaud et un cookie au potiron.

« Bonne chance pour dormir cette nuit ! ai-je dit.

– Oh, je ne dors pas », a répondu Charlie d'un ton léger.

Nous nous sommes assis à la table et, après que Charlie a bu quelques gorgées et entamé son cookie, j'ai commencé à lui poser des questions. « Comment ça s'est passé ? »

Charlie a alors sorti un carnet couvert de notes algébriques et s'est lancé dans un compte rendu soporifique de la première partie qu'il avait jouée contre Mr. Slayter.

Je l'ai interrompu : « Charlie. Le jeu ne m'intéresse pas du tout. Avez-vous appris quelque chose sur Mr. Slayter pendant que vous jouiez ?

– Il protège sa reine, à l'évidence. Il ne la sort pas avant la fin de partie. Il se fiche complètement de ses cavaliers, qu'il traite comme des pions. Mais sa technique est bonne. Il a juste l'air rouillé, vous voyez.

– Vous a-t-il dit quelque chose de personnel le concernant ?

1. Leurs cookies sont énormes (et stupéfiants), alors vous ne pouvez pas en manger beaucoup.

– Il a précisé que ça faisait des années qu'il n'avait pas joué.

– Autre chose ?

– Il m'a dit son nom. Ed.

– C'est un début. Et encore ?

– Qu'il fallait qu'il s'exerce à garder l'esprit vif.

– Et encore ?

– Eh bien, c'est tout. Il a été sportif. Il m'a félicité quand j'ai gagné.

– Bravo », ai-je dit.

LE POINT FAIBLE DE LA CUIRASSE

Je devais tirer mon chapeau à mon père pour son ambitieuse Muraille de Chine. Je ne pouvais m'empêcher de ressentir un certain sentiment de fierté devant ses efforts rigoureux pour déjouer mes divers plans d'action. Il me connaissait bien, me considérait comme une menace réelle et prenait des mesures imprévues pour être le seul maître de ses affaires. Papa ne relâchait jamais sa vigilance et il surveillait de près celles de mes activités qui sortaient de ma routine. Sur un point, je devais m'avouer vaincue : l'ordinateur de papa était inviolable. Sauf par Robbie.

À ma connaissance, Robbie ne sortait jamais de chez lui.

Toutefois, il possédait une Toyota de 1992, ce qui me laissait penser que, parfois, il allait quelque part. J'ai mis sur sa voiture un dispositif de repérage qui, un soir à dix-neuf heures, m'a avertie que Robbie se déplaçait.

Quelques jours plus tard, quand j'ai eu du temps à tuer, j'ai localisé sa voiture devant un immeuble de Daly City. Elle était garée devant un bâtiment comprenant trois unités d'habitation, et trois auvents à voiture. J'ai examiné les boîtes à lettres : initiales et noms de famille seulement. J'ai pris un risque et l'ai appelé sur son portable. Il n'a pas répondu. J'ai rappelé et demandé avec insistance qu'il me rappelle. Puis j'ai téléphoné au bureau et demandé à Demetrius de faire une recherche de noms à partir de l'adresse.

Sally Shore, la seule femme de moins de soixante ans résidant dans le bâtiment habitait l'appartement numéro 3 et elle avait un fixe. J'ai aussitôt élaboré un plan. Cela faisait presque huit ans que je connaissais Robbie. Il ne fait pas de visites à domicile : il s'arrange pour fournir son assistance technique et ses insultes verbales à distance. Sa relation avec Sally était donc personnelle. Et Robbie n'était pas le genre de type qui sait s'y prendre avec les femmes. Il sait comment mal s'y prendre. C'était cruel, mais j'avais là une occasion unique d'obtenir de Robbie Gruber ce que j'attendais de lui.

J'ai appelé le numéro de Sally.

Elle a décroché.

« Désolée de vous déranger, ai-je dit. Robbie est là ?

– Euh… oui.

– Je peux lui parler ?

– Puis-je savoir qui le demande ?

– Il saura », ai-je répondu.

De loin, j'ai entendu des chuchotements, puis Robbie a pris l'appareil.

Il y avait une pointe d'inquiétude dans sa voix. « Allô ?

– Devine qui c'est, ai-je dit.

– Ah. D'accord. J'ai oublié de te donner ce numéro en cas d'urgence, a dit Robbie, essayant de couvrir ses arrières.

– Félicitations. Tu dois y tenir, à cette fille.

– Qu'est-ce que je peux faire pour toi ?

– Je crois que tu le sais.

– Le mot de passe ?

– Oui.

– Et si je refuse ?

– Je suis devant l'appartement. J'ai une alliance à trois sous que je laisse toujours dans ma boîte à gants. Et une perruque terne qui me rend extrêmement moche, ce qui veut dire accessible pour toi. Sally ne sort pas avec des hommes mariés, j'imagine.

– Tu as franchi la ligne jaune, a dit Robbie.

– Venant de moi, c'est normal.

– Isabel.

– Quoi ?

– Isabel. C'est le mot de passe. »

Ma mère a téléphoné pendant que je retournais à l'agence.

« On a un problème, a-t-elle dit.

– Je sais. »

Je parlais en général ; elle, en particulier.

« Tu sais à quoi je fais allusion ? a-t-elle demandé.

– Non. »

Soupir.

« Qu'est-ce qui se passe, maman ?

– Devine où sont Demetrius et Ruth en ce moment ?

– Je n'en sais rien, maman.

– Au cinéma.

– Encore ?

– Encore. Et ensemble, a ajouté ma mère en appuyant sur ce dernier mot.

– C'est ce que j'ai compris.

– Ça ne peut pas durer.

– Je ne me ferais pas trop de souci, ai-je dit. Enfin, combien de films de Morgan Freeman peuvent être à l'affiche en même temps ?

– Il fait la voix off dans un film sur les animaux sauvages.

– Dis-moi le titre. J'irai peut-être le voir.

– Il n'y a pas de quoi plaisanter.

– Je comprends ton point de vue. Mais c'est une bonne chose qu'elle sorte de la maison, non ?

– Tu ne comprends pas.

– Ça peut m'arriver.

– Je l'aimais bien, tu sais ?

– Qui ?

– Morgan Freeman.

– Tout le monde aime Morgan Freeman.

– Pas moi. C'est fini.

– Ce n'est pas la faute de Morgan Freeman. Il va falloir que tu trouves un autre moyen de la débusquer. Le vieux truc du taulard dans la maison n'a pas marché.

– Ce qui est totalement inattendu, a dit ma mère d'un ton tragique.

– Ça, c'est vrai. Qu'est-ce que tu comptes faire maintenant ?

– Préparer à dîner.

– J'aime ta façon de raisonner. Si c'est toi qui es toujours aux fourneaux, elle décidera peut-être qu'elle en a marre.

– Ça ne faisait pas partie d'une stratégie, Isabel. Je te disais juste que je préparais le dîner.

– Oh… pardon !

– Une dernière chose, Isabel. J'ai eu un message des Blake. Ils souhaitent que l'Hirondelle soit surveillée ce soir. Sa mère a dit que d'après un e-mail, Vivien allait à une soirée aujourd'hui.

– Qui fait une fête un mercredi soir ?

– Des étudiants qui ne sont pas obligés de se lever avant midi sur le campus. Tu aurais dû aller à la fac, ma puce », a dit maman avant de couper la communication.

Je suis passée aux bureaux de l'agence pour récupérer les appareils de surveillance, vérifier l'état mental de ma mère et voir si j'avais le champ libre pour pirater l'ordinateur de mon père. J'ai trouvé ma mère dans la cuisine, en train de dévorer le reste du Mélange Mortel de D (ce qu'il en restait dans le coffre-fort).

« Comment ça va, maman ? ai-je demandé gentiment.

– J'ai quelques idées.

– Où est la Tortue ?

– Sorti.

– Mamie et D ?

– Encore au cinéma.

– La Fouine ?

– Aucune idée.

– Pourquoi tu ne prends pas un bain, maman ? Ça te ferait du bien de te détendre. »

Ma mère a regardé le rôti et le livre de recettes ouvert sur le plan de travail de la cuisine.

« Je peux mettre le rôti au four.

– Tu le mets à 210 degrés. Ne tiens pas compte de la recette.

– Compris. »

Maman a monté l'escalier et je suis entrée dans le bureau. La Fouine pouvait être n'importe où et je ne pouvais pas courir le risque qu'elle me tombe dessus à l'improviste. Je lui ai donc envoyé un texto pour savoir où elle était. Cinq minutes plus tard, elle n'avait toujours pas répondu.

Alors, j'en ai envoyé un à Fred.

Rae est avec toi ?

Ne l'ai pas vue depuis des mois.

Tiens. C super que ça tienne, si lgtps chac1 2 son côT[1].

???

??? : C à dire ?

On a rompu. L t'a rien dit ?

Eh bien non. Ce fait nouveau allait demander de plus amples informations, mais pour l'instant, j'avais d'autres urgences. Sans dispositif de repérage couvrant chacun des Spellman susceptible d'entrer dans le bureau, il fallait que je prenne le risque. Je me suis enfermée[2], me suis assise devant l'ordinateur de papa et en deux temps trois mouvements, je copiais des dossiers sur la clé USB qui s'accroche à mon porte-clés.

J'ai enfourné le rôti et regardé la recette. Elle préconisait une cuisson à cent quatre-vingt-dix degrés. Maman m'avait dit deux cent dix. J'ai monté la température à deux cent trente. Je me suis dit que maman aurait une excuse vraisemblable. Elle pourrait me mettre ça sur le dos.

Puis j'ai pris l'appareil photo de surveillance, suis allée dans le quartier de Mission et me suis garée en double file devant l'immeuble de Vivien Blake.

1. Phrase trop longue pour les pouces.
2. Tout le monde a la clé, alors j'étais très modérément à l'abri.

RAPPORT DE SURVEILLANCE : VIVIEN BLAKE

2 novembre, 23 h 30

La cible – sexe féminin, 1 m 65, 57 kilos, cheveux châtain foncé, portant un jean et un sweat-shirt à capuche gris sur une veste militaire vert foncé, sort d'un appartement de San Francisco au croisement de Twenty-Sixth Street et de Noe Street. Descend la rue vers l'est en regardant avec attention les voitures en stationnement. Sort une clé avec télécommande et cherche des phares qui s'allument. Une BMW se met à clignoter à quelque distance. La cible tourne sur elle-même pour vérifier les alentours immédiats ; elle s'approche de la voiture, y monte et met le moteur en route. Elle descend South Van Ness Avenue en direction de l'est, tourne à gauche et s'arrête au coin de South Van Ness et de Seventeenth Avenue, au garage Oscar's Auto. Elle entre à l'intérieur. Reste invisible pendant quinze minutes.

23 h 45

La cible et un inconnu (environ quarante-cinq ans, trapu, vêtu d'une combinaison de mécanicien portant le logo « Oscar's Auto » brodé sur la poche de poitrine) sortent du bureau de l'établissement. Ils s'approchent d'une dépanneuse dont le côté s'orne du même logo peint. La cible glisse dans sa poche un objet non identifiable et saute dans le camion avec l'inconnu. L'enquêtrice suit le véhicule du sujet jusqu'à un magasin de vins et liqueurs. L'inconnu entre dans le magasin et en ressort trois minutes plus tard avec un grand sac en papier kraft (de la taille d'un pack de six[1]).

La dépanneuse reconduit la cible à son domicile de Twenty-Sixth Street d'où on l'avait précédemment vue sortir. Elle appuie sur une sonnette. (Je n'ai pu établir le numéro de l'appartement.) Elle entre dans l'immeuble et le contact visuel est rompu.

Comme je l'ai dit plus haut : mon père m'a téléphoné, nous nous sommes disputés à propos des surnoms de la famille, papa m'a demandé ce que Vivien goupillait et j'ai menti. J'ai menti parce que je n'en savais rien, mais j'estime que les jeunes ont le droit de goupiller quelque chose sans que leurs parents soient au courant.

Je tenais aussi à avoir la situation bien en mains avant de divulguer le moindre renseignement. Vous pourriez m'objecter que ce que je faisais était moralement aussi douteux que les rapports bidouillés de ma sœur. Mais il y avait une différence. Je n'escroquais pas un client, je protégeais un sujet. Et je suis absolument persuadée que la rétention d'information n'entre pas dans la catégorie du mensonge.

Je crois que vous connaissez la suite. J'ai attendu devant l'appartement de l'inconnu et ai regardé le sujet enjamber une fenêtre du deuxième étage et regagner à pied son domicile. Après quoi, je suis arrivée au Q.G. des Spellman, où l'Aigle était sur la piste d'atterrissage.

---

1. J'ai l'œil pour ce genre de détail.

L'odeur du rôti brûlé flottait encore dans l'air.

Ma mère m'a posé des questions sur l'Hirondelle, puis nous sommes restées assises en silence, à regarder la télévision. On a parlé des militants pour la défense des arbres aux infos. De l'impasse des négociations. Le journaliste a rapporté les derniers événements et la caméra a fait un gros plan vers le haut de l'arbre.

Ma mère a pris son mobile, a appelé un numéro.

« Rae. C'est ta mère. Tu vas dégager de cet arbre. Tout de suite ! »

Troisième partie

Ruines

(Novembre/décembre)

L'INCIDENT DE L'ARBRE

Tous les Spellman, hormis David, sont notoirement connus pour être capables de bien des coups tordus, mais le triomphe arboricole de Rae était le coup tordu le plus grandiose dans l'histoire des Spellman. Et ça, en soi, c'est grandiose.

Moins de cinq minutes après la diffusion de la nouvelle, les parents étaient partis sur la scène du crime de haute frondaison. Sur un fond de glapissements à plein volume, j'ai pris mon téléphone et dit à mon frère : « Ça, tu ne le croiras jamais. » J'avais sans doute déjà prononcé cette phrase, mais je crois que c'est la première fois que je l'utilisais au sens littéral. La télévision de David était aussi à plein volume. Un programme différent – où des mâles adultes chantaient pour des enfants.

J'ai donné les grandes lignes, que David a comprises de travers. Il m'a demandé de répéter, et quand j'ai eu terminé, il a dit : « Mais qu'est-ce que ça peut faire si Rae mange de la rhubarbe ? »

J'ai répété « campe dans un arbre » en articulant de mon mieux. David a dit « Oui, et alors ? » J'ai cherché des termes plus spécifiques et ai dit : « Rae est en train de manifester pour la défense des arbres.

– La défense des ogres ?

– Tu vois ça où, toi, une manif pour les ogres ? ai-je riposté.

– À toi de me le dire.

– Éteins la télé », ai-je crié.

Par un étrange miracle, il a compris. Maintenant que ces condiments de phrase n'étaient plus là en fond sonore, j'ai dit à David de rallumer sa télévision et d'aller sur la chaîne voulue. Rétrospectivement, j'aurais probablement dû avoir la puce à l'oreille. Une fois passé le premier choc en voyant sa petite sœur aux infos du soir, il a dit ceci : « Depuis quand s'intéresse-t-elle à la vie des plantes ou à la vie de quiconque en dehors de la sienne ? Tu te souviens de la fois où je lui ai donné une bébête en terre cuite pour faire germer du *chia** ?

– Très bien. Mais c'était il y a dix ans[1].

– Et alors ? C'est incompréhensible. »

En effet. Et si de nombreuses questions sans réponse me tournaient dans la tête, l'intérêt subit de Rae pour un bosquet de chênes bicentenaires emportait la palme du mystère.

Quand Demetrius est rentré après le énième de ses premiers rendez-vous, il a regardé la télévision avec des yeux ronds.

« Cette fille est plus folle qu'une hirondelle qui se trompe de printemps.

– Ce n'est pas moi qui te contredirai. Qu'est-ce qu'elle magouille, à ton avis ?

– Je ne vois qu'une seule chose pour expliquer ce genre de folie.

– Tu m'expliques ?

* *Chia Pet* : figurine en terre cuite à l'intérieur de laquelle se trouvent des graines que l'on arrose ; en quinze jours, les graines germent et forment comme la fourrure de l'animal que représente la figurine. Les graines de chia sont les plus populaires car elles germent vite et ont de grandes qualités nutritives

1. David avait donné à Rae une petite figurine à graines comme cadeau de Noël. Rae a jeté les graines à la poubelle, a creusé une fente de deux centimètres et demi dans la terre cuite et s'est servi de la figurine comme d'une tirelire.

– L'amour. »

J'ai téléphoné à Fred.

« Fred.

– Isabel.

– Tu fais quoi, Fred ?

– Je regarde la télé. Comme toi.

– Tu as des infos sur la situation ?

– Peut-être. »

Il semblait coupable en disant cela, j'en ai donc conclu qu'il en savait plus que « peut-être ».

« Je crois que je ferais bien d'y aller », a-t-il dit en coupant la communication.

Vingt minutes plus tard, les lignes de la maison et de l'agence Spellman carillonnaient à qui mieux mieux.

Tous ceux qui connaissaient un tant soit peu les Spellman téléphonaient pour avoir des détails supplémentaires sur la brusque propulsion de Rae au premier plan de l'infamie écologique. Mamie Spellman, qui regardait l'un de ses programmes favoris dans sa chambre, a finalement montré son nez en demandant quelle était la raison de ce vacarme. J'allais le lui dire quand D est intervenu. Il a dit que nous avions résolu une affaire et a promis que les téléphones se calmeraient sous peu. Mamie, un peu tranquillisée, est retournée dans sa chambre.

Une heure plus tard, Fred est arrivé au bosquet de chênes et, avec l'aide de menaces très sérieuses de la part des parents, de la police et du cabinet du doyen, a réussi à convaincre ma sœur de descendre. Là-dessus, elle a été arrêtée. Elle est restée quatre heures en garde à vue en attendant que mes parents puissent déposer une caution.

Le lendemain matin, une réunion de famille (à laquelle on a convié Fred) a été convoquée chez mon frère.

Ma mère avait insisté pour qu'elle soit délocalisée, afin d'éviter les questions à n'en plus finir de Ruth. Mamie ne comprenait déjà pas pourquoi il y avait des manifestations contre la guerre du Vietnam ; elle comprendrait certainement encore moins pourquoi on allait se percher en haut d'un arbre pour l'empêcher d'être arraché. Lorsque la réunion a commencé, tous les participants semblaient épuisés après une nuit sans sommeil.

Mon père a ouvert la discussion avec une question très générale : « Qu'est-ce que tu as à dire pour ta défense ?

– La photosynthèse est vitale pour toutes les espèces vivantes. Ces chênes fournissent de l'oxygène depuis des années. On ne peut pas s'en débarrasser comme ça juste pour construire un centre sportif. Pense au volume d'oxygène que cet endroit-là va consommer », a répondu Rae.

Papa n'a pas avalé l'argument. « Sérieusement, Rae, c'est quoi, cette histoire ? »

La plupart des choses sont venues à Rae avec facilité dans la vie ; et les dons qu'elle n'a pas, comme le talent artistique ou les capacités sportives, ne suscitent pas grand intérêt chez elle. Je crois qu'elle s'est toujours sentie invincible, comme s'il n'existait aucune situation qu'elle ne puisse maîtriser. Négocier avec un enfant têtu est une chose, mais se battre contre un adulte qui vous oppose une fin de non-recevoir, c'en est une autre : je trouvais l'inflexible détermination de ma sœur terrifiante. Ma mère m'avait souvent objecté que c'était une phase, mais cela durait depuis si longtemps qu'à mon sens, cela avait cessé d'en être une. L'incident de l'arbre, paradoxalement, illustrait à la fois son obstination elle-même et une faille dans celle-ci.

Fred Kafter, activiste écologiste, supporter du Sierra Club*, membre fondateur du bulletin de *Earthvibe***, étudiant en urbanisme, avait rompu avec Rae à cause de l'indifférence de celle-ci au monde réel, notamment de son habitude de conduire au lieu d'utiliser les transports en commun, et de faire des tirages multiples des brouillons de dissertations qu'elle devait soumettre en fin de trimestre ; de sa paresse militante face à la pratique du compost[1] ; et de son inertie écologique globale.

Fred affirme avoir parlé à Rae à maintes reprises de son inquiétude à propos de leurs différences civiques, mais elle n'avait fait que des concessions superficielles qui ne traduisaient aucun respect pour ses convictions à lui. Ce n'est qu'après leur rupture à l'initiative de Fred qu'elle a compris l'importance qu'il attachait aux enjeux de l'environnement.

Rae avait grandi dans une famille où tout avançait à coups de menaces suivies d'ultimatums. Si elle avait su que Fred ne lui donnerait pas d'avertissement préalable, elle aurait sans doute pris ses demandes plus au sérieux. Mais Fred n'était pas du genre à poser des ultimatums. À la différence de Rae, il ne croyait pas aux vertus de l'intimidation. Il considérait sa façon de ne pas prendre ses opinions en compte comme le symptôme d'un dysfonctionnement de leur relation, et il a mis fin à celle-ci avec respect. Rae, qui n'avait

* Fondé en 1892 à San Francisco, ce club milite pour le respect de l'environnement, et a des antennes dans l'ensemble des États-Unis. Il existe aussi au Canada.

** Société spécialisée dans l'organisation de concerts, festivals, marchés et rassemblements divers d'inspiration écologique.

1. Ce qui signifie apparemment que certains articles biodégradables finissent encore dans sa poubelle.

rien compris, a essayé de le reconquérir avec des moyens faciles : cadeaux de plantes, achats soudains de vêtements en chanvre, et même de graines ; achats de produits bio[1], et diminution nette de sa paresse militante face au compost.

Quand toutes ces tentatives sont tombées à plat, il fallait frapper un grand coup. Comme la plupart des grands coups, il a fallu du temps pour le provoquer, car Rae a dû d'abord s'introduire dans le groupe de protestataires marginaux, ce qui l'a obligée à en apprendre beaucoup plus long sur les chênes qu'elle ne l'avait jamais désiré ou cru possible.

Pendant que Rae régalait la famille avec le récit de la façon dont elle avait infiltré le milieu des défenseurs des arbres, Fred, assis au fond de la pièce, écoutait avec une attention médusée.

« Pour ça, tu vas récolter au minimum une condamnation à des travaux d'intérêt général, jeune fille, a dit mon père.

– On est parfois obligé de prendre position, a dit Rae.

– Oh, je t'en prie », a rétorqué ma mère.

Rae a ignoré cette dernière et s'est tournée vers Fred.

« Tu me pardonnes, maintenant ?

– Ces arbres sont une cause perdue, a répondu Fred. Je trouve qu'il vaut mieux garder notre énergie pour une de celles qui ont des chances de succès. Et tout ce que je veux vraiment, c'est que chacun modifie un peu ses habitudes quotidiennes. Le carton de lait ne va pas dans la poubelle du recyclage. Il est biodégradable. J'ai oublié le nombre de fois où j'ai dû te le répéter.

– J'ai passé huit heures en haut d'un arbre pour toi et c'est tout ce que tu trouves à dire ? »

1. Ils ont tous deux admis que compte tenu de la consommation très limitée de Rae en matière de végétaux, ce changement ne faisait que peu de différence, voire aucune.

Fred semblait en panne de bonne répartie, aussi suis-je intervenue : « Juste une question, Rae. Tu t'es servie du seau ? »

Les parents ont accompagné ma sœur dans le bureau de David et ont eu une conversation en privé avec elle. Je pense qu'elle a eu droit à une solide engueulade. David, Fred et moi sommes restés assis dans le salon, sans dire grand-chose, espérant attraper des bribes de mots proférés un peu haut dans la pièce voisine ; or nous n'avons capté que des bribes de mots certes un peu hauts mais inintelligibles. David s'est rongé les ongles, ce qui lui arrive quand il est très agité, un état que la situation ne justifiait pas. Et moi, pour ma part, je m'amusais énormément et n'éprouvais aucune inquiétude pour une sœur atteinte de la folie des hauteurs.

À un moment, Fred s'est tourné vers moi et a demandé : « Est-ce que c'est ma faute ?

– Non, je crois que c'est la mienne », a répondu David.

Quand tout le monde a été parti, j'ai demandé à David ce qu'il avait voulu dire.

« Rien », a-t-il répondu.

Mais je savais que ce n'était pas vrai. J'ai insisté pour avoir des détails, mais il a refusé de me répondre.

Sur le moment. Mais ne vous inquiétez pas, j'ai finalement réussi à les lui extorquer.

PREUVES SUPPLÉMENTAIRES

Je dois vous rappeler que j'avais toujours en ma possession la clé USB contenant l'intégralité du dossier « Meg Cooper » de mon père. Avec toutes ces mésaventures arboricoles, je n'avais pas encore eu le temps d'y jeter un seul coup d'œil. Après une nuit complète de repos, je me suis finalement attelée de nouveau à ma tâche. Enfin, ma tâche officieuse. J'ai branché ma clé USB sur mon ordinateur et chargé deux mois de photographies et de rapports de surveillance.

L'essentiel des informations recueillies par mon père sur « Meg » consistaient en photos d'elle avec un homme. Elles étaient compromettantes, certes, et constituaient une preuve suffisante d'infidélité. À l'évidence, il y avait là toutes les preuves que Mr. Slayter aurait besoin de fournir s'il voulait entamer une procédure de divorce ; ou assez pour faire chanter Meg si elle voulait éviter que les photos ne soient montrées à son mari. Ce qui était peut-être plus compromettant encore, c'était que les dates des rendez-vous galants de Margaret correspondaient exactement à celles où elle avait demandé des surveillances sur Mr. Slayter, je m'en suis aperçue par recoupement.

J'avais mis dans le mille. Non que j'aie jamais douté de moi.

Il y avait cependant une chose bizarre dans le rapport de mon père. Jamais il n'avait identifié le sujet n° 2. D'après la procédure normale, il aurait dû le faire à partir de la plaque d'immatriculation, ou suivre ledit sujet jusque chez lui et chercher son nom à partir de son adresse. Mais papa cachait des informations au client. Et ces informations n'étaient pas dans le dossier.

Mon père nous avait appris que les affaires familiales requièrent du doigté car les émotions qu'elles mettent en jeu sont explosives. Peut-être avait-il étudié la situation de près et découvert la relation réelle entre Meg et Adam. Auquel cas, il pouvait avoir hésité à dévoiler toute la vérité à un client qui s'était présenté sous un faux jour. Malheureusement, le rapport ne pouvait me dire ce que mon père avait découvert ni ce qu'il pensait.

Tout ce que je savais, c'est que papa avançait très prudemment.

En dehors des preuves concernant la liaison, le rapport de mon père couvrait un large éventail d'activités quotidiennes du sujet, notamment des visites officielles au club de gym, des déjeuners avec des amies, des courses dans les magasins, et des visites dans divers immeubles de bureaux du centre-ville de San Francisco, dont l'un contenait un cabinet d'avocats.

Le dernier rapport n'avait pas été transmis au client pour défaut de paiement. En fait, Adam Cooper avait payé l'avance sur honoraires, fait un règlement partiel de sa première facture, et n'avait rien versé depuis. Pourtant mon père continuait à surveiller Meg/Margaret. Ceci m'a conduit à la conclusion qu'il avait beau prétendre haut et fort qu'il n'était qu'un narrateur omniscient pour son client, je le tenais.

Je tenais aussi Demetrius.

Ou plus exactement, j'ai eu de quoi le tenir le lundi suivant, quand je l'ai rencontré par hasard au Starbucks. Il y a longtemps, quand D était en prison, je lui avais donné le prix du café de nos jours (ou du moins d'un café amélioré). D m'avait juré que jamais il ne gaspillerait son argent pour ça. Eh bien, je le prenais à dépenser quatre dollars pour un liquide caféiné qu'il fallait au moins six mots pour commander.

« Tu me dois vingt dollars », ai-je annoncé.

Une fois de plus, j'avais oublié qu'il était imprudent d'aborder D de dos en lui glissant des remarques à l'oreille. D s'est tourné vivement vers moi, les poings fermés. Pendant une seconde, il a paru ne pas me reconnaître.

« Oups ! Désolée, j'avais oublié », ai-je dit.

D a poussé un grand soupir.

« Je croyais que tu détestais ce genre d'endroit », ai-je repris.

D a répondu d'un ton las : « Qu'est-ce que je peux te répondre, tu me prends sur le fait. » Puis j'ai remarqué son regard fuyant, comme celui d'un malfaiteur en repérage préalable.

« Tout baigne, D ? Tu as besoin de moi pour conduire la voiture pour ton évasion ?

– C'était drôle les vingt premières fois où tu l'as dit. Si tu rentrais avant moi ? Je fais une pause, tu vois. J'avais envie de lire le journal.

– Moi aussi, je fais une pause. Mais je n'avais pas prévu de lire le journal.

– Tu ne devrais pas être de retour au bureau ? » a dit D d'un ton laissant supposer qu'il voulait *vraiment* que je retourne au bureau. « Pourquoi essaies-tu de te débarrasser de moi ? »

À ce moment précis, une jolie femme s'est approchée, a tapoté le bras de D et dit : « Chéri, j'ai changé d'avis. Je vais prendre de la crème fouettée sur mon café au chocolat.

– Très bon choix, ai-je dit.

– Bonjour, a-t-elle répondu en me jetant un coup d'œil soupçonneux.

– Isabel.

– Izzy ! s'est-elle exclamée. Quel plaisir de vous rencontrer. J'ai tellement entendu parler de vous ! »

D a fait alors des présentations rapides. « Izzy, je te présente Mabel.

– Mabel. Je suis ravie de vous connaître. D n'arrête pas de parler de vous. C'est vrai, je crois que je pourrais écrire votre biographie maintenant. »

D m'a marché sur le pied. Il ne m'a pas fait mal, mais je me suis tue.

« Vous voulez vous joindre à nous ? a demandé Mabel.

– Volontiers.

– Mais elle a une réunion dans dix minutes, a dit D en consultant sa montre.

– Ah, j'avais oublié. Eh bien, j'ai été ravie. Il faudra que vous veniez dîner un de ces jours.

– Avancez, s'il vous plaît, a dit poliment la serveuse.

– Avance ! a répété D, beaucoup moins poliment.

– À bientôt », ai-je lancé en faisant un signe de la main (à Mabel).

Mabel est retournée à leur table. J'ai commandé mon café, suivie par D. Pendant que nous attendions l'arrivée de nos articles à-cinq-adjectifs-et-un-nom, je me suis glissée tout près de Demetrius et lui ai dit : « Pour une première rencontre, ça déchire ! »

ÉCRAN DE FUMÉE

Quand je suis arrivée au travail, la maison était vide, à l'exception de Mamie Spellman. Je l'ai trouvée à la table de la cuisine, occupée à un jeu de solitaire. Mamie a un talent certain pour faire fuir les gens, et pour ne laisser personne franchir sa carapace sévère et critique. S'il y avait une autre personne sous la surface, je ne l'ai jamais rencontrée. Mais en la regardant jouer aux cartes toute seule, je me suis prise malgré moi à regretter de ne pas avoir fait un peu plus d'efforts, surtout maintenant qu'elle entrait dans la phase déclinante de sa vie. Peut-être qu'elle se sentait seule et que sa misanthropie n'était qu'un masque.

Mon grand-père était une force de la nature : le genre d'homme capable de séduire une débutante aussi bien qu'un dealer ; le genre d'homme qui était toujours de votre côté, même s'il était dans l'autre camp. Mamie avait toujours été éclipsée par sa très forte personnalité. En fait, je n'avais aucun souvenir d'elle avant la mort de son mari.

Ensuite, elle était venue nous voir une fois par an – toujours accompagnée d'un nuage de terreur. Nous lui téléphonions pour son anniversaire et pour Noël, et nous nous passions l'appareil à la suite, chacun y allant de ses quelques remarques banales pour un échange heureusement bref.

Si Mamie n'avait jamais été ma plus grande fan[1], elle m'est devenue franchement hostile pendant ma folle adolescence. Une nuit où j'avais oublié qu'elle était chez nous, je suis rentrée par la fenêtre de la chambre d'amis après l'extinction des feux, la réveillant d'un profond sommeil. Ma silhouette sombre coiffée d'une casquette de ski ressemblait à celle d'un cambrioleur. Elle a hurlé et m'a lancé son réveil de voyage. J'ai allumé pour qu'elle me reconnaisse, ce qui ne l'a pas calmée autant qu'on aurait pu s'y attendre.

Elle m'a demandé ce que je faisais et je lui ai expliqué aussi succinctement que possible – alors que j'étais complètement pétée – que j'avais perdu mes clés et que je n'avais voulu réveiller personne. Elle s'est alors mise à crier pour appeler papa. Quand les parents, réveillés en sursaut et hébétés, sont arrivés dans sa chambre, elle les a informés de la situation et ils m'ont bouclée pour deux mois, sachant pertinemment que cela ne servirait qu'à me faire escalader encore plus de fenêtres pendant les deux mois en question. Le lendemain matin au petit déjeuner, Mamie a refusé de me parler ou de me regarder, en dépit du fait que c'était moi le sujet central de la conversation. Elle a suggéré aux parents de m'envoyer dans une école militaire privée*, et quand son idée a été repoussée, elle a proposé de payer pour m'envoyer apprendre les bonnes manières dans un pensionnat de jeunes filles.

Après de multiples discussions, on m'a donné à lire un manuel d'Emily Post** sur les bonnes manières et demandé d'écrire un rapport de dix pages résumant ce que j'en avais retenu. Je n'ai pas gardé beaucoup de souvenirs de l'ouvrage majeur de Post, mais j'ai été frappée par

1. Je serais vraiment contente de connaître l'identité de cette personne.

* En dehors des débouchés qu'elles offrent aux jeunes filles depuis trente ans, ces écoles sont considérées parfois comme un encadrement bénéfique pour les adolescentes perturbées.

** Emily Post (1972-1960), auteur d'ouvrages classiques aux États-Unis sur les convenances et le savoir-vivre.

ce qu'elle dit sur les messages de remerciements. En fait, j'ai pris l'habitude agaçante d'en écrire pour des motifs totalement incongrus. Mon père les trouvait amusants et il les a gardés dans une boîte à chaussures.

Il n'y a pas longtemps, j'en ai trouvé une liasse de dix centimètres d'épaisseur entourée d'une grosse ficelle dans le garage.

En voici un court échantillon, circa 1995 / 1996 :

Cher David,

Merci infiniment pour ton bouton au front. Il est abominable.

Bises,

Isabel

Chère Maman,

Merci de ne pas avoir fait la cuisine ce soir et d'avoir commandé une pizza.

Bises,

Isabel

Cher Papa,

Merci d'avoir rasé ta moustache. Je la trouvais affreuse. Tu as l'air presque normal à présent.

Ta fille,

Isabel

Chère Rae,

Merci de m'avoir laissé goûter certains de tes bonbons d'Halloween. J'apprécie ta générosité[1].

Bises,

Isabel

1. Je suis pratiquement certaine de les lui avoir volés.

Cher Mr. Benjamin,

Je regrette d'apprendre que vous avez été souffrant hier, mais très reconnaissante de ne pas avoir eu l'interrogation écrite « surprise » que vous nous réservez presque chaque lundi. Vous devriez peut-être regarder la définition du mot « surprise » dans le dictionnaire. Je vous souhaite un prompt rétablissement, mais je pense que vous auriez avantage à prendre quelques jours de congé supplémentaire. Peut-être une semaine.

Merci de bien prendre soin de vous.

Cordialement,

Isabel[1]

Inutile de dire qu'à la fin de l'été, plusieurs dizaines de messages avaient été envoyés, et que Mamie Spellman n'avait pas été omise de ce flot de gratitude. Si ma mémoire est bonne, je l'ai abondamment remerciée des collants dans un œuf en plastique qu'elle m'a offerts pour mon dix-huitième anniversaire. Je lui décrivais la façon dont j'avais découpé le nylon pour m'en faire un masque et braquer un magasin de vins et liqueurs, ce qui m'avait permis de transformer son investissement de deux dollars en trois cent soixante-douze dollars. Bien entendu, Mamie, affolée, a téléphoné à mon père en recevant mon message ; ce à quoi il a répondu que c'était une plaisanterie stupide. C'en était une, en effet. Le collant est allé droit à la poubelle, mais je me suis servie pendant des années de l'œuf en plastique pour y ranger ma provision d'herbe. Ce que je veux dire ici, c'est que lorsque Mamie est venue dîner ce premier soir

1. Vous vous demandez peut-être pourquoi mon père avait en sa possession une carte de remerciements adressée à un destinataire extérieur. Mr. Benjamin l'a utilisée comme preuve contre moi quelques mois plus tard alors qu'il essayait de me faire renvoyer pour avoir triché à un contrôle d'histoire.

et a dit : « Celle-là, je ne l'ai jamais comprise », je ne pouvais pas le lui reprocher. Moi non plus, je ne l'avais jamais comprise. Mais en la regardant jouer aux cartes toute seule dans une maison où elle n'était à l'évidence pas la bienvenue, j'ai éprouvé de l'émotion. Pour être honnête, je ne sais pas laquelle, parce que je passais le plus clair de mon temps à m'efforcer de toutes les refouler. Seulement voilà, pour la première fois de ma vie peut-être, je voyais une vieille femme solitaire, et non mon ennemie jurée du quatrième âge.

« Tu veux un citron chaud ? ai-je demandé à Mamie. Je m'en fais un.

– Merci, Isabel. C'est gentil. »

J'ai mis la bouilloire à chauffer et ai attendu qu'elle finisse sa partie.

« Tu ne ferais pas un gin rummy ? » ai-je proposé.

Je l'avais regardée jouer avec papa pendant des heures d'affilée, alors je savais que c'était une de ses activités de prédilection.

« Si tu veux », a-t-elle répondu en battant les cartes comme un pro.

Pendant qu'elle distribuait, je me suis demandé si j'allais la laisser gagner ou non, et j'ai décidé que oui.

Nous avons joué en silence jusqu'à ce que Mamie le rompe avec une de ces réflexions dont elle était coutumière :

« Tu sais que tu ne rajeunis pas, ma petite Isabel.

– Bienvenue au club.

– J'ai rencontré ton monsieur la dernière fois que je suis venue. Tu avais de la chance de l'avoir. »

Je ne pouvais pas la contredire.

« Mmmm, ai-je répondu.

– Les filles comme toi ne peuvent pas se montrer difficiles.

– Je tâcherai de me le rappeler », ai-je dit en refoulant un flot d'injures. Je sentais ma température monter, au sens propre.

« De mon temps, on n'allait pas vivre avec un homme tant qu'on n'avait pas la bague au doigt.

– De ton temps, on croyait aussi qu'on pouvait perdre du poids en restant debout pendant qu'une bande élastique te passait autour de la taille.

– Ça ne te ferait pas de mal de perdre quelques kilos, d'ailleurs.

– De quoi parlerions-nous, alors ?

– Les hommes n'aiment pas les femmes qui ont la langue acérée.

– Rappelle-moi pourquoi on parle, déjà ?

– Je te donne seulement des conseils de grand-mère. Tu ne veux pas passer le reste de ta vie toute seule, ma petite Isabel ?

– Gin.

– Déjà ?

– Non. Je veux dire que je vais m'en verser un. Pour le jeu, j'abandonne.

– C'est vrai que tu n'as jamais eu de suite dans les idées. »

Oh, que si, j'en ai ! Mais comparée à maman, je suis dans la catégorie des amateurs. Une heure plus tard, j'ai entendu la clé tourner dans la porte d'entrée et la voix de maman crier : « Au pied ! »

Et avant que j'aie eu le temps de dire « Ouf ! », un clebs géant couvert d'une masse de poils, de ceux qui se collent partout, a précédé ma mère dans la maison. L'énorme chien a sauté dans l'entrée, escaladé l'escalier qu'il a redescendu aussi sec, a bondi sur le canapé, rebondi dans le salon, couru dans la cuisine puis est reparti dans l'entrée en bousculant de tout son poids ma mère qui était à peu près de la même taille que lui. Pendant que maman bataillait avec l'animal pour lui ôter sa laisse, je me suis approchée avec circonspection. L'animal ne me faisait pas peur, mais ma mère, si.

« Salut, maman. Qu'est-ce que c'est que ça ?

– Izzy, je te présente le nouveau membre de la famille Spellman. Je crois que je vais l'appeler Quadrupette. Tu saisis ? Ton père avait un chien nommé Tripette lorsqu'il était célibataire. À ceci près que là, c'est une fille et qu'elle a quatre pattes. Mais c'est un chien, alors peu importe.

– Je suis sans voix.

– Elle est chou, non ? a dit maman, avant d'éternuer trois fois de suite.

– Gesundheit. Tu dois quelques explications. Pendant des années, David et moi avons supplié d'avoir un chien. Pourquoi maintenant ?

– J'avais assez d'animaux dans cette maison quand vous grandissiez.

– Mais tu es terriblement allergique », lui ai-je rappelé. Mais je doute qu'elle en ait eu besoin, car elle éternuait tellement qu'elle a dû se prendre une grande bouffée avec son inhalateur.

« C'est vrai. Je me ferai faire des piqûres. Il paraît que ça marche, et j'essaierai de ne pas faire de câlins à Quadrupette.

– Ah, ça y est, vu ! » ai-je dit. La stratégie de ma mère me crevait brusquement les yeux. Un ex-taulard n'avait pas fait l'affaire, mais un clébard tout fou, baveur, pesant quarante kilos et toujours prêt à poser partout ses pattes boueuses pourrait réussir à faire fuir la vieille bique (je parle de celle à deux pattes).

Mamie est arrivée dans l'entrée, où ma mère a fait les présentations officielles. « Ruth, je vous présente Quadrupette, le dernier membre de la famille Spellman. »

Les yeux de Mamie ont commencé à s'emplir de larmes. Elle a regardé Quadrupette comme si elle était face à un fantôme. Puis elle s'est tournée vers maman et a souri. « C'est l'image crachée de Perdita[1], la chienne de mon enfance », a dit Mamie. Puis elle a eu le

1. En latin, ça signifie « Perdue ». Mamie avait trouvé la chienne errante à côté d'un ruisseau ou dans une vieille grange. Perdita est aussi le nom de la mère des chiots dans les *101 Dalmatiens*, mais je doute que Mamie ait jamais vu le film. Je ne crois pas que Morgan Freeman y jouait.

geste le plus inattendu qui soit : elle s'est agenouillée et a passé les bras autour du cou de Quadrupette. « Je peux aller la promener ? »

Sidérée, ma mère est restée muette.

Elle s'est bornée à tendre la laisse à Mamie, qui a fait claquer sa langue à plusieurs reprises et à demandé à Quadrupette si elle voulait « aller mener » du ton sur lequel les gens parlent à Sydney.

Une fois Mamie sortie, Maman a appelé papa sur son portable. « Al, tu ne m'avais pas dit que ta mère (*atcha*) avait refusé de te laisser avoir un chien quand tu étais petit ?.... Peu importe pourquoi je te pose cette question... Si tu pouvais (*atcha*) répondre... Je vois. Je vois. Merci. Oui, j'ai des nouvelles. Mais elles peuvent attendre. » Ma mère a refermé son téléphone d'un coup sec et est entrée dans la cuisine, vaincue. Je l'ai suivie et l'ai regardée préparer un cocktail. « Ton père m'a toujours raconté cette anecdote tragique (*atcha*). Quand il était petit, il avait eu un chiot, un golden retriever, que sa mère les avait forcés (*atcha*) à donner. J'avais supposé que Ruth détestait les chiens. En fait, son père avait les allergies, comme moi.

– Tu dis “des allergies”, pas “les allergies”, ai-je coupé.

– Pendant quatre semaines, ton grand-père a essayé de cohabiter avec le chien pour faire plaisir aux enfants, mais il n'a finalement pas supporté.

– D'habitude, tu es douée pour ce genre de manœuvre diabolique. Est-ce que tu perdrais la main ?

– Non. Il faut juste que j'améliore mon niveau de jeu (*atcha*) », a dit maman.

COMMENT TOUT NÉGOCIER

Ma mère n'était pas la seule à devoir hausser son niveau de jeu. Si deux de mes mystères domestiques étaient résolus et archivés – les expérimentations linguistiques de Rae et la brusque passion de maman pour les activités de loisir (qui, soit dit en passant, ne s'est pas démentie), il me restait à élucider une longue suite de questions sans réponses. J'ai fait une liste pour être sûre qu'aucune ne passerait à travers les mailles du filet.

- Pourquoi David ne veut-il pas se venger ?
- D est-il sorti depuis le début avec la même femme ? Et est-il possible que Mamie et lui soient devenus amis ?
- Qui a fait griller le pain et a commis les autres actes de sabotage chez Walter ?
- Quel est le plan de Meg Cooper à l'encontre de Mr. Slayter, et Adam Cooper est-il complice ?
- Vivien Blake, qui êtes-vous ? Et quels sont vos rapports avec Rae ?
- Combien de temps Mamie Spellman va-t-elle encore rester à la maison ?

Pendant la semaine qui a suivi, j'ai fait des progrès limités sur toutes les questions ci-dessus. J'ai trouvé quelques bribes d'informations, mais n'ai réussi à clore qu'une « affaire ».

Comme vous pouvez l'imaginer, le fait de vivre sous le toit de David alors qu'il ne travaillait pas (j'ai bien conscience qu'élever un enfant est un travail à temps plein ; je veux simplement dire qu'il n'allait pas travailler à l'extérieur) me permettait d'avoir mon frère sous la main à des moments où il n'était pas sur ses gardes. J'ai attendu pour frapper le moment idéal. Sydney était restée éveillée toute la nuit à pleurer, et le matin, elle n'avait toujours pas dormi. Mon frère, qui présentait les symptômes d'un manque de sommeil sévère – manque de coordination, perte de mémoire (où est la petite tasse ? Où ai-je mis le torchon ?), irritabilité, etc. –, donnait à Sydney son petit déjeuner quand elle a fait un caprice et réclamé une « banane », et pas du porridge.

Elle a écarté son bol de porridge. David l'a repoussé vers elle en disant fermement : « Aujourd'hui, tu manges du porridge. » Alors Sydney a envoyé valser le bol.

Heureusement, il était en plastique ; mais le contenu blanchâtre et visqueux s'est écrasé contre le mur où il s'est étalé comme une scène de crime décolorée par le temps. David a paru au bord des larmes. J'ai attrapé plusieurs torchons et éponges et ai doucement poussé mon frère. « Je gère, ai-je dit. Retourne au lit. »

Sydney a commencé à hurler : « Banane. »

David s'est approché avec des serviettes en papier et m'a dit : « Tu ne peux pas faire ça toute seule. »

J'ai pris carrément David par les épaules et ai plongé mon regard dans ses yeux creusés par le manque de sommeil.

« Eh bien si. VA AU LIT. Je gère. »

Si d'habitude mon frère n'a guère confiance en mon aptitude à prendre en charge les situations, mes ordres étaient trop engageants pour qu'il y résiste. Il s'est borné à faire demi-tour, monter l'escalier et sans doute aller tout droit au lit.

J'ai sorti un sachet de ces curieux biscuits qui ont un pirate comme mascotte, et je l'ai lancé sur le plateau de la table haute de Sydney. Elle aussi semblait sur le point de pleurer.

« Tu ne me fais pas peur », ai-je déclaré.

Après quoi, j'ai entrepris de nettoyer le porridge, ce qui m'a pris presque une demi-heure. J'en avais presque les larmes aux yeux moi aussi à la fin. Pour être bien sûre que David ne se mettrait pas en tête d'en resservir dans un avenir proche, j'ai caché la boîte dans le placard aux manteaux.

Quatre heures plus tard, Sydney et moi avions regardé huit épisodes d'affilée de *Bob l'éponge*, et je l'ai couchée pour qu'elle fasse une sieste. David a choisi ce moment opportun pour se réveiller de la sienne. Il avait même réussi à prendre un bain.

« Tu as l'air comme neuf, lui ai-je dit en le voyant descendre l'escalier.

– Je t'en dois une.

– Alors, paie !

– Ton prix ?

– Cher. Mais je te conseille de payer.

– Alors ?

– Je veux savoir – j'ai besoin de savoir – pourquoi tu as été tellement coulant à propos de l'Offensive à la banane. Si, moi, je peux trouver la chose amusante, je ne vois pas en revanche pourquoi elle pourrait t'amuser, toi. »

David nous a servi à chacun une tasse de café, puis a disparu dans l'arrière-cuisine pendant cinq minutes à la recherche de quelque chose. D'où j'ai conclu qu'il cherchait un article bien précis. Il est revenu à la table de la cuisine avec une boîte très abîmée mais intacte d'un biscuit au chocolat appelée Tim Tam, de chez Arnott, goût « menthe craquante »

« D'où ça peut venir, ça ? » ai-je demandé. Étant la sœur de Rae, j'étais devenue à force une experte en sucreries, et l'emballage ne m'était assurément pas familier.

« Un ami me les a rapportés d'Australie. » David a ouvert la boîte et a trempé la moitié de son gâteau dans son café.

« Il y a combien de temps ?

– Quelques années.

– Tu dois avoir une sacrée culpabilité à écluser.

– J'ai comme un poids au creux de l'estomac.

– Ça ne s'améliorera pas quand tu auras mangé ces trucs-là. Tu as vérifié la date de péremption ?

– Goûtes-en un et tu te tairas. »

J'ai goûté et je suis restée silencieuse pendant que je dégustais l'exquis biscuit[1]. « À ta place, je les garderais hors de portée de Rae.

– Ce n'est plus un problème.

– À propos de Rae, ai-je dit.

– Jolie transition.

– Ta conscience sera plus tranquille si tu dis la vérité.

– Qu'est-ce qui te fait croire que ma conscience ait quoi que ce soit à voir là-dedans ?

– Consommation de sucre et refus de te venger de l'Offensive à la banane. Oh, et puis aussi ce commentaire que tu as lancé, l'air de

1. Pourquoi, oui, pourquoi n'en trouve-t-on pas dans tous les grands supermarchés des États-Unis ? C'est aberrant. Australie, je t'aime.

rien, l'autre jour quand Rae était dans son arbre. Ou qu'elle venait juste de descendre d'un arbre… »

David a avalé un Tim Tam entier et a quitté la table alors que je n'avais pas fini de parler.

« Ouh ouh ! » ai-je dit. Puis j'ai chopé un autre biscuit.

Quelques minutes plus tard, David est revenu à la cuisine avec un classeur en plastique contenant des illustrations en noir et blanc, l'œuvre d'un professionnel (c'est-à-dire pas de David). C'était une parodie de livre pour enfants. Je pourrais vous le décrire, mais mieux vaut que vous le regardiez par vous-mêmes.

Comment négocier
TOUT
Écrit par David Spellman
Illustrations de Jaime Temairik
BONBONS
RAISINS
HOW WHEAT IT IS
ALMOND

Ça t'est déjà arrivé
de vouloir quelque chose
et de ne pas l'avoir ?

NON
BONBONS

Ça t'est déjà arrivé de pleurer, supplier, crier pour avoir un certain jouet, une glace, une visite au zoo, un petit chien, une tortue ou une paire de baskets avec des lumières clignotantes ?

On te répond toujours...

Nous comprenons ta douleur.

C'est vrai que souvent, nous n'obtenons pas ce que nous voulons et que nous laissons nos émotions prendre le dessus.

Mais PLEURER n'est pas la bonne solution.
Je peux vous confier un petit secret ?
Vous POUVEZ obtenir tout ce que vous voulez.
Arrêtez de pleurer quelques minutes et je vais vous dire comment faire.

Savez-vous ce que veut dire **RAISONNABLE** ?
C'est quand vous savez rester calme, concentré,
et vous servir de vos mots,
pas de vos émotions.

Dans la vie, il y a très peu de choses
qu'on ne peut pas obtenir si on les demande d'une façon
raisonnable et en offrant quelque chose en retour.

Ça s'appelle « négocier ».
Voyons comment Sammy
négocie avec sa mère...

Ce n'était pas la fin, je le reconnais[1]. Je dirai seulement que le livre ne se borne pas à suggérer que *tout* peut se négocier.

« C'est toi qui as écrit ça ? ai-je demandé à David.

– Hélas.

– Quand ?

– En première année de fac.

– Tu devais assister à des cours zarbi, non ?

– J'étais obligé de suivre un atelier d'écriture…

– Et tu t'en es tiré en rendant ce machin ? Putain, ta belle gueule t'a mené encore plus loin que je le croyais. Les illustrations sont bonnes. Qui est Jaime (j'ai prononcé Haimi) ?

– Jaime [prononcé Haimi]. Ma copine pendant quelques semaines.

– Exactement le temps nécessaire pour illustrer un livre ? ai-je demandé.

– C'était un projet annexe. J'étudiais l'édition et j'avais l'impression qu'il y avait beaucoup d'argent à se faire en publiant des livres pour enfants, et qu'il y avait là un créneau encore vacant.

– Quel créneau ? Des livres de développement professionnel pour les moins de trois ans ?

– *Pourquoi ne pas leur apprendre à rester calmes sous la pression*, c'est ce que je pensais à l'époque, a dit David qui, à l'évidence, ne le pensait plus.

– Tu ne leur apprenais pas à *se servir de leurs mots*, tu leur fournissais un commentaire détaillé pour exercer une manipulation en profondeur.

– J'ai compris ça depuis.

– Je suppose que tu as lu ce livre à Rae.

---

1. Si vous voulez en lire davantage, *Comment Tout négocier* sera disponible chez S&S Enfants, hiver 2013.

– Ce n'est rien de le dire.

– Pardon ?

– Enfin. Elle était… Je ne sais pas quel est le mot juste… »

Tout est devenu soudain très clair.

« Rae t'a servi de cobaye.

– Oui.

– Merde alors !

– Tu vois mon problème.

– Ce qu'elle a fait était pire, ai-je dit. Tu le sais, d'accord ?

– Mais c'est à cause de moi qu'elle est devenue ce qu'elle est.

– Dr. Frankenstein, je crois que tu surestimes un peu ton importance. »

VIEILLES HABITUDES

Après ma matinée avec Sydney, mon après-midi avec David et ma vie avec moi-même, j'avais besoin de boire un coup. Je me suis dit que Bernie avait sûrement encore une dette envers moi, et que je pouvais boire pour pas cher au Philosopher's Club.

J'ai trouvé Gerty derrière le comptoir, en train de servir les clients.

« Cette jolie figure me manquait, a-t-elle dit.

– Il vous a déjà mise au turbin ?

– J'ai toujours voulu être barmaid.

– Vraiment ? » ai-je répondu d'un ton sceptique, alors que j'avais fait mon temps derrière le comptoir et ne peux nier y avoir trouvé des avantages.

« Les clients me racontent ce qui les tracasse. Alors, dites-moi tout, ma belle, parce que ça se voit comme le nez au milieu de la figure, que vous avez des soucis. »

J'ai d'abord commandé un verre. Puis un autre. Je lui ai parlé de mon frère et de ma sœur bizarroïdes et de leurs expériences réciproques. Je lui ai parlé de ma mère et de son projet de faire fuir Mamie, et de Mamie qui m'avait dit que je passerais ma vie toute seule. Je lui ai parlé de la Muraille de Chine, et j'ai même avoué que j'avais fait chanter notre as de l'informatique pour qu'il y ouvre une brèche. Je lui ai aussi parlé de Walter, qui avait réussi à se trouver quelqu'un qui avait accepté de vivre avec lui malgré ses problèmes gigantesques, alors que lui ne pouvait supporter ceux de sa femme ; j'ai évoqué son mystérieux intrus, et la façon dont il brossait le tapis derrière moi quand j'avais laissé une marque de pas. Puis je lui ai parlé de Vivien Blake et de ses affreux parents qui tenaient absolument à faire surveiller leur propre fille. Même si je devais reconnaître moi aussi qu'elle avait un comportement hautement suspect. Puis je lui ai parlé d'Adam, Edward et Meg, ainsi que de tous les amoureux éconduits dans leur sillage. Je me demandais si des unions heureuses étaient encore possibles. Ou si elles l'avaient jamais été. Fine mouche, Gerty a cité mes parents, mais j'ai écarté son objection. Il y a toujours des exceptions à la règle.

Puis Bernie a montré son nez. Il a embrassé Gerty sur la bouche juste devant moi.

J'ai eu un début de nausée.

« Tu es obligé de faire ça ? ai-je demandé.

– C'est mon bar, a-t-il rétorqué.

– Avant, c'était le mien.

– Je veux bien partager. »

J'ai fini mon verre et ai demandé si je pouvais me servir du téléphone. J'ai composé le numéro de mémoire.

« Je suis saoule, ai-je dit. J'ai besoin d'un chauffeur. » Là-dessus, j'ai raccroché.

Vingt minutes plus tard, Henry s'est pointé. J'ai remarqué que la main de Bernie qui semblait collée en permanence à la taille de Gerty s'est détachée comme par enchantement en présence de Henry. Si seulement il m'avait témoigné la même courtoisie. Les manières de Bernie changeaient aussi devant Henry. Brusquement, il se tenait plus droit, articulait mieux et restait à une distance convenable de la mère de Henry. Les deux hommes se sont serré la main et se sont dit bonjour. Henry a embrassé sa mère, lui a demandé comment elle allait et elle a proposé qu'ils déjeunent ensemble le lendemain.

« Qu'est-ce que tu fais ici ? ai-je demandé à Henry.

– Il paraît que tu as besoin d'un chauffeur.

– J'ai appelé mon frère.

– Il m'a appelé.

– Il n'aurait pas dû faire ça.

– On y va.

– J'ai pas envie d'y aller maintenant. Barman, un autre. »

Bernie s'est tourné vers Henry d'un air interrogateur.

« Le regarde pas. C'est moi la cliente et c'est moi qui paie. »

Un dialogue silencieux a dû avoir lieu, car Bernie a tendu le doigt vers l'écriteau stipulant qu'il a le droit de refuser de servir.

« Tu veux vraiment jouer encore au con avec moi ? ai-je demandé.

– Tu as bu à l'œil toute la soirée, a dit Bernie. Un de ces jours, on va se trouver quittes. Maintenant, tu as un chauffeur, alors barre-toi. »

Henry est allé prendre mon manteau (où se trouvaient aussi, heureusement, mes clés et mon portefeuille) sur le tabouret de bar et s'est dirigé vers la porte.

« Je reviendrai, ai-je dit d'un ton menaçant.

– Tout le plaisir sera pour moi », a répondu Bernie avec bonne humeur.

« Comment ça se passe pour toi ? a demandé Henry tandis que nous descendions Portola Drive à vive allure.

– Super. Je profite de ma liberté.

– C'est la ligne officielle que tu choisis ? a demandé Henry.

– Tu ne veux pas que je te réponde franchement, si ?

– Euh, eh bien si.

– Alors, je dois reconnaître que la vaisselle ne se lave pas toute seule. J'espère que tu apprécies ta cuisine impeccable.

– Oh, ça n'est pas aussi extraordinaire qu'on le dit.

– Alors, maintenant, tu l'admets.

– On ne s'est pas séparés pour cause de vaisselle.

– Parle pour toi.

– On peut encore...

– Arrête. »

Il a obéi. En fait, aucun mot n'a été échangé jusqu'à ce qu'il arrête sa voiture devant la maison de David.

« Tu veux du thé ? ai-je proposé. En règle générale, je ne fais pas ce genre de proposition.

– Tu en as sur toi ? a demandé Henry.

– Non. Je demandais si tu voulais entrer pour boire du thé ? Ou un autre liquide. J'ai délocalisé[1] dans mon studio un peu des provisions alcoolisées de David. Pas prudent de garder ça chez soi quand on a un petit enfant, de toute façon.

– Tu m'invites à entrer ?

– Je suppose que je pourrais aller chercher la bouteille et revenir à la voiture. Sauf si tu veux du thé. Mais ça prendrait du temps.

– Qu'est-ce qui se passera si j'entre ?

– Je n'en sais trop rien. Je suppose que tu boiras quelque chose, puis que tu éprouveras le besoin de ranger ; je te dirai d'arrêter. Tu obéiras peut-être ; ou pas. Je n'en ai aucune idée. Je ne vois pas dans le futur. En fait, ce n'est pas vrai. Dans deux secondes, je vais sortir de cette voiture. »

1. Et non pas volé !

Deux secondes plus tard (j'ai compté), j'ai dit : « Merci de m'avoir raccompagnée chez moi », et je suis sortie du véhicule.

J'ai contourné la maison de David et suis entrée seule dans le studio. Je ne me suis pas retournée. J'ai fermé la porte derrière moi, ai trouvé la drôle de bouteille que j'avais prise à Sydney et m'en suis versé un verre.

Cinq minutes plus tard, on a frappé à la porte. Certaines choses sont prévisibles – un breuvage a été versé, quelques vêtements ont été pendus sur des cintres, une remarque a été faite sur l'évier encombré de vaisselle, une autre sur la nécessité de changer les lampes de quarante watts restantes en ampoules basse consommation. J'ai dit à Henry d'en discuter avec David.

Ce qui, je le suppose, n'était pas prévisible, c'est que ma chemise a été ôtée dès que nous sommes venus à bout des verres et des sujets susmentionnés. Puis nous nous sommes retrouvés sur le lit. Chaussures, chaussettes et vêtements divers ont été jetés dans la pièce. Curieusement, le côté ordonné de la personnalité de Henry disparaît quand il se déshabille dans des circonstances intimes. Bien entendu, le matin, il range tout. Mais j'anticipe.

« Ce n'est pas raisonnable, a-t-il dit en déboutonnant mon pantalon.

– Tu as raison », ai-je répondu en déboutonnant sa chemise.

Pendant qu'il s'expliquait avec ma fermeture dc soutien-gorge, il a dit : « Je déteste ce machin-là. Il faut être spécialiste en fusées spatiales pour comprendre le mécanisme. »

Il a continué à tâtonner pendant que j'attendais patiemment.

« Tu veux que je t'aide ou que j'appelle un spécialiste de la NASA ?

– J'ai compris », a annoncé Henry.

Eh non. « Laisse-moi faire », ai-je dit en lui donnant une tape sur les mains pour lui faire lâcher prise.

C'est une de ces fermetures à l'avant qui s'ouvre par un mouvement de torsion.

« Non, a répondu Henry, têtu.

– Il doit bien y avoir un cours de formation continue auquel tu pourrais t'inscrire ? »

Henry m'a embrassée. Je suis sûre qu'il en avait envie, mais je pense qu'il avait aussi envie de me faire taire. Il s'est bagarré avec l'agrafe pendant encore une minute ou deux, jusqu'au moment où, ayant essayé un nombre considérable de variantes, il est tombé sur la bonne. C'était certainement le dégrafage le plus laborieux expérimenté depuis une séance de pelotage sur la banquette arrière à l'époque du lycée.

À un certain stade, nous avons tous deux cessé de dire que c'était une mauvaise idée. Toute ma vie, j'ai fait des choses qui étaient de mauvaises idées. Aller au lit avec l'ex n° 13 ne se situait pas très haut sur la liste des mauvaises idées qui s'étaient concrétisées. Il semblait tout à fait normal d'aller au lit avec un homme qui avait partagé le mien pendant deux ans.

Plus tard, nous nous sommes endormis, comme si rien n'avait changé sauf le lieu.

Ce n'est que lorsque la lumière a filtré à travers les rideaux que nous nous sommes souciés de la réalité. Henry m'a entourée de ses bras et embrassée dans le cou.

« On ne devrait sans doute pas recommencer, a-t-il dit.

– Sans doute pas, non », ai-je répondu. Si je ne suis pas très branchée sur la discipline, le respect des règles et ce que préconisent les adeptes de ces principes, nous avons réussi à respecter cette directive. Rien n'avait changé cette nuit-là. En fait, comment savoir si je me réveillerais à côté de quelqu'un dans trente ans ? Je savais seulement que ce ne serait pas à côté de Henry.

Avant qu'il parte, nous sommes convenus d'un commun accord de rester bons amis. Mais nous avons ensuite décidé que nous serions le genre d'amis qui ne se verraient plus pendant un certain temps. Oui mais comment ferais-je, car cela me privait de mon contact avec la police ? Alors Henry a dit que je pourrais utiliser l'e-mail pour d'éventuelles demandes de renseignements. J'ai proposé de lui écrire sous un faux nom pour maintenir la distance, mais il n'a pas jugé cela nécessaire.

Il a fait une dernière requête que j'ai acceptée non sans réticence.

« À l'avenir, s'il t'arrive de parler de moi, désigne-moi par mon nom et non par mon numéro.

– Marché conclu », ai-je répondu.

Je l'ai raccompagné à la porte, où il m'a embrassée. Point final. J'ai fermé la porte, ai attendu de ne plus entendre ses pas dans l'allée. Et puis j'ai pleuré.

Mais c'était la dernière fois que je pleurais sur lui.

GÉNÉTIQUE, INTRODUCTION

Le quartier général des Spellman était vide quand j'y suis arrivée le lendemain matin. J'ai trouvé une chemise en papier kraft sur mon bureau. Elle contenait plusieurs photocopies d'un manuel scolaire scientifique sur la génétique. On avait surligné les explications sur les gènes dominants et récessifs déterminant la couleur des yeux, des cheveux, les fossettes au menton et les oreilles décollées. Elle contenait aussi des photos de famille de Vivien Blake et de ses parents. Comme les documents étaient photocopiés de façon à ce que les textes soient en gros caractères, comme les notes en marge étaient condescendantes, définissant les mots *dominant* et *récessif* – et que l'écriture desdites notes était un griffonnage familier –, je me suis douté que les documents avaient été fournis par ma sœur. Qui n'avait cependant laissé aucun message annexe. C'était un rapport génétique d'amateur sur les Blake proposé à ma lecture.

Vivien Blake avait des cheveux châtain foncé et des yeux marron. Sa mère était blonde aux yeux bleus et son père, brun aux yeux bleus. Il n'est pas fréquent que deux parents aux yeux bleus aient un enfant aux yeux bruns, mais ce n'est pas impossible. Même la littérature fournie par Rae le signalait. Cependant, sur les photographies, Vivien avait une fossette au menton, trait qui était entouré d'un cercle au surligneur ; ni l'un ni l'autre de ses parents ne présentait cette caractéristique. Or, d'après le manuel de Rae et les recherches que j'ai faites, ceci signifiait à tout le moins qu'elle n'était pas l'enfant biologique de ses parents. J'ai alors examiné plus attentivement la photo de Vivien et il m'est brusquement apparu qu'elle était à l'évidence une enfant adoptée. Ceci n'avait pas été mentionné dans l'entretien avec les parents, à ma connaissance, mais je n'étais pas sûre que cela avait un quelconque rapport de pertinence dans l'enquête.

J'ai téléphoné à ma sœur pour découvrir le motif qui se cachait derrière ce dernier rebondissement.

« Tu es seule ? a demandé Rae.

– Oui.

– Tu as eu le dossier ?

– Oui.

– Tu as compris de quoi il s'agit ?

– Si tu continues sur ce ton, Rae, tu perdras plus que ta voiture.

– Je savais que c'était à toi que je devais tout ça.

– Écoute, je ne prends aucun plaisir à cette conversation et toi non plus. Si tu me disais pourquoi tu m'as fait parvenir ces infos ?

– Je me suis dit qu'il fallait que tu sois au courant.

– Que c'est une enfant adoptée ?

– Oui.

– Elle le sait ?

– Il y a quelques années, elle a fait un test à partir de ses cheveux ; mais elle avait des doutes depuis un bon moment déjà, ayant suivi un cours de sciences au lycée.

– Tu aurais pu m'informer juste du test ADN.

– Trop facile.

– Que veux-tu que je fasse de cette info ?

– Que tu la gardes en tête pendant que tu continues à faire ton enquête sur Vivien et à transmettre les résultats à ses parents.

– Merci. Mais je te rappelle une chose : jamais je n'ai voulu m'occuper de cette affaire. Toi, si.

– J'avais mes raisons », a dit Rae avant de couper la communication.

Quand ma mère est arrivée, j'ai fourré la chemise dans mon bureau et ai déplacé des papiers tout en m'efforçant de débarrasser mon esprit des retombées qui s'y déposaient.

« Devine qui je viens de rencontrer à [ça ne vous regarde pas[1]] ? » a demandé ma mère.

Je n'étais pas d'humeur à deviner. « Ce petit Français qui escalade les gratte-ciel ?

– Je vais te le dire parce que, visiblement, tu es d'une humeur de chien. Demetrius.

– Il aime bien cet endroit. Qu'est-ce que ça a de nouveau ?

– Il était avec une amie et il n'est pas rentré hier soir.

– C'est vrai ? Tu leur as dit bonjour ou tu les as juste vus par la devanture ?

– Bien sûr que j'ai dit bonjour. Elle était charmante. Elle m'a dit qu'elle avait beaucoup entendu parler de moi. Ça ne pouvait pas être leur premier rendez-vous.

– Elle s'appelait comment ?

– Mabel. Je crois vraiment que D a vaincu son syndrome du premier rendez-vous.

1. Il s'agit d'une boulangerie-salon de thé où il y a une queue indisciplinée à n'importe quelle heure. Désolée, je ne vais pas vous donner le nom et allonger encore la queue.

– Ouais. Je crois aussi. »

Vingt minutes plus tard, D est entré dans le bureau.

« Alors, agréable, ce petit déjeuner ? a demandé maman.

– Oui », a répondu D rapidement, puis il a changé de conversation aussi vite que cela était humainement possible.

« J'attaque par le rapport Pierson ou par l'enquête d'antériorité pour Zylor ?

– En fait, tu pourrais m'en dire un peu plus sur ton amie, a dit maman.

– D aimerait peut-être que sa vie privée reste privée », suis-je intervenue.

Si ma mère n'a pas bien pris que j'interrompe son interrogatoire, elle était cependant plus sensible à la vie privée de D qu'à celle de quiconque sur l'ensemble de la planète. Elle m'a jeté un regard noir, mais son expression s'est radoucie quand elle s'est tournée vers D. « Bien sûr. Désolée, D. Mais j'ai été ravie de la rencontrer, et si tu veux l'inviter chez...

– Merci, Olivia.

– Je crois que la priorité, c'est l'affaire Pierson », a dit maman, sentant le vent.

Nous avons travaillé en silence pendant une heure ou deux. Je surveillais ma mère du coin de l'œil. Je n'avais qu'une envie : qu'elle fasse une pause. J'avais défendu la vie privée de D, mais c'était entièrement bidon. Cette affaire avec Mabel était plus complexe qu'elle n'en avait l'air. Finalement, maman est partie chercher Mamie Spellman à un cours de dressage de chien à Crissy Field. Une idée de Mamie. Qui était excellente, parce que depuis son arrivée, Quadrupette était déchaînée ; mais l'ennui, c'était que les allergies de maman prenaient des proportions extrêmes. Maintenant elle avait sur les bras non seulement Mamie mais aussi un chien. Je voyais bien que la situation allait finir par lui faire péter les plombs.

« Je reviens tout à l'heure », a dit maman, avalant une bouffée de son inhalateur,

Une fois maman sortie, j'ai écarté les paperasses dont je m'occupais, ai posé mon menton sur mes mains et ai regardé fixement D jusqu'à ce qu'il le remarque.

« Quelque chose te tracasse, Isabel ?

– Maintenant que tu en parles, je me dis que Mabel et toi, vous ne vous connaissez sans doute pas d'hier. C'est comme ces premiers rendez-vous avec des infirmières, des bibliothécaires et des assistantes sociales : je ne crois pas que tu y sois allé.

– Ah oui ? » a répondu D, impassible. Il est vrai qu'il a refusé de croiser mon regard, ce qui était révélateur. De quoi, je ne savais pas.

« Je pense que ça fait un certain temps que tu sors avec Mabel. Deux mois, je dirais. Je brûle ?

– Peut-être.

– Trois ? »

D a refusé de répondre.

« Pourquoi tiens-tu à garder le secret ?

– Dans cette maison ? C'est toi qui me poses cette question ? » a dit D d'un ton accusateur, ce qui n'était pas courant.

Il est vrai que nous ne respectons pas la vie privée les uns des autres. Mais pour D, nous avions fait un effort.

« Bon, ai-je dit. Je suis contente que tu aies rencontré quelqu'un.

– Merci », a répondu D.

Soucieuse de respecter sa vie privée, j'ai cessé de poser des questions. Mais après quelques minutes, ayant réfléchi aux divers éléments qu'impliquait la conduite récente de D, j'ai déduit ce qui aurait dû me sauter aux yeux dès le début et ai presque crié. « J'ai compris !

– Quoi donc ? a patiemment demandé D.

– Tu as honte de nous. C'est pour ça que nous ne l'avons toujours pas rencontrée ! »

D a rangé sur son bureau des papiers qui étaient déjà bien rangés. J'étais tombée pile.

« Ne t'en fais pas, ai-je dit. Je ne dirai rien. Moi aussi, j'ai honte de nous. »

Quelques minutes plus tard, j'ai eu un appel d'urgence de Walter. Il était persuadé d'avoir laissé son grille-pain branché. C'était un mercredi et comme il ne faisait griller du pain que le dimanche, cela me semblait peu probable. Mais au moins, c'était une des urgences classiques de Walter. Sur le chemin, je me suis arrêtée dans une quincaillerie et ai acheté une serrure à pêne dormant. Il était temps de prendre de nouvelles précautions, que cela plaise ou non à Walter.

Je suis arrivée dans un appartement vide et ai ôté mes chaussures. Je suis d'abord allée dans la cuisine où, comme je l'avais prévu, le grille-pain n'était pas branché ; en revanche, la fiche du mixeur était dans la prise. C'était une première. J'ai passé en revue le reste de l'appartement et n'ai rien trouvé d'anormal. J'ai brossé la moquette dans le sillage de mes empreintes et suis passée dans le salon, où je me suis assise sur le canapé après un dernier coup de brosse.

J'ai envoyé un texto à Walter : Faut qu'on parle.

Walter ne pratique pas le texto. Il a téléphoné.

« Tout est en ordre ?

– Est-ce que vous aimez les aliments mixés ?

– Je ne suis pas sûr de comprendre ce que votre question implique. Tout est en ordre ?

– Rien d'anormal dans l'appartement.

– Et le grille-pain ?

– Débranché. En revanche, le mixeur était branché.

– C'est curieux, a dit Walter, qui a paru soucieux, mais sans plus.

– Pourquoi avez-vous un mixeur ?

– Pardon ?

– Ça fait des saletés et c'est dur à nettoyer.

– Tout à fait d'accord.

– Vous devriez peut-être vous en débarrasser.

– Peut-être.

– Ce que je veux dire, c'est que ni vous ni une personne inconnue ne peut brancher un appareil si vous n'avez pas ledit appareil. D'accord ?

– Votre logique est imparable.

– Quand serez-vous à la maison, Walter ?

– Dans vingt-cinq minutes environ.

– Parfait. Entre-temps, je vais changer la serrure de votre porte. Je crois qu'il est temps de mettre en place quelques mesures de sécurité supplémentaires. J'ai votre permission ? » Sans attendre la réponse de Walter, j'ai redit « Parfait », et j'ai raccroché.

Walter m'a rappelée, mais je n'ai pas décroché. J'ai pris une vieille serviette dans ma voiture et l'ai mise sur le tapis pendant que je changeais la serrure. Walter est arrivé juste comme j'essayais les nouvelles clés.

« Merci. Nous aurions sans doute dû faire cela il y a longtemps, a dit Walter avec un manque d'enthousiasme manifeste.

– Sans doute, ai-je répondu.

– Ça va, Isabel ? a-t-il demandé d'un ton impliquant qu'il savait que ce n'était pas le cas.

– Pourquoi me posez-vous cette question ?

– Votre chemisier est froissé. Il ne l'est pas autant d'habitude.

– Vous avez raison, sans doute », ai-je répondu. C'était Henry qui me repassait mes chemisiers.

« Vous avez l'air triste. Vous êtes triste, Isabel.

– Ma foi, sans doute.

– Vous voulez en parler ?

– Voilà votre clé. N'en donnez de double à personne.

– Et si je la perds ?

– Je ne vous imagine pas perdant une clé, Walter. Mais si ça vous arrive, téléphonez-moi, j'ai le double.

– Merci, Isabel. Je ne sais pas ce que je ferais sans vous.

– Vous renonceriez au mixeur. »

Je suis retournée au 1799, Clay Street pendant la diffusion de *Gossamer Heights.* D, Mamie et Quadrupette étaient tous assis sur le canapé, en train de regarder l'émission. Pendant les publicités, Mamie et D se consultaient au sujet des développements probables.

« Je voudrais bien que Nicole et Joey se remettent ensemble.

– C'était un bon couple, a dit D, mais je crois qu'elle a l'œil sur Jameson.

– Celui-là, il ne m'inspire pas confiance.

– Il mijote quelque chose », a répondu D.

Ma mère regardait la scène depuis l'entrée en reniflant (à cause de ses allergies et non pas de chagrin) : son ennemie et son confident partageant les mêmes goûts. Mon père s'est approché, a passé le bras autour des épaules de maman et l'a embrassée sur le dessus du crâne. Je devais reconnaître qu'il y avait quelque chose de troublant dans ce scénario. Certes, ils avaient *Gossamer Heights* et Morgan Freeman en commun, mais il n'était pas possible que Tu Sais Qui et Demetrius deviennent amis.

« Comment ça a pu se passer ? a demandé maman en prenant encore une bouffée avec son inhalateur.

– Les plans les plus rusés sont souvent déjoués », a dit papa sentencieusement.

MRS. SPELLMAN ET SON CHAUFFEUR

Ma mère m'a appelée de très bonne heure un jour interdit. Nous avions officiellement convenu, elle et moi, de ne pas nous téléphoner le samedi, sauf urgence.

« Il y a intérêt à ce que ce soit une urgence », ai-je dit en prenant l'appel.

Atcha.

« Les allergies ne comptent pas. »

Atcha.

« Tu as oublié quel jour on est ?

– Ils font des projets, a chuchoté maman.

– Qui ? ai-je chuchoté en retour.

– Ruth [*atcha*] et D. Ils vont passer la journée ensemble.

– C'est bizarre et je comprends que ça te contrarie. Mais ce n'est pas une raison pour transgresser la règle du "jour sans", ai-je répondu fermement.

– Je crois qu'ils vont voir un film, a dit maman.

– Ce ne serait pas la première fois. Mais ça pose la question de savoir si Morgan Freeman a parfois le temps de se reposer.

– Il y a quinze jours, j'ai proposé à D d'aller avec moi à une séance de l'après-midi, et il m'a répondu qu'il avait trop de travail.

– Et c'est vrai qu'il y avait du travail ?

– Oui, mais ce n'est pas le sujet.

– Maman, est-ce que cette conversation débouche quelque part ? Parce que j'ai une longue journée à ne rien faire en perspective.

– Il y a quelque chose d'anormal dans tout ça.

– Je suis d'accord.

– Il faut que tu les suives.

– Pourquoi pas toi ?

– Parce que le samedi est le seul jour où je peux pousser ton père à avoir une activité physique. On a un cours de yoga dans vingt minutes, et je crois qu'ensuite, on ira faire une randonnée dans les Marin Headlands*.

– Tu cherches à le tuer ?

– Isabel, fais ça pour moi.

– Je vais avoir besoin d'être motivée..

– Tarif heures supplémentaires, plus deux jours sans à utiliser quand tu voudras.

– On dit quatre ?

– Trois.

– O.K.

– Si mes renseignements sont bons, ils partent dans une heure. »

Nous avons coupé, j'ai éteint la télévision et me suis habillée en vitesse. D connaît ma voiture, et même s'il ne s'attendait sans doute pas à être suivi, la présence d'une Buick cabossée dans un rétroviseur ne passerait sans doute pas inaperçue. J'ai examiné les choix dont je disposais, et la Prius de David m'a paru la meilleure option.

* Péninsule accidentée située juste au nord de San Francisco, accessible par le pont du Golden Gate.

J'ai frappé. Maggie m'a ouvert la porte. David et Sydney étaient assis par terre dans le salon, et écoutaient de la musique classique en peignant avec les doigts. Je dois signaler que David ne se bornait pas à aider Sydney à réaliser son œuvre d'art, mais qu'il travaillait sur la sienne.

« Tu es encore en panne de café ? a demandé Maggie gentiment. Je viens d'en faire du frais.

– Non, merci. J'ai ce qu'il faut. »

Maggie m'a invitée à entrer, a hoché la tête en direction de David et Sydney et a dit : « C'est l'heure de la peinture. D'habitude, ça en dure au moins deux.

– Souviens-toi d'utiliser toute ta palette de couleurs, Sydney, et pas seulement du bleu », a dit David.

Sydney a planté son pouce sur le papier à dessin, laissant une autre empreinte bleue.

« David, je peux t'emprunter ta voiture ?

– Tu as un problème avec la tienne ?

– Non. Il faut que je file D et il connaît ma voiture. Je ferai le plein avant de te la rendre.

– Pourquoi files-tu D ? » a demandé Maggie. À l'évidence, cela n'intéressait pas David.

« Maman veut savoir pourquoi il passe autant de temps avec Mamie. Ça la rend dingue. Salut, Sydney », ai-je dit.

Sydney m'a jeté un regard et ses yeux se sont remplis de larmes. Elle a dit : « Pas Izzy. Non, pas Izzy. Pas Izzy[1].

– Elle croit que tu vas encore la garder », a dit Maggy en manière d'excuse.

J'ai reculé vers la porte et suis arrivée dans l'entrée. « T'inquiète, ai-je crié. Je m'en vais. Tu vois ? » ai-je dit en sortant.

1. Peu importe qui dit cela. Ça fait toujours mal.

Maggie m'a passé les clés de voiture. « Désolée », a-t-elle dit.

« Ce n'est pas grave. Merci, David. *Au revoir*, Sydney. » J'ai dit cette dernière phrase de façon appuyée, pour bien enfoncer le clou.

J'ai ouvert la porte du garage, celle de la Prius, ai appelé ma mère pour qu'elle fasse le point sur la situation et ai descendu l'allée en marche arrière jusqu'à la rue. Comme je mettais en marche avant, Maggie est sortie de la maison en courant, ayant enfilé une seule manche de son manteau, et elle s'est approchée de la portière de droite. J'ai ouvert la fenêtre.

« Emmène-moi », a-t-elle dit d'un ton implorant. Elle a sauté dans la voiture et nous sommes parties.

Une heure plus tard, Maggie et moi avions suivi Mamie, conduite par D, tout au long de ce que l'on peut décrire comme une visite soigneusement sélective de la ville. Il a fait le tour des lieux touristiques préférés des familles : Fisherman's Wharf, la Marina, Twin Peaks. Puis il a traversé les collines : Nob, Russian et Noe Hills (court-circuitant Mission). Il a évité Chinatown, Japantown, le centre-ville et les quartiers intermédiaires. Après quoi, il a pris son temps pour traverser le parc du Golden Gate, et s'est arrêté devant un restaurant surplombant Ocean Beach. Pendant que l'étrange couple faisait une pause déjeuner, Maggie et moi avons attendu dans le parking en admirant la vue.

« Tu as faim ? » a-t-elle demandé en sortant de sa poche un biscuit aux flocons d'avoine enveloppé dans une serviette en papier. Pendant des années, David a essayé de lui faire perdre cette habitude, mais apparemment sans succès. Elle a rompu le biscuit et m'a généreusement offert la plus grosse part. J'ai pris l'autre. Après notre casse-croûte, j'ai décidé d'en avoir le cœur net sur son évasion.

« Les familles aiment passer le week-end ensemble d'habitude, non ?

– Normalement, oui, a-t-elle répondu, manifestement surprise par le tour que prenait la conversation.

– Tu veux en parler ?

– Tu veux parler de tes ennuis ? a-t-elle rétorqué.

– Non, merci. Mais les tiens sont beaucoup plus intéressants. Et comme je pense que mon frère n'y est pas étranger, je pourrais sans doute éclairer un peu ta lanterne. »

Maggie a appuyé sa tête contre la vitre et fermé les yeux. « Il est tellement obsessionnel avec elle. Je ne comprends pas pourquoi.

– Ah bon ? » Pour moi, c'était évident.

« Non, pas du tout.

– Il est convaincu qu'elle va devenir comme Rae ou comme moi s'il ne réagit pas. Alors, il fait tout ce qu'il peut. »

Maggie a écarquillé les yeux et porté la main à son front. « Oh mon Dieu ! Ça ne m'avait même pas effleuré l'esprit.

– Tu pourrais peut-être lui laisser un peu de marge. »

Avant que Maggie ait pu répondre, j'ai fait une marche arrière, suis sortie du parking, ai filé jusqu'au bout de l'allée et ai tourné à droite toute sur la voie express. J'ai accéléré à fond, espérant avoir le feu vert au coin de Fulton Street, mais j'ai dû écraser le frein quand il a viré au rouge. Maggie a fait une embardée vers l'avant.

« Qu'est-ce qui vient de se passer ?

– On a été refaites. D et Mamie viennent de nous fausser compagnie. »

J'ai appelé ma mère. Elle était entre deux activités et a répondu.

« Qu'est-ce qu'ils font ?

– Ils déjeunaient.

– Ils *déjeunaient* ! a répété maman, non sans une pointe de jalousie.

– Il y a un GPS sur la voiture de D ?

– Non. Ce n'est pas une voiture de l'agence. Où sont-ils à présent ?

– Désolée, maman. On les a perdus. »

L'ARNAQUE BLAKE

Les demandes de surveillance des Blake s'étaient réduites depuis ma transmission du dernier rapport bidon. Sans trop savoir ce qu'il en était des activités non répertoriées de Vivien, j'éprouvais une certaine réticence à révéler leur nature, propre à éveiller les soupçons à des parents qui en avaient déjà. Disons seulement que même pour un profane, la lecture de ces comptes rendus étaient très ennuyeuse.

J'ai cependant reçu un e-mail de Mrs. Blake peu après ma filature ratée de Mamie et D. Elle tenait à ce que j'effectue une surveillance le soir même, prétendant avoir reçu de sa fille un e-mail inhabituel. Quand je lui ai demandé des détails supplémentaires, Mrs. Blake n'a pas répondu, elle s'est bornée à réitérer sa demande de surveillance et, pour la première fois, elle a demandé des preuves visuelles, plus précisément une vidéo.

Je n'avais pas l'habitude d'avoir affaire directement à Mrs. Blake, mais je n'y ai pas prêté attention sur le moment.

À neuf heures du soir, j'ai commencé ma surveillance du sujet, Vivien Blake.

À neuf heures quinze, l'étudiante a quitté son appartement de Dolores Street et est allée à pied jusqu'à un bar de Folsom Street. Elle s'est assise au comptoir, a échangé quelques mots avec un client de sexe masculin, blanc, environ vingt-cinq ans. Elle lui a passé ce qui semblait être une liasse de billets ; le garçon lui a glissé dans la main quelque chose qu'elle a mis rapidement dans sa poche. Puis elle a quitté le bar et s'est rendue dans un immeuble trois rues plus loin. Elle a appuyé sur l'intercom et a attendu que la porte s'ouvre. J'ai fait le tour de l'immeuble et ai vu une lumière dans l'appartement du premier où le sujet était entré.

À l'intérieur se trouvaient environ quatre étudiants aux cheveux gras, en train de fumer des cigarettes et des joints. De derrière l'immeuble, je voyais très clairement l'intérieur de l'appartement, exceptionnellement bien éclairé. À l'aide d'un petit appareil photo digital, j'en ai pris un cliché. Vivien a sorti un sachet de sa poche, sans doute l'article qu'elle s'était procuré au bar. Elle s'est agenouillée à côté de la table basse, où une petite glace et une lame de rasoir étaient en évidence à côté de cendriers débordants et de pipes. Vivien a versé une partie du contenu du sachet sur la petite glace et en a fait une ligne avec la lame de rasoir. Puis elle a pris une paille et a sniffé la poudre, s'est léché le doigt puis l'a frotté sur ses gencives. Elle a proposé la poudre magique à quelques-uns des copains branchés, mais ils ont tous décliné.

S'attendaient-ils vraiment à ce que je tombe dans le panneau ? Je peux dire avec certitude et en connaissance de cause que s'il s'était agi de cocaïne, il y aurait eu des amateurs. Mais sniffer du sucre en poudre ne procure pas les sensations les plus agréables[1].

1. Et, oui, c'est une activité qui m'est familière. Je parle de ce qui a trait au sucre en poudre.

J'ai appuyé sur le numéro trois de mon clavier pour lancer un appel préprogrammé.

« J'apprécie l'hommage », ai-je dit à ma sœur.

Si vous ne comprenez pas l'allusion, je vous explique en deux mots : il y a quelques années, à un moment où mes parents me surveillaient étroitement, j'ai pris ma revanche en montant un petit numéro intitulé « Isabel sniffe de la coke[1] », que j'ai persuadé ma sœur à la fois d'observer et de filmer. Je m'étais dit que si mes parents voulaient me prendre en flagrant délit d'acte criminel, autant y aller à fond. Mais Rae (quatorze ans à l'époque) était intervenue et avait braqué un revolver sur mes copains acteurs, Len et Christopher, qui jouaient le rôle des dealers classiques. J'ai mis Rae dans la confidence, mais je l'ai forcée à montrer la pellicule à mes parents. Et aujourd'hui, je voyais clairement que les activités inhabituelles de Vivien étaient du cinéma. C'était encore une mise en scène destinée à ses parents. Aidée par Rae, Vivien voulait se venger et m'utilisait comme un pion dans mon propre jeu.

« Tu ne crois quand même pas que je vais montrer cette vidéo à ses parents ?

– Je pensais que tu étais la mieux placée pour comprendre.

– Je suppose que ce n'est pas Mrs. Blake qui a demandé que je fasse cette surveillance ce soir ?

– Non. Viv a piraté le compte de sa mère.

– Je vois. Appelle Vivien, ai-je dit. Dis-lui de me retrouver devant l'immeuble. »

Cinq minutes plus tard, Vivien est sortie de l'appartement. Elle m'a adressé un sourire gêné.

« Qu'est-ce qui vous a mise sur la voie ?

---

1. Voir document n° 1.

– Toutes sortes de choses. Mais surtout, c'était servi sur un plateau. L'éclairage était parfait.

– Je voulais utiliser une pipe à crack, mais je n'étais pas sûre de l'ingrédient que je pouvais inhaler sans risque.

– Heureusement que vous avez joué la prudence.

– Vous avez la séquence ?

– Oui.

– Qu'est-ce que vous allez en faire ? »

Un quart d'heure plus tard, Vivien et moi étions dans un café de Mission Street. Elle avalait des cuillerées de la crème fouettée garnissant le dessus d'un double café-choco que je venais de lui commander, et elle semblait brusquement avoir des années de moins que la femme que j'avais suivie ces derniers mois.

« Belle performance l'autre soir, soit dit en passant. Emmener la BMW dans un atelier de cannibalisation. Chapeau ! Je vous avais prise pour une dégénérée.

– Merci.

– Qu'est-ce que vous voulez, Vivien ?

– D'autres parents.

– Trop tard. Qu'est-ce que vous voulez vraiment ?

– Ma revanche, j'imagine.

– Et ça vous avancera à quoi ?

– Je n'en sais rien. À égaliser le score.

– Je ne leur montre pas cette vidéo. Je ne leur communique pas un rapport sur une activité qui n'est que pour la galerie. Je vais leur dire qu'ils ont une fille normale, qui respecte la loi, et qu'ils devraient cesser de la faire surveiller. Ils vous ficheront la paix si je leur dis de le faire. Plus de conduite de dégénérée, d'accord ?

– Rien que du vrai à partir de maintenant.

– Vous voilà libre, Vivien. Essayez de le rester. Vous allez cesser de faire l'idiote ? » Je ne pouvais croire que ces mots sortaient de ma bouche. J'avais l'impression d'être une vieille.

« À une condition, a dit Vivien.

– Laquelle ?

– Je veux que vous trouviez mes vrais parents. »

TAXI DRIVER

Charlie Black m'a trouvée une fois de plus devant le bureau d'Edward Slayter. Il portait le même pull neuf, à ceci près qu'il n'était plus aussi neuf. « Salut, Isabel.

– Salut, Charlie.

– Ça ne vous ennuie pas si je m'assois ?

– Pas du tout.

– Ça vous dirait de faire une partie ?

– Je crois que ma période d'échecs est terminée.

– Ça m'attriste.

– Moi aussi, d'une certaine façon.

– Vous êtes encore en train de surveiller votre ami ? Celui que vous ne saluez pas et à qui vous ne parlez pas ?

– Oui.

– Vous vous faites du souci pour lui, on dirait ?

– Oui.

– Je l'ai vu l'autre jour.

– C'est son bureau », ai-je dit en désignant l'immeuble. « Et ça, c'est le vôtre », ai-je poursuivi en montrant les marches en béton sur lesquelles nous nous tenions. « Il y avait des chances que vous vous rencontriez un jour ou l'autre.

– Nos chemins se sont croisés. Il m'a même fait un signe de la main.

– Vous lui avez adressé la parole ?

– Ne vous inquiétez pas. Il n'a pas été question de vous.

– De quoi avez-vous parlé ?

– Il s'est approché de moi et m'a demandé son chemin.

– Pour aller où ?

– C'est ça qui était curieux. Il voulait savoir où se trouvait Montgomery Street.

– Mais c'est tout de suite là ! »

Montgomery Street est une grande artère perpendiculaire à Market Street, à deux ou trois blocs du bureau de Slayter. N'importe quel habitant de San Francisco doit savoir où est Montgomery Street, à plus forte raison quelqu'un qui travaille en centre-ville.

« C'est ce que j'ai dit, a poursuivi Charlie. C'est tout de suite là. Alors il m'a remercié et a dit qu'il avait confondu.

– Il vous a posé d'autres questions ?

– Non. Il m'a dit qu'on se reverrait peut-être au Mechanics' Institute.

– C'est tout ?

– Il a fait quelque chose de mal, Isabel ?

– Je ne pense pas.

– Alors, pourquoi le surveillez-vous ? »

Je n'ai jamais répondu à la question de Charlie.

Mr. Slayter est sorti de son bureau et a pris Market Street, où l'attendait son chauffeur.

« Excusez-moi, Charlie.

– À plus tard, Isabel. »

J'ai hélé un taxi et ai désigné la limousine noire de Slayter.

« Suivez cette voiture, ai-je dit au chauffeur de taxi.

– Pourquoi ? a-t-il répliqué.

– Je ne pense pas que ça vous regarde. »

Le chauffeur a rejoint la circulation et s'est mis à suivre la voiture avec décontraction, tout en continuant son interrogatoire. « C'est mon taxi. Je pose des questions si je veux.

– Et moi, je peux refuser de répondre si je veux.

– On suit qui ?

– Cette limousine noire là-devant. C'est tout ce que vous avez besoin de savoir.

– Votre mari est dedans ?

– Non.

– Votre copain ? »

Le taxi allait maintenant très au-dessous de la vitesse limite.

« Plus vite !

– Votre copain ?

– Non. Si vous n'avez pas ce feu, on le perd.

– Répondez à ma question.

– Oui. C'est mon copain. »

Le taxi a appuyé sur l'accélérateur et nous sommes passés à l'orange, avons slalomé à travers les voitures et rattrapé la distance perdue pendant qu'il avait utilisé la menace de la conduite escargot.

« Vous croyez qu'il vous trompe ? » a demandé le chauffeur de taxi.

J'ai regardé le nom marqué sur la licence affichée au tableau de bord.

« Je ne sais pas, Phil Vitus. On devrait donner votre nom à une maladie. »

Phil a ôté son pied de l'accélérateur et répété sa question.

« Peut-être », ai-je répondu. Nous avons repris de la vitesse. « Il a appelé le même numéro sur son portable trois jours d'affilée.

– Vous ne devriez pas l'espionner, a dit Phil.

– Je ne l'espionnais pas. J'avais besoin d'un numéro et j'ai consulté son téléphone.

– Vous l'avez appelé, ce numéro ?

– Non. »

Phil Vitus a manifestement trouvé que je lui cachais quelque chose, parce qu'il a ralenti de nouveau.

« Vous jouez à quoi, là ? ai-je demandé.

– Dites-moi la vérité. Vous avez appelé ce numéro ?

– Oui.

– Et alors ? »

Quand j'ai senti la voiture ralentir de nouveau, je suis devenue volubile. Tant que je parlais et répondais à ses questions, mon chauffeur avait le pied lourd sur l'accélérateur. « J'ai fait le numéro avec son téléphone. J'ai eu une femme au bout du fil, qui m'a dit : "Salut mon chou." Alors j'ai raccroché. Elle a rappelé, mais j'ai laissé le répondeur de Jack prendre l'appel.

– Jack, c'est votre copain ?

– Oui.

– Ça fait longtemps que vous êtes ensemble ?

– Deux ans.

– Vous vous êtes rencontrés comment ?

– Il m'a draguée dans un bar.

– Avec quelle attaque ?

– Pardon ?

– Il a attaqué avec quelle phrase ?

– "Que fait une fille bien comme vous dans un endroit pareil ?"

– Ce n'est pas vrai.

– Comment le savez-vous ? » Je trouvais bizarre qu'il ait achoppé sur un mensonge particulier dans une collection de boniments.

« Vous n'avez pas vraiment l'air d'une fille bien.

– Je n'en suis pas une.

– Alors, qu'est-ce qu'il a dit ?

– “Je peux vous offrir un verre ?”

– C'est aussi facile avec vous ?

– Ouais.

– Vous avez couché avec lui la première fois ?

– Dites donc, vous franchissez la ligne jaune, mec. J'ai votre numéro de licence. Vous voulez que je vous signale à la compagnie ?

– On saute deux ans, alors. »

La limousine a pris vers l'ouest à Fell Street et s'est mise dans la file du milieu.

« Je crois qu'il va au parc, ai-je dit. Gardez vos distances. »

Le chauffeur a laissé quelques voitures se mettre entre nous sur la file et les questions ont continué.

« Si on passe à deux ans plus tard, à quand vous trouvez un numéro suspect sur son téléphone : vous savez qui est cette femme ?

– Je suis presque sûre que c'est l'assistante de son dentiste.

– À quoi elle ressemble ?

– Blonde, gros nichons. Classique, quoi. Je crois qu'il va au musée. Suivez-le jusqu'à l'aire où on peut faire demi-tour. »

La limousine s'est arrêtée devant le De Young Museum*.

« Jack est amateur d'art ?

– Pourquoi pas ? » ai-je répliqué.

Mr. Slayter – cinquante-huit ans friqués et soignés – est descendu de sa voiture. Mon chauffeur de taxi lui a jeté un rapide coup d'œil, puis a longuement regardé sa passagère de trente-quatre ans vêtue

* Musée des Beaux-Arts de San Francisco, situé dans le parc du Golden Gate.

d'un chemisier fripé, d'un jean et d'un pull orné d'un trou visible sur le devant. Je ne précise même pas l'allure qu'avaient mes cheveux ce jour-là. « Ce n'est pas votre petit copain, a dit Phil Vitus, comprenant enfin qu'il s'était fait avoir.

– Qu'est-ce qui vous a mis sur la voie ? ai-je demandé.

– Les types comme lui ne sortent pas avec des femmes comme vous. »

Le compteur indiquait onze dollars quatre-vingts. Je lui en ai donné douze.

« Gardez la monnaie », ai-je dit en descendant du taxi.

LE PORTRAIT DE DORA MAAR

Les musées sont chers. Vous le savez sans doute déjà. J'ai caressé un instant l'idée d'attendre qu'Edward Slayter se soit imprégné de toute la culture qu'il pouvait absorber et ait besoin d'un café ou d'un rafraîchissement. Mais je voulais avoir une conversation avec lui, et je me suis dit qu'il serait plus commode de l'approcher dans un musée que de l'aborder dans le parc.

Même un jour de semaine, le De Young était plein de touristes en sueur. Une exposition d'œuvres de Picasso prêtées par la France attirait une affluence record. Slayter, je le supposais, était là pour la voir. À bien des égards, Mr. Slayter était l'objet de surveillance idéal. Plus d'un mètre quatre-vingts, une toison poivre et sel : il était facile à repérer dans une foule. Il était aussi le seul à porter un complet dans une marée de vêtements en coton et de casquettes de base-ball.

Il se tenait en face d'un portrait de femme. Je l'ai repéré. Cinq minutes à regarder un seul tableau. Une femme avec deux yeux et deux nez. Je l'ai observé de dos tandis qu'il était plongé dans sa contemplation. Je me suis approchée de la notice sur le mur et ai lu qu'il s'agissait d'un portrait de la maîtresse de Picasso. Je ne suis pas spécialiste en art, mais il m'a semblé qu'il avait du mal à se la représenter. Je me suis demandé si c'était l'impression qu'Edward avait de sa femme. Était-elle pour lui une énigme, une menace, ou ni l'un ni l'autre ? Je me suis demandé s'il l'aimait toujours. Le trompait-elle parce qu'elle était une épouse négligée ou n'avait-elle jamais eu l'intention d'être fidèle ? Avait-elle épousé Slayter juste pour son argent, ou seulement pour les avantages indirects ?

J'avais beau avoir suivi Slayter pendant des mois, je ne pouvais pas vous dire quel genre d'homme c'était. Tant que je l'ignorais, je ne pouvais avancer que pas à pas. J'ai trouvé une place à côté de lui et j'ai longuement regardé le tableau de Picasso. Lorsque j'ai été sûre qu'il avait remarqué ma présence, je lui ai adressé la parole.

« Je ne comprends pas, ai-je dit.

– Quoi donc ?

– Rien, pour être honnête, ai-je chuchoté.

– Alors, que faites-vous ici ? a chuchoté Slayter.

– Mon ami estime que je devrais me cultiver[1].

– Et qu'est-ce que vous en pensez, vous ?

– Je trouve qu'il devrait garder certaines de ses opinions pour lui.

– Non, je parlais du tableau.

– Je ne suis pas vraiment branchée sur mes émotions. Et vous, vous en pensez quoi ?

– Je suis déconcerté.

– Vous croyez que c'était ce que cherchait Picasso ?

– Je ne parlais pas du tableau. Je parlais de vous.

– Ce n'est pas ce que je cherchais non plus.

– Pourquoi êtes-vous ici ?

---

1. À la vérité, j'ai eu ma dose de culture pendant les deux ans où je suis sortie avec Henry Stone, et j'ai visité un bon nombre de musées. J'aime bien Picasso, incidemment. Mais c'est comme dire que vous aimez Morgan Freeman.

– Pour la peinture.

– Non, franchement, pourquoi êtes-vous venue ici ?

– Je crois qu'il faut qu'on parle. »

Slayter ne voulait pas parler tant qu'il n'avait pas profité pleinement de l'exposition ; je suis donc restée en sa compagnie et ai reçu une petite initiation. Nous avons visité toute l'exposition, puis Slayter a regardé le programme et insisté pour que nous retournions voir le portrait de Dora Maar. « C'est ce que je suis venu voir, a-t-il dit.

– Je sais. Et vous l'avez déjà vu.

– En France, il y a vingt ans.

– Et ici, il y a une heure. »

Slayter a reporté son regard sur le tableau et a pris une profonde inspiration.

« Je crois que j'ai besoin d'un café », a-t-il dit.

Nous sommes allés à la cafétéria, où j'ai commandé un café pour Mr. Slayter, qui a insisté pour aller le boire au Jardin botanique. Cela m'a fait un effet curieux de rencontrer le sujet de l'enquête à l'endroit où j'avais eu mon rendez-vous initial avec la cliente. Mais les deux journées n'auraient pas pu être plus différentes. J'avais rencontré Margaret sous un soleil particulièrement brutal. Cette journée avec Slayter était tellement brumeuse qu'il y avait de la buée sur toutes les feuilles.

« Vous avez assez chaud ? a demandé Mr. Slayter. Je peux vous passer mon manteau.

– Je n'ai pas froid.

– Nous nous connaissons ?

– Quelle drôle de question.

– Oui, hein ? Mais je ne sais pas si nous nous connaissons ou non.

– Vous avez un Alzheimer ?

– Oui.

– Il y a combien de temps que vous le savez ?

– J'ai été diagnostiqué il y a un peu plus d'un mois environ, si ma mémoire est bonne. Or elle ne l'est pas.

– Vous l'avez dit à votre femme ?

– Non. *Ça*, j'en suis sûr. Comment savez-vous que je suis marié ?

– Vous avez une alliance.

– Ah, c'est vrai.

– Mais ce n'est pas pour ça que je le sais.

– Je pense que si nous nous connaissions, je m'en souviendrais, a dit Slayter.

– Je suis détective privé.

– Je n'aurais pas oublié ça.

– Votre femme m'a engagée pour que je vous suive. »

Slayter s'est tourné vers moi et a souri. « Vous me suiviez ?

– Oui.

– Depuis combien de temps ?

– Deux mois.

– Je n'avais pas remarqué.

– Je fais bien mon travail.

– Ou je ne suis pas très observateur.

– Je préfère mon interprétation.

– Dites-moi, pourquoi ma femme vous a-t-elle engagée ? Elle me soupçonne de la tromper ?

– Je ne suis pas sûre qu'elle vous soupçonne de quoi que ce soit.

– Je suppose que vous ne m'avez jamais pris en flagrant délit d'une transgression quelconque ?

– Je crois que vous connaissez la réponse.

– Les choses étant ce qu'elles sont, je n'en suis plus si sûr.

– Elle me demandait de vous garder à l'œil, c'est tout.

– Pourquoi ?

– Vous avez un contrat de mariage ?

– Bien entendu.

– Avec une clause concernant l'adultère ?

– Oui.

– Je crois que votre femme a une liaison et m'a engagée pour vous surveiller les jours où elle était avec son amant pour ne pas être prise en flagrant délit. Elle n'a jamais rien voulu savoir d'autre que l'endroit où vous vous trouviez et quand vous rentriez chez vous.

– Ah. Vous avez des preuves de sa liaison ?

– C'est là où l'histoire se complique.

– Moi qui trouvais que c'était déjà assez compliqué, a répondu Edward.

– Votre femme a-t-elle un frère ?

– Vous voulez dire Adam ?

– Oui, Adam.

– Et alors ?

– Il n'y a pas moyen de vous dire ça sans que ce soit déplaisant : Adam Cooper est l'ex-mari de Margaret et non son frère. »

En homme d'affaires éprouvé, Mr. Slayter a maîtrisé ses émotions. J'ai seulement vu une lueur de surprise, peut-être de tristesse, sur son visage. « Le café n'est plus ce qu'il était, je trouve, a-t-il dit. Je crois qu'un verre me ferait du bien. Vous connaissez un endroit dans les parages ? »

Je connais toujours un endroit dans les parages. Mr. Slayter et moi avons trouvé refuge dans un troquet irlandais non loin de là. J'ai eu peur qu'il ne le trouve un peu bas de gamme, mais il n'a pas paru avoir d'objection. Il a retiré sa cravate, l'a mise dans sa poche et a commandé une Guinness. J'en étais arrivée à la conclusion que Mr. Slayter n'était assurément qu'un spectateur innocent, mais riche. Je lui ai expliqué que l'agence avait été contactée séparément, et apparemment par hasard, par Margaret et Adam pour qu'ils puissent arriver chacun à leurs fins inavouables. Je ne savais pas au juste ce que sa femme avait en tête, mais j'étais à peu près certaine qu'Adam voulait avoir des preuves de la liaison de Margaret afin de la faire chanter. J'ai demandé à Mr. Slayter s'il avait donné de l'argent à Adam par le passé.

Il avait en effet investi dans un certain nombre d'entreprises qui avaient capoté. L'année dernière, il avait décidé de cesser de faire des transactions financières avec son beau-frère. Quand je lui ai demandé combien il avait investi pendant toutes ces années, il a estimé la somme à plus de cent mille dollars. Il a dit que lorsqu'il avait décidé de cesser de subventionner Adam, Margaret avait été tout à fait d'accord avec lui et l'avait remercié pour toute l'aide qu'il avait apportée à son frère dans le passé.

Nous avons fini notre première bière et j'allais commander une seconde tournée lorsque mon portable a vibré.

C'était un texto de Mrs. Slayter.

« Elle voudrait savoir où vous êtes, ai-je dit. Où êtes-vous ?

– Dites-lui que je suis dans un bar avec une jeune femme.

– Vous êtes sûr de vouloir que je lui dise ça ?

– J'insiste. »

J'ai envoyé le texto. Elle m'a répondu aussitôt.

« Elle veut que je décrive la fille.

– Grande, brune, moins de trente ans[1], un peu brute de décoffrage, mais jolie. »

1. Je trouvais Mr. Slayter de plus en plus charmant.

J'ai écrit le début sur la grande brune et ai substitué un âge plus conforme à la réalité dans la suite du SMS.

Prenez des photos, a-t-elle répondu.

Impossible. Manque d'éclairage. Essaierai qd sortiront.

J'ai refermé mon téléphone et reporté mon attention sur Mr. Slayter.

« Je vous ai donné un compte rendu. Maintenant, la question qui se pose est la suivante : Que comptez-vous faire ?

– Je suppose que je devrais divorcer.

– Vous êtes sûr que c'est ce que vous voulez ?

– Ah, parce que vous pensez qu'une épouse infidèle vaut mieux que pas d'épouse du tout quand je m'enfoncerai dans l'amnésie ? C'est ça ?

– Non. Ce n'est pas à ça que je pensais. Mais je viens de vous donner une information importante. Vous devriez sans doute prendre un ou deux jours de réflexion et voir la façon dont vous voulez réagir.

– Vous avez peut-être raison. Mais avant de passer à l'acte, j'ai besoin de savoir une chose. Vous avez des preuves de la liaison ?

– Oui, mais il faut que nous discutions d'autre chose.

– Combien ?

– Pardon ?

– Combien prendrez-vous ?

– Je ne veux pas de votre argent.

– Qu'est-ce que vous voulez ?

– Ce que je veux surtout éviter, c'est que mon père me désavoue. »

LE DERNIER DÎNER[1]

À l'approche de Thanksgiving*, la plupart des communications professionnelles se sont arrêtées. Vivien est retournée à contrecœur en banlieue ; Walter a pris deux Valium et l'avion pour St. Louis, où ses parents âgés habitaient toujours ; Edward Slayter a subi un dernier jour de fête des plus inconfortables avec plusieurs confrères et la future-ex Mrs. Slayter. Je n'ai aucune idée de la façon dont Adam Cooper a passé le temps. Peut-être vendait-il des dindes en caoutchouc sur un de ces étals de fortune devant un grand magasin.

Quant à nous autres, tout ce que je peux dire, c'est que nous avons survécu. Demetrius et ma mère ont travaillé d'arrache-pied à la cuisine pendant deux jours d'affilée, surveillés de près par Mamie Spellman, dans le rôle du commentateur quasi sportif. À ceci près que ses remarques se terminaient sur un ton interrogatif.

Vous mettez la pâte du dessus de la tourte maintenant ?

---

1. Si seulement !

* Fête nationale célébrée le quatrième jeudi de novembre pour commémorer l'installation des premiers colons, et marquée par un repas familial copieux comprenant en général une dinde aux airelles et une tourte sucrée en dessert.

Vous avez besoin de 125 grammes de beurre pour la purée ?

Vous êtes sûrs de vouloir cuire la dinde à cent soixante degrés ?

Ah, vous faites une tourte à la noix de pécan[1] *?*

Qu'est-ce qu'il y a dans ce flacon ?

Par égard pour maman ce jour-là, D a répondu poliment à toutes les questions de Mamie, pendant que maman restait muette et sereine comme un moine bouddhiste.

J'aime cuire les pâtes la veille. On ne sacrifie pas le goût et ça économise du temps.

Un jour par an, on peut se lâcher.

Si on la cuit à four plus chaud, on risque que la chair soit sèche[2].

Oui, les noix de pécan, c'est pour la tourte.

De l'aspirine.

Comme d'habitude, papa était assis et regardait du football sans discontinuer, tout en entretenant des rapports interactifs avec la télévision. Déterminée à donner le bon exemple à sa fille, Maggie en faisait autant. À eux deux, ils avaient liquidé un pack de six avant deux heures de l'après-midi, et ils ont commencé à se livrer à des paris moyennement amicaux sur l'issue des matchs. Quatre bières plus tard, ils en étaient à jouer leur voiture comme garantie, si bien que j'ai confisqué la bière et les ai emmenés dehors pour les faire marcher et les dessaouler.

David, qui d'habitude est à cheval sur les rôles masculins et féminins (un œil vers la cuisine et deux sur le foot), avait cette année ses trois yeux rivés sur Sydney. Il a tué toute la matinée du mardi en régalant ma nièce ahurie d'histoires des premiers colons et de sornettes sur leur cohabitation idyllique avec les Indiens.

1. Apparemment le plus riche de tous les desserts de Thanksgiving.
2. C'est quand même mieux que de risquer la mort par intoxication.

« N'oublie pas de lui parler des couvertures infectées par la petite vérole, ai-je dit.

– Elle est trop jeune pour ça, Izzy, a répondu David, agacé.

– Elle est trop jeune pour le cours d'initiation à l'histoire américaine. Et pourtant tu persistes. Les chiffres et les noms simples, ça n'est pas assez bien ? Par exemple, un fruit jaune qui se pèle par le haut ?

– Il est trois heures, Izzy. D'habitude, tu n'es pas déjà ivre morte, à roupiller sur le canapé ?

– J'évolue.

– Tu ne pourrais pas t'abstenir ? » a rétorqué David.

Les précédents dîners de fête – tous, en réalité – avaient dégénéré en une série de pugilats entre deux personnes où les mots volaient comme des poings jusqu'à ce qu'un individu l'emporte implicitement. Cette soirée, pourtant, a commencé paisiblement : c'était la première fois que D était avec nous pour Thanksgiving, dans le double rôle d'invité d'honneur et de chef. La dinde était moelleuse, la farce impeccable, la purée de pommes de terre aussi exquise que le Mélange Mortel, bref, vous voyez le tableau. Sur le plan gastronomique, ce dîner était digne du livre des records. Nous avons dévoré avec appétit, voire goinfrerie, et quand les gens mastiquent – même une variété de convives aussi peu raffinés que les Spellman –, ils parlent peu, ce qui est une bénédiction. Mais à un moment ou à un autre, on a besoin de reprendre son souffle et la conversation commence. Les ennuis aussi.

Mamie semblait prendre note de ce que chacun mangeait pendant le repas et débitait ses commentaires en conséquence. C'est le moment où la plupart des membres de la famille ont annoncé le poids qu'ils avaient pris. Les seuls à refuser de jouer ont été D, Maggie et Mamie.

Mon père a senti que la température se rafraîchissait autour de la table, comme celle d'un après-midi typique à San Francisco. Il a essayé de canaliser la conversation vers l'esprit de la fête du jour, en suggérant que nous fassions un tour de table pour évoquer chacun une chose pour laquelle nous étions reconnaissants cette année. Il essaie chaque année et il fait toujours un bide.

PAPA : Je suis heureux d'être en vie et d'avoir à ma table tous les êtres qui me sont les plus chers. Maman ?

MAMIE : Je suis heureuse d'être en bonne santé, d'avoir encore de bonnes choses à manger et d'avoir pour nouvelle compagne Perdita.

PAPA : Quadrupette.

MAMIE : Ce n'est pas un nom pour un chien.

D (intervenant pour couper court à la dispute) : Je suis heureux de ce bon repas, de la santé de mes nouveaux amis et de ma nouvelle famille, et surtout, je suis heureux d'être un homme libre.

MOI : Comment veux-tu qu'on passe derrière toi ?

MAMAN : Ce n'est pas une compétition, Isabel.

MOI : Je dis juste qu'on devrait s'arrêter là. »

À cet instant précis, Sydney a tendu le doigt vers la purée et a dit : « Banane. » Maggie a croisé le regard de Rae et lui a jeté un regard acéré comme une lame de rasoir.

« *Je sais*, a dit ma belle-sœur. Je sais ce que tu as fait. »

Le vendredi noir* est un jour qui méritait bien son nom pour Rae, car elle s'est trouvée contrainte de payer non seulement sa dette à

---

* C'est ainsi qu'on nomme le lendemain du Thanksgiving Day. Il marque l'anniversaire du jour de novembre 1887 où furent exécutés à Chicago quatre militants anarchistes responsables d'un attentat.

la société, mais aussi à Sydney, ou à David et Maggie. Lorsque ma belle-sœur a eu le fin mot de l'histoire concernant les expériences infâmes de son autre belle-sœur, elle a voulu prendre sa revanche. Elle voulait aussi un jardin, ce qui était maintenant le domaine de Rae. Les heures où Maggie a cuvé le repas de la veille ont été passées devant l'ordinateur avec ma sœur, à mettre au point un programme interactif pour jardin paysager. S'il est une chose que Rae déteste encore plus que les légumes, c'est la végétation. Mais la punition était fort bien assortie au crime.

AU REVOIR, WALTER

Peu après son retour de St. Louis, Walter a encore appelée. « Je crois que j'ai laissé l'eau couler dans la baignoire.

– Vous prenez des bains, Walter ?

– Non. C'est répugnant. Mariner dans sa propre crasse.

– Je me disais aussi. Alors comment auriez-vous pu laisser le robinet ouvert ?

– Je ne sais pas. J'ai une intuition désagréable. C'est peut-être quelqu'un d'autre qui ne l'a pas fermé.

– Mais nous avons changé les serrures ?

– Il y a les fenêtres, il y a les serruriers, et les gens qui savent ouvrir les serrures. J'ai été obligé de donner un double de la clé à mon gardien. »

Le motif initial de Walter lorsqu'il avait fait appel à l'agence Spellman s'était transformé. J'essayais de gagner du temps, dans l'espoir de comprendre toute seule ce qui se passait et de traiter l'affaire en conséquence, mais il me restait beaucoup d'autres problèmes à résoudre. Il était temps de faire un sort à celui-ci. J'étais certaine que Walter était l'auteur des actes de sabotage ; mais j'en ignorais la raison.

Et je n'avais pas le temps d'attendre qu'il fasse un impair et s'explique. La confrontation directe n'est pas toujours l'option la plus séduisante, mais c'est assurément la plus commode.

« Je peux être chez vous dans une demi-heure. Et vous ?

– Je termine mon cours à cinq heures. On dit cinq heures trente ? »

J'ai regardé ma montre. Seulement une heure à tuer avant ma mise au point avec Walter. « À tout à l'heure, alors », ai-je répondu. J'ai pris la voiture pour aller chez lui et, de fait, son robinet gouttait lentement. Mais la bonde n'étant pas fermée, il n'y avait pas d'inondation. Le verrou de la porte n'avait pas été forcé et aucune empreinte n'était visible sur la moquette à poils longs immaculée. En fait, je connaissais maintenant parfaitement la façon dont Walter brossait sa moquette (par opposition avec la mienne) et je pouvais facilement me rendre compte que personne n'avait pénétré chez lui depuis qu'il était parti ce matin.

Je suis allée jusqu'au canapé, en lissant derrière moi, et ai pris un livre d'art sur la table basse. J'ai cassé le dos du livre, me suis rendu compte qu'il n'avait encore jamais été ouvert, et l'ai reposé à sa place. J'ai téléphoné à Mr. Slayter pour m'assurer qu'il se souvenait des événements de l'après-midi précédent et des instructions que je lui avais données. Il m'a rappelé que son mal n'avait pas progressé de façon significative. Mais avant de raccrocher, il m'a dit : « Au revoir, Bella. » Je n'ai pas pris la peine de le corriger.

J'ai téléphoné ensuite à Vivien Blake et lui ai demandé un service. Avec tout le mal qu'elle m'avait donné et les heures perdues sur des rapports bidon que je ne pouvais lui facturer, je trouvais qu'elle me devait bien ça.

« Vous avez un appareil photo digital convenable ? ai-je demandé.

– Il prend aussi des vidéos.

– Vous aurez besoin d'un déguisement.

– Oh, ça, j'ai, a-t-elle répondu avec assurance. Vous préférez une blonde ou une rousse ?

– Une blonde, sans hésitation[1]. Je ne sais pas encore l'heure, mais ça se passe en général le mercredi.

– Pas de problème », a répondu Vivien.

J'ai alors entendu la clé dans la serrure.

« Je vous rappellerai », ai-je dit.

Walter est entré et m'a adressé un sourire hésitant. « Isabel, je suis très content de vous voir en chair et en os.

– C'est en général le cas quand on est face à quelqu'un.

– C'est vrai.

– Vous voulez vous asseoir ?

– Je peux vous faire un cappuccino d'abord ? » a-t-il proposé.

Je me suis dit que ce serait peut-être ma dernière tasse du cappuccino parfait de Walter, aussi ai-je accepté. Après quoi, j'ai attendu vingt minutes qu'il ait préparé son impeccable breuvage. Il a même dessiné un petit trèfle à quatre feuilles sur la mousse. J'ai presque regretté ce que je m'apprêtais à faire. Presque.

Walter s'est assis à côté de moi et a réussi à ignorer les traces de chaussettes qu'il avait laissées derrière lui. « Buvez pendant que c'est chaud », a-t-il dit.

J'ai avalé une gorgée.

« Alors ?

– Excellent, comme toujours.

– Vous avez l'air bien soucieuse. Cela dit, si vous n'aviez aucun souci en tête, je me demande quel air vous auriez. »

1. Écoutez, les roux ne valent rien pour les surveillances, et j'ai toujours trouvé que c'étaient des individus très suspects.

J'ai pris une autre gorgée de café et ai posé ma tasse sur la petite table. Walter a pris la tasse et a glissé un dessous de verre entre elle et la table. Celle-ci était en verre. Il paraît que ces tables-là n'ont pas besoin de protection, mais je n'ai rien dit.

« Pourquoi m'avez-vous menti, Walter ?

– Pardon ?

– Quand j'ai commencé à travailler pour vous, je vérifiais des choses qui ne se produisaient jamais. Vous pensiez qu'un appareil avait pris feu, mais ce n'était pas le cas ; qu'un robinet était resté ouvert, mais non ; ou peut-être qu'un cordon électrique était branché, mais il ne l'était pas ; ou que vous aviez laissé une fenêtre entrouverte, mais vous ne les ouvrez que deux fois par semaine pour aérer – et seulement le matin quand l'air est plus pur. Pendant deux mois, je suis allée chez vous pour voir s'il y avait quoi que ce soit d'anormal, et tout était toujours en ordre. Et puis brusquement, les choses ont commencé à se détraquer. Les baignoires débordent, il y a des traces de pas sur la moquette, les appareils électriques sont mystérieusement branchés, et on fait griller du pain. À cette période, j'ai reçu une série d'appels de votre ex-femme.

– Sasha vous a appelée ?

– Oui. Elle reçoit votre facture de téléphone et a vu que vous appeliez ce numéro à maintes reprises. Elle l'a appelé et a entendu une voix de femme ; alors elle a cru que vous aviez tourné la page.

– Je vois. Elle ne m'a jamais rien dit.

– Votre femme avait une clé, comme vous l'avez dit, aussi en ai-je tiré la conclusion logique. Jusqu'au moment où j'ai eu une conversation avec elle.

– Vous avez parlé à Sasha ?

– Oui.

– Vous auriez dû me le dire.

– Peut-être, mais je voulais comprendre ce qui se passait.

– Et il se passe quoi ? a demandé Walter, non sans nervosité.

– Honnêtement, Walter, je n'en sais rien. Tout ce que je sais, c'est que votre ex-femme n'est pas responsable de tout cela, et que ce n'est pas le fait d'une tierce personne. J'ai surveillé votre immeuble un soir sans que vous le sachiez et personne n'est entré ou sorti – sauf une vieille voisine – et quand vous êtes rentré, vous m'avez appelée parce qu'il y avait quelque chose d'anormal. Alors je ne peux tirer qu'une seule conclusion : c'est vous l'auteur de ceci. La question qui suit logiquement est : Pourquoi ?

– Je vais vous expliquer, a dit Walter, en se rapprochant légèrement de moi sur le canapé.

– Je vous en prie.

– Je m'inquiète en permanence. Il ne se passe pas de jour où je ne crois pas que quelque chose s'est déréglé, et j'avais besoin de votre aide.

– Et j'ai fait ce que vous me demandiez. Jusqu'au jour où vous avez commencé à vous livrer à du sabotage chez vous. »

Walter a gardé le silence.

« L'inondation de la salle de bains, c'était vous, n'est-ce pas ?

– Oui, a dit Walter en regardant fixement le tapis bien ratissé.

– Le pain grillé, c'était vous ?

– Oui.

– Et pour la panne d'électricité, comment avez-vous fait ?

– J'ai téléphoné à la Pacific Gas and Electricity Company pendant que vous passiez l'aspirateur dans votre coffre.

– Mais pourquoi ?

– Je commençais à m'inquiéter, à me dire que si rien n'était jamais dérangé, vous risquiez de partir, ou me proposeriez de louer les services d'un étudiant, ou confieriez à quelqu'un d'autre le soin de s'occuper de moi, ou me diriez de me faire aider de nouveau.

– J'aurais pu finir par vous suggérer d'employer un étudiant. Cela vous serait revenu moins cher et il y en a sans doute plus d'un qui a un TOC grave.

– Mais je n'en avais pas envie. Je voulais votre aide et je me suis dit qu'il fallait que vous restiez impliquée. Et puis, parfois, vous veniez quand j'étais là et non à l'université, et ça me plaisait bien. J'avais envie de vous voir davantage. Et j'ai beaucoup aimé le jour où nous sommes sortis ensemble pour suivre votre sœur.

– Nous ne sommes pas sortis ensemble, Walter.

– Peut-être qu'on pourrait ? Je suis au courant, pour votre ami.

– Et comment ? ai-je demandé.

– Ça se voit. Vos vêtements sont fripés, il vous manque des boutons et vous êtes triste. Vous n'étiez pas comme ça avant. » Walter s'est encore rapproché de moi sur le canapé. Sa main a hésité au-dessus de mon genou. « Mais peu importe.

– Oui, peu importe, Walter », ai-je répondu sèchement. Sa main s'est repliée sur sa propre cuisse. « Je suis désolée, mais je serai très ferme sur ce point. Notre relation est professionnelle et le restera. Je pense malheureusement que ce n'est plus à moi que vous devez avoir affaire en priorité à partir de maintenant.

– Je crois que vous seriez parfaite pour moi.

– Vous ne pouvez même pas monter dans ma voiture, Walter.

– Vous pourriez en acheter une neuve.

– Je suis désolée. Je ne partage pas vos sentiments.

– Ah. Ça, c'est autre chose. Je suis désolé de l'entendre », a répondu Walter avec calme.

Il est resté assis sur le canapé, l'air un peu sonné cependant.

« Je comprends ce que c'est de se sentir seul, ai-je dit. Et je sais que vous devez surmonter des difficultés que tous les autres n'ont peut-être pas. Je persiste à penser que vous devriez vous faire aider par un spécialiste, mais entre-temps, ma mère peut se charger des vérifications pendant que vous êtes au travail. C'est une petite femme très soigneuse qui laissera tout tel qu'elle l'aura trouvé. J'ai été heureuse de vous connaître, Walter. »

Je lui ai tendu une main qu'il a serrée mollement.

« Alors, on se dit au revoir, c'est ça ?

– Au revoir, Walter. »

$$ JUSTICE POUR MERRI-WEATHER $$ ET QUELQUES AUTRES

Peu avant Thanksgiving, David a finalement révélé à Maggie le méfait de Rae. Il a aussi expliqué sa réticence à se venger à cause de la façon dont il avait lui-même exploité sa sœur quand elle était petite. N'ayant pas de culpabilité analogue, Maggie s'est réjouie d'avoir une occasion de prendre des mesures de rétorsion à l'encontre de Rae et a suivi son instinct. Il n'empêche que l'adaptation à ma famille lui a parfois coûté. L'épisode désastreux de la banane, avec son côté délirant, avait laissé à Maggie un arrière-goût saumâtre. Quels autres fantômes de délits spellmaniens viendraient un jour la hanter ? Un soir où David tentait de réparer les dégâts et donnait à Sydney un cours complet sur tous les fruits courants, Maggie est venue frapper à la porte de l'annexe et a dit : « On se casse. »

En buvant des bières dans un troquet voisin – un endroit au décor forestier assez incongru dans un quartier chic comme le leur –, nous avons échangé des informations sur toute l'actualité Spellman.

Malgré les événements récents, Maggie représentait Rae dans le procès des militants écolos. Mais on pouvait se demander si elle la défendait avec beaucoup d'ardeur, car Rae a écopé de quarante-cinq heures de travaux d'intérêt général. Et pas du style club de loisirs à la campagne. Ma sœur devait porter un gilet orange fluo et nettoyer les détritus laissés sur les bas-côtés de la voie rapide. Quand j'ai demandé à Maggie si le châtiment était adapté au crime commis, elle a eu un haussement d'épaules ambivalent. Nous avons rapidement évoqué les relations entre Fred et Rae : avait-il repris sa liaison avec elle ? Maggie m'a dit qu'à sa connaissance, les négociations étaient toujours en cours.

Puis nous nous avons fait un remue-méninges à propos de l'après-midi où D et Mamie s'étaient baladés ensemble.

« Il est exclu qu'ils soient en train de devenir amis, tu es d'accord ? ai-je demandé.

– Je n'en sais rien. L'autre jour, nous discutions de son affaire, et quand je lui ai posé une question sur son excursion avec Ruth, il a aussitôt changé de conversation.

– Vous parliez de son affaire ? » ai-je demandé. Brusquement, l'élément Mamie Spellman est passé au second plan. Maggie et moi avions joué un rôle décisif dans la remise en liberté de D et nous avions été les premières à lui conseiller de porter plainte contre le procureur pour poursuites abusives. Jamais l'argent ne compenserait les années passées en prison, mais il pourrait certainement améliorer celles qui lui restaient. Toutefois, après s'être battu pendant tant d'années contre le système judiciaire pour obtenir sa libération, D ne supportait pas l'idée de remettre les pieds dans un tribunal comme homme libre. Plus tard, d'autres facteurs ont influencé sa décision. Maggie a émis l'hypothèse que Mabel était l'un d'entre eux.

Un flot de questions m'a envahi l'esprit. « Qu'est-ce qu'elle a à voir dans tout ça ?

– Il trouvait qu'un procès lui prendrait beaucoup trop de temps et aurait une incidence sur leur relation.

– Mais il ne voit Mabel que depuis peu de temps.

– Six mois.

– Tant que ça ? Chapeau. Il est plus fort que je ne le croyais, ai-je dit, sincèrement admirative.

– Il a été à bonne école.

– Je suppose que Mabel sait qu'il a fait de la prison ?

– Il le lui a dit dès leur première rencontre.

– Ça paraît bizarre qu'il ne veuille pas que justice lui soit rendue. Je comprends que ça peut prendre beaucoup de temps…

– Je crois qu'il voulait voir si Mabel était capable d'aimer un ex-taulard réhabilité. Pas seulement un homme qui a passé des années en prison pour un crime qu'il n'a pas commis et qui est susceptible de recevoir une manne fortuite pour les épreuves endurées.

– Il est arrivé à une conclusion ?

– Oui, a dit Maggie. Il est passé à mon bureau la semaine dernière et nous sommes en train de rédiger une plainte.

– Tu l'as rencontrée ? Mabel ?

– Brièvement. Nous avons essayé de les avoir à dîner, mais il a toujours décliné poliment.

– Il nous cache parce qu'il a honte de nous.

– Je peux difficilement le critiquer, a répondu Maggie. Vous êtes tous dingues. » Elle a avalé cul sec le reste de sa bière.

« Une autre ?

– Absolument. »

Je me suis approchée du bar pour commander deux autres bières et deux whisky baby.

Nous avons avalé nos whiskys, puis le silence s'est installé. Le genre de silence qui précède le non-silence. Enfin, je suppose que c'est le cas de tous les silences. Mais celui-ci était l'une de ces pauses délibérées qui servent de mise en bouche avant de passer à un autre sujet.

« J'ai vu la voiture de Henry garée devant chez nous l'autre soir.

– Il l'a amenée là pour changer l'huile. Tu sais qu'il n'aime pas rester avec des mains sales.

– Tu ne veux toujours rien dire. Bon, bon, a dit Maggie.

– Il y a un sujet dont j'aimerais parler.

– Lequel ?

– C'est légal.

– Ce n'est pas à ça que je pensais, mais vas-y.

– Compte tenu de la structure actuelle de la Société Spellman, est-ce que je peux être virée ? »

Le lendemain, Demetrius a annoncé à la famille son intention de porter plainte. Nous avons fêté ça avec du champagne et du Mélange Mortel. Après quoi, D et moi avons décidé de faire un tour en voiture. Nous tenions à ce que Rae apprenne la nouvelle, mais nous voulions la lui communiquer dans un contexte adéquat, un lieu où elle ne pourrait ni pavoiser ni fêter l'événement.

Maman a trouvé l'endroit où les forçats en orange ramasseraient les détritus cet après-midi-là, et D et moi avons pris la voie rapide vers le sud. Quand nous avons trouvé ma sœur et son groupe de co-délinquants, nous avons arrêté la voiture sur la bande d'arrêt d'urgence et avons pris plusieurs photos. Au début, Rae a essayé de cacher son visage, mais elle a fini par s'approcher de la voiture, en se prenant les pieds dans l'ourlet de sa salopette orange. Ces vêtements ne sont pas prévus pour des gens de la taille de Rae, et elle ressemblait à une enfant déguisée en combinaison de protection. Spectacle réjouissant.

« Je peux vous aider ? a-t-elle demandé.

– Nous avons une bonne nouvelle à t'annoncer, ai-je dit.

– Quoi ? a-t-elle répliqué d'un ton irrité.

– J'ai décidé de porter plainte au civil pour mon incarcération abusive, a dit D.

– Je savais que tu finirais par y venir, a répondu Rae. J'aime à croire que j'y suis pour un petit quelque chose.

– Non, a répliqué D. Mais nous pensions que tu devais être au courant. »

À ce moment-là, le contremaître – si c'est ainsi qu'on appelle le garde-chiourme de la troupe orange – a dit à Rae de retourner au travail.

Rae a poussé un profond soupir et s'est dirigée vers les autres, traînant derrière elle son sac-poubelle.

« Tu vois, ai-je dit, on a du mal à la ramener quand on est en salopette fluo. »

D a pris une dernière photo, pour être bien sûr que nous avions de quoi remplir un album, puis nous sommes repartis par la route touristique pour rentrer. J'ai demandé à D quels étaient ses projets d'avenir. Ils étaient limpides : une femme, des gosses et peut-être ouvrirait-il un jour son restaurant ou sa boulangerie. Après quoi, il m'a retourné ma propre question.

« Je ne sais pas », ai-je répondu.

AU REVOIR, MAMIE

Le lendemain matin, quand je suis arrivée au bureau, Demetrius et Mamie étaient encore sortis.

J'ai regardé ma montre.

« Quel film de Morgan Freeman[1] se donne à neuf heures trente le matin ? ai-je demandé.

– Ils ont emmené Quadrupette se faire toiletter », a répondu maman qui s'activait aux quatre coins du bureau pour ranger. « Vide les corbeilles à papier, s'il te plaît.

– Vous attendez une huile ?

– Juste les Blake. La façon dont elle a regardé notre bazar la dernière fois ne m'a pas plu. »

Papa est arrivé quelques minutes plus tard, a rassemblé toutes les paperasses sur son bureau pour en faire un tas approximatif, l'a mis dans un carton et a fourré celui-ci sous son bureau. On a sonné à la porte ; ma mère a fait entrer les Blake et a approché deux chaises de son bureau. Je me suis appuyée au dossier de la mienne et ai regardé ma mère conduire l'entretien de fin d'enquête tandis que mon père appuyait ses propos de hochements de tête soigneusement calculés.

---

1. Je promets que c'est la dernière fois que je cite son nom.

Ils ont fourni aux Blake un ensemble complet de comptes rendus de surveillance de Vivien (falsifiés, certes, mais les activités du sujet l'étant aussi, j'ai considéré que ça s'annulait) et ont donné au couple de judicieux conseils de parents et de professionnels :

« Votre fille a un comportement d'étudiante classique. Elle a des amis, va à des fêtes de temps en temps. Il lui arrive de rentrer trop tard, mais aussi de rester chez elle le samedi soir pour étudier. Elle a une moyenne de 3,7 sur 5 ; elle n'est sous le coup d'aucun mandat d'arrêt ; on ne l'a vue participer à aucune activité illégale ; elle n'a pas de voiture, donc il n'y a pas à se préoccuper d'infractions routières ; à l'œil nu, c'est une jeune fille heureuse et bien intégrée. Nous estimons qu'il n'y a aucune raison de poursuivre cette enquête et espérons que vous serez suffisamment rassurés pour la laisser mener une vie indépendante dorénavant. En tant que professionnels, nous considérons que tout le monde a intérêt à ce que la surveillance de Vivien s'arrête là. Nous espérons vous avoir été utiles. »

Les Blake ont paru soulagés en recevant ces informations et, pour autant que mes parents pouvaient en juger, ils envisageaient l'avenir de leur fille avec un optimisme prudent. Ils semblaient disposés à s'abstenir de toute autre ingérence dans sa vie privée.

Ce qui ne signifiait pas que notre ingérence dans la leur était terminée. Ma mère a donné à Mrs. Blake le dossier génétique compilé par Rae et a expliqué que l'un de ses enquêteurs les plus observateurs avait remarqué que certains marqueurs génétiques étaient incompatibles.

La réaction première de Mrs. Blake a été l'incompréhension, tant elle était alarmée par le brusque changement de sujet. Mais ensuite, elle a regardé le dossier, l'a passé à son mari et a demandé à ma mère ce que tout cela signifiait.

« Notre enquêteur a remarqué que votre fille est certainement adoptée, a dit maman. Vivien est une jeune femme extrêmement intelligente. Elle s'en est probablement douté toute seule. Il serait sans doute temps de lui dire la vérité. »

Les Blake sont restés figés quelques instants, digérant l'information. Mr. Blake s'est raclé la gorge à plusieurs reprises, comme s'il avait perdu sa voix ; Mrs. Blake a visiblement pâli et elle a mis le dossier dans son sac avec des mains légèrement tremblantes. Le couple s'est levé lentement, a remercié mes parents de leur travail, a payé la dernière facture, mais sans réagir à la dernière suggestion de ma mère. J'ai téléphoné à Vivien par courtoisie pour lui dire que sa surveillance avait officiellement pris fin.

« Tant que ça durait, c'était amusant, a-t-elle dit.

– Et l'autre affaire, où en est-elle ?

– Je devrais avoir quelque chose pour vous très bientôt, a-t-elle dit. Et vous, vous avez quelque chose pour moi ?

– C'est en cours. »

Quelques jours plus tard, quand je suis retournée au QG Spellman, j'ai vu plusieurs valises rassemblées devant la porte. Ma mère se servait de son nébuliseur comme un plongeur d'un masque à oxygène, mais son visage avait un éclat serein que je ne lui avais plus vu depuis, disons, exactement six semaines et quatre jours. Demetrius et mon père étaient en train de caser l'une de ces vieilles télévisions cubiques de soixante-sept centimètres dans une camionnette garée dans l'allée.

« Ça rappelle des souvenirs, a dit D[1].

1. À son époque de délinquant, la première source de revenus de Demetrius était le vol et la revente de postes de télévision. Il a acheté un écran plat avec son premier salaire de l'agence Spellman.

– Attention à ton dos, a dit Mamie à papa tout en observant la scène nerveusement. Tu n'es plus un jeune homme.

– Oui, maman, je sais. Ça serait gentil de ne pas me répéter ça tous les jours. »

Quand papa et D ont descendu le perron, je me suis tournée vers ma mère pour avoir une explication.

« Mamie déménage ?

– Oui, a répondu maman en hochant la tête avec effusion.

– Comment tu t'es débrouillée ?

– Je n'ai rien fait. C'est entièrement à l'initiative de Demetrius. Il a vu comme nous étions tous malheureux et il a convaincu Ruth de conserver sa dignité et son indépendance aussi longtemps qu'elle le pouvait ; il l'a emmenée faire un tour de la ville et l'a aidée à trouver un appartement. Il a dit qu'il n'avait pas eu grand mal à la convaincre. De toute façon, elle nous considère comme une bande d'animaux. Ruth a signé un bail d'un an vendredi dernier », a dit maman, si heureuse qu'elle en pleurait presque.

« Alors, c'était ça qu'ils mijotaient.

– Je crois que c'est lui, l'être que j'aime le plus au monde, a dit maman.

– Dis donc, ça ne devrait pas être papa ? Ou même moi ?

– Non, c'est D.

– C'est vrai qu'il cartonne chez moi aussi. »

Maman avait tellement hâte de faire avancer les choses qu'elle a soulevé l'une des valises imprimées de pâquerettes de Mamie.

« C'est trop lourd pour vous, Olivia, a dit Mamie en arrivant dans l'entrée. Laissez faire les hommes. Ou Isabel. »

Ma mère a ignoré Mamie et a mis la valise dans le coffre avec aisance.

« Alors tu déménages ? ai-je demandé à Mamie.

– J'ai trouvé un joli rez-de-jardin à trois kilomètres. On se verra autant qu'on voudra. Je devrais y être très bien. C'est très propre et ils acceptent les animaux de compagnie. C'est rare que les deux aillent ensemble.

– Les animaux ?

– Je prends Perdita avec moi.

– Qui c'est, Perdita ?

– Vous autres, vous l'appelez Quadrupette. Ridicule, pour un chien, quand même.

– Eh bien moi, je trouve que les chiens sont censés avoir des noms ridicules.

– Alors, nous serons d'accord pour dire que nous ne sommes pas d'accord. »

En effet, sur aucun point, ai-je pensé. Mais j'ai gardé ma réflexion pour moi. J'ai soulevé les deux valises restantes et les ai chargées dans la camionnette, pendant que papa et D déménageaient la commode de la chambre d'amis, qui était celle de Mamie autrefois.

Quelques objets divers ont été sortis de la maison, puis Quadrupette a sauté sur la plateforme arrière de la camionnette, tandis que Mamie, papa et D s'installaient dans la cabine. Maman et moi, debout dans l'allée, avons agité la main quand ils sont partis.

Dès que la camionnette a tourné le coin de l'allée, maman a agité le poing en l'air, a poussé un hurlement de joie et m'a tapé dans la main.

« Tu te sens comment ? ai-je demandé.

– Comme si je venais de perdre cinquante-cinq kilos. »

Elle est rentrée à grands pas dans la maison et est allée à son bureau. Dessus était posé le dernier pavé de son club de lecture, qu'elle a laissé tomber dans la poubelle. Puis elle a pris son sac à ouvrage et a jeté la pelote de fil à crocheter dans la boîte à ordures métallique. Après y avoir expédié également ses manuels de russe, elle l'a soulevée et transportée dans la cour arrière. Elle a pris le liquide allume-feu près du barbecue et en a généreusement arrosé le contenu de la poubelle. Puis elle a craqué une allumette et y a mis le feu.

« *Dosvedanya*, a-t-elle dit.

– Félicitations », ai-je ajouté tandis que nous regardions toutes les deux les loisirs de maman partir en fumée.

L'HIRONDELLE QUITTE LE NID

J'ai retrouvé Vivien dans un café à Mission. Elle était en train de descendre à la petite cuiller une pyramide de crème fouettée recouvrant un café-chocolat de la taille d'un saladier. Une enveloppe en papier kraft était posée sur la table. J'ai commandé un café simple et me suis assise. « C'était difficile ? ai-je demandé.

– Pas du tout », a-t-elle dit en poussant les photos dans ma direction.

J'ai regardé les nouvelles preuves améliorées : d'excellents clichés de Margaret Slayter et du sujet n° 2 – identifié plus tard comme Boris Gavrilenko, le coach ukrainien de Margaret – dans des positions fort compromettantes. Une photo les montrait en train de s'embrasser dans la Mercedes de madame, et l'autre s'enlaçant près de la porte arrière de sa salle de sport. Ces clichés répondaient à mes conditions préalables : ils constituaient des preuves sérieuses de la liaison et ne ressemblaient en rien au travail de mon père.

« Bon boulot, ai-je dit. Vous êtes douée.

– Alors, comment s'y prend-on pour faire votre type de travail ?

– Si un job d'appoint se présente, je penserai à vous.

– Et vous, vous avez quelque chose pour moi ? a-t-elle demandé.

– Oui », ai-je répondu en posant une enveloppe fermée au milieu de la table.

Vivien n'a pas tout de suite tendu la main. Elle l'a laissée à sa place.

« Qu'est-ce qu'il y a dedans ?

– Le nom et l'adresse de vos parents biologiques, des informations générales, des photos, leur métier, etc. »

Elle a bu une autre gorgée de café-chocolat. « Hum, a-t-elle dit, vous savez, quand j'ai compris que j'avais été adoptée, j'ai eu un tas d'idées sur l'identité de mes parents biologiques. Tantôt je les imaginais comme des intellectuels de haut vol, tantôt comme des criminels. Pendant un moment, je croyais dur comme fer que mon père était un monte-en-l'air et ma mère une receleuse. Bien entendu, un bébé était incompatible avec ce scénario. Je suis sûre que ce sont des gens totalement ordinaires, mais je n'ai jamais pensé à eux en ces termes. Ils peuvent être tout ce que je veux.

– Si vous ouvrez cette enveloppe, ce ne sera plus le cas.

– Je viens de m'en rendre compte », a dit Vivien. Elle a pris l'enveloppe et l'a examinée.

J'ai eu l'envie folle de la lui arracher et de la déchirer en mille morceaux. « Avant de faire une chose irréversible, ai-je dit, pensez à ceci : la façon dont vous voyez vos vrais parents est plus ou moins celle dont vous vous voyez. Vous pouvez être toutes sortes de choses. Parfois, quand on sait d'où l'on vient, ça limite. Il arrive qu'on se sente coincé. Pensez-y avant de prendre une décision. »

Vivien a reposé l'enveloppe sur la table.

« Si vous la gardiez encore quelque temps ? » a-t-elle dit.

Après ma rencontre avec Vivien, j'ai pris un taxi pour me rendre au bureau de Mr. Slayter. Un chauffeur qui n'était pas Phil Vitus m'y a conduit tout droit sans me poser de questions. Slayter occupe au quinzième étage un bureau d'angle qui avait environ la taille du deux-pièces de Bernie. Un homme aux cheveux gris était assis sur son canapé, occupé à lire une liasse de papiers.

Mr. Slayter m'a accueillie avec une poignée de main chaleureuse et une tape masculine sur l'épaule.

« Isabel, a-t-il dit lentement pour être sûr de ne pas faire d'erreur, je vous présente mon avocat, Ritz Naygrow.

– Ravie de vous rencontrer, Mr. Naygrow.

– Appelez-moi Ritz.

– Vraiment ? Merci, Ritz. Vous savez, je n'ai encore jamais rencontré personne qui s'appelle Ritz, Ritz.

– Elle va vous plaire, a dit Mr. Slayter comme si c'était un ordre.

– Vous avez lancé les opérations ? ai-je demandé.

– Nous avons sorti tout l'argent du compte bancaire de ma femme et résilié toutes ses cartes de crédit sauf une.

– Elle s'en est aperçu ?

– Pas encore. »

J'ai passé à Slayter l'enveloppe contenant les photos de Vivien. J'aurais facilement pu lui donner celles que j'avais trouvées sur l'ordinateur de mon père, mais je voulais que celui-ci puisse invoquer l'ignorance. Quant à moi, peu m'importait. Et si tout se déroulait comme prévu, Slayter dirait à sa femme qu'il avait engagé son propre enquêteur et aucun détective du nom de Spellman ne serait jamais mentionné.

« C'est tout ce dont vous avez normalement besoin pour faire jouer la clause d'infidélité. De plus, vous pourrez sûrement obtenir le témoignage d'Adam Cooper contre elle s'il sait qu'il ne peut plus attendre d'argent de sa part. Quand vous direz à Margaret... »

Edward, qui regardait les photos de sa femme avec un autre homme, avait cessé de m'écouter. Depuis que je la connaissais,

Margaret Slayter était pour moi un personnage flou, en deux dimensions, une femme pour laquelle je n'imaginais pas qu'un homme puisse avoir le cœur brisé. Mais Edward avait bien dû l'épouser pour une raison.

« Je suis navrée, Mr. Slayter. Ceci doit vous être très pénible. »

Edward a glissé les photos dans leur enveloppe et les a données à son avocat, qui a eu la courtoisie de ne pas les regarder pour l'heure.

« J'ai déposé une demande de divorce ce matin, a annoncé Mr. Slayter. J'ai l'intention d'en parler à Margaret ce soir.

– Elle va rester dans la maison, lui ai-je dit. Une fois qu'elle se rendra compte que toutes ses ressources ont disparu, elle s'accrochera aux branches.

– J'ai l'intention de m'installer au Fairmont pour l'instant. Une fois le divorce prononcé, elle recevra une somme forfaitaire qui devrait lui permettre de vivre quelque temps, si elle est prudente. Après quoi, elle devra quitter la maison.

– Quelqu'un d'autre y habite ?

– Juste notre bonne, Marta.

– Elles s'entendent bien ?

– Elles se détestent.

– Dites à Marta de ne pas faire de zèle les prochaines semaines. Dites-lui de rattraper son retard sur ses émissions de télé favorites de la journée et d'ignorer les menaces de la future-ex Mrs. Slayter. Margaret a-t-elle des allergies ?

– Non.

– Dommage. J'allais suggérer que Marta prenne un chien.

– Vous avez pensé à ce dont nous avons discuté ? a demandé Slayter.

– Oui. Mais il faut d'abord que j'attende les retombées.

– Comme vous voulez.

– Mr. Slayter, je crois que Margaret et Adam sont inoffensifs, mais ils ont quand même monté une arnaque assez peu banale. Soyez plutôt trop prudent que pas assez. Je ne sais pas comment ils réagiraient s'ils étaient aux abois », ai-je dit en prenant congé.

Edward m'a fait une bise rapide sur la joue avant que je sorte. « Vous êtes un ange, a-t-il déclaré.

– C'est une première ! À un de ces jours, Ritz. »

Sitôt sortie du bureau de Mr. Slayter, j'ai téléphoné à Adam, en lui disant que j'avais des nouvelles urgentes à retransmettre immédiatement. Il m'a proposé de passer chez lui, mais j'ai préféré lui fixer rendez-vous dans un lieu public. Nous avons convenu de nous retrouver à la bibliothèque.

Une heure avant celle du rendez-vous prévu, je me suis postée à l'extérieur de chez Cooper, dans le quartier de Richmond. Il habitait un immeuble modeste d'une douzaine d'appartements, construit dans les années soixante-dix et qui aurait eu bien besoin d'un coup de peinture. Les appartements ne pouvaient guère avoir plus de cinquante-cinq mètres carrés chacun. J'étais curieuse de voir quel genre de voiture il avait, puisqu'il n'était plus solvable. Je n'ai pas été surprise quand il a fait clignoter les lumières d'une BMW flambant neuve, avec un système de sécurité haut de gamme. C'était le genre d'abruti dont l'alarme de voiture se déclenche en pleine nuit et réveille tout le quartier.

La première fois que je l'avais vu, Cooper m'avait semblé absolument ordinaire – au sens positif du terme –, avec ses vêtements complètement ringards. Or, dans l'entretien que j'avais eu avec elle, la voisine de Meg et d'Adam avait souligné ses gouts de luxe et ses manières affectées. J'ai compris que le gilet sans manches était un déguisement, au même titre que la voiture. Quand il m'avait rencontrée, il voulait produire l'impression d'une homme simple et inoffensif, qui s'inquiétait pour sa sœur.

Comme je savais où il allait, je suis arrivée à la bibliothèque avec dix minutes d'avance.

Je suis retournée à la section administration, ai pris sur les étagères le code civil de Californie et me suis assise dans un des box en verre. Il y avait une section particulière que je souhaitais lui faire lire. En feuilletant le gros livre, j'ai senti une ombre sur mon épaule et ai entendu une voix familière.

« Vous êtes la Musaraigne ? » a demandé Cooper. L'impression de déjà-vu était troublante.

De près, il paraissait très changé cette fois-ci, comme s'il n'essayait plus de masquer son côté mielleux. Il avait une chemise violette à reflets brillants. En fait, tout ce qu'il portait semblait refléter plus ou moins la lumière, y compris les lunettes de soleil qu'il n'avait pas ôtées. Il s'est assis en face de moi, de l'autre côté de la table.

Il y avait un SDF – ou un étudiant adulte très négligé – qui lisait non loin de nous, et nous avons parlé à voix basse pour ne pas être entendus.

« Je suis content que vous m'ayez contacté. Votre père ne communique pas beaucoup.

– Je suis désolée de l'apprendre.

– Voilà quinze jours que j'attends des photos. Et ses rapports de surveillance n'ont rien éclairé jusqu'à présent. »

J'ignorais que mon père ne donnait pas d'informations à Cooper. Il fallait que je sache ce qu'il lui avait révélé.

« Vous savez, mon père n'a jamais beaucoup communiqué avec moi non plus. En ce moment, il est plutôt débordé. Qu'est-ce qu'il vous a donné comme informations ?

– Quelques rapports de surveillance et des photos prouvant que Meg va à son club de sport. Ce que je savais déjà. Elle a toujours été accro à la gym.

– Vous l'avez vue récemment ? Comment l'avez-vous trouvée ?

– Ça fait des semaines que nous ne nous sommes pas parlé. Depuis le jour où je lui ai posé des questions sur l'état de son couple. C'est ça qui est à l'origine de tout : j'étais inquiet pour elle.

– Je vois.

– Mr. Spellman a laissé entendre qu'elle avait peut-être une liaison. Je croyais qu'il me fournirait plus d'informations, mais je n'ai même pas le nom du type.

– Moi si, ai-je dit. J'ai même des photos. »

Cooper n'a pu contenir son excitation. « Ah oui ? » Puis il a toussé et s'est efforcé de cacher son impatience en affichant une expression bonasse.

« Moi si », ai-je répété. Puis j'ai trouvé la page adéquate du code civil. J'ai retourné le manuel dans le bon sens pour lui et l'ai fait glisser sur la table.

« Connaissez-vous l'article 518 du code pénal ?

– Non. Je devrais ?

– Vous avez en effet besoin de regarder ce code de près. Je vais vous l'expliquer parce que vous risqueriez de perdre pas mal de temps à décoder tout le jargon juridique. En gros, il définit l'extorsion comme le fait d'essayer d'obtenir un bien – dans votre cas, de l'argent – par la force ou l'intimidation. L'intimidation peut être simplement la menace d'exposer un individu donné à la honte. L'extorsion est passible d'une peine pouvant aller jusqu'à quatre ans de prison et dix mille dollars d'amende. D'après votre dernier rapport de solvabilité, vous n'avez aucun moyen de réunir cette somme, sauf si vous l'extorquez à quelqu'un.

– Pourquoi me dites-vous tout ceci ? a demandé Adam, qui connaissait pourtant la réponse.

– Vous, monsieur, n'êtes pas le frère de Meg. Vous êtes son ex-mari et vous cherchez des informations sur elle afin de pouvoir la faire chanter et soutirer autant d'argent que possible à son très riche mari.

– Je n'ai rien fait d'illégal.

– Peut-être que non, peut-être que si. Je ne connais pas l'intégralité de votre biographie, mais vous aviez le *projet* de faire chanter votre ex-femme.

– Qu'est-ce que vous voulez ?

– Deux choses. Je veux vous rembourser une somme pour services non rendus. Je crois que vous avez payé une avance de deux mille cinq cents dollars. Puis vous avez cessé de payer vos notes de frais, ce qui explique sans doute l'absence de rapports d'enquête. Mais je soupçonne aussi papa d'avoir eu des soupçons et d'avoir été réticent à fournir des preuves dont il ne savait à quelles fins elles serviraient. »

Cooper a regardé fixement le chèque, l'a plié en quatre et rangé dans sa poche luisante.

« Je sais ce que vous pensez, ai-je dit.

– J'en doute.

– Vous pensez que vous allez engager un autre enquêteur pour réunir des preuves contre Meg. Vous l'appelez “Meg”, “Margaret” ou “frangine” ? C'est glauque, vous savez.

– Allez au fait.

– La plaisanterie est finie. Mr. Slayter a la preuve de la liaison de Mrs. Slayter, et il vient de demander le divorce. Votre ex-femme recevra une somme forfaitaire extrêmement modeste lui permettant de vivre deux ans, et c'est tout. Vous allez donc devoir trouver quelqu'un d'autre à exploiter ; mais quand vous l'aurez trouvé, assurez-vous que vous êtes capable de supporter quatre ans en prison. Parce que je vais vous garder à l'œil. Des questions ?

– Vous ne sauriez pas comment Edward Slayter s'est procuré la preuve de la liaison de sa femme, par hasard ?

– Aucune idée. »

Une bouffée de colère a fait rougir Cooper. Il s'est levé.

« Vous partez ? ai-je demandé.

– Je crois qu'on a terminé.

– Bonne journée à vous ! » ai-je dit d'un ton joyeux, sachant pertinemment que les gens qui ne passent pas une bonne journée détestent cette phrase.

« Vous me le paierez, a dit Adam en s'éloignant.

– Je viens de vous donner un chèque, non ? »

À L'ABRI DES GOUTTES

Je suis allée droit au Philosopher's Club en voiture pour me mettre un peu de baume au cœur, car mieux vaut prévenir que guérir. Comme toujours, Bernie m'a abordée avec la lenteur circonspecte d'un plongeur dans des eaux à requins, m'observant toujours avec méfiance. Je me suis assise au bar. « Qu'est-ce que je te sers ? a-t-il demandé en évitant mon regard.

– Du bourbon.

– Tu veux peut-être commencer par une bière », a-t-il suggéré.

C'était un conseil de bon sens et, venant de quelqu'un d'autre, je l'aurais sans doute accepté.

« Peut-être que je n'ai pas envie d'une bière.

– Pourtant, c'est ton habitude », a dit Bernie. Exact, mais ce n'étaient pas ses oignons.

« Alors, chez toi, le client n'a plus toujours raison ? »

Il a haussé les épaules et m'a versé un bourbon on the rocks. Si je bois du bourbon, je le bois avec des glaçons, mais je n'avais pas commandé de glaçons, et j'ai donc décidé de la jouer pénible.

« J'ai demandé "on the rocks", ai-je dit en regardant mon verre comme si c'était de la liqueur de menthe.

– Pardon », a répondu Bernie.

Il a tendu la main vers le verre, mais j'ai été plus rapide. « Laisse tomber, ai-je dit. Je n'aime pas gâcher ce qui se boit. »

Après quelques instants d'un silence rafraîchissant, Bernie a pris la parole.

« Comment va la vie ?

– Elle s'annonce très très moche.

– Tu veux préciser ?

– Naaan. »

Une autre pause appréciable. Malheureusement, la seule chose que Bernie déteste plus qu'un frigo vide, c'est le silence.

« Je vais peut-être mettre un peu de musique », a-t-il dit.

S'il ne tenait qu'à lui, on n'entendrait dans ce bar que Sinatra. En fait, il rebaptiserait certainement le bar en "Chairman's Club"* si l'enseigne ne coûtait pas aussi cher.

« Si tu mets *I Get a Kick Out of You*, je t'en colle une. »

Bernie a pris des risques en appuyant au hasard sur le bouton du jukebox. Une vieille chanson des Beatles a recouvert le silence ; puis Bernie s'est mis à fredonner, ajoutant encore une couche de son ; puis mon téléphone a sonné. Je l'ai sorti de ma poche et l'ai posé sur le zinc. C'était l'appel que j'attendais.

« Tu décroches ? a demandé Bernie.

– À ton avis ?

– On dirait que non », a dit Bernie comme la sonnerie cessait.

Puis mon portable s'est remis à sonner. Un numéro différent s'est affiché sur l'écran, mais j'ai supposé que l'appel venait de la même personne. Bernie m'observait.

« Je ne prends pas cet appel non plus.

– Si tu mettais sur vibreur ?

---

* *The Chairman* (Le Président) était l'un des surnoms de Sinatra.

– Milo avait une politique interdisant les portables, mais je ne vois aucune affiche.

– C'est de la courtoisie élémentaire.

– C'est vrai que tu es spécialiste en la matière », ai-je rétorqué.

Mon téléphone a sonné de nouveau. Cette fois-ci, j'ai mis le son en sourdine à la première sonnerie. Dix minutes ont passé et le téléphone a encore sonné. C'était David, et j'ai répondu.

« Allô.

– Il est furieux.

– Je m'y attendais.

– Il profère des menaces, des menaces sérieuses.

– Il bluffe, ai-je dit sans conviction.

– À ta place, je m'inquiéterais pour de bon. J'espère que tu as un plan d'action.

– Oui. Mais j'espérais ne pas avoir à l'appliquer.

– Tu m'en dis un peu plus ?

– Pas pour l'instant. »

J'ai raccroché et commandé une bière. Bernie a tiré une pinte et m'a tendu la page des sports du journal qu'il lisait. Sa version du rameau d'olivier, car c'est la seule partie du journal sur laquelle il jette un œil. Puis le téléphone du bar a sonné. Il avait une de ces sonneries régulières traditionnelles et un cordon qui ne permet pas de s'éloigner. Je trouvais cette relique d'un autre âge étrangement réconfortante.

Bernie a répondu. « Allô ?.... Oui. Je vois. Ça, je ne sais pas. D'accord. D'accord. Hmm. Oui, monsieur, nous servons de la bière ici. À plus tard.

– Qu'est-ce que c'était ?

– Un type qui ne savait pas si on était un bar ou un laboratoire d'idées.

– Tu ne figures pas à la rubrique "bars" des pages jaunes ?

– Non, à “tavernes”, a rectifié Bernie. Mais je crois qu'il a vu l'enseigne et n'a pas eu le temps de vérifier.

– Mmm », ai-je répondu. Si je n'avais pas eu l'esprit ailleurs, j'aurais compris que Bernie mentait.

Vingt minutes plus tard, mon père est entré dans le bar. Je ne me serais pas inquiétée outre mesure s'il avait simplement eu l'air furieux. Mais la colère se mêlait à une autre expression sur laquelle je n'arrivais pas à mettre le doigt, une que je ne lui avais jamais vue. Aux yeux de mon père, je n'avais pas seulement franchi une ligne jaune imaginaire, j'étais Fredo dans *Le Parrain.* Mon châtiment, cependant, ne serait pas aussi radical. À la différence de Fredo, je savais ce dont ma famille était capable.

Papa s'est assis à côté de moi. Il a pris plusieurs grandes inspirations pour contrôler sa colère. J'ai parlé la première.

« Je comprends que tu sois furieux. Mais je ne regrette pas ce que j'ai fait.

– Mon agence, mes règles, a dit papa.

– Mon affaire, ma décision.

– Quand je te dis de faire quelque chose, j'ai besoin de pouvoir être sûr que tu le fais.

– Comme si tu l'avais jamais été !

– Je ne te le fais pas dire.

– Écoute, je travaille une semaine sans salaire et on est quittes.

– Ça ne marche pas.

– Deux ?

– Tu es virée, ma chérie », a dit papa. Il m'a embrassée sur le front et a quitté le bar. Je suis restée sonnée deux minutes. Puis Bernie s'est approché avec circonspection.

« Ça va ? a-t-il demandé.

– Non. Mon verre est vide. »

PROPOSITIONS

J'ai dormi tard puisque j'étais officiellement sans travail. Ou, comme on dit en Angleterre, « superflue », ce qui m'a toujours frappée comme étant une façon particulièrement brutale de décrire la situation.

Le matin, j'ai bu le café de David et ai assisté une fois de plus, bouche bée, à son rituel du petit déjeuner avec Sydney. Il devait avoir retrouvé les flocons d'avoine que j'avais cachés dans le placard, parce que le porridge était de retour, et il bouillotait sur la cuisinière.

« Tu ne tires jamais les leçons de tes erreurs ? ai-je demandé.

– C'est bon pour elle », a-t-il répondu catégoriquement.

Mon frère avait étalé devant lui la première page du journal et lisait à Sydney les titres avec le ton chantant qu'il utilise pour les livres pour enfants. Il prenait la même voix pour lui donner un résumé des nouvelles en anglais clair. Pas assez clair pour Sydney – le projet de la leçon la laissait totalement indifférente ; elle était très occupée à enfourner autant de grains de raisin que possible dans la bouche sans les mâcher – mais moi au moins, je recevais une mise à niveau sur l'actualité.

« Voyons, disait David. Les prix du pétrole augmentent de nouveau. Sydney, c'est très important que nous devenions moins dépendants des produits étrangers. Tu te souviens de la guerre dont nous parlions la semaine dernière ? C'est le pétrole qui en est la cause. Quoi d'autre ? Une fois de plus, un membre du Congrès a twitté des photos indécentes de lui à une étudiante. Le sénateur [censuré] a été surpris avec une prostituée. Je t'expliquerai ce que c'est qu'une prostituée dans quelques années.

– Tu sais, si tu avais une actu sensationnelle sur Elmo, elle s'intéresserait davantage à la conversation. »

Apparemment, j'avais fait une gaffe.

« Elmo, Elmo, Elmo ! a glapi Sydney.

– Plus tard, Elmo, a répondu David. Merci, hein, Izzy.

– Elmo. Elmo. Elmo.

– Il y a moyen de l'arrêter ? » ai-je demandé.

Agacé, David a jeté le journal sur la table de la cuisine, allumé une petite télévision dans le coin de la cuisine et a mis *1, rue Sésame*. « C'est ça le *seul* moyen. »

Ce programme vous est offert par la lettre B*.

« Sydney, quels mots commencent par B ? a demandé David.

– Elmo.

– Non, ça, c'est un E. Quels mots commencent par B ? »

Et il l'a embrassée. Sans doute espérait-il qu'elle dirait « bisou ».

« Elmo, a répété Sydney, regardant la télévision avec des yeux captivés.

---

* *1 rue Sésame* (Sesame Street), est un programme éducatif pour enfants, qui parodie entre autres les publicités télévisées. Il contient des chansons permettant aux enfants de mémoriser l'alphabet, notamment à partir de tubes comme ceux des Beatles (le groupe de l'émission se nomme The Beetles et leur chanson la plus célèbre, *Letter B*, est calquée sur *Let it Be*.)

– Je sais, moi, je sais ! ai-je dit en levant la main et en articulant sans bruit le mot “banane”.

– Si tu prononces ce mot, je te jette par la fenêtre », a-t-il annoncé. Alors, je n’ai pas dit “banane”. Mais ça a été très très dur.

David a remué le porridge sur le feu et en a mis quelques cuillerées dans un petit bol. Il a ajouté du lait et des myrtilles, et a mélangé de nouveau. Puis il a placé le bol devant Sydney.

« Cette fois-ci, je ne nettoierai pas », ai-je annoncé.

Le téléphone a sonné.

David a répondu : « Allô ? Qui est à l’appareil ? Oui, votre nom ne m’est pas inconnu. Hmm. Que puis-je pour vous ? Un instant, s’il vous plaît. » David a mis sa main sur le combiné et s’est tourné vers moi. « Tu peux la surveiller ? Il faut que je prenne cet appel. »

Il est passé dans la pièce voisine. J’ai regardé Sydney attraper des poignées de porridge et fourrer dans sa bouche la céréale complète censée réduire le cholestérol.

Au bout d’environ dix minutes, le coup de fil de mon frère a pris fin et il est revenu à la cuisine. Il allait me dire quelque chose. Quelque chose d’important, j’imagine. Mais il a été distrait par les manières de table de Sydney.

« Izzy, il y a une cuiller juste devant elle.

– Dis-le-lui. J’étais déjà bien contente qu’elle avale son porridge sans en jeter partout. Et puis, où est-il spécifié que l’on doit manger le porridge à la cuiller ? Elle mange presque tout avec les mains. »

David a trempé un torchon dans de l’eau et a essuyé les mains de Sydney. Puis il a placé la cuiller dans les doigts minuscules de sa fille en disant : « Regarde Madame Cuiller. C’est ton amie.

– Madame Cuiller, le porno sur twitter et les liaisons sénatoriales, tout ça en une matinée. Le retour de bâton risque d’être sévère. »

Une fois que la cuiller a été bien en place dans la main de Sydney et qu'elle a commencé à s'en servir (pour taper sur son plateau), David s'est tourné vers moi. « Je viens d'avoir un coup de téléphone très intéressant d'un dénommé Ritz Naygrow.

– Ritz et moi, on est de très vieux potes.

– Alors tu devines la nature de notre conversation ?

– En effet.

– Qu'est-ce qui se passe, Isabel ?

– À toi de choisir. Je ne veux pas t'influencer. Je dirai seulement ceci : tu peux trouver la façon dont je vis ma vie discutable et on peut dire en effet qu'à trente-quatre ans, je ne suis pas l'être humain le plus évolué. Mais j'aime mon travail, je le fais bien, et si ma façon de procéder dans cette affaire n'a peut-être pas été un modèle de gestion, j'ai agi en conscience.

– Qu'est-ce que tu veux que je fasse ? a demandé David.

– Que tu agisses en conscience toi aussi. Merci pour le café. »

J'ai embrassé Sydney sur le front, ai dit quelques mots encourageants sur Madame Cuiller et suis partie.

Je tournais la clé dans la porte de mon logis temporaire quand j'ai reçu un texto de Mrs. Slayter.

Besoin de vous voir. Urgent.
Où ?
Chez moi.

Comme je n'avais rien de mieux à faire, je me suis dit que mieux valait savoir ce qu'elle mijotait.

Serai là ds 20 mn.

Les cheveux tirés en un chignon serré, le visage dépourvu de son habituel maquillage, Margaret m'a fait entrer dans sa maison. Si je n'avais jamais mis les pieds chez les Slayter, j'imagine que leur intérieur était mieux rangé d'habitude. Il y avait des vêtements épars, du courrier empilé sur la table de la salle à manger, des verres à cocktail posés un peu partout dans le salon et des tasses à café dans l'évier de la cuisine.

« Marta est en grève, a dit Margaret en me voyant enregistrer le spectacle.

– Que puis-je faire pour vous ? ai-je demandé en m'asseyant sur un luxueux canapé en daim.

– J'ai appelé votre bureau et votre père m'a dit que vous n'y travailliez plus.

– Je suis en congé sabbatique.

– J'ai demandé si je pouvais confier la surveillance de mon mari à l'agence Spellman. Votre père m'a dit qu'il n'y avait pas assez d'employés pour faire tout le travail et il a refusé. » Margaret a tiré sur le col de son chemisier comme s'il l'étranglait. « Je vous ai donc contactée directement. Mon mari vient de demander le divorce. Apparemment, il a eu des preuves que j'ai une liaison.

– Ah oui ? ai-je dit d'un ton innocent.

– Oui. Et avec ces preuves, je n'aurai pratiquement rien dans le divorce, sauf si je peux prouver que lui aussi en avait une. J'ai besoin de votre aide.

– Que puis-je faire ?

– M'aider à prouver qu'il voyait quelqu'un.

– Mais ce n'est pas le cas.

– Et la femme du bar ?

– Ce n'était personne, ai-je répondu. Il est resté assis un moment à côté d'elle et ils ont bavardé. C'est tout. Il n'y avait rien d'intime dans cette rencontre. »

Margaret a soudain pris quelques inspirations nerveuses et s'est mise à arpenter la pièce. « Vous devez bien pouvoir faire quelque chose.

– Je ne vois pas quoi, ai-je répondu.

– Il n'a pas à être infidèle pour de bon. Il y a certainement des façons de faire en sorte qu'il semble l'être.

– J'ai entendu parler de ce genre de méthodes, ai-je répondu.

– Alors, vous pouvez vous en charger ? Peu m'importe ce que ça coûtera. »

Je me suis levée.

« Je regrette, ce n'est pas vraiment mon rayon. Bonne chance pour tout. Et ne vous inquiétez pas pour le règlement de votre dernière facture. Je comprends que vous êtes un peu gênée financièrement pour l'instant. »

Je suis sortie, me suis installée dans ma voiture et ai vérifié que la conversation était bien enregistrée sur mon magnétophone. Puis je suis allée au cinéma. Hélas, il n'y avait aucun film de Morgan Freeman à l'affiche.

Cette nuit-là, j'ai dormi plus profondément que je ne l'avais fait depuis des semaines. Jusqu'à ce que je sois tirée de mon sommeil par un intrus, bien sûr. Au-dessus de l'évier de la cuisine, il y a une fenêtre par laquelle on a accès par le côté de la maison. Mon intrus a délogé sur l'égouttoir à vaisselle un mug qui est tombé, se brisant en trois morceaux nets. Le bruit m'a réveillée en sursaut et j'ai regardé dans la direction de l'intrus, qui se faufilait par la fenêtre, tête la première. Puis j'ai reconnu la silhouette qui atterrissait sur le sol de la cuisine.

« J'ai une porte, Rae.

– Je sais », a-t-elle répondu. Puis elle a tendu une torche qu'elle m'a braquée dans les yeux. « J'allais te réveiller avec ça. »

J'ai plissé les yeux et détourné la tête. « Je suis déjà réveillée. Qu'est-ce que tu veux ? »

Rae s'est approchée du lit et s'est assise sur mes jambes. J'ai allumé la lampe de chevet et ai confisqué la torche. Puis j'ai regardé mon réveil : une heure trente du matin. « Ça n'aurait pas pu attendre demain ? ai-je demandé.

– La plupart des choses peuvent attendre le matin, mais j'avais envie de parler maintenant. Je t'ai apporté un brownie, au cas où tu aurais faim, a dit Rae en me tendant un carré brun enveloppé de plastique.

– Un brownie à l'herbe ?

– C'est ton truc. Moi je consomme la variété sans ajout. »

J'avais assez faim. J'ai donc croqué dedans.

Rae m'a pris le biscuit des mains et l'a rompu en deux.

« Ça m'a creusée de venir jusqu'ici.

– Je peux faire quelque chose pour toi ?

– J'ai eu un appel très intéressant cet après-midi.

– Ah oui ?

– Tu joues à quoi ?

– Ce n'est pas un jeu, Rae. C'est ma vie.

– L'offre est avantageuse. J'hésite.

– Je crois que la question que tu dois te poser est celle-ci : Qu'est-ce que tu te vois faire dans cinq ans ? »

Rae a réfléchi un moment avant de répondre : « Je n'en sais vraiment rien.

– Tu te vois travailler pour l'agence Spellman ? »

Là, elle n'a pas réfléchi. « Non. Ça, c'est une certitude. »

J'ai été surprise par le côté catégorique de sa réponse. Jamais elle n'avait parlé de cela avant, ni à mes parents ni à moi. J'avais nettement remarqué l'apathie que manifestait en général ma sœur au travail, mais j'avais attribué cela au stress de devoir combiner les études, le travail et une vie sociale bien remplie. Il ne m'avait pas traversé l'esprit qu'elle se désintéressait de l'agence.

« Je pensais qu'un jour, nous dirigerions l'affaire toutes les deux.

– Moi aussi.

– Qu'est-ce qui s'est passé ?

– On est là à regarder les gens agir. Je veux agir moi-même. »

Il fut un temps où les ambitions de ma sœur n'auraient servi qu'à faire ressortir leur absence chez moi. Mais elle avait raison : mon travail, c'est d'être en retrait et d'observer. Et ça me suffit.

« Tu devrais être claire avec les parents, même si je crois qu'ils s'en doutent. Tous ces bâillements pendant les sommets du vendredi.

– J'ai essayé de m'y prendre de façon subtile », a répondu Rae. Elle a fini sa moitié du brownie, puis a pris ce qui restait de la mienne et l'a mangé. « Et maintenant, qu'est-ce que je fais à propos de ce dont on parlait ? a-t-elle demandé.

– Je veux que tu décides toute seule. Sache seulement que l'affaire sera entre de bonnes mains, quoi que tu choisisses. Mais si tu acceptes le marché, prépare-toi à en subir les retombées. »

Rae s'est versé un verre de lait et l'a avalé d'une lampée rapide.

« J'aurai besoin d'une voiture pour me ramener chez moi. Tu te souviens que je n'en ai plus.

– Comment es-tu venue jusqu'ici ?

– J'étais à une fête pas très loin. On m'a déposée.

– Dors sur le canapé. Je suis fatiguée. »

Rae a retiré ses chaussures et ses chaussettes et est entrée dans le lit à côté de moi. Au bout d'une heure de coups de pied et de coude de la part d'une compagne de lit somnolente, je suis sortie du lit pour aller dormir sur le canapé. Quand je me suis réveillée le lendemain matin, Rae était partie. Elle avait dû sortir par la fenêtre car la porte était toujours verrouillée.

Elle m'avait laissé un message sur ma table de nuit :

Faudra qu'on déjeune ensemble.

COUP DE FORCE

Deux jours après ma mise à la retraite, Mr. Slayter m'a appelée. « Les papiers sont prêts pour vous. Passez à mon bureau quand vous voulez. »

J'ai pris le bus n° 1 en direction du centre-ville pour m'y rendre. En m'approchant de l'immeuble, j'ai aperçu Charlie et son pull jaune anciennement neuf sur les marches en béton. J'ai agité la main. Il en a fait autant.

Puis il m'est venu une idée ; je me suis dirigée vers lui et me suis assise. « Comment va, Charlie ?

– Belle journée, hein ? »

Il faisait un brouillard à couper au couteau. Charlie était un authentique San-Franciscain.

« Pourquoi n'avez-vous pas de travail, Charlie ?

– J'ai travaillé autrefois. Pour la municipalité. Aux archives, pendant vingt ans. Et puis on m'a demandé de prendre ma retraite et je n'ai pas pu retrouver de boulot. Je vis avec peu d'argent. Et ma sœur m'aide.

– Vous connaissez bien la ville, non ?

– Comme ma poche. Notez que c'est une façon de parler. Je ne regarde pas très souvent ma poche. Je connais sans doute mieux San Francisco.

– Vous ne vous y perdez pas ?

– Jamais. »

J'ai donné à Charlie un billet de cinquante dollars.

– Pour quoi faire ?

– J'aimerais que vous alliez au centre commercial de Powell et que vous vous achetiez un pull gris.

– Pourquoi ?

– Le gris doit bien vous aller. Et j'ai peut-être un travail pour vous. Je trouve que c'est une couleur parfaite pour un entretien d'embauche.

– Un travail ? Quel genre de travail ?

– Navigateur conseil. J'en saurai davantage plus tard. Prenez mon téléphone. »

J'ai donné à Charlie mon mobile jetable, lui ai rappelé comment recevoir les appels entrants et raccrocher. Puis j'ai pris congé et suis entrée au 101, Market Street.

Mr. Slayter et Ritz étaient assis dans le bureau. Les papiers étaient prêts, attendant ma signature.

« Je ne sais pas comment vous avez réussi à faire ça, ai-je dit.

– Nous n'avons eu aucun mal avec votre frère, a dit Slayter. Votre sœur, en revanche – je me demande si j'ai jamais rencontré plus coriace en matière de négociations. Quand elle aura son diplôme, faites-le-moi savoir.

– J'aurais sans doute dû vous avertir à son sujet.

– Non, non, a dit Edward, c'est un bon exercice mental pour moi.

– Je ne sais pas comment vous remercier.

– Disons une remise substantielle sur tous les services d'investigation dont j'aurai besoin jusqu'à la fin de mes jours ?

– Marché conclu. »

J'ai gardé la plume en suspens un long moment au-dessus de l'emplacement pour signer. C'était le point de non-retour.

« Qu'est-ce que vous attendez ? a demandé Slayter.

– J'espère qu'ils me pardonneront.

– D'après ce que vous m'avez dit, ils sont indulgents, compte tenu de vos précédents exploits. Je crois qu'ils finiront par comprendre. Je leur parlerai volontiers pour les rassurer, quand ils voudront.

– Merci, Mr. Slayter », ai-je dit. Puis j'ai signé les papiers et les ai glissés dans l'enveloppe.

Avant de partir, j'ai laissé le magnétophone digital avec le dossier audio enregistré lors de ma dernière rencontre avec la future ex-Mrs. Slayter.

« Ceci peut vous être utile, ai-je dit.

– Si je peux quoi que ce soit d'autre pour vous aider, dites-le-moi, a ajouté Edward.

– Je crois que je connais quelqu'un qui serait susceptible de vous rendre service.

– Pardon ? »

J'ai écrit le nom de Charlie Black et le numéro de son portable au dos de ma carte.

« Vous avez joué aux échecs avec Charlie. Il connaît la ville comme sa poche et il est libre de son temps. Il travaillerait pour pas cher et en sa compagnie vous ne vous perdriez jamais. Je sais d'expérience que c'est un homme fiable. Il est certainement l'être le plus candide que j'aie jamais rencontré.

– Êtes-vous en train de me suggérer de prendre un baby-sitter ? a rétorqué Mr. Slayter sans se vexer.

– J'ai dit à Charlie que le travail serait celui de *navigateur conseil*. Je m'en tiendrais à ça si j'étais vous.

– Je vois, a dit Edward.

– Vous auriez la liberté sans les risques. Pensez-y.

– Je n'y manquerai pas, a répondu Mr. Slayter en empochant ma carte. Et maintenant, quel est le prochain point à votre ordre du jour ?

– Je crois que je vais retourner travailler », ai-je répondu.

Une demi-heure plus tard, j'ai ouvert la porte du 1799, Clay Street[1], et me suis assise à mon bureau, qui avait été en partie déblayé. Demetrius m'a jeté un coup d'œil de mise en garde, tandis que mon père et ma mère se sont bornés à me fixer d'un œil consterné.

« Tu es venue débarrasser ton coin-travail ? a demandé mon père.

– Non. Et je veux récupérer tous mes stylos et mon agrafeuse. Je les ai achetés avec mon argent.

– Ma puce, a demandé maman, qu'est-ce que tu fais ici ?

– Je travaille », ai-je répliqué, essayant de trouver sur mon bureau quelque chose qui me permettrait d'étayer cette affirmation.

Papa s'est éclairci la voix. « Ne me dis pas que tu as pris une telle cuite que tu as oublié que tu étais virée ?

– Très drôle. Non, ai-je répondu. Il y a de nouvelles affaires dont je devrais être au courant ?

– Isabel, tu ne travailles plus ici. Je ne sais pas comment te le dire autrement afin que tu comprennes, a dit papa.

– Je croyais qu'après quelques jours pour vous calmer, vous auriez changé d'avis.

– Ce n'est pas le cas, a dit maman.

– Vous voudrez peut-être reconsidérer votre décision une fois de plus et consulter Demetrius pendant que vous y êtes, parce que, moi partie, c'est lui qui devra s'y coller. »

1. Soulagée de constater que les serrures n'avaient pas été changées.

Papa est venu se pencher sur mon bureau avec la mine la plus sévère qu'il est capable de prendre. Son visage ne vire pas à la dureté si facilement, car il est fait pour la légèreté et non pour la gravité. Cela dit, la performance était excellente.

« Je t'adore, Isabel. Mais tu as été virée, ce qui signifie que tu ne travailles plus ici. Tu es la bienvenue à dîner quand tu veux. Mais tu ne fais plus partie du personnel de l'agence Spellman. »

J'avais adopté cette stratégie parce que j'aurais préféré les faire changer d'avis sans avoir à leur forcer la main. Seulement, à l'évidence, je n'avais d'autre choix que de passer au plan B. J'ai pris l'enveloppe dans mon sac et l'ai tendue à mon père.

« Vous ne pouvez pas me virer, ai-je dit. Seul l'actionnaire principal a l'autorité de m'employer ou de me licencier, et cet actionnaire, c'est moi maintenant. »

Demetrius a été saisi du besoin urgent de prendre un café et a quitté le bureau. Mon père n'a même pas regardé ce qu'il y avait dans l'enveloppe. Il a eu un petit rire et a secoué la tête.

« Tu crois vraiment que des papiers falsifiés vont changer la situation ?

– Papa, quand tu as réorganisé l'agence il y a quelques années, la répartition a été faite comme suit : quarante pour cent pour maman et toi, trente pour cent pour moi et quinze pour cent chacun pour Rae et David. Je détiens maintenant les parts de Rae et de David, ce qui signifie que j'ai soixante pour cent de l'affaire. Il n'y a que moi qui puisse me virer. Je peux aussi vous virer. Mais je ne le ferai pas. Et soit dit en passant, je n'ai dans l'immédiat aucune intention d'abuser de mon pouvoir. »

Papa a finalement sorti les papiers de l'enveloppe et s'est assis à son bureau pour examiner les documents. Il a gardé le silence pendant près d'une heure. Ma mère m'a fait un signe de tête discret pour m'inviter à la rejoindre à côté. Je l'ai retrouvée dans la cuisine en train de se verser un remontant bien tassé.

« Qu'est-ce que tu as fait ? a-t-elle dit.

– Je peux en avoir un aussi ? » ai-je demandé. C'était de la vodka, mais à ce stade, j'aurais aussi bien avalé de la liqueur de menthe.

Ma mère a fait glisser la bouteille vers moi et a dit : « Sers-toi. »

Demetrius nous a regardées d'un air méfiant. « Je crois que je vais aller faire ce que j'avais l'intention de faire.

– Tu n'allais rien faire du tout, ai-je dit.

– Si, si, a insisté D.

– Reste, s'il te plaît », ai-je demandé. Mon père ne pouvait pas dépasser un certain degré de fureur devant témoins.

« Je ne crois pas, non, a répondu D. J'ai beau avoir été en prison, vous autres me faites encore peur. »

Et il a pris la porte avant que nous ayons pu protester davantage.

Ma mère et moi sommes restées devant le plan de travail, à boire de la vodka sans oser nous regarder. Son portable a sonné, ce qui a été une coupure bienvenue dans le silence tendu.

« Allô, Walter ? Je doute sérieusement qu'il y ait une fuite dans l'appartement du dessus... est-ce déjà arrivé ? Oui, il faut une première fois à tout. Ça ne tombe pas très bien, Walter... Je vois. Je vois. D'accord. J'arrive. » Maman a saisi ses clés et son sac, et s'est dirigée vers la porte.

« Tu ne vas pas me laisser toute seule avec lui !

– Ma puce, si tu as lancé une opération pour prendre le contrôle de la société, tu en assumes les retombées. »

Et elle a pris la porte.

RETOMBÉES

Je suis restée assise une heure dans la cuisine, à boire de la vodka et du jus de pamplemousse, et à manger du Mélange Mortel, avant que papa n'émerge du bureau. Je me demandais ce qui retenait maman dehors, mais elle a fait en sorte de ne pas reparaître, pas plus que D. Papa s'est assis en face de moi à la table et a poussé un profond soupir. Puis il a pris une poignée de la friandise de D.

« Tout le monde semble prendre plaisir à me tromper, a dit papa. Il y a d'autres arnaques alimentaires dont je devrais être informé ?

– La plupart des pâtisseries ont été modifiées, et quelques garnitures.

– Tu m'as bien roulé dans la farine.

– Je ne vais pas prendre le blâme pour tout ! Ça, ce n'était pas mon idée. » J'ai poussé le reste du saladier en direction de papa. « Mange, ai-je dit. Tu ne sais pas quand l'occasion se représentera pour toi. »

Mon père a grignoté pendant cinq bonnes minutes avant de reprendre la parole. Difficile de dire s'il essayait d'avaler autant de Mélange Mortel qu'il pouvait, ou s'il réfléchissait à la façon de parler à sa fille qui l'avait trahi. « Je viens d'avoir mes avocats et ton nouveau bienfaiteur, Mr. Slayter, au téléphone.

– Ce n'est qu'un investisseur.

– Il semble que tes papiers soient en ordre, a-t-il dit. Tu m'as bien eu.

– Ce n'était pas le but de l'opération.

– Il y avait sûrement une autre façon.

– Peut-être. Mais ça fait vingt ans que je travaille pour cette agence. Quand maman et toi prendrez votre retraite, ce qui n'est plus dans un futur si lointain maintenant, je vais la gérer comme je l'entends. Je suis une adulte à présent. Disons aussi adulte que je peux espérer l'être. Je peux diriger l'agence Spellman seule, mais si ça doit être *mon* affaire, j'entends la diriger à ma façon.

– C'est une affaire de famille, Isabel.

– À ceci près qu'un jour, je serai le seul membre de la famille à y travailler. »

Bien entendu, ceci n'était que le début de la conversation. Pendant les quelques jours qui ont suivi, un joli tas de linge sale a été sorti des placards Spellman. Ma mère est allée voir Rae, car elle était toujours choquée par sa décision de me laisser ses parts de la société. Elle en avait obtenu un bon prix, mais Rae avait déjà une pelote confortable. C'est alors seulement que ma mère a compris que Rae n'éprouvait plus le moindre intérêt pour le travail de détective. La gamine de six ans qui suppliait pendant des journées entières de se joindre à la famille pour faire une surveillance n'était plus. On pourrait dire indiscutablement qu'elle n'a pas fait très long feu.

Ma mère est ensuite allée voir David, espérant trouver une explication à sa façon d'agir. David lui a rappelé que le seul enfant

Spellman capable de diriger l'affaire à l'avenir, c'était moi. Il ne voulait pas voir l'agence Spellman disparaître quand ses parents prendraient leur retraite.

« C'était aussi simple que ça. »

Puis ma mère lui a demandé la raison de la querelle entre Rae et lui, et David lui a finalement dit la vérité. La réaction de ma mère a été atypique, comme toujours. Compte tenu de toutes les expériences scientifiques en cours, elle ne pouvait s'empêcher de regretter de n'avoir un seul médecin sur ses trois enfants.

Aussi, pour l'instant, tous les secrets en cours avaient été déterrés et nous avions le loisir de commencer à en enterrer quelques autres. Les vacances se sont passées sans autre événement marquant que l'apparition de Mamie Spellman au dîner de Noël en compagnie d'un ami qu'elle avait rencontré à un cours de polka. Quand les fêtes ont été terminées, mes parents ont décidé qu'ils avaient besoin d'une disparition[1]. Ils ont estimé qu'une restructuration de la société méritait bien un week-end prolongé à Big Sur.

Au retour, ils paraissaient à la fois reposés et résignés aux nouvelles dispositions. Mais si l'expérience m'a appris quelque chose, c'est que les apparences peuvent être trompeuses, et qu'elles le sont généralement. Maman et papa ont demandé de l'augmentation, plus de congés et de nouveaux téléphones portables. Comme ils s'installaient dans l'idée très simple que j'étais leur nouveau patron, nos relations de travail ont opéré un virage à cent quatre-vingts degrés. Ayant cessé de se comporter en patrons, ils se sont comportés en employés, et pas des meilleurs. Ils ont commencé à être moins efficaces, à arriver de plus en plus tard, en dépit du fait qu'ils habitaient sur place. Le matin, j'étais souvent obligée de monter dans

1. Dans le vocabulaire des Spellman, ce mot signifie « vacances ».

leur chambre, d'ouvrir les volets et de leur apporter leur café pour les faire sortir du lit. J'ai même eu parfois à réprimander ma mère pour de trop longs coups de téléphone à des amis sur la côte Est, et à dire à mon père qu'un tee-shirt LIBÉREZ SCHMIDT n'était pas une tenue convenable pour un rendez-vous avec un client. Je les soupçonnais de faire tout cela par provocation, mais le résultat était le même. Je me retrouvais avec des employés peu consciencieux qui n'avaient qu'un respect limité pour leur supérieur. Un fardeau que mes parents, je le soupçonne, avaient supporté pendant des années.

Après le dernier sommet du vendredi, mon père m'a adressé un clin d'œil en me lançant : « Les rêves ne sont pas toujours bleus quand ils se réalisent ! »

VINGT ET UN ANS

Les trois mois après le coup de force ont filé comme le paysage vu d'une voiture. Les rares fois où il m'arrivait d'avoir un moment pour m'asseoir et réfléchir, je prenais conscience de la rapidité avec laquelle le monde me dépassait. Dans mon entourage, chacun franchissait une étape. David avait un enfant ; Demetrius était fiancé ; ce qui restait des cheveux de mon père était tout gris ; ma mère devait prendre des compléments de calcium prescrits par son médecin. Je suppose que ces deux dernières choses ne sont pas des étapes décisives. Mais les vingt et un ans de Rae en ont été une, sans conteste. Je me souvenais de l'époque où elle avait quatorze ans et venait se planter sur un tabouret de bar au Philosopher's Club pour demander de la bière au gingembre, et se faire expulser… en fin de compte. Ma famille a décidé de lui organiser une fête surprise au Philosopher's Club. Cela semblait la moindre des choses de célébrer son accession à l'âge légal pour fréquenter les débits de boisson dans celui qui avait été officieusement le sien pendant des années.

L'assistance était un mélange disparate et typiquement spellmanien de membres de la famille – David et Maggie, sans Sydney, maman, papa, Mamie Spellman –, et d'un assortiment d'étudiants inconnus avec lesquels Rae avait apparemment sympathisé. Vivien Blake, Robbie Gruber (je ne sais qui l'avait invité) ; deux collègues de mon père du temps où il faisait partie de la police de San Francisco ont même fait une apparition. Demetrius et Mabel sont arrivés, porteurs d'offrandes comestibles. (Quelques mois avant leurs fiançailles, D a renoncé à sa vie secrète avec Mabel et l'a invitée à dîner pour rencontrer sa seconde famille. Tout le monde s'est bien tenu, mais la raison en est sans doute que D nous avait fait faire une répétition la veille, avec des critiques écrites, entre autres.)

Bien entendu, Bernie aussi était là, au bar. C'est lui le propriétaire et j'apprends à accepter cela. Il reste encore à Gerty à découvrir l'homme décrit dans les déclarations sous serment[1], et j'espère que cet individu-là a disparu pour de bon. Je le soupçonne cependant d'être seulement en hibernation. Naturellement, Henry était présent pour la circonstance. Pendant des années il avait rendu service à notre famille en opérant dans cet établissement des extractions de Rae. Comme toutes les relations, celle de ma sœur avec Henry a évolué avec le temps. Mais je me souviens de l'époque où ils étaient inséparables (surtout parce que Rae refusait de lâcher Henry).

Le prétexte pour démarrer cette fête surprise était que je voulais offrir à ma sœur sa première boisson alcoolisée. Je lui ai envoyé un texto après l'arrivée de tous les invités. Certains se sont cachés dans le bureau, d'autres derrière le bar et quelques-uns, les plus menus, sous la table de billard.

T là kan ?
Ds 2 mn.

1. Si je ne l'ai pas déjà dit plus haut, voir en appendice.

« La Fouine arrive dans deux minutes », ai-je annoncé dans le silence qui s'était abattu sur le bar.

Même le juke-box s'était tu, par bonheur.

La surprise a eu lieu de la façon classique : chacun est sorti de sa cachette en criant « *Coucou !* » Rae a fait de son mieux pour sembler alarmée et ravie, mais j'ai décelé dans son œil une lueur entendue. Quelqu'un avait dû laisser tomber par inadvertance un indice, et Rae était au courant. Elle a bien joué la comédie, mais je lis en elle à livre ouvert, à ceci près que je devrais sans doute lire davantage. En la voyant parcourir la salle du regard, j'ai compris qu'elle cherchait un visage bien précis. Mais son propriétaire était invisible.

Les cadeaux n'ont pas tardé à suivre. Papa à tendu à Rae les clés de la voiture qu'il lui avait reprise. Elle a eu l'intelligence de réagir avec bonne grâce. Mais je voyais bien qu'elle avait l'esprit ailleurs. Tout en acceptant des paquets-cadeaux et en accueillant les autres fêtards, elle jetait régulièrement des regards vers la porte d'entrée.

« Allons, où est ton sens de la fête ? ai-je demandé. D'habitude, tu adores les anniversaires, surtout le tien. Peut-être même seulement le tien.

– C'est dur de célébrer son passage à l'âge légal, sauf pour devenir président et louer une voiture*, quand on porte une combinaison fluo vingt heures par semaine et qu'on nettoie les ordures sur les bas-côtés de la voie rapide.

– Essaie d'oublier ça juste un soir », ai-je dit avant de lui donner mon cadeau d'anniversaire. Il était à l'intérieur d'une enveloppe de format commercial.

* L'âge minimal requis pour être président aux États-Unis est trente-cinq ans ; et si on peut louer une voiture à vingt et un ans, il y a des frais supplémentaires jusqu'à vingt-cinq ans.

« Qu'est-ce que c'est ? a-t-elle demandé.

– J'ai pris plaisir à aller te voir sur ton lieu de travail et à prendre des photos pendant ta période de probation. Sans blague, tu es super en orange. Mais en l'honneur de cette circonstance mémorable, j'ai décidé d'effacer ces images de mon ordinateur. J'ai une lettre de Robbie Gruber pour le confirmer. Elle n'est pas juridiquement contraignante, mais tu peux me croire sur parole. Cependant, je les ai mises sur clé USB au cas où tu en aurais besoin un jour pour une occasion quelconque. Je te promets que ces photos ne reviendront jamais te harceler. »

Rae a pris l'enveloppe et l'a mise dans sa poche.

« Venant de toi, c'est un cadeau très correct.

– Joyeux anniversaire », ai-je dit. Puis j'ai aperçu Fred à l'entrée. « Je crois que ton vrai cadeau vient d'arriver. »

Rae s'est écartée du bar et a marché vers Fred. Elle a fait la moitié du chemin pour le rencontrer, ce qui semblait parfaitement adéquat puisqu'il n'en avait jamais demandé davantage.

J'ai parcouru la salle des yeux et ai découvert Henry, assis seul à une table dans un coin, un verre entre les mains.

« Que fait un mec bien comme toi dans un endroit pareil ?

– Aucune idée, a répondu Henry. Et toi, tu as une excuse ?

– Apparemment, je ne suis pas une fille si bien que ça.

– Permets-moi de ne pas partager cet avis. »

J'ai regardé vers le bar et ai aperçu brièvement le spectacle répugnant d'un baiser entre Gertie et Bernie. « Si ça marche entre ces deux-là, alors là, il y a de quoi tomber raide.

– Je ne te le fais pas dire », a répondu Henry.

Puis le silence est tombé entre nous.

Mais il était difficile à remarquer avec le brouhaha des conversations dans la salle. Il faudrait bien que l'un de nous se décide à parler. Henry l'a fait le premier.

« Comment ça va pour toi ?

– Pas flambant.

– Ça ne durera pas », a-t-il dit.

Et c'était vrai, parce que rien ne dure. Et si cette idée vous fait souvent de la peine, sachez qu'elle peut aussi l'effacer. Je voulais que cette soirée se termine, et elle s'est terminée. Mais plus tard, il y aurait d'autres soirées que je voudrais voir durer toujours. Et qui ne dureraient pas davantage.

Rae a fini de déballer ses cadeaux d'une main impatiente avec un peu plus d'enthousiasme, puis elle s'est assise au bar et a passé en revue ses choix de breuvages.

« Qu'est-ce que ce sera ? a demandé Bernie.

– Comme d'habitude.

– Rafraîchis-moi la mémoire.

– Une bière au gingembre. »

Ça faisait du bien de savoir que dans un monde où l'on ne peut compter sur rien pour rester vrai deux minutes d'affilée, il peut y avoir une petite chose insignifiante qui ne change pas.

APPENDICE

Dossiers

Albert Spellman

Âge : 67 ans

Profession : Détective privé

Caractéristiques physiques : 1 m 88, fort (il l'était davantage, mais le médecin l'a mis au régime), brut de décoffrage, traits mal assortis, cheveux bruns grisonnants qui commencent à se clairsemer. Allure de cradingue, mais un cradingue qui se douche régulièrement.

Antécédents : Ancien officier de la police de San Francisco, forcé de prendre une retraite anticipée pour une blessure au dos. A travaillé pour un autre ancien flic devenu détective privé, Jimmy O'Malley. A rencontré sa future femme, Olivia Montgomery, dans le cadre de son travail. A racheté l'agence d'O'Malley, qui est l'affaire familiale depuis trente-cinq ans.

Mauvaises habitudes : A de longues conversations avec la télévision ; grignote ; se croit mon patron.

Olivia Spellman

Âge : 59 ans

Profession : Détective privé

Caractéristiques physiques : Très menue, ne fait pas son âge, jolie, cheveux auburn (la couleur vient d'une bouteille) mi-longs ; soignée.

Antécédents : A rencontré son mari pendant qu'elle filait son beau-frère en amateur (lequel n'est pas devenu son beau-frère). A fondé l'agence Spellman avec son mari. Excelle dans les appels téléphoniques sous un faux prétexte et autres formes d'aimables supercheries.

Mauvaises habitudes : Toujours prête à enfreindre les règles pour se mêler de la vie de ses enfants ; adore enregistrer les conversations.

Ancien David Spellman (pour le Nouveau David, voir le document ci-dessus.)

Âge : 36 ans

Profession : Avocat

Caractéristiques physiques : Grand, brun, beau mec.

Antécédents : Mention à ses examens, major de sa promo, études à Berkeley, puis à Stanford (droit). Vous voyez le genre.

Mauvaises habitudes : Fait son lit tous les matins, suit la mode de près, porte des eaux de toilette coûteuses, boit modérément, lit beaucoup, se tient au courant de l'actualité, fait du sport.

Rae Spellman

Âge : 20 ans ½

Profession : En dernière année de lycée / détective privé adjointe.

Caractéristiques physiques : Menue comme sa mère ; paraît plus jeune que son âge ; cheveux cendrés longs jamais coiffés ; taches de rousseur ; porte en général des baskets pour pouvoir détaler vite fait.

Antécédents : Chantage, intimidation ; accro aux sucreries et à tout ce qui se grignote ; subornation.

Mauvaises habitudes : Trop nombreuses pour qu'on en dresse la liste.

Henry Stone

Âge : 47 ans

Profession : Inspecteur, police de San Francisco

Antécédents : Officier chargé de la disparition de Rae il y a plus de six ans. Avant cela, a dû aller à l'école de police, a passé des tests, a épousé une femme pénible et a beaucoup rangé.

A été un moment l'ex n° 13, mais maintenant est juste Henry Stone.

Mauvaises habitudes : Ne mange pas de bonbons ; fait le ménage chez lui ; aime repasser.

Demetrius Merryweather

Âge : 43 ans

Profession : Employé à l'agence Spellman

Caractéristiques physiques : Grand, sportif, quelques cicatrices récoltées en prison.

Antécédents : Victime d'une erreur judiciaire. A été emprisonné pendant quinze ans pour un meurtre qu'il n'a pas commis. A été libéré, s'est installé dans la maison Spellman et travaille en ce moment pour l'agence.

Mauvaises habitudes : Doit toujours avoir le dos au mur ; sursaute facilement ; sait garder un secret.

Pour en savoir plus sur les incarcérations abusives, merci d'aller sur *www.projetinnocence.org.* Et si vous désirez un tee-shirt LIBÉREZ SCHMIDT (mentionné dans le document n° 4), vous pouvez vous en procurer un sur www.freeschmidt.com.

Maggie Mason

Âge : 36 ans

Profession : Avocate.

Caractéristiques physiques : Grande, mince, longs cheveux bruns rebelles.

Antécédents : Est sortie avec Henry Stone ; après leur rupture, Rae l'a présentée à David et ils ont commencé à sortir ensemble. Puis ils se sont mariés.

Mauvaises habitudes : A des gâteaux secs dans ses poches ; dit « vous autres » ; adepte du camping.

Bernie Peterson

Âge : Vieux

Profession : Boit, joue, fume le cigare, est là et bien là. Et maintenant, propriétaire de bar.

Caractéristiques physiques : Masse humaine géante (pardon, j'essaie de ne pas regarder de trop près).

Antécédents : Ancien flic à San Francisco, retraité, a épousé une ex-chorus girl, est parti s'installer à Las Vegas, est revenu à San Francisco quand elle l'a trompé, s'est réconcilié avec elle et est retourné à Las Vegas. Voir le document ci-dessus pour les derniers développements dans la saga Peterson.

Mauvaises habitudes : Imaginez toutes celles que vous avez pu identifier. Bernie les a sans doute.

Enfin, sans raison valable, je vais faire mon portrait :

Isabel Spellman
Âge : 34 ans
Profession : Détective privé / à l'occasion, barmaid.
Caractéristiques physiques : Grande ; ni grosse, ni maigre ; cheveux longs, bruns ; nez, bouche, yeux, oreilles. Tous les accessoires habituels. Doigts, jambes, ce genre de choses. Quelques rides de plus que la dernière fois que je me suis décrite.
Antécédents : Délinquante en cours de guérison ; travaille à l'agence Spellman depuis l'âge de douze ans.
Mauvaises habitudes : Aucune.

Autres organismes utilisant l'acronyme CIA :
Le Cleveland Institute of Art
La Chemical Industries Association
La Cosmic Internet Academy
Cru'in Action !, un groupe hip-hop composé de Ice Cube, K-Dee et Sir Jinx.
[Et beaucoup d'autres encore.]

DÉCLARATIONS SOUS SERMENT CONTRE BERNIE

DÉCLARATION GÉNÉRALE

ÉTAT : **Nevada**
COMTÉ : **Clark**
Est venue en personne et est apparue devant moi, l'officier ministériel soussigné, la dénommée **Shelly Sheen**, résidente du comté de **Clark,** État du **Nevada,** qui fait sienne la déclaration ci-dessous, déposée sous serment, affirmant qu'à sa connaissance les faits et éléments suivants sont exacts et véridiques :

Moi, soussignée Shelly Sheen, saine de corps et d'esprit[1], j'ai eu une relation plus ou moins régulière (en fait, plutôt moins que plus) avec Bernie Peterson de l'été 1998 jusqu'à la fin de l'hiver 2002. Pendant ce temps, je ne l'ai jamais vu laver une assiette ni ramasser un seul vêtement tombé par terre. Les voisins se sont plaints de ses ronflements et j'ai failli être expulsée. Jamais il ne m'a apporté de fleurs. Il y avait toujours des miettes de chips sous les coussins des sièges et il vidait ses bières ouvertes la veille dans mes plantes. Pendant l'été, il mettait ses chaussettes sales dans le réfrigérateur juste à côté du lait. Je crois aussi qu'il voyait clandestinement trois autres femmes.

1. Shelly a pris l'initiative d'introduire cette remarque à connotations légales.

Et il ne baissait jamais le siège des toilettes après l'avoir relevé.

Daté du 25 octobre 2011

Signature de la déclarante

Attestation déposée devant moi le 25 octobre 2011.

OFFICIER MINISTÉRIEL

DÉCLARATION GÉNÉRALE

ÉTAT : **Californie**
COMTÉ : **Alameda**
Est venue en personne et est apparue devant moi, l'officier ministériel soussigné, la dénommée **Natasha Slovenka**, résidente du comté d'**Alameda,** État de **Californie**, qui fait sienne la déclaration ci-dessous, déposée sous serment, affirmant qu'à sa connaissance les faits et éléments suivants sont exacts et véridiques :

Bernie toujours laisse siège toilettes debout. Je toujours lui demande arrêter et lui continue laisser siège debout.

Bernie très ami avec amies de moi. Je crois lui trop ami. J'arrête sortir avec Bernie quand lui commence à sortir avec mon amie Ivanka. Il laisse siège toilette debout pour Ivanka. Elle casse avec lui aussi.

Daté du 28 octobre 2011

Signature de la déclarante

Attestation déposée devant moi le 28 octobre 2011.

OFFICIER MINISTÉRIEL

DÉCLARATION GÉNÉRALE

ÉTAT : **Nevada**

COMTÉ : **Washoe**

Est venue en personne et est apparue devant moi, l'officier ministériel soussigné, la dénommée **Daisy Doolittle**, résidente du comté de **Washoe,** État du **Nevada**, qui fait sienne la déclaration ci-dessous, déposée sous serment, affirmant qu'à sa connaissance les faits et éléments suivants sont exacts et véridiques :

J'ai été mariée à ce sale type pendant trois longues années. Ce n'est pas parce qu'on s'est rencontrés dans un club de strip-tease qu'on était obligés d'y passer tout notre temps. Je crois qu'il a dû m'emmener au cinéma cinq fois pendant tout le temps qu'a duré notre relation. Pas une seule fois il ne m'a payé du popcorn. Ce type a de mauvaises habitudes. Et ne lui donnez jamais un centime de votre argent durement gagné, parce qu'il le perdra au jeu, le mettra dans le string d'une autre nana ou le claquera en bière et en chips. Et il n'a jamais, mais alors jamais réussi à se rappeler de baisser le siège des toilettes.

Daté du 24 octobre 2011

Daisy Doolittle

Signature de la déclarante

Attestation déposée devant moi le 24 octobre 2011.

OFFICIER MINISTÉRIEL

REMERCIEMENTS

Comme vous pouvez l'imaginer, la sincérité n'est pas vraiment mon truc. En général, quand je remercie quelqu'un ou lui fais un compliment, je fais suivre cela par une insolence. Ou je commence par une vanne. Toutefois, ça ne fait pas de mal de changer de comportement ou de dire quelque chose de gentil, et d'en finir une bonne fois. On y va.

J'ai la chance incroyable d'être écrivain, et cela, je le dois à beaucoup de gens.

Je dois commencer par mon agent, Stephanie Kip Rostan. Sans vous, la phrase que je prononcerais le plus souvent serait : « Vous voulez des frites comme garniture ? » Les autres membres de l'agence littéraire Levine Greenberg sont absolument extraordinaires et si je dis cela, ce n'est pas seulement parce que vous m'offrez des gâteaux chaque fois que je viens chez vous : Jim Levine, Dan Greenberg, Monika Verma, Melissa Rowland[1], Elizabeth Fisher, Miek Coccia, Julie Villar, Lindsay Edgecombe. Merci. Je ne sais pas moi-même tout ce que vous faites pour moi.

1. Chaque e-mail que je reçois de vous est le bienvenu, promis, juré !

Je suis infiniment reconnaissante à des personnes exceptionnelles chez Simon & Schuster. Comme toujours, je suis redevable à Caroline Reidy de son soutien sans faille pour la série des Spellman. Je remercie aussi Jonathan Karp : je suis très douée pour trouver des défauts aux autres, mais je ne trouve pas un seul mot désagréable à dire à votre sujet. Vous avez été extraordinaire. Sammy Perlmutter et Amanda Fraber : le travail patient que vous avez fait pour moi relève de la sainteté. J'espère que vous avez déblatéré derrière mon dos parce que je suis sûre que plus d'une fois, j'ai été une enquiquineuse bon teint. Un énorme merci à Richard Rhorer, Michael Sellick, Jackie Seow et Danielle Lynn. Et merci à vous, Kerri Kolen, pour le travail acharné que vous avez fourni avant de laisser le livre entre d'excellentes mains.

Oh, et un bravo retentissant à Jonathan Evans, mon super directeur de production. Jamais vous ne me donnez l'impression d'être stupide, à la différence de certaines personnes sur ces pages[1]. Sans vous, le livre serait un désastre et mes personnages vieilliraient d'une façon bizarroïde.

J'ai eu une chance incroyable en rencontrant la brillante illustratrice Jaime Temairik. Vous êtes l'une des personnes les plus drôles que je connaisse et je suis fière de vous compter parmi mes amies. Merci à Jay Fienberg, mon cousin, gourou de mon site web et mon Robbie Gruber à moi. Anastasia Fuller, merci pour toutes les relectures attentives et pour l'impressionnante conception de mon site. Je dois aussi mentionner Julie Ulmer et Steve Kim, car je ne sais pas ce que je deviendrais sans eux. Et je remercie mon cousin Dan Fienberg, parce que si je ne le fais pas, j'aurai droit à une réflexion.

1. Voir David Hayward.

Dave Hayward, tu es un ami et un éditeur exceptionnel. Quand j'écris une plaisanterie, je sais qu'elle marchera si tu la comprends. Mais tu pourrais faire des progrès comme chaperon. Pendant que je suis sur le sujet des Hayward, j'aimerais remercier Linda Hayward de s'occuper de ma publicité à Sacramento.

Et j'aimerais également remercier tous ceux qui ont lu le livre et ont proposé des critiques réfléchies et judicieuses. Je ne suis pas de ces écrivains qui peuvent travailler seuls. Sans vous, ce livre aurait été bien pire.

Je suis sûre que j'oublie des noms[1], alors merci à-----------------[2].

Et surtout, je tiens à remercier les libraires qui continuent à se battre.

Puisque je dispose encore d'un petit espace, je veux ne serait-ce qu'évoquer les changements qui ont lieu dans le monde du livre. Vous me trouvez peut-être naïve, mais je ne le vois pas disparaître. Je crois que les lecteurs finiront par se reprendre et se rendre compte qu'un livre n'est pas une affaire pour la seule raison qu'il est bon marché. Les agents, les correcteurs et les éditeurs existent afin que les livres qui vous arrivent entre les mains vaillent la peine d'être lus. Je comprends le désir de commodité, et si vous pouviez voir certains des raccourcis que je prends dans la vie, vous sauriez que je n'ai rien contre les e-books (j'en lis moi-même). Mais je demande aux lecteurs de penser à ceci : au moment où les librairies ferment à une vitesse alarmante dans tout le pays, vous pouvez encore réagir. Même si vous êtes un lecteur convaincu sur tablettes, une fois de temps en temps, allez dans une librairie, à

1. Voir les documents précédents.
2. Merci d'écrire votre nom ici.

pied, en bus ou en voiture, et achetez un vrai livre que vous prendrez sur de vraies étagères. Les libraires ne sont pas là que pour tenir le registre ; ce sont des gens qui aiment les livres et, idéalement, savent assortir tel livre à telle personne.

Je n'ai pas d'enfants, donc je ne me soucie pas de mes héritiers autant que vous tous, mais je pense néanmoins que les jeunes de demain gagneraient à connaître la sensation physique de casser le dos d'un livre et de tourner une page.

DU MÊME AUTEUR

Aux Éditions Albin Michel

SPELLMAN & ASSOCIÉS, 2007.

LES SPELLMAN SE DECHAÎNENT, 2008.

LA REVANCHE DES SPELLMAN, 2010.

LES SPELLMAN CONTRE-ATTAQUENT, 2012.

Composition Nord Compo
Impression Normandie Roto s.a.s. en mai 2014
Éditions Albin Michel
22, rue Huyghens, 75014 Paris
www.albin-michel.fr

ISBN : 978-2-226-25818-2
N° d'édition : 20373/01. – N° d'impression : 1401876
Dépôt légal : juin 2014
Imprimé en France